LES MILLE
ET UNE NUITS

Les Mille et Une Nuits

Contes arabes

I

Traduction d'Antoine Galland

DES *ALF LAYLA WA-LAYLA*
aux MILLE ET UNE NUITS

C'est au génie d'Antoine Galland qu'on doit la découverte en Occident d'un des grands textes de la littérature arabe, un recueil de contes commencé au IXe siècle et dont la genèse s'est continuée jusqu'au XVIIIe.

Contes dont l'origine fut controversée : étaient-ils d'origine purement arabe (égypto-syrien), persane traduit en arabe ou encore sanscrite traduit en arabe avec une rédaction égyptienne ?

On sait seulement avec certitude que les manuscrits arabes dont s'est servi Galland retranscrivaient la tradition orale syrienne.

Antoine Galland, le futur orientaliste, comme le rappelle Jules Janin dans une édition Princeps du XIXe, était né en 1646, dans un petit village de Picardie, bien loin, comme vous voyez, des beaux paysages où se promène en souriant la sultane Scheherazade, ce grand poète. A quatre ans le petit Galland n'avait plus de père ; sa mère restait seule avec sept enfants, je ne dis pas à élever, mais à nourrir. La Providence, qui n'est guère prodigue des intelligences supérieures, mais qui en revanche n'aime pas à les voir se perdre faute d'un livre et d'un morceau de pain, quand elle s'est mise en frais pour elles, vint au secours du petit pâtre, comme elle est venue au secours de Sixte-Quint, au secours d'Amyot, au secours du bon Rollin, au secours de tous les pauvres enfants qui n'avaient que du génie. Un bon chanoine de Noyon et le principal du collège de la même ville, deux hommes bienfaisants (...) s'associèrent pour élever le

petit Galland à leurs frais. Mais, hélas! à quatorze ans le
pauvre écolier perdit encore ses deux bienfaiteurs. Ils moururent en même temps l'un et l'autre, car sans aucun doute
celui qui eût survécu aurait accepté de grand cœur l'éducation entière de leur protégé, comme sa part la plus précieuse dans l'héritage de son ami. Voici donc que le jeune
homme est forcé de quitter son collège, ses études commen-
cées, et de dire adieu au long espoir. Il revient dans la
cabane de sa mère, en regrettant ces belles et fortes études
de l'antiquité qui à peine avaient commencé à se montrer à
ses yeux éblouis. Hélas! à cet âge, notre écolier ne savait
encore assez de latin, assez de grec, assez d'hébreu, que
pour regretter toute sa vie d'avoir été arraché à ses études.
Cependant sa mère était pauvre, ses frères avaient faim; il
fallut qu'Antoine, pour vivre, se mît à labourer la terre,
honorable travail, mais triste travail pour un enfant qui
avait déjà lu Virgile, Homère, le roi David, dans leur magnifique langage. Les *Bucoliques* et les *Géorgiques* ressemblent
si peu à ce pénible travail de la campagne en Picardie! La
réalité était si loin de la poésie! La véritable charrue et les
bœufs véritables, les troupeaux véritables et les bergers véritables, ressemblent si peu à la charrue, aux bœufs, aux troupeaux et surtout aux bergers de Virgile! (...)

Le jeune Galland, à quinze ans, au milieu des rudes travaux des champs, était donc comme le premier homme
quand il fut chassé du paradis terrestre. Il regrettait son collège si tranquille, ses maîtres si bons, ses condisciples si
joyeux, et surtout cette science de chaque jour qui lui venait
avec son pain de chaque jour, comme la manne qui tombait
dans le désert. A la fin, ces cruels souvenirs de son enfance
heureuse l'emportèrent sur les nécessités de son enfance
misérable. Il résolut d'aller chercher au loin la science, sans
laquelle il ne pouvait vivre. Il partit donc. Il embrassa ses
frères; il demanda la bénédiction de sa mère, et, à peine
vêtu, il arriva à Paris où il ne connaissait personne. Je me
trompe : la Providence l'attendait à Paris, et aussi une vieille
servante, qui était la tante de Galland, et un vieux prêtre
dont l'enfant savait le nom pour l'avoir entendu souvent
prononcer par le bon chanoine, son premier protecteur. La
bonne femme fut bien étonnée quand elle vit ce neveu qui
lui venait, tout exprès, pour apprendre l'hébreu, le grec et le
latin. Cependant elle le reçut comme eût fait sa mère. Il faut

si peu aux pauvres gens pour s'aider et se secourir! Le vieux prêtre chez qui se présenta Galland, quand il fut un peu vêtu, s'émut au souvenir du chanoine de Noyon, et il reçut comme un père cet enfant qui se recommandait de ce nom chéri. Ainsi les bonnes âmes se tiennent par des liens invisibles; grâce à Dieu, il y a appui et solidarité entre les bons bien plus encore qu'entre les méchants. Galland fut sauvé par le vieux prêtre ami du chanoine de Noyon, comme Sixte-Quint fut sauvé par un prêtre, comme Amyot fut sauvé par un prêtre, le bon Rollin aussi sauvé par un prêtre. Le sous-principal du collège du Plessis trouva à l'enfant autant d'intelligence que de résolution et de cœur, et il lui donna rang parmi ses élèves. Voilà notre Antoine qui se remet de plus belle à l'étude, et qui bientôt nage en pleine eau dans ce fleuve sans rivage de l'antiquité classique. Bientôt du collège du Plessis et devenu un grand humaniste, il passa sous la loi du savant et infatigable docteur Petitpied, l'honneur de la Sorbonne. Ce fut à l'école de ce grand maître qu'Antoine Galland puisa d'abord cette première passion pour l'Orient qui devait le conduire à de si grandes découvertes. Il suivit avec l'ardeur d'un néophyte les cours du Collège royal, et l'Orient lui apparut comme un phare vers lequel il devait marcher sans s'arrêter jamais.

Le docteur Godouin fut le dernier maître de Galland. M. Godouin était professeur d'hébreu au collège de France. Il est l'auteur d'une grammaire hébraïque qui n'a pas été imprimée. Ce fut M. Godouin qui proposa au marquis de Nointel, ambassadeur à Constantinople, le jeune Galland pour secrétaire. M. de Nointel, fils de magistrats, destiné à être magistrat lui-même, avait fait de bonne heure de fortes et sévères études; il était donc capable d'apprécier le mérite du jeune homme que lui proposait M. Godouin. Il accepta avec empressement ce jeune et habile secrétaire, qui déjà savait les langues de l'Orient comme sa langue maternelle. Quand M. de Nointel fut envoyé à Constantinople par le roi Louis XIV, le but de sa mission était surtout de protéger la religion catholique et les saints lieux, de renouveler les anciennes relations de commerce entre la France et la Turquie, d'obtenir le rétablissement des échelles du Levant: ainsi c'était à la fois une mission commerciale, politique et de controverse religieuse. Le jeune Galland fut chargé par son ministre de remplir toute la partie de ses instructions qui se rattachait à la grande dispute entre Arnauld et le ministre Claude. (Quelles disputes, si fort oubliées aujourd'hui et pour lesquelles le roi de France envoyait des ambassadeurs à la Sublime Porte!) Dans ses conférences avec les prélats grecs, Galland apprit en peu de temps la langue vulgaire, ce grec corrompu, qui finira peut-être par être la langue d'un grand peuple, et il sut tirer de ces prélats de nombreux renseignements et de nombreuses attestations sur les sujets qui étaient en France la matière de si grandes querelles. Ainsi, dans cette ambassade de M. de Nointel, chacun s'était divisé le travail. L'ambassadeur avait pris pour lui la représentation et l'éclat, devoir obligé des ambassadeurs du roi de France; il avait laissé à Galland l'étude et les recherches scientifiques. Pendant que M. de Nointel se faisait rendre, à force de courage, les honneurs qui lui étaient dus, Galland, parcourant les monastères et les églises, se livrait à ses investigations de toutes les heures. M. de Nointel signait des traités de paix avec le grand-vizir; Galland retrouvait, copiait et traduisait des inscriptions oubliées et perdues. Nointel était l'ambassadeur de Louis XIV; Galland était l'ambassadeur des solitaires de Port-Royal. La mission était difficile et grave. Il s'agissait de savoir si les grecs, les arméniens, les coptes et les autres communions orientales séparées de l'Église d'Occident, croyaient en effet à la présence réelle de Jésus-Christ dans l'eucharistie et à la transsubstantiation, et s'ils adoraient du culte de *latrie* Jésus-Christ présent dans le saint sacrement. Or, il se trouva que ces diverses communions avaient sur ce mystère la même croyance que l'Église catholique. Galland en remit les preuves entre les mains de son ambassadeur, qui les envoya à Louis XIV, et le roi, en roi très chrétien, fit déposer à la Bibliothèque royale ces pièces importantes, que le jeune orientaliste avait obtenues des différents patriarches et docteurs de l'Orient. Telle fut la première découverte de Galland.

M. de Nointel, non content d'avoir assuré par un traité les droits de douane, la juridiction des Français, le libre exercice de leur religion, l'inviolabilité des saints lieux, dont le roi de France fut déclaré padichah (empereur), résolut aussi de parcourir les différentes échelles où les Français faisaient le commerce. Il partit de Constantinople au mois de septembre 1673, accompagné de son fidèle et savant secrétaire,

Galland. Ils visitèrent ainsi Mételin, Chio, Milo, Délos, Naxos, Rhodes, Chypre, Jaffa, Gaza, Jérusalem, Négrepont, la Morée, Athènes enfin. Cet ambassadeur voyageait à la fois comme un prince et comme un artiste : il avait avec lui des peintres, des antiquaires, des architectes, et son interprète Galland. Il fut question par toute l'Europe d'un grand repas donné par M. de Nointel, dans l'île de Chio, au milieu du couvent des Capucins. L'ambassadeur avait réuni à sa table les principaux habitants, les fonctionnaires et tous les Français de l'île. La table était placée sur un théâtre élevé en forme de demi-lune, orné de portiques de verdure, de myrte et de branches de citronnier, garni de festons de fleurs et de fruits où pendaient des vers français, italiens et grecs. Cette table principale était entourée de douze autres tables dont les officiers de l'ambassade faisaient les honneurs. Dans une partie de la salle réservée aux dames, un jet d'eau de fleurs d'oranger s'élevait du milieu d'une roche de biscuits et de confitures. Pour le peuple, et du côté opposé, il y avait des fleuves de vin. Dans le fond de la vaste salle, la statue d'un Hollandais à genoux et les yeux éblouis regardait le soleil, emblème de Louis XIV. A la fin du repas, le soleil, se rapprochant de ce pauvre Hollandais, le consuma du feu de ses rayons; chacun comprit et applaudit l'allusion.

Certes voilà de grandes merveilles; mais que sont ces merveilles comparées aux merveilles des *Mille et Une Nuits*, que le jeune Galland devait découvrir un jour?

Dans ce grand voyage de Constantinople à Jérusalem et de Jérusalem à Athènes, Galland s'abandonna avec délices à tout l'enthousiasme que lui inspiraient tant de merveilles et tant de ruines. Il était né antiquaire, et il se trouva bien vite initié à la science des pierres, des médailles, des ruines de tout genre, précieuses reliques que le temps sème sous ses pas, et qu'il n'est donné qu'à la science de reconnaître et de ramasser. Il arriva assez à temps à Athènes pour voir le Parthénon en entier, monument sans égal dans le monde, détruit plus tard par une bombe vénitienne, dont les précieux fragments ont été déchirés, gaspillés, détruits, engloutis dans la mer ou emportés en Angleterre par lord Elgin, ce profanateur si cruellement puni de nos jours par les malédictions de lord Byron. Galland pénétra aussi, à la suite de l'ambassadeur, dans la grotte d'Antiparos, et c'est là encore une histoire digne des *Mille et Une Nuits*.

Depuis de longues années, les habitants du pays n'avaient plus osé pénétrer dans cette grotte célèbre, lorsqu'à la fin de 1673 M. de Nointel, après mille efforts, parvint dans ce vaste palais souterrain. Il avait avec lui plus de cinq cents personnes qui portaient des flambeaux de cire jaune ; quatre cents lampes furent suspendues à ces voûtes solennelles. L'ambassadeur et sa suite passèrent les trois jours de la fête de Noël dans cette obscurité lumineuse. Son chapelain célébra la messe sur deux demi-colonnes renversées près d'une pyramide, sur laquelle on grava une inscription en mémoire de cet événement. Au moment de l'élévation, vingt-quatre boîtes et tous les fusils et toute la musique de l'ambassadeur firent de leur mieux pour célébrer le saint sacrifice. L'ambassadeur coucha dans un cabinet taillé dans le roc, presque en face de l'autel. Ils passèrent ainsi trois jours de fête et de recueillement. Galland disait qu'il n'avait pas vu de plus belle grotte que la grotte d'Antiparos, même dans *les Mille et Une Nuits*.

De retour en France, Galland fut présenté à M. de Colbert, ce grand ministre, qui le renvoya en Grèce pour la recherche des marbres et des médailles. Après la mort de Colbert, M. de Louvois attacha Galland à son cabinet et lui fit donner le titre d'*antiquaire du roi*. Dans un voyage entrepris à Smyrne pour M. de Louvois, Galland fut enseveli sous les décombres de sa maison, que venait de renverser un tremblement de terre. Il resta ainsi vingt-quatre heures sous les décombres, respirant à peine, et peut-être c'en était fait de notre grand poète ; mais on vint à son secours, il fut sauvé, et il revint à Paris, où il fut reçu à bras ouverts par M. Thévenot, garde de la Bibliothèque du roi, et par M. d'Herbelot, le célèbre orientaliste, l'auteur de la *Bibliothèque orientale*.

Melchisédech Thévenot est un de ces savants obstinés qui ne laissent guère qu'un nom honorable et respecté, après avoir passé leur vie dans les délicieux labeurs de la science. C'est chez lui que se tinrent les premières assemblées savantes, d'où est sortie plus tard l'Académie des sciences. Barthélemy d'Herbelot savait à fond l'arabe, l'hébreu et le persan. C'était un homme de mérite et d'esprit, qui s'était lié à Rome avec les cardinaux Barberini et Grimaldi. A son retour d'Italie, il avait été nommé secrétaire-interprète du roi pour les langues orientales. Le grand-duc de Toscane lui envoya toute une bibliothèque de livres orientaux; Colbert l'honora de sa protection; le roi le nomma professeur de syriaque au Collège royal. D'Herbelot avait amassé tous les matériaux de son excellent ouvrage, *la Bibliothèque orientale*, quand il fut arrêté par la mort. Heureusement Galland se trouva tout prêt à recueillir l'héritage scientifique de ces deux hommes; il mit en ordre, il imprima *la Bibliothèque orientale*.

Il semblait qu'à peine un homme s'attachait à Galland, il en était séparé par la mort : le premier homme qui lui vint en aide, après MM. Thévenot et d'Herbelot, ce fut M. Bignon; mais M. Bignon mourut au bout d'un an d'amitié, laissant son protégé à M. Foucault, intendant de Basse-Bretagne. M. Foucault (voyez que d'orientalistes au XVIIe siècle, où l'on ne cherchait pas l'Orient!) habitait une belle et tranquille maison, au milieu d'une riche bibliothèque et d'une nombreuse collection de médailles. M. Foucault savait l'arabe, le persan, le turc, si bien que Galland trouva à qui parler. Dans cette élégante et savante retraite, Galland se livra au travail avec ardeur.

« Au reste, dit M. de Boze, il travaillait sans cesse, en quelque situation qu'il se trouvât, ayant très peu d'attention sur ses besoins, n'en ayant aucune sur ses commodités; remplaçant, quand il le fallait, par ses seules lectures, ce qui lui manquait du côté des livres; n'ayant pour objet que l'exactitude, et allant toujours à sa fin sans aucun égard pour les ornements qui auraient pu l'arrêter; simple dans ses mœurs, dans ses manières comme dans ses ouvrages, il aurait toute sa vie enseigné aux enfants les premiers éléments de la grammaire, avec le même plaisir qu'il a eu à exercer son érudition sur différentes matières. Homme vrai jusque dans les moindres choses, sa droiture et sa probité allaient au point que, rendant compte à ses associés de sa dépense dans le Levant, il leur comptait seulement un sou ou deux, quelquefois rien du tout, pour les journées qui, par des conjonctures, ou même par des abstinences involontaires, ne lui avaient pas coûté davantage. »

Passant ainsi toute sa vie au travail, Galland a laissé beaucoup d'ouvrages pleins de science et de recherches; mais s'il n'eût laissé que ses traités, il n'eût laissé que la réputation d'un savant; grâce à ce livre charmant, *les Mille et Une Nuits*, dont il fut l'inventeur, il a laissé un nom qui vivra à jamais dans toutes les mémoires, dans tous les esprits, dans tous les cœurs.

(...) Quand *les Mille et Une Nuits* eurent été données à la France, il y eut des voyageurs lointains qui se rappelèrent avoir entendu, sur les bords de l'Euphrate ou du Gange, le conte du Génie et du Pêcheur ; d'autres se souvinrent que les Arabes du désert, accroupis autour du feu, oubliaient l'heure du sommeil et le repas du soir, en prêtant une oreille avide à l'histoire des trois Calenders ; d'autres voyageurs racontèrent en même temps qu'ils avaient vu dans les cafés de Constantinople des troubadours ambulants qui venaient raconter aux buveurs d'opium, ces heureux et faciles poètes qu'improvise l'ivresse, la touchante histoire du Savetier et de la Fille du Roi. Souvent le conteur, aussi habile que la sœur de Scheherazade, suspendait tout d'un coup son récit commencé, et, à l'instant même où l'auditoire relevait sa tête appesantie, ouvrait ses yeux à demi fermés, soudain la narration s'arrêtait, interrompue jusqu'au lendemain. Et que d'opium il fallait alors à ces mangeurs d'opium pour oublier ce fâcheux contretemps !

Dès le XIXᵉ siècle, des traductions anglaises, allemandes, russes... suivirent celle de Galland.

De nouvelles traductions françaises[1] aussi comme celle de Trébutien qui reprenait de l'allemand une partie des traductions de Hammer refusées en France mais traduites en Allemagne et surtout à la fin du siècle dernier celle de Mardrus autoproclamée « littérale et complète » alors que, comme l'écrit si bien J.-L. Borgès[2], il ajoutait « des paysages "art nouveau", de grosses obscénités, de courts intermèdes comiques, des détails, des symétries, un fréquent orientalisme visuel ».

Il a fallu attendre la fin du XXᵉ siècle pour que des nouvelles traductions plus conformes aux normes de la traduction moderne apparaissent sans qu'aucune, à ce jour, ne soit complète et sans qu'aucune n'égale tant soit peu l'impact de celle d'Antoine Galland sur la civilisation et l'imaginaire européens.

1. On consultera Sylvette Larzul, *Les Traductions françaises des Mille et Une Nuits*, éd. L'Harmattan, 1996.
2. *Histoire de l'infamie, Histoire de l'éternité*, éd. 10-18, 1951.

LA MARQUISE D'O
DAME DU PALAIS DE
Mme LA DUCHESSE DE BOURGOGNE

Madame,

Les bontés infinies que feu M. de Guilleragues, votre illustre père, eut pour moi dans le séjour que je fis, il y a quelques années, à Constantinople, sont trop présentes à mon esprit pour négliger aucune occasion de publier la reconnaissance que je dois à sa mémoire. S'il vivait encore, pour le bien de la France et pour mon bonheur, je prendrais la liberté de lui dédier cet ouvrage, non seulement comme à mon bienfaiteur, mais encore comme au génie le plus capable de goûter et de faire estimer aux autres les belles choses. Qui peut ne pas se souvenir de l'extrême justesse avec laquelle il jugeait de tout? Ses moindres pensées, toujours brillantes, ses moindres expressions, toujours précises et délicates, faisaient l'admiration de tout le monde, et jamais personne n'a joint ensemble tant de grâces et tant de solidité. Je l'ai vu dans un temps où, tout occupé du soin des affaires de son maître, il semblait ne pouvoir montrer au dehors que les talents du ministère et sa profonde capacité dans les négociations les plus épineuses; cependant toute la gravité de son emploi ne pouvait rien diminuer de ses agréments inimitables, qui avaient fait le charme de ses amis, et qui se faisaient sentir même aux nations les plus barbares avec qui ce grand homme avait à traiter. Après la perte irréparable que j'en ai faite, je ne puis m'adresser qu'à vous, Madame, puisque vous seule pouvez me tenir lieu de lui; et c'est dans cette confiance que j'ose vous demander pour ce livre la même protection que vous avez bien voulu accorder à la traduction française de sept Contes arabes, que j'eus l'honneur de vous présenter. Vous vous étonnerez que depuis ce temps-là je n'aie pas eu l'honneur de vous les offrir imprimés.

Le retardement, Madame, vient de ce qu'avant de commencer l'impression, j'appris que ces Contes étaient tirés d'un recueil prodigieux de Contes semblables, en plusieurs volumes, intitulé LES MILLE ET UNE NUITS. Cette découverte m'obligea de suspendre cette impression et d'employer mes soins à recouvrer le recueil. Il a fallu le faire venir de Syrie, et mettre en français le premier volume que voici, de quatre seulement qui m'ont été envoyés. Les Contes qu'il contient vous seront sans doute beaucoup plus agréables que ceux que vous avez déjà vus. Ils vous seront nouveaux, et vous les trouverez en plus grand nombre ; vous y remarquerez même avec plaisir le dessein ingénieux de l'auteur arabe, qui n'est pas connu, de faire un corps si ample de narrations de son pays, fabuleuses à la vérité, mais agréables et divertissantes.

Je vous supplie, Madame, de vouloir bien agréer ce petit présent, que j'ai l'honneur de vous faire ; ce sera un témoignage public de ma reconnaissance et du profond respect avec lequel je suis et serai toute ma vie,

    Madame,
        Votre très humble et très
            obéissant serviteur,

                    GALLAND.

LES MILLE ET UNE NUITS
CONTES ARABES

Les chroniques des Sassaniens[1], anciens rois de Perse, qui avaient étendu leur empire dans les Indes, dans les grandes et petites îles qui en dépendent, et bien loin au-delà du Gange, jusqu'à la Chine, rapportent qu'il y avait autrefois un roi de cette puissante maison qui était le plus excellent prince de son temps. Il se faisait autant aimer de ses sujets, par sa sagesse et sa prudence, qu'il s'était rendu redoutable à ses voisins par le bruit de sa valeur et par la réputation de ses troupes belliqueuses et bien disciplinées. Il avait deux fils : l'aîné, appelé Schahriar, digne héritier de son père, en possédait toutes les vertus, et le cadet, nommé Schahzenan, n'avait pas moins de mérite que son frère.

Après un règne aussi long que glorieux, ce roi mourut, et Schahriar monta sur le trône. Schahzenan, exclu de tout partage par les lois de l'empire, et obligé de vivre comme un particulier, au lieu de souffrir impatiemment le bonheur de son aîné, mit toute son attention à lui plaire. Il eut peu de peine à y réussir. Schahriar, qui avait naturellement de l'inclination pour ce prince, fut charmé de sa complaisance, et, par un excès d'amitié, voulant partager avec lui ses États, il lui donna le royaume de la Grande-Tartarie. Schahzenan en alla bientôt prendre possession,

---

1. Les Persans appellent *Sassaniens*, ou *Sassanides*, les rois de leur quatrième dynastie, qui succéda à celle des Arsacides. La dynastie des Sassaniens tire son nom de Sassan, père d'Ardechir.

et il établit son séjour à Samarcande, qui en était la capitale.

Il y avait déjà dix ans que ces deux rois étaient séparés, lorsque Schahriar, souhaitant passionnément de revoir son frère, résolut de lui envoyer un ambassadeur pour l'inviter à le venir voir. Il choisit pour cette ambassade son premier vizir, qui partit avec une suite conforme à sa dignité et fit toute la diligence possible. Quand il fut près de Samarcande, Schahzenan, averti de son arrivée, alla au-devant de lui avec les principaux seigneurs de sa cour, qui, pour faire plus d'honneur au ministre du sultan, s'étaient tous habillés magnifiquement. Le roi de Tartarie le reçut avec de grandes démonstrations de joie, et lui demanda d'abord des nouvelles du sultan son frère. Le vizir satisfit sa curiosité; après quoi il exposa le sujet de son ambassade. Schahzenan en fut touché. « Sage vizir, dit-il, le sultan mon frère me fait trop d'honneur, et il ne pouvait rien me proposer qui me fût plus agréable. S'il souhaite de me voir, je suis pressé de la même envie. Le temps, qui n'a pas diminué son amitié, n'a point affaibli la mienne. Mon royaume est tranquille, et je ne veux que dix jours pour me mettre en état de partir avec vous. Ainsi il n'est pas nécessaire que vous entriez dans la ville pour si peu de temps. Je vous prie de vous arrêter en cet endroit et d'y faire dresser vos tentes. Je vais ordonner qu'on vous apporte des rafraîchissements en abondance pour vous et pour toutes les personnes de votre suite. » Cela fut exécuté sur-le-champ : le roi fut à peine rentré dans Samarcande que le vizir vit arriver une prodigieuse quantité de toutes sortes de provisions, accompagnées de régals et de présents d'un très grand prix.

Cependant Schahzenan, se disposant à partir, régla les affaires les plus pressantes, établit un conseil pour gouverner son royaume pendant son absence, et mit à la tête de ce conseil un ministre dont la sagesse lui était connue et en qui il avait une entière confiance. Au bout de dix jours, ses équipages étant prêts, il dit adieu à la reine sa femme, sortit sur le soir de Samarcande, et, suivi des officiers qui devaient être du voyage, il se rendit au pavillon royal qu'il avait fait dresser auprès des tentes du vizir. Il s'entretint avec cet ambassadeur jusqu'à minuit. Alors, voulant encore une fois embrasser la reine, qu'il aimait beaucoup, il retourna seul dans son palais. Il alla droit à l'appartement de cette princesse, qui, ne s'attendant pas à le revoir, avait reçu dans son lit un des derniers officiers de sa maison. Il y avait déjà longtemps qu'ils étaient couchés, et ils dormaient tous deux d'un profond sommeil.

Le roi entra sans bruit, se faisant un plaisir de surprendre par son retour une épouse dont il se croyait tendrement aimé. Mais quelle fut sa surprise lorsque, à la clarté des flambeaux, qui ne s'éteignent jamais la nuit dans les appartements des princes et des princesses, il aperçut un homme dans ses bras! Il demeura immobile durant quelques moments, ne sachant s'il devait croire ce qu'il voyait. Mais, n'en pouvant douter : « Quoi! dit-il en lui-même, je suis à peine hors de mon palais, je suis encore sous les murs de Samarcande, et l'on ose m'outrager! Ah! perfide! votre crime ne sera pas impuni! Comme roi, je dois punir les forfaits qui se commettent dans mes États; comme époux offensé, il faut que je vous immole à mon juste ressentiment. » Enfin, ce malheureux prince, cédant à son premier transport, tira son sabre, s'approcha du lit, et d'un seul coup fit passer les coupables du sommeil à la mort. Ensuite, les prenant l'un après l'autre, il les jeta par une fenêtre dans le fossé dont le palais était environné.

S'étant vengé de cette sorte, il sortit de la ville comme il y était venu, et se retira sous son pavillon. Il n'y fut pas plus tôt arrivé que, sans parler à personne de ce qu'il venait de faire, il ordonna de plier les tentes et de partir. Tout fut bientôt prêt, et il n'était pas jour encore qu'on se mit en marche au son des timbales et de plusieurs autres instruments qui inspiraient de la joie à tout le monde, hormis au roi, qui, toujours occupé de l'infidélité de la reine, était la proie d'une affreuse mélancolie qui ne le quitta point pendant tout le voyage.

Lorsqu'il fut près de la capitale des Indes, il vit venir audevant de lui le sultan[1] Schahriar avec toute sa cour. Quelle joie pour ces princes de se revoir! Ils mirent tous deux pied à terre pour s'embrasser; et, après s'être donné mille marques de tendresse, ils remontèrent à cheval, et

---

1. *Sultan*, qui signifie seigneur, est le nom donné à presque tous les souverains de l'Orient.

entrèrent dans la ville aux acclamations d'une foule innombrable de peuple. Le sultan conduisit le roi son frère jusqu'au palais qu'il lui avait fait préparer. Ce palais communiquait au sien par un même jardin; il était d'autant plus magnifique qu'il était consacré aux fêtes et aux divertissements de la cour; et on en avait encore augmenté la magnificence par de nouveaux ameublements.

Schahriar quitta d'abord le roi de Tartarie, pour lui donner le temps d'entrer aux bains et de changer d'habit; mais, dès qu'il sut qu'il en était sorti, il vint le retrouver. Ils s'assirent sur un sofa; et, comme les courtisans se tenaient éloignés par respect, ces deux princes commencèrent à s'entretenir de tout ce que deux frères, encore plus unis par l'amitié que par le sang, ont à se dire après une longue absence. L'heure du souper étant venue, ils mangèrent ensemble; et après le repas ils reprirent leur entretien, qui dura jusqu'à ce que Schahriar, s'apercevant que la nuit était fort avancée, se retira pour laisser reposer son frère.

L'infortuné Schahzenan se coucha; mais, si la présence du sultan son frère avait été capable de suspendre pour quelque temps ses chagrins, ils se réveillèrent alors avec violence. Au lieu de goûter le repos dont il avait besoin, il ne fit que rappeler dans sa mémoire les plus cruelles réflexions. Toutes les circonstances de l'infidélité de la reine se présentaient si vivement à son imagination qu'il en était hors de lui-même. Enfin, ne pouvant dormir, il se leva, et, se livrant tout entier à des pensées si affligeantes, il parut sur son visage une impression de tristesse que le sultan ne manqua pas de remarquer. « Qu'a donc le roi de Tartarie? disait-il. Qui peut causer ce chagrin que je lui vois? Aurait-il sujet de se plaindre de la réception que je lui ai faite? Non : je l'ai reçu comme un frère que j'aime, et je n'ai rien là-dessus à me reprocher. Peut-être se voit-il à regret éloigné de ses États ou de la reine sa femme. Ah! si c'est cela qui l'afflige, il faut que je lui fasse incessamment les présents que je lui destine, afin qu'il puisse partir quand il lui plaira, pour s'en retourner à Samarcande. » Effectivement, dès le lendemain il lui envoya une partie de ces présents, qui étaient composés de tout ce que les Indes produisent de plus rare, de plus riche et de plus singulier. Il ne laissait pas néanmoins d'essayer de le divertir tous les jours par de nouveaux plaisirs; mais les fêtes les plus agréables, au lieu de le réjouir, ne faisaient qu'irriter ses chagrins.

Un jour, Schahriar ayant ordonné une grande chasse à deux journées de sa capitale, dans un pays où il y avait particulièrement beaucoup de cerfs, Schahzenan le pria de le dispenser de l'accompagner, en lui disant que l'état de sa santé ne lui permettait pas d'être de la partie. Le sultan ne voulut pas le contraindre, le laissa en liberté, et partit avec toute sa cour pour aller prendre ce divertissement. Après son départ, le roi de la Grande-Tartarie, se voyant seul, s'enferma dans son appartement. Il s'assit à une fenêtre qui avait vue sur le jardin. Ce beau lieu et le ramage d'une infinité d'oiseaux qui y faisaient leur retraite lui auraient donné du plaisir s'il eût été capable d'en ressentir ; mais, toujours déchiré par le souvenir funeste de l'action infâme de la reine, il arrêtait moins souvent ses yeux sur le jardin qu'il ne les levait au ciel pour se plaindre de son malheureux sort.

Néanmoins, quelque occupé qu'il fût de ses ennuis, il ne laissa pas d'apercevoir un objet qui attira toute son attention. Une porte secrète du palais du sultan s'ouvrit tout à coup, et il en sortit vingt femmes au milieu desquelles marchait la sultane [1] d'un air qui la faisait aisément distinguer. Cette princesse, croyant que le roi de la Grande-Tartarie était aussi à la chasse, s'avança avec ses femmes jusque sous les fenêtres de l'appartement de ce prince, qui, voulant par curiosité les observer, se plaça de manière qu'il pouvait tout voir sans être vu. Il remarqua que les personnes qui accompagnaient la sultane, pour bannir toute contrainte, se découvrirent le visage, qu'elles avaient eu couvert jusqu'alors, et quittèrent de longs habits qu'elles portaient par-dessus d'autres plus courts. Mais il fut dans un extrême étonnement de voir que dans cette compagnie, qui lui avait semblé toute composée de femmes, il y avait dix noirs qui prirent chacun leur maîtresse. La sultane, de son côté, ne demeura pas longtemps sans amant ; elle frappa des mains en criant : « Masoud ! Masoud ! » et aussitôt un autre noir descendit du haut

1. On donne à toutes les femmes du sultan le nom de *sultane* ; mais la *sultane*, sans autre appellation, désigne ordinairement la sultane favorite.

d'un arbre, et courut à elle avec beaucoup d'empressement.

La pudeur ne permet pas de raconter tout ce qui se
passa entre ces femmes et ces noirs, et c'est un détail qu'il
n'est pas besoin de faire. Il suffit de dire que Schahzenan
en vit assez pour juger que son frère n'était pas moins à
plaindre que lui. Les plaisirs de cette troupe amoureuse
durèrent jusqu'à minuit. Ils se baignèrent tous ensemble
dans une grande pièce d'eau, qui faisait un des plus beaux
ornements du jardin ; après quoi, ayant repris leurs habits,
ils rentrèrent par la porte secrète dans le palais du sultan ;
et Masoud, qui était venu de dehors par-dessus la muraille
du jardin, s'en retourna par le même endroit.

Comme toutes ces choses s'étaient passées sous les yeux
du roi de la Grande-Tartarie, elles lui donnèrent lieu de
faire une infinité de réflexions. « Que j'avais peu de raison,
disait-il, de croire que mon malheur était si singulier !
C'est sans doute l'inévitable destinée de tous les maris,
puisque le sultan mon frère, le souverain de tant d'États,
le plus grand prince du monde, n'a pu l'éviter. Cela étant,
quelle faiblesse de me laisser consumer de chagrin ! C'en
est fait : le souvenir d'un malheur si commun ne troublera
plus désormais le repos de ma vie. » En effet, dès ce
moment il cessa de s'affliger ; et, comme il n'avait pas
voulu souper qu'il n'eût vu toute la scène qui venait d'être
jouée sous ses fenêtres, il fit servir alors, mangea de meilleur appétit qu'il n'avait fait depuis son départ de Samarcande, et entendit même avec quelque plaisir un concert
agréable de voix et d'instruments dont on accompagna le
repas.

Les jours suivants il fut de très bonne humeur ; et,
lorsqu'il sut que le sultan était de retour, il alla au-devant
de lui, et lui fit son compliment d'un air enjoué. Schahriar
d'abord ne prit pas garde à ce changement ; il ne songea
qu'à se plaindre obligeamment de ce que ce prince avait
refusé de l'accompagner à la chasse, et, sans lui donner le
temps de répondre à ses reproches, il lui parla du grand
nombre de cerfs et d'autres animaux qu'il avait pris, et
enfin du plaisir qu'il avait eu. Schahzenan, après l'avoir
écouté avec attention, prit la parole à son tour. Comme il
n'avait plus de chagrin qui l'empêchât de faire paraître
combien il avait d'esprit, il dit mille choses agréables et
plaisantes.

Le sultan, qui s'était attendu à le retrouver dans le
même état où il l'avait laissé, fut ravi de le voir si gai.
« Mon frère, lui dit-il, je rends grâces au Ciel de l'heureux
changement qu'il a produit en vous pendant mon
absence; j'en ai une véritable joie, mais j'ai une prière à
vous faire, et je vous conjure de m'accorder ce que je vais
vous demander. — Que pourrais-je vous refuser? répondit
le roi de Tartarie. Vous pouvez tout sur Schahzenan. Parlez; je suis dans l'impatience de savoir ce que vous souhaitez de moi. — Depuis que vous êtes dans ma cour, reprit
Schahriar, je vous ai vu plongé dans une noire mélancolie
que j'ai vainement tenté de dissiper par toutes sortes de
divertissements. Je me suis imaginé que votre chagrin
venait de ce que vous étiez éloigné de vos États; j'ai cru
même que l'amour y avait beaucoup de part, et que la
reine de Samarcande, que vous avez dû choisir d'une
beauté achevée, en était peut-être la cause. Je ne sais si je
me suis trompé dans ma conjecture, mais je vous avoue
que c'est particulièrement pour cette raison que je n'ai pas
voulu vous importuner là-dessus, de peur de vous
déplaire. Cependant, sans que j'y aie contribué en aucune
manière, je vous trouve à mon retour de la meilleure
humeur du monde, et l'esprit entièrement dégagé de cette
noire vapeur qui en troublait tout l'enjouement. Dites-
moi, de grâce, pourquoi vous étiez si triste, et pourquoi
vous ne l'êtes plus. »

A ce discours, le roi de la Grande-Tartarie demeura
quelque temps rêveur, comme s'il eût cherché ce qu'il
avait à y répondre. Enfin il repartit dans ces termes :
« Vous êtes mon sultan et mon maître; mais dispensez-
moi, je vous supplie, de vous donner la satisfaction que
vous me demandez. — Non, mon frère, répliqua le sultan,
il faut que vous me l'accordiez; je la souhaite, ne me la
refusez pas. » Schahzenan ne put résister aux instances de
Schahriar. « Hé bien, mon frère, lui dit-il, je vais vous
satisfaire, puisque vous me le commandez. » Alors il lui
raconta l'infidélité de la reine de Samarcande; et, lorsqu'il
en eut achevé le récit : « Voilà, poursuivit-il, le sujet de ma
tristesse; jugez si j'avais tort de m'y abandonner. — O
mon frère! s'écria le sultan d'un ton qui marquait
combien il entrait dans le ressentiment du roi de Tartarie,
quelle horrible histoire venez-vous de me raconter! Avec

quelle impatience je l'ai écoutée jusqu'au bout ! Je vous
loue d'avoir puni les traîtres qui vous ont fait un outrage si
sensible. On ne saurait vous reprocher cette action : elle
est juste ; et pour moi j'avouerai qu'à votre place j'aurais
eu peut-être moins de modération que vous. Je ne me
serais pas contenté d'ôter la vie, à une seule femme ; je
crois que j'en aurais sacrifié plus de mille à ma rage. Je ne
suis plus étonné de vos chagrins ; la cause en était trop
vive et trop mortifiante pour n'y pas succomber. O Ciel !
quelle aventure ! Non, je crois qu'il n'en est jamais arrivé
de semblable à personne qu'à vous. Mais enfin il faut
louer Dieu de ce qu'il vous a donné de la consolation ; et,
comme je ne doute pas qu'elle ne soit bien fondée, ayez
encore la complaisance de m'en instruire, et faites-moi la
confidence entière. »

Schahzenan fit plus de difficulté sur ce point que sur le
précédent, à cause de l'intérêt que son frère y avait ; mais il
fallut céder à ses nouvelles instances. « Je vais donc vous
obéir, lui dit-il, puisque vous le voulez absolument. Je
crains que mon obéissance ne vous cause plus de chagrins
que je n'en ai eu ; mais vous ne devez vous en prendre qu'à
vous-même, puisque c'est vous qui me forcez à vous révéler une chose que je voudrais ensevelir dans un éternel
oubli. — Ce que vous me dites, interrompit Schahriar, ne
fait qu'irriter ma curiosité ; hâtez-vous de me découvrir ce
secret, de quelque nature qu'il puisse être. » Le roi de Tartarie, ne pouvant plus s'en défendre, fit alors un détail de
tout ce qu'il avait vu du déguisement des noirs, de
l'emportement de la sultane et de ses femmes, et il
n'oublia pas Masoud. « Après avoir été témoin de ces infa-
mies, continua-t-il, je pensai que toutes les femmes y
étaient naturellement portées, et qu'elles ne pouvaient
résister à leur penchant. Prévenu de cette opinion, il me
parut que c'était une grande faiblesse à un homme d'attacher son repos à leur fidélité. Cette réflexion m'en fit faire
beaucoup d'autres, et enfin je jugeai que je ne pouvais
prendre un meilleur parti que de me consoler. Il m'en a
coûté quelques efforts, mais j'en suis venu à bout ; et, si
vous m'en croyez, vous suivrez mon exemple. »

Quoique ce conseil fût judicieux, le sultan ne put le goûter. Il entra même en fureur. « Quoi ! dit-il, la sultane des
Indes est capable de se prostituer d'une manière si

indigne ! Non, mon frère, ajouta-t-il, je ne puis croire ce que vous me dites si je ne le vois de mes propres yeux. Il faut que les vôtres vous aient trompé, et la chose est assez importante pour mériter que j'en sois assuré par moi-même. — Mon frère, répondit Schahzenan, si vous voulez en être témoin, cela n'est pas fort difficile : vous n'avez qu'à faire une nouvelle partie de chasse, et, quand nous serons hors de la ville avec votre cour et la mienne, nous nous arrêterons sous nos pavillons, et la nuit nous reviendrons tous deux seuls dans mon appartement. Je suis assuré que le lendemain vous verrez ce que j'ai vu. » Le sultan approuva le stratagème, et ordonna aussitôt une nouvelle chasse ; de sorte que dès le même jour les pavillons furent dressés au lieu désigné.

Le jour suivant, les deux princes partirent avec toute leur suite. Ils arrivèrent où ils devaient camper, et ils y demeurèrent jusqu'à la nuit. Alors Schahriar appela son grand-vizir, et, sans lui découvrir son dessein, lui commanda de tenir sa place pendant son absence, et de ne pas permettre que personne sortît du camp, pour quelque sujet que ce pût être. D'abord qu'il eut donné cet ordre, le roi de la Grande-Tartarie et lui montèrent à cheval, passèrent incognito au travers du camp, rentrèrent dans la ville, et se rendirent au palais qu'occupait Schahzenan. Ils se couchèrent, et le lendemain de bon matin ils s'allèrent placer à la même fenêtre d'où le roi de Tartarie avait vu la scène des noirs. Ils jouirent quelque temps de la fraîcheur, car le soleil n'était pas encore levé ; et, en s'entretenant, ils jetaient souvent les yeux du côté de la porte secrète. Elle s'ouvrit enfin ; et, pour dire le reste en peu de mots, la sultane parut avec ses femmes et les dix noirs déguisés ; elle appela Masoud, et le sultan en vit plus qu'il n'en fallait pour être pleinement convaincu de sa honte et de son malheur. « O Dieu ! s'écria-t-il, quelle indignité ! quelle horreur ! L'épouse d'un souverain tel que moi peut-elle être capable de cette infamie ? Après cela, quel prince osera se vanter d'être parfaitement heureux ? Ah ! mon frère ! poursuivit-il en embrassant le roi de Tartarie, renonçons tous deux au monde ; la bonne foi en est bannie ; s'il flatte d'un côté, il trahit de l'autre. Abandonnons nos États et tout l'éclat qui nous environne. Allons dans des royaumes étrangers traîner une vie obscure et cacher notre infortune. » Schahzenan n'approuvait pas cette résolution ; mais il n'osa la combattre dans l'emportement où il voyait Schahriar. « Mon frère, lui dit-il, je n'ai pas d'autre volonté que la vôtre ; je suis prêt à vous suivre partout où il vous plaira ; mais promettez-moi que nous reviendrons si nous pouvons rencontrer quelqu'un qui soit plus malheureux que nous. — Je vous le promets, répondit le sultan ; mais je doute fort que nous trouvions personne qui le puisse être. — Je ne suis pas de votre sentiment là-dessus, répliqua le roi de Tartarie ; peut-être même ne voyagerons-nous pas longtemps. » En disant cela, ils sortirent secrètement du palais, et prirent un autre chemin que celui par où ils étaient venus. Ils marchèrent tant qu'ils eurent du jour assez pour se conduire, passèrent la première nuit sous des arbres, et, s'étant levés dès le point du jour, ils continuèrent leur marche jusqu'à ce qu'ils arrivèrent à une belle prairie sur le bord de la mer, où il y avait, d'espace en espace, de grands arbres fort touffus. Ils s'assirent sous un de ces arbres pour se délasser et y prendre le frais, et l'infidélité des princesses leurs femmes fit le sujet de leur conversation.

Il n'y avait pas longtemps qu'ils s'entretenaient lorsqu'ils entendirent assez près d'eux un bruit horrible du côté de la mer et un cri effroyable qui les remplit de crainte. Alors la mer s'ouvrit, et il s'en éleva comme une grosse colonne noire qui semblait s'aller perdre dans les nues. Cet objet redoubla leur frayeur ; ils se levèrent promptement et montèrent au haut de l'arbre qui leur parut le plus propre à les cacher. Ils y furent à peine montés que, regardant vers l'endroit d'où le bruit partait et où la mer s'était entrouverte, ils remarquèrent que la colonne noire se tirait par replis et s'avançait vers le rivage en fendant l'eau ; ils ne purent dans le moment démêler ce que ce pouvait être, mais ils en furent bientôt éclaircis.

C'était un de ces génies[1] qui sont malins, malfaisants et ennemis mortels des hommes. Il était noir et hideux, avait la forme d'un géant d'une hauteur prodigieuse, et portait sur sa tête une grande caisse de verre, fermée à quatre serrures d'acier fin. Il entra dans la prairie avec cette charge,

---

1. Les Musulmans admettent deux sortes de génies : les *péris*, génies bienfaisants ; les *dives*, génies malfaisants.

qu'il vint poser justement au pied de l'arbre où étaient les deux princes, qui, connaissant l'extrême péril où ils se trouvaient, se crurent perdus.

Cependant le génie s'assit auprès de la caisse; et, l'ayant ouverte avec quatre clefs qui étaient attachées à sa ceinture, il en sortit aussitôt une dame très richement habillée, d'une taille majestueuse et d'une beauté parfaite. Le monstre la fit asseoir à ses côtés, et, la regardant amoureusement : « Dame, dit-il, la plus accomplie de toutes les dames qui sont admirées pour leur beauté, charmante personne, vous que j'ai enlevée le jour de vos noces, et que j'ai toujours aimée depuis si constamment, vous voudrez bien que je dorme quelques moments près de vous; le sommeil, dont je me sens accablé, m'a fait venir en cet endroit pour prendre un peu de repos. » En disant cela, il laissa tomber sa grosse tête sur les genoux de la dame; ensuite, ayant allongé ses pieds qui s'étendaient jusqu'à la mer, il ne tarda pas à s'endormir, et il ronfla bientôt de manière qu'il fit retentir le rivage.

La dame alors leva la vue par hasard, et, apercevant les princes au haut de l'arbre, elle leur fit signe de la main de descendre sans faire de bruit. Leur frayeur fut extrême quand ils se virent découverts. Ils supplièrent la dame, par d'autres signes, de les dispenser de lui obéir; mais elle, après avoir ôté doucement de dessus ses genoux la tête du génie et l'avoir posée légèrement à terre, se leva et leur dit d'un ton de voix bas, mais animé : « Descendez, il faut absolument que vous veniez à moi. » Ils voulurent vainement lui faire comprendre encore par gestes qu'ils craignaient le génie : « Descendez donc, leur répliqua-t-elle sur le même ton; si vous ne vous hâtez de m'obéir, je vais l'éveiller, et je lui demanderai moi-même votre mort. »

Ces paroles intimidèrent tellement les princes qu'ils commencèrent à descendre avec toutes les précautions possibles pour ne pas éveiller le génie. Lorsqu'ils furent en bas, la dame les prit par la main, et, s'étant un peu éloignée avec eux sous les arbres, elle leur fit librement une proposition très vive : ils la rejetèrent d'abord; mais elle les obligea, par de nouvelles menaces, à l'accepter. Après qu'elle eut obtenu d'eux ce qu'elle souhaitait, ayant remarqué qu'ils avaient chacun une bague au doigt, elle les leur demanda. Sitôt qu'elle les eut entre les mains, elle alla

prendre une boîte du paquet où était sa toilette ; elle en
tira un fil d'autres bagues de toutes sortes de façons, et, le
leur montrant : « Savez-vous bien, dit-elle, ce que signifient ces joyaux ? — Non, répondirent-ils ; mais il ne tiendra qu'à vous de nous l'apprendre. — Ce sont, reprit-elle,
les bagues de tous les hommes à qui j'ai fait part de mes
faveurs. Il y en a quatre-vingt-dix-huit bien comptées, que
je garde pour me souvenir d'eux. Je vous ai demandé les
vôtres pour la même raison, et afin d'avoir la centaine
accomplie. Voilà donc, continua-t-elle, cent amants que
j'ai eus jusqu'à ce jour, malgré la vigilance et les précautions de ce vilain génie qui ne me quitte pas. Il a beau
m'enfermer dans cette caisse de verre et me tenir cachée
au fond de la mer, je ne laisse pas de tromper ses soins.
Vous voyez par là que, quand une femme a formé un projet, il n'y a point de mari ni d'amant qui puisse en empêcher l'exécution. Les hommes feraient mieux de ne pas
contraindre les femmes ; ce serait le moyen de les rendre
sages. » La dame, leur ayant parlé de la sorte, passa leurs
bagues dans le même fil où étaient enfilées les autres. Elle
s'assit ensuite comme auparavant, souleva la tête du
génie, qui ne se réveilla point, la remit sur ses genoux et fit
signe aux princes de se retirer.

Ils reprirent le chemin par où ils étaient venus, et,
lorsqu'ils eurent perdu de vue la dame et le génie, Schahriar dit à Schahzenan : « Hé bien, mon frère, que pensez-
vous de l'aventure qui vient de nous arriver ? Le génie n'a-
t-il pas une maîtresse bien fidèle ? Et ne convenez-vous
pas que rien n'est égal à la malice des femmes ? — Oui,
mon frère, répondit le roi de la Grande-Tartarie. Et vous
devez aussi demeurer d'accord que le génie est plus à
plaindre et plus malheureux que nous. C'est pourquoi,
puisque nous avons trouvé ce que nous cherchions,
retournons dans nos États, et que cela ne nous empêche
pas de nous marier. Pour moi, je sais par quel moyen je
prétends que la foi qui m'est due me soit inviolablement
conservée. Je ne veux pas m'expliquer présentement là-
dessus ; mais vous en apprendrez un jour des nouvelles, et
je suis sûr que vous suivrez mon exemple. » Le sultan fut
de l'avis de son frère ; et, continuant tous deux de marcher, ils arrivèrent au camp sur la fin de la nuit du troisième jour qu'ils en étaient partis.

La nouvelle du retour du sultan s'y étant répandue, les courtisans se rendirent de grand matin devant son pavillon. Il les fit entrer, les reçut d'un air plus riant qu'à l'ordinaire, et leur fit à tous des gratifications. Après quoi, leur ayant déclaré qu'il ne voulait pas aller plus loin, il leur commanda de monter à cheval, et il retourna bientôt à son palais.

A peine y fut-il arrivé qu'il courut à l'appartement de la sultane. Il la fit lier devant lui, et la livra à son grand-vizir, avec ordre de la faire étrangler ; ce que ce ministre exécuta sans s'informer quel crime elle avait commis. Ce prince irrité n'en demeura pas là : il coupa la tête de sa propre main à toutes les femmes de la sultane. Après ce rigoureux châtiment, persuadé qu'il n'y avait pas une femme sage, pour prévenir les infidélités de celles qu'il prendrait à l'avenir, il résolut d'en épouser une chaque nuit, et de la faire étrangler le lendemain. S'étant imposé cette loi cruelle, il jura qu'il l'observerait immédiatement après le départ du roi de Tartarie, qui prit bientôt congé de lui et se mit en chemin chargé de présents magnifiques.

Schahzenan étant parti, Schahriar ne manqua pas d'ordonner à son grand-vizir de lui amener la fille d'un de ses généraux d'armée. Le vizir obéit. Le sultan coucha avec elle, et le lendemain, en la lui remettant entre les mains pour la faire mourir, il lui commanda de lui en chercher une autre pour la nuit suivante. Quelque répugnance qu'eût le vizir à exécuter de semblables ordres, comme il devait au sultan son maître une obéissance aveugle, il était obligé de s'y soumettre. Il lui mena donc la fille d'un officier subalterne, qu'on fit aussi mourir le lendemain. Après celle-là, ce fut la fille d'un bourgeois de sa capitale ; et enfin chaque jour c'était une fille mariée et une femme morte.

Le bruit de cette inhumanité sans exemple causa une consternation générale dans la ville. On n'y entendait que des cris et des lamentations. Ici c'était un père en pleurs qui se désespérait de la perte de sa fille ; et là c'étaient de tendres mères qui, craignant pour les leurs la même destinée, faisaient par avance retentir l'air de leurs gémissements. Ainsi, au lieu des louanges et des bénédictions que le sultan s'était attirées jusqu'alors, tous ses sujets ne faisaient plus que des imprécations contre lui.

Le grand-vizir, qui, comme on l'a déjà dit, était malgré lui le ministre d'une si horrible injustice, avait deux filles, dont l'aînée s'appelait Scheherazade[1], et la cadette Dinarzade[2]. Cette dernière ne manquait pas de mérite ; mais l'autre avait un courage au-dessus de son sexe, de l'esprit infiniment, avec une pénétration admirable. Elle avait beaucoup de lecture et une mémoire si prodigieuse que rien ne lui était échappé de tout ce qu'elle avait lu. Elle s'était heureusement appliquée à la philosophie, à la médecine, à l'histoire et aux beaux-arts ; et elle faisait des vers mieux que les poètes les plus célèbres de son temps. Outre cela, elle était pourvue d'une beauté excellente, et une vertu très solide couronnait toutes ces belles qualités.

Le vizir aimait passionnément une fille si digne de sa tendresse. Un jour qu'ils s'entretenaient tous deux ensemble, elle lui dit : « Mon père, j'ai une grâce à vous demander ; je vous supplie très humblement de me l'accorder. — Je ne vous la refuserai pas, répondit-il, pourvu qu'elle soit juste et raisonnable. — Pour juste, répliqua Scheherazade, elle ne peut l'être davantage, et vous en pouvez juger par le motif qui m'oblige à vous la demander. J'ai dessein d'arrêter le cours de cette barbarie que le sultan exerce sur les familles de cette ville. Je veux dissiper la juste crainte que tant de mères ont de perdre leurs filles d'une manière si funeste. — Votre intention est fort louable, ma fille, dit le vizir ; mais le mal auquel vous voulez remédier me paraît sans remède. Comment prétendez-vous en venir à bout ? — Mon père, repartit Scheherazade, puisque par votre entremise le sultan célèbre chaque jour un nouveau mariage, je vous conjure par la tendre affection que vous avez pour moi de me procurer l'honneur de sa couche. » Le vizir ne put entendre ce discours sans horreur. « O Dieu ! interrompit-il avec transport, avez-vous perdu l'esprit, ma fille ? Pouvez-vous me faire une prière si dangereuse ? Vous savez que le sultan a fait serment sur son âme de ne coucher qu'une seule nuit avec la même femme et de lui faire ôter la vie le lendemain, et vous voulez que je lui propose de vous épouser ? Songez-vous bien à quoi vous expose votre zèle indiscret ? — Oui, mon père,

1. *Scheherazade*, Fille de la lune.
2. *Dinarzade*, Précieuse comme l'or.

répondit cette vertueuse fille, je connais tout le danger que
je cours, et il ne saurait m'épouvanter. Si je péris, ma mort
sera glorieuse ; et, si je réussis dans mon entreprise, je rendrai à ma patrie un service important. — Non, non, dit le
vizir, quoi que vous puissiez me représenter pour m'inté-
resser à vous permettre de vous jeter dans cet affreux
péril, ne vous imaginez pas que j'y consente. Quand le sultan m'ordonnera de vous enfoncer le poignard dans le
sein, hélas ! il faudra bien que je lui obéisse. Quel triste
emploi pour un père ! Ah ! si vous ne craignez point la
mort, craignez du moins de me causer la douleur mortelle
de voir ma main teinte de votre sang. — Encore une fois,
mon père, dit Scheherazade, accordez-moi la grâce que je
vous demande. — Votre opiniâtreté, repartit le vizir, excite
ma colère. Pourquoi vouloir vous-même courir à votre
perte ? Qui ne prévoit pas la fin d'une entreprise dangereuse n'en saurait sortir heureusement. Je crains qu'il ne
vous arrive ce qui arriva à l'âne, qui était bien et qui ne put
s'y tenir. — Quel malheur arriva-t-il à cet âne ? reprit She-
herazade. — Je vais vous le dire, répondit le vizir ; écoutez-
moi.

FABLE

L'ÂNE, LE BŒUF ET LE LABOUREUR

« Un marchand très riche avait plusieurs maisons à la
campagne, où il faisait nourrir une grande quantité de
toute sorte de bétail. Il se retira avec sa femme et ses
enfants à une de ses terres pour la faire valoir par lui-
même. Il avait le don d'entendre le langage des bêtes ;
mais avec cette condition, qu'il ne pouvait l'interpréter à
personne sans s'exposer à perdre la vie : ce qui l'empêchait
de communiquer les choses qu'il avait apprises par le
moyen de ce don.

« Il avait à une même auge un bœuf et un âne. Un jour
qu'il était assis près d'eux, et qu'il se divertissait à voir
jouer devant lui ses enfants, il entendit que le bœuf disait
à l'âne : « L'Éveillé, que je te trouve heureux, quand je

considère le repos dont tu jouis et le peu de travail qu'on exige de toi! Un homme te panse avec soin, te lave, te donne de l'orge bien criblée et de l'eau fraîche et nette. Ta plus grande peine est de porter le marchand notre maître, lorsqu'il a quelque petit voyage à faire. Sans cela, toute ta vie se passerait dans l'oisiveté. La manière dont on me traite est bien différente, et ma condition est aussi malheureuse que la tienne est agréable. Il est à peine minuit qu'on m'attache à une charrue, que l'on me fait traîner tout le long du jour en fendant la terre; ce qui me fatigue à un point que les forces me manquent quelquefois. D'ailleurs, le laboureur, qui est toujours derrière moi, ne cesse de me frapper. A force de tirer la charrue, j'ai le cou tout écorché. Enfin, après avoir travaillé depuis le matin jusqu'au soir, quand je suis de retour on me donne à manger de méchantes fèves sèches, dont on ne s'est pas mis en peine d'ôter la terre, ou d'autres choses qui ne valent pas mieux. Pour comble de misère, lorsque je me suis repu d'un mets si peu appétissant, je suis obligé de passer la nuit couché dans mon ordure. Tu vois donc que j'ai raison d'envier ton sort. »

« L'âne n'interrompit pas le bœuf; il lui laissa dire tout ce qu'il voulut; mais, quand il eut achevé de parler: « Vous ne démentez pas, lui dit-il, le nom d'idiot qu'on vous a donné; vous êtes trop simple, vous vous laissez mener comme l'on veut, et vous ne pouvez prendre une bonne résolution. Cependant quel avantage vous revient-il de toutes les indignités que vous souffrez? Vous vous tuez vous-même pour le repos, le plaisir et le profit de ceux qui ne vous en savent point de gré. On ne vous traiterait pas de la sorte si vous aviez autant de courage que de force. Lorsqu'on vient vous attacher à l'auge, que ne faites-vous résistance? Que ne donnez-vous de bons coups de corne? Que ne marquez-vous votre colère en frappant du pied contre terre? Pourquoi enfin n'inspirez-vous pas la terreur par des beuglements effroyables? La nature vous a donné les moyens de vous faire respecter et vous ne vous en servez pas. On vous apporte de mauvaises fèves et de mauvaise paille, n'en mangez point; flairez-les seulement, et les laissez. Si vous suivez les conseils que je vous donne, vous verrez bientôt un changement dont vous me remercierez. »

« Le bœuf prit en fort bonne part les avis de l'âne, il lui témoigna combien il lui en était obligé. « Cher l'Éveillé, ajouta-t-il, je ne manquerai pas de faire tout ce que tu m'as dit, et tu verras de quelle manière je m'en acquitterai. » Ils se turent après cet entretien dont le marchand ne perdit pas une parole.

« Le lendemain de bon matin, le laboureur vint prendre le bœuf; il l'attacha à la charrue et le mena au travail ordinaire. Le bœuf, qui n'avait pas oublié le conseil de l'âne, fit fort le méchant ce jour-là; et le soir, lorsque le laboureur, l'ayant ramené à l'auge, voulut l'attacher comme de coutume, le malicieux animal, au lieu de présenter ses cornes de lui-même, se mit à faire le rétif et à reculer en beuglant; il baissa même ses cornes comme pour en frapper le laboureur. Il fit enfin tout le manège que l'âne lui avait enseigné. Le jour suivant, le laboureur vint le reprendre pour le remener au labourage; mais, trouvant l'auge encore remplie des fèves et de la paille qu'il y avait mises le soir et le bœuf couché par terre, les pieds étendus et haletant d'une étrange façon, il le crut malade : il en eut pitié, et, jugeant qu'il serait inutile de le mener au travail, il alla aussitôt en avertir le marchand.

« Le marchand vit bien que les mauvais conseils de l'Éveillé avaient été suivis; et, pour le punir comme il le méritait : « Va, dit-il au laboureur, prends l'âne à la place du bœuf, et ne manque pas de lui donner bien de l'exercice. » Le laboureur obéit. L'âne fut obligé de tirer la charrue tout ce jour-là; ce qui le fatigua d'autant plus qu'il était moins accoutumé à ce travail. Outre cela, il reçut tant de coups de bâton qu'il ne pouvait se soutenir quand il fut de retour.

« Cependant le bœuf était très content : il avait mangé tout ce qu'il y avait dans son auge, et s'était reposé toute la journée; il se réjouissait en lui-même d'avoir suivi les conseils de l'Éveillé; il lui donnait mille bénédictions pour le bien qu'il lui avait procuré, et il ne manqua pas de lui en faire un nouveau compliment lorsqu'il le vit arriver. L'âne ne répondit rien au bœuf, tant il avait de dépit d'avoir été si maltraité. « C'est par mon imprudence, se disait-il à lui-même, que je me suis attiré ce malheur : je vivais heureux, tout me riait, j'avais tout ce que je pouvais souhaiter; c'est ma faute si je suis dans ce déplorable état; et, si je ne trouve quelque ruse en mon esprit pour m'en tirer, ma perte est certaine. » En disant cela, ses forces se trouvèrent tellement épuisées qu'il se laissa tomber à demi mort au pied de son auge. »

En cet endroit, le grand-vizir, s'adressant à Scheherazade, lui dit : « Ma fille, vous faites comme cet âne, vous vous exposez à vous perdre par votre fausse prudence. Croyez-moi, demeurez en repos, et ne cherchez point à prévenir votre mort. — Mon père, répondit Scheherazade, l'exemple que vous venez de rapporter n'est pas capable de me faire changer de résolution, et je ne cesserai pas de vous importuner que je n'aie obtenu de vous que vous me présenterez au sultan pour être son épouse. » Le vizir, voyant qu'elle persistait toujours dans sa demande, lui répliqua : « Hé bien, puisque vous ne voulez pas quitter votre obstination, je serai obligé de vous traiter de la même manière que le marchand dont je viens de parler traita sa femme peu de temps après; et voici comment :

« Ce marchand, ayant appris que l'âne était dans un état pitoyable, fut curieux de savoir ce qui se passerait entre lui et le bœuf. C'est pourquoi, après le souper, il sortit au clair de la lune, et alla s'asseoir auprès d'eux, accompagné de sa femme. En arrivant, il entendit l'âne qui disait au bœuf : « Compère, dites-moi, je vous prie, ce que vous prétendez faire quand le laboureur vous apportera demain à manger. — Ce que je ferai? répondit le bœuf; je continuerai de faire ce que tu m'as enseigné. Je m'éloignerai d'abord; je présenterai mes cornes comme hier; je ferai le malade, et feindrai d'être aux abois. — Gardez-vous-en bien, interrompit l'âne; ce serait le moyen de vous perdre : car, en arrivant ce soir, j'ai ouï dire au marchand notre maître une chose qui m'a fait trembler pour vous. — Hé! qu'avez-vous entendu? dit le bœuf; ne me cachez rien, de grâce, mon cher l'Éveillé. — Notre maître, reprit l'âne, a dit au laboureur ces tristes paroles : « Puisque le bœuf ne mange pas et qu'il ne peut se soutenir, je veux qu'il soit tué dès demain. Nous ferons, pour l'amour de Dieu, une aumône de sa chair aux pauvres et quant à sa peau, qui pourra nous être utile, tu la donneras au corroyeur; ne manque donc pas de faire venir le boucher. » Voilà ce que j'avais à vous apprendre, ajouta l'âne; l'intérêt que je prends à votre conservation et l'amitié que j'ai pour vous m'obligent à vous en avertir et à vous donner un nouveau conseil. D'abord qu'on vous apportera vos fèves et votre paille, levez-vous, et vous jetez dessus avec avidité ; le maître jugera par là que vous êtes guéri, et révoquera, sans doute, l'arrêt de votre mort : au lieu que, si vous en usez autrement, c'est fait de vous. »

« Ce discours produisit l'effet qu'en avait attendu l'âne. Le bœuf en fut étrangement troublé et en beugla d'effroi. Le marchand, qui les avait écoutés tous deux avec beaucoup d'attention, fit alors un si grand éclat de rire que sa femme en fut très surprise. « Apprenez-moi, lui dit-elle, pourquoi vous riez si fort, afin que j'en rie avec vous. — Ma femme, lui répondit le marchand, contentez-vous de m'entendre rire. — Non, reprit-elle, j'en veux savoir le sujet. — Je ne puis vous donner cette satisfaction, repartit le mari ; sachez seulement que je ris de ce que notre âne vient de dire à notre bœuf ; le reste est un secret qu'il ne m'est pas permis de vous révéler. — Et qui vous empêche de me découvrir ce secret ? répliqua-t-elle. — Si je vous le disais, répondit-il, apprenez qu'il m'en coûterait la vie. — Vous vous moquez de moi, s'écria la femme ; ce que vous me dites ne peut pas être vrai. Si vous ne m'avouez tout à l'heure pourquoi vous avez ri, si vous refusez de m'instruire de ce que l'âne et le bœuf ont dit, je jure par le grand Dieu qui est au ciel que nous ne vivrons pas davantage ensemble. »

« En achevant ces mots, elle rentra dans la maison et se mit dans un coin, où elle passa la nuit à pleurer de toute sa force. Le mari coucha seul ; et le lendemain, voyant qu'elle ne discontinuait pas de se lamenter : « Vous n'êtes pas sage, lui dit-il, de vous affliger de la sorte ; la chose n'en vaut pas la peine, et il vous est aussi peu important de la savoir qu'il m'importe beaucoup, à moi, de la tenir secrète. N'y pensez donc plus, je vous en conjure. — J'y pense si bien encore, répondit la femme, que je ne cesserai pas de pleurer que vous n'ayez satisfait ma curiosité. — Mais je vous dis fort sérieusement, répliqua-t-il, qu'il m'en coûtera la vie, si je cède à vos indiscrètes instances. — Qu'il arrive tout ce qu'il plaira à Dieu, repartit-elle, je n'en démordrai pas. — Je vois bien, reprit le marchand, qu'il n'y a pas moyen de vous faire entendre raison, et, comme je prévois que vous vous ferez mourir vous-même par

votre opiniâtreté, je vais appeler vos enfants, afin qu'ils
aient la consolation de vous voir avant que vous mou-
riez. » Il fit venir ses enfants, et envoya chercher aussi le
père, la mère et les parents de sa femme. Lorsqu'ils furent
assemblés, et qu'il leur eut expliqué de quoi il était question, ils employèrent leur éloquence à faire comprendre à
la femme qu'elle avait tort de ne vouloir pas revenir de son
entêtement ; mais elle les rebuta tous, et dit qu'elle mour-
rait plutôt que de céder en cela à son mari. Le père et la
mère eurent beau lui parler en particulier, et lui représenter que la chose qu'elle souhaitait d'apprendre ne lui était
d'aucune importance, ils ne gagnèrent rien sur son esprit,
ni par leur autorité ni par leur discours. Quand ses enfants
virent qu'elle s'obstinait à rejeter toutes les bonnes raisons
dont on combattait son opiniâtreté, ils se mirent à pleurer
amèrement. Le marchand lui-même ne savait plus où il en
était. Assis seul auprès de la porte de sa maison, il délibé-
rait déjà s'il sacrifierait sa vie pour sauver celle de sa
femme, qu'il aimait beaucoup.

    « Or, ma fille, continua le vizir en parlant toujours à
Scheherazade, ce marchand avait cinquante poules et un
coq avec un chien qui faisait bonne garde. Pendant qu'il
était assis, comme je l'ai dit, et qu'il rêvait profondément
au parti qu'il devait prendre, il vit le chien courir vers le
coq qui s'était jeté sur une poule, et il entendit qu'il lui
parla dans ces termes : « O coq ! Dieu ne permettra pas
que tu vives encore longtemps ! N'as-tu pas honte de faire
aujourd'hui ce que tu fais ? » Le coq monta sur ses ergots,
et, se tournant du côté du chien : « Pourquoi, répondit-il
fièrement, cela me serait-il défendu aujourd'hui plutôt que
les autres jours ? — Puisque tu l'ignores, répliqua le chien,
apprends que notre maître est aujourd'hui dans un grand
deuil. Sa femme veut qu'il lui révèle un secret qui est de
telle nature qu'il perdra la vie s'il le lui découvre. Les
choses sont en cet état, et il est à craindre qu'il n'ait pas
assez de fermeté pour résister à l'obstination de sa
femme : car il l'aime, et il est touché des larmes qu'elle
répand sans cesse. Il va peut-être périr ; nous en sommes
tous alarmés dans ce logis. Toi seul, insultant à notre tristesse, tu as l'impudence de te divertir avec tes poules. »

    « Le coq repartit de cette sorte à la réprimande du
chien : « Que notre maître est insensé ! il n'a qu'une

femme et il n'en peut venir à bout, pendant que j'en ai cinquante qui ne font que ce que je veux. Qu'il rappelle sa raison, il trouvera bientôt moyen de sortir de l'embarras où il est. — Eh! que veux-tu qu'il fasse? dit le chien. — Qu'il entre dans la chambre où est sa femme, répondit le coq, et qu'après s'être enfermé avec elle, il prenne un bon bâton et lui en donne mille coups : je mets en fait qu'elle sera sage après cela, et qu'elle ne le pressera plus de lui dire ce qu'il ne doit pas lui révéler. » Le marchand n'eut pas sitôt entendu ce que le coq venait de dire qu'il se leva de sa place, prit un gros bâton, alla trouver sa femme qui pleurait encore, s'enferma avec elle, et la battit si bien qu'elle ne put s'empêcher de crier : « C'est assez, mon mari, c'est assez, laissez-moi; je ne vous demanderai plus rien. » A ces paroles, et voyant qu'elle se repentait d'avoir été curieuse si mal à propos, il cessa de la maltraiter; il ouvrit la porte, toute la parenté entra, se réjouit de trouver la femme revenue de son entêtement, et fit compliment au mari sur l'heureux expédient dont il s'était servi pour la mettre à la raison.

« Ma fille, ajouta le grand-vizir, vous mériteriez d'être traitée de la même manière que la femme de ce marchand. — Mon père, dit alors Scheherazade, de grâce ne trouvez point mauvais que je persiste dans mes sentiments. L'histoire de cette femme ne saurait m'ébranler. Je pourrais vous en raconter beaucoup d'autres qui vous persuaderaient que vous ne devez pas vous opposer à mon dessein. D'ailleurs, pardonnez-moi si j'ose vous le déclarer, vous vous y opposeriez vainement : quand la tendresse paternelle refuserait de souscrire à la prière que je vous fais, j'irais me présenter moi-même au sultan. »

Enfin, le père, poussé à bout par la fermeté de sa fille, se rendit à ses importunités, et, quoique fort affligé de n'avoir pu la détourner d'une si funeste résolution, il alla dès ce moment trouver Schahriar pour lui annoncer que la nuit prochaine il lui mènerait Scheherazade.

Le sultan fut fort étonné du sacrifice que son grand-vizir lui faisait. « Comment avez-vous pu, lui dit-il, vous résoudre à me livrer votre propre fille? — Sire, lui répondit le vizir, elle s'est offerte d'elle-même. La triste destinée qui l'attend n'a pu l'épouvanter, et elle préfère à sa vie l'honneur d'être une seule nuit l'épouse de Votre Majesté.

— Mais ne vous trompez pas, vizir, reprit le sultan : demain, en remettant Scheherazade entre vos mains, je prétends que vous lui ôtiez la vie. Si vous y manquez, je vous jure que je vous ferai mourir vous-même. — Sire, repartit le vizir, mon cœur gémira, sans doute, en vous obéissant ; mais la nature aura beau murmurer : quoique père, je vous réponds d'un bras fidèle. » Schahriar accepta l'offre de son ministre, et lui dit qu'il n'avait qu'à lui amener sa fille quand il lui plairait.

Le grand-vizir alla porter cette nouvelle à Scheherazade qui la reçut avec autant de joie que si elle eût été la plus agréable du monde. Elle remercia son père de l'avoir si sensiblement obligée, et, voyant qu'il était accablé de douleur, elle lui dit, pour le consoler, qu'elle espérait qu'il ne se repentirait pas de l'avoir mariée avec le sultan, et qu'au contraire, il aurait sujet de s'en réjouir le reste de sa vie.

Elle ne songea plus qu'à se mettre en état de paraître devant le sultan ; mais, avant que de partir, elle prit sa sœur Dinarzade en particulier, et lui dit : « Ma chère sœur, j'ai besoin de votre secours dans une affaire très importante ; je vous prie de ne me le pas refuser. Mon père va me conduire chez le sultan pour être son épouse. Que cette nouvelle ne vous épouvante pas, écoutez-moi seulement avec patience. Dès que je serai devant le sultan, je le supplierai de permettre que vous couchiez dans la chambre nuptiale, afin que je jouisse cette nuit encore de votre compagnie. Si j'obtiens cette grâce, comme je l'espère, souvenez-vous de m'éveiller demain matin une heure avant le jour et de m'adresser à peu près ces paroles : *Ma sœur, si vous ne dormez pas, je vous supplie, en attendant le jour qui paraîtra bientôt, de me raconter un de ces beaux contes que vous savez.* Aussitôt je vous en conterai un, et je me flatte de délivrer par ce moyen tout le peuple de la consternation où il est. » Dinarzade répondit à sa sœur qu'elle ferait avec plaisir ce qu'elle exigeait d'elle.

L'heure de se coucher étant enfin venue, le grand-vizir conduisit Scheherazade au palais, et se retira après l'avoir introduite dans l'appartement du sultan. Ce prince ne se vit pas plus tôt seul avec elle qu'il lui ordonna de se découvrir le visage. Il la trouva si belle qu'il en fut charmé ; mais, s'apercevant qu'elle était en pleurs, il lui en demanda le sujet. « Sire, répondit Scheherazade, j'ai une sœur que j'aime aussi tendrement que j'en suis aimée. Je souhaite-rais qu'elle passât la nuit dans cette chambre, pour la voir et lui dire adieu encore une fois. Voulez-vous bien que j'aie la consolation de lui donner ce dernier témoignage de mon amitié ? » Schahriar y ayant consenti, on alla cher-cher Dinarzade qui vint en diligence. Le sultan se coucha avec Scheherazade sur une estrade fort élevée, à la manière des monarques de l'Orient, et Dinarzade dans un lit qu'on lui avait préparé au bas de l'estrade.

Une heure avant le jour, Dinarzade, s'étant réveillée, ne manqua pas de faire ce que sa sœur lui avait recommandé. « Ma chère sœur, s'écria-t-elle, si vous ne dormez pas, je vous supplie, en attendant le jour qui paraîtra bientôt, de me raconter un de ces contes agréables que vous savez. Hélas ! ce sera peut-être la dernière fois que j'aurai ce plai-sir. »

Scheherazade, au lieu de répondre à sa sœur, s'adressa au sultan : « Sire, dit-elle, Votre Majesté veut-elle bien me permettre de donner cette satisfaction à ma sœur ? — Très volontiers », répondit le sultan. Alors Scheherazade dit à sa sœur d'écouter ; et puis, adressant la parole à Schahriar, elle commença de cette sorte :

PREMIÈRE NUIT

LE MARCHAND ET LE GÉNIE

Sire, il y avait autrefois un marchand qui possédait de grands biens, tant en fonds de terre qu'en marchandises et en argent comptant. Il avait beaucoup de commis, de fac-teurs et d'esclaves. Comme il était obligé de temps en temps de faire des voyages pour s'aboucher avec ses cor-respondants, un jour qu'une affaire d'importance l'appe-lait assez loin du lieu qu'il habitait, il monta à cheval et partit avec une valise derrière lui, dans laquelle il avait mis une petite provision de biscuits et de dattes, parce qu'il avait un pays désert à passer, où il n'aurait pas trouvé de quoi vivre. Il arriva sans accident à l'endroit où il avait affaire, et, quand il eut terminé la chose qui l'y avait appelé, il remonta à cheval pour s'en retourner chez lui.

Le quatrième jour de sa marche, il se sentit tellement incommodé de l'ardeur du soleil et de la terre échauffée par ses rayons qu'il se détourna de son chemin pour aller se rafraîchir sous des arbres qu'il aperçut dans la campagne. Il y trouva, au pied d'un grand noyer, une fontaine d'une eau très claire et coulante. Il mit pied à terre, attacha son cheval à une branche d'arbre, et s'assit près de la fontaine, après avoir tiré de sa valise quelques dattes et du biscuit. En mangeant les dattes, il en jetait les noyaux à droite et à gauche. Lorsqu'il eut achevé ce repas frugal, comme il était bon musulman[1], il se lava les mains, le visage et les pieds, et fit sa prière.

Il ne l'avait pas finie, et il était encore à genoux, quand il vit paraître un génie tout blanc de vieillesse et d'une grandeur énorme, qui, s'avançant jusqu'à lui le sabre à la main, lui dit d'un ton de voix terrible : « Lève-toi, que je te tue avec ce sabre comme tu as tué mon fils. » Il accompagna ces mots d'un cri effroyable. Le marchand, autant effrayé de la hideuse figure du monstre que des paroles qu'il lui avait adressées, lui répondit en tremblant : « Hélas ! mon bon seigneur, de quel crime puis-je être coupable envers vous pour mériter que vous m'ôtiez la vie ? — Je veux, reprit le génie, te tuer de même que tu as tué mon fils. — Eh ! bon Dieu ! repartit le marchand, comment pourrais-je avoir tué votre fils ? Je ne le connais point, et je ne l'ai jamais vu. — Ne t'es-tu pas assis en arrivant ici ? répliqua le génie ; n'as-tu pas tiré des dattes de ta valise, et, en les mangeant, n'en as-tu pas jeté les noyaux à droite et à gauche ? — J'ai fait ce que vous dites, répondit le marchand, je ne puis le nier. — Cela étant, reprit le génie, je te dis que tu as tué mon fils, et voici comment : dans le temps que tu jetais tes noyaux, mon fils passait ; il en a reçu un dans l'œil, et il en est mort : c'est pourquoi il faut que je te tue. — Ah ! Monseigneur ! pardon, s'écria le marchand. — Point de pardon, répondit le génie, point de

miséricorde. N'est-il pas juste de tuer celui qui a tué ? —
J'en demeure d'accord, dit le marchand ; mais je n'ai assurément pas tué votre fils ; et, quand cela serait, je ne
l'aurais fait que fort innocemment : par conséquent, je
vous supplie de me pardonner et de me laisser la vie. —
Non, non, dit le génie en persistant dans sa résolution, il
faut que je te tue de même que tu as tué mon fils. » A ces
mots, il prit le marchand par le bras, le jeta la face contre
terre, et leva le sabre pour lui couper la tête.

Cependant le marchand, tout en pleurs et protestant de
son innocence, regrettait sa femme et ses enfants, et disait
les choses du monde les plus touchantes. Le génie, toujours le sabre haut, eut la patience d'attendre que le malheureux eût achevé ses lamentations ; mais il n'en fut nullement attendri. « Tous ces regrets sont superflus, s'écria-
t-il ; quand tes larmes seraient de sang, cela ne
m'empêcherait pas de te tuer comme tu as tué mon fils. —
Quoi ! répliqua le marchand, rien ne peut vous toucher ?
vous voulez absolument ôter la vie à un pauvre innocent ?
— Oui, repartit le génie, j'y suis résolu. » En achevant ces
paroles...

Scheherazade, en cet endroit, s'apercevant qu'il était
jour et sachant que le sultan se levait de grand matin pour
faire sa prière et tenir son conseil, cessa de parler. « Bon
Dieu ! ma sœur, dit alors Dinarzade, que votre conte est
merveilleux ! — La suite en est encore plus surprenante,
répondit Scheherazade, et vous en tomberiez d'accord, si
le sultan voulait me laisser vivre encore aujourd'hui et me
donner la permission de vous la raconter la nuit prochaine. » Schahriar, qui avait écouté Scheherazade avec
plaisir, dit en lui-même : « J'attendrai jusqu'à demain ; je
la ferai toujours bien mourir quand j'aurai entendu la fin
de son conte. » Ayant donc pris la résolution de ne pas
faire ôter la vie à Scheherazade ce jour-là, il se leva pour
faire sa prière et aller au conseil.

Pendant ce temps-là le grand-vizir était dans une
inquiétude cruelle. Au lieu de goûter la douceur du sommeil, il avait passé la nuit à soupirer et à plaindre le sort
de sa fille, dont il devait être le bourreau. Mais, si dans
cette triste attente il craignait la vue du sultan, il fut agréablement surpris lorsqu'il vit que ce prince entrait au
conseil sans lui donner l'ordre funeste qu'il en attendait.

Le sultan, selon sa coutume, passa la journée à régler les affaires de son empire ; et, quand la nuit fut venue, il coucha encore avec Scheherazade. Le lendemain, avant que le jour parût, Dinarzade ne manqua pas de s'adresser à sa sœur et de lui dire : « Ma chère sœur, si vous ne dormez pas, je vous supplie, en attendant le jour qui paraîtra bientôt, de continuer le conte d'hier. » Le sultan n'attendit pas que Scheherazade lui en demandât la permission. « Achevez, lui dit-il, le conte du génie et du marchand ; je suis curieux d'en entendre la fin. » Scheherazade prit alors la parole et continua son conte dans ces termes :

IIᵉ NUIT

Sire, quand le marchand vit que le génie lui allait trancher la tête, il fit un grand cri, et lui dit : « Arrêtez ; encore un mot, de grâce ; ayez la bonté de m'accorder un délai : donnez-moi le temps d'aller dire adieu à ma femme et à mes enfants, et de leur partager mes biens par un testament que je n'ai pas encore fait, afin qu'ils n'aient point de procès après ma mort ; cela étant fini, je reviendrai aussitôt dans ce même lieu me soumettre à tout ce qu'il vous plaira d'ordonner de moi. — Mais, dit le génie, si je t'accorde le délai que tu demandes, j'ai peur que tu ne reviennes pas. — Si vous voulez m'en croire à mon serment, répondit le marchand, je jure par le Dieu du ciel et de la terre que je viendrai vous retrouver ici sans y manquer. — De combien de temps souhaites-tu que soit ce délai ? répliqua le génie. — Je vous demande une année, repartit le marchand ; il ne me faut pas moins de temps pour donner ordre à mes affaires, et pour me disposer à renoncer sans regret au plaisir qu'il y a de vivre. Ainsi, je vous promets que de demain en un an, sans faute, je me rendrai sous ces arbres, pour me remettre entre vos mains. — Prends-tu Dieu à témoin de la promesse que tu me fais ? reprit le génie. — Oui, répondit le marchand, je le prends encore une fois à témoin, et vous pouvez vous reposer sur mon serment. » A ces paroles, le génie le laissa près de la fontaine et disparut.

Le marchand, s'étant remis de sa frayeur, remonta à cheval et reprit son chemin. Mais, si d'un côté il avait de la joie de s'être tiré d'un si grand péril, de l'autre il était dans une tristesse mortelle lorsqu'il songeait au serment fatal qu'il avait fait. Quand il arriva chez lui, sa femme et ses enfants le reçurent avec toutes les démonstrations d'une joie parfaite; mais, au lieu de les embrasser de la même manière, il se mit à pleurer si amèrement qu'ils jugèrent bien qu'il lui était arrivé quelque chose d'extraordinaire. Sa femme lui demanda la cause de ses larmes et de la vive douleur qu'il faisait éclater. « Nous nous réjouissions, disait-elle, de votre retour, et cependant vous nous alarmez tous par l'état où nous vous voyons. Expliquez-nous, je vous prie, le sujet de votre tristesse. — Hélas! répondit le mari; le moyen que je sois dans une autre situation! Je n'ai plus qu'un an à vivre. » Alors il leur raconta ce qui s'était passé entre lui et le génie, et leur apprit qu'il lui avait donné parole de retourner au bout de l'année recevoir la mort de sa main.

Lorsqu'ils entendirent cette triste nouvelle, ils commencèrent tous à se désoler. La femme poussait des cris pitoyables en se frappant le visage et en s'arrachant les cheveux; les enfants, fondant en pleurs, faisaient retentir la maison de leurs gémissements; et le père, cédant à la force du sang, mêlait ses larmes à leurs plaintes. En un mot, c'était le spectacle du monde le plus touchant.

Dès le lendemain, le marchand songea à mettre ordre à ses affaires, et s'appliqua sur toutes choses à payer ses dettes. Il fit des présents à ses amis et de grandes aumônes aux pauvres, donna la liberté à ses esclaves de l'un et de l'autre sexe, partagea ses biens entre ses enfants, nomma des tuteurs pour ceux qui n'étaient pas encore en âge, et, en rendant à sa femme tout ce qui lui appartenait, selon son contrat de mariage, il l'avantagea de tout ce qu'il put lui donner suivant les lois.

Enfin l'année s'écoula, et il fallut partir. Il fit sa valise, où il mit le drap dans lequel il devait être enseveli; mais, lorsqu'il voulut dire adieu à sa femme et à ses enfants, on n'a jamais vu une douleur plus vive. Ils ne pouvaient se résoudre à le perdre; ils voulaient tous l'accompagner et aller mourir avec lui. Néanmoins, comme il fallait se faire violence et quitter des objets si chers : « Mes enfants, leur dit-il, j'obéis à l'ordre de Dieu en me séparant de vous. Imitez-moi : soumettez-vous courageusement à cette nécessité, et songez que la destinée de l'homme est de mourir. » Après avoir dit ces paroles, il s'arracha aux cris et aux regrets de sa famille, il partit, et arriva au même endroit où il avait vu le génie, le propre jour qu'il avait promis de s'y rendre. Il mit aussitôt pied à terre, et s'assit au bord de la fontaine, où il attendit le génie avec toute la tristesse qu'on peut s'imaginer.

Pendant qu'il languissait dans une si cruelle attente, un bon vieillard, qui menait une biche à l'attache, parut et s'approcha de lui. Ils se saluèrent l'un l'autre ; après quoi le vieillard lui dit : « Mon frère, peut-on savoir de vous pourquoi vous êtes venu dans ce lieu désert, où il n'y a que des esprits malins, et où l'on n'est pas en sûreté ? A voir ces beaux arbres, on le croirait habité ; mais c'est une véritable solitude, où il est dangereux de s'arrêter trop longtemps. »

Le marchand satisfit la curiosité du vieillard, et lui conta l'aventure qui l'obligeait à se trouver là. Le vieillard l'écouta avec étonnement ; et, prenant la parole : « Voilà, s'écria-t-il, la chose du monde la plus surprenante ; et vous vous êtes lié par le serment le plus inviolable. Je veux, ajouta-t-il, être témoin de votre entrevue avec le génie. » En disant cela, il s'assit près du marchand, et tandis qu'ils s'entretenaient tous deux...

« Mais je vois le jour, dit Scheherazade en se reprenant ; ce qui reste est le plus beau du conte. » Le sultan, résolu d'en entendre la fin, laissa vivre encore ce jour-là Scheherazade.

IIIᵉ NUIT

La nuit suivante, Dinarzade fit à sa sœur la même prière que les deux précédentes. « Ma chère sœur, lui dit-elle, si vous ne dormez pas, je vous supplie de me raconter un de ces contes agréables que vous savez. » Mais le sultan dit qu'il voulait entendre la suite de celui du marchand et du génie ; c'est pourquoi Scheherazade le reprit ainsi :

Sire, dans le temps que le marchand et le vieillard qui conduisait la biche s'entretenaient, il arriva un autre vieillard suivi de deux chiens noirs. Il s'avança jusqu'à eux, et les salua en leur demandant ce qu'ils faisaient en cet endroit. Le vieillard qui conduisait la biche lui apprit l'aventure du marchand et du génie, ce qui s'était passé

entre eux et le serment du marchand. Il ajouta que ce jour
était celui de la parole donnée et qu'il était résolu de
demeurer là pour voir ce qui en arriverait.

Le second vieillard, trouvant aussi la chose digne de sa
curiosité, prit la même résolution. Il s'assit auprès des
autres ; et à peine se fut-il mêlé à leur conversation qu'il
survint un troisième vieillard qui, s'adressant aux deux
premiers, leur demanda pourquoi le marchand qui était
avec eux paraissait si triste. On lui en dit le sujet, qui lui
parut si extraordinaire qu'il souhaita aussi d'être témoin
de ce qui se passerait entre le génie et le marchand. Pour
cet effet, il se plaça parmi les autres.

Ils aperçurent bientôt dans la campagne une vapeur
épaisse, comme un tourbillon de poussière enlevé par le
vent. Cette vapeur s'avança jusqu'à eux, et, se dissipant
tout à coup, leur laissa voir le génie, qui, sans les saluer,
s'approcha du marchand le sabre à la main et qui lui dit,
le prenant par le bras : « Lève-toi, que je te tue comme tu
as tué mon fils. » Le marchand et les trois vieillards
effrayés se mirent à pleurer et à remplir l'air de cris...

Scheherazade, en cet endroit, apercevant le jour, cessa
de poursuivre son conte, qui avait si bien piqué la curiosité du sultan que ce prince, voulant absolument en savoir
la fin, remit encore au lendemain la mort de la sultane.

On ne peut exprimer quelle fut la joie du grand-vizir
lorsqu'il vit que le sultan ne lui ordonnait pas de faire
mourir Scheherazade. Sa famille, la cour, tout le monde
en fut généralement étonné.

IVe NUIT

Vers la fin de la nuit suivante, Dinarzade ne manqua pas
de réveiller la sultane. « Ma chère sœur, lui dit-elle, si vous
ne dormez pas, je vous supplie de me raconter un de ces
beaux contes que vous savez. » Alors Scheherazade, avec
la permission du sultan, parla en ces termes :

Sire, quand le vieillard qui conduisait la biche vit que le
génie s'était saisi du marchand et l'allait tuer impitoyablement, il se jeta aux pieds de ce monstre, et, les lui baisant :
« Prince des génies, lui dit-il, je vous supplie très humblement de suspendre votre colère et de me faire la grâce de

m'écouter. Je vais vous raconter mon histoire et celle de cette biche que vous voyez; mais, si vous la trouvez plus merveilleuse et plus surprenante que l'aventure de ce marchand à qui vous voulez ôter la vie, puis-je espérer que vous voudrez bien remettre à ce pauvre malheureux le tiers de son crime?» Le génie fut quelque temps à se consulter là-dessus; mais enfin il répondit : « Hé bien, voyons, j'y consens. »

HISTOIRE DU PREMIER VIEILLARD

ET DE LA BICHE

« Je vais donc, reprit le vieillard, commencer mon récit; écoutez-moi, je vous prie, avec attention. Cette biche que vous voyez est ma cousine et de plus ma femme. Elle n'avait que douze ans quand je l'épousai; ainsi je puis dire qu'elle ne devait pas moins me regarder comme son père que comme son parent et son mari.

« Nous avons vécu ensemble trente années sans avoir eu d'enfants; mais sa stérilité ne m'a point empêché d'avoir pour elle beaucoup de complaisance[1] et d'amitié. Le seul désir d'avoir des enfants me fit acheter une esclave, dont j'eus un fils qui promettait infiniment. Ma femme en conçut de la jalousie, prit en aversion la mère et l'enfant, et cacha si bien ses sentiments que je ne les connus que trop tard.

« Cependant mon fils croissait, et il avait déjà dix ans, lorsque je fus obligé de faire un voyage. Avant mon départ, je recommandai à ma femme, dont je ne me défiais point, l'esclave et son fils, et je la priai d'en avoir soin pendant mon absence, qui dura une année entière. Elle profita de ce temps-là pour contenter sa haine. Elle s'attacha à la magie, et, quand elle sut assez de cet art diabolique pour

---

1. La loi civile des Mahométans reconnaît comme légitime tout enfant né d'un mariage contracté sous l'une des formes reconnues par la loi religieuse : on peut louer, acheter ou épouser une ou plusieurs femmes.

exécuter l'horrible dessein qu'elle méditait, la scélérate mena mon fils dans un lieu écarté. Là, par ses enchantements, elle le changea en veau, et le donna à mon fermier, avec ordre de le nourrir comme un veau, disait-elle, qu'elle avait acheté. Elle ne borna point sa fureur à cette action abominable ; elle changea l'esclave en vache, et la donna aussi à mon fermier.

« A mon retour, je lui demandai des nouvelles de la mère et de l'enfant. « Votre esclave est morte, me dit-elle ; et, pour votre fils, il y a deux mois que je ne l'ai vu et que je ne sais ce qu'il est devenu. » Je fus touché de la mort de l'esclave ; mais, comme mon fils n'avait fait que disparaître, je me flattai que je pourrais le revoir bientôt. Néanmoins huit mois se passèrent sans qu'il revînt, et je n'en avais aucune nouvelle, lorsque la fête du grand Baïram[1] arriva. Pour la célébrer, je mandai à mon fermier de m'amener une vache des plus grasses pour en faire un sacrifice. Il n'y manqua pas. La vache qu'il m'amena était l'esclave elle-même, la malheureuse mère de mon fils. Je la liai ; mais, dans le moment que je me préparais à la sacrifier, elle se mit à faire des beuglements pitoyables, et je m'aperçus qu'il coulait de ses yeux des ruisseaux de larmes. Cela me parut assez extraordinaire ; et, me sentant, malgré moi, saisi d'un mouvement de pitié, je ne pus me résoudre à la frapper. J'ordonnai à mon fermier de m'en aller prendre une autre.

« Ma femme, qui était présente, frémit de ma compassion, et, s'opposant à un ordre qui rendait sa malice inutile : « Que faites-vous, mon mari ? s'écria-t-elle. Immolez cette vache. Votre fermier n'en a pas de plus belle, ni qui soit plus propre à l'usage que nous en voulons faire. » Par complaisance pour ma femme, je m'approchai de la vache ; et, combattant la pitié qui en suspendait le sacrifice, j'allais porter le coup mortel, quand la victime, redoublant ses pleurs et ses beuglements, me désarma une seconde fois. Alors je mis le maillet entre les mains du fer-

1. *Baïram* est le nom donné aux deux fêtes religieuses des Musulmans. Le grand Baïram, qui dure quatre jours, se célèbre le dixième jour du dernier mois de l'année, en souvenir du pèlerinage de la Mecque, que tout fidèle qui veut se sanctifier doit faire une fois dans sa vie ; le petit Baïram vient mettre fin au jeune du Ramadan, et dure trois jours.

mier en lui disant : « Prenez, et sacrifiez-la vous-même ; ses beuglements et ses larmes me fendent le cœur. »

« Le fermier, moins pitoyable que moi, la sacrifia. Mais, en l'écorchant, il se trouva qu'elle n'avait que les os, quoiqu'elle nous eût paru très grasse. J'en eus un véritable chagrin. « Prenez-la pour vous, dis-je au fermier, je vous l'abandonne ; faites-en des régals et des aumônes à qui vous voudrez ; et, si vous avez un veau bien gras, amenez-le-moi à sa place. » Je ne m'informai pas de ce qu'il fit de la vache ; mais, peu de temps après qu'il l'eut fait enlever de devant mes yeux, je le vis arriver avec un veau fort gras. Quoique j'ignorasse que ce veau fût mon fils, je ne laissai pas de sentir émouvoir mes entrailles à sa vue. De son côté, dès qu'il m'aperçut, il fit un si grand effort pour venir à moi qu'il en rompit sa corde. Il se jeta à mes pieds, la tête contre terre, comme s'il eût voulu exciter ma compassion et me conjurer de n'avoir pas la cruauté de lui ôter la vie, en m'avertissant, autant qu'il lui était possible, qu'il était mon fils.

« Je fus encore plus surpris et plus touché de cette action que je ne l'avais été des pleurs de la vache. Je sentis une tendre pitié qui m'intéressa pour lui, ou, pour mieux dire, le sang fit en moi son devoir. « Allez, dis-je au fermier, remenez ce veau chez vous ; ayez-en un grand soin, et, à sa place, amenez-en un autre incessamment. »

Dès que ma femme m'entendit parler ainsi, elle ne manqua pas de s'écrier encore : « Que faites-vous, mon mari ? croyez-moi, ne sacrifiez pas un autre veau que celui-là. — Ma femme, lui répondis-je, je n'immolerai pas celui-ci ; je veux lui faire grâce, je vous prie de ne vous y point opposer. » Elle n'eut garde, la méchante femme, de se rendre à ma prière ; elle haïssait trop mon fils pour consentir que je le sauvasse. Elle m'en demanda le sacrifice avec tant d'opiniâtreté que je fus obligé de le lui accorder. Je liai le veau, et, prenant le couteau funeste...

Scheherazade s'arrêta en cet endroit, parce qu'elle aperçut le jour. « Ma sœur, dit alors Dinarzade, je suis enchantée de ce conte, qui soutient si agréablement mon attention. — Si le sultan me laisse encore vivre aujourd'hui, repartit Scheherazade, vous verrez que ce que je vous raconterai demain vous divertira bien davantage. » Schahriar, curieux de savoir ce que deviendrait le fils du vieillard qui conduisait la biche, dit à la sultane qu'il serait bien aise d'entendre, la nuit prochaine, la fin de ce conte.

Vᵉ NUIT

Sur la fin de la cinquième nuit, Dinarzade appela la sultane et lui dit : « Ma chère sœur, si vous ne dormez pas, je vous supplie, en attendant le jour, qui paraîtra bientôt, de reprendre la suite de ce beau conte que vous commençâtes hier. » Scheherazade, après en avoir obtenu la permission de Schahriar, poursuivit de cette manière le conte du jour précédent :

Sire, le premier vieillard qui conduisait la biche, continuant de raconter son histoire au génie, aux deux autres vieillards et au marchand : « Je pris donc, leur dit-il, le couteau, et j'allais l'enfoncer dans la gorge de mon fils, lorsque, tournant vers moi languissamment ses yeux baignés de pleurs, il m'attendrit à un point que je n'eus pas la force de l'immoler. Je laissai tomber le couteau, et je dis à ma femme que je voulais absolument tuer un autre veau que celui-là. Elle n'épargna rien pour me faire changer de résolution ; mais, quoi qu'elle pût me représenter, je demeurai ferme, et lui promis seulement, pour l'apaiser, que je le sacrifierais au Baïram de l'année prochaine.

« Le lendemain matin, mon fermier demanda à me parler en particulier. « Je viens, me dit-il, vous apprendre une nouvelle dont j'espère que vous me saurez bon gré. J'ai une fille qui a quelque connaissance de la magie. Hier, comme je remenais au logis le veau dont vous n'aviez pas voulu faire le sacrifice, je remarquai qu'elle rit en le voyant, et qu'un moment après elle se mit à pleurer. Je lui demandai pourquoi elle faisait en même temps deux choses si contraires : « Mon père, me répondit-elle, ce « veau que vous ramenez est le fils de notre maître. J'ai ri « de joie de le voir encore vivant, et j'ai pleuré en me sou- « venant du sacrifice qu'on fit hier de sa mère qui était « changée en vache. Ces deux métamorphoses ont été « faites par les enchantements de la femme de notre « maître, laquelle haïssait la mère et l'enfant. » — Voilà ce que m'a dit ma fille, poursuivit le fermier, et je viens vous apporter cette nouvelle. »

« A ces paroles, ô génie, continua le vieillard, je vous

laisse à juger quelle fut ma surprise! Je partis sur-le-champ avec mon fermier pour parler moi-même à sa fille. En arrivant, j'allai d'abord à l'étable où était mon fils. Il ne put répondre à mes embrassements; mais il les reçut d'une manière qui acheva de me persuader qu'il était mon fils.

« La fille du fermier arriva. « Ma bonne fille, lui dis-je, pouvez-vous rendre à mon fils sa première forme? — Oui, je le puis, me répondit-elle. — Ah! si vous en venez à bout, repris-je, je vous fais maîtresse de tous mes biens. » Alors elle me repartit en souriant : « Vous êtes notre maître, et je sais trop bien ce que je vous dois; mais je vous avertis que je ne puis remettre votre fils dans son premier état qu'à deux conditions : la première, que vous me le donnerez pour époux, et la seconde, qu'il me sera permis de punir la personne qui l'a changé en veau. — Pour la première condition, lui dis-je, je l'accepte de bon cœur; je dis plus, je vous promets de vous donner beaucoup de bien pour vous en particulier, indépendamment de celui que je destine à mon fils. Enfin, vous verrez comment je reconnaîtrai le grand service que j'attends de vous. Pour la condition qui regarde ma femme, je veux bien l'accepter encore. Une personne qui a été capable de faire une action si criminelle mérite bien d'en être punie; je vous l'abandonne, faites-en ce qu'il vous plaira; je vous prie seulement de ne lui pas ôter la vie. — Je vais donc, répliqua-t-elle, la traiter de la même manière qu'elle a traité votre fils. — J'y consens, lui repartis-je; mais rendez-moi mon fils auparavant. »

« Alors cette fille prit un vase plein d'eau, prononça dessus des paroles que je n'entendis pas, et, s'adressant au veau : *O veau! dit-elle, si tu as été créé par le tout-puissant et souverain maître du monde tel que tu parais en ce moment, demeure sous cette forme; mais, si tu es homme et que tu sois changé en veau par enchantement, reprends ta figure naturelle par la permission du souverain Créateur.* En achevant ces mots, elle jeta l'eau sur lui, et à l'instant il reprit sa première forme.

« Mon fils, mon cher fils! m'écriai-je aussitôt en l'embrassant avec un transport dont je ne fus pas maître, c'est Dieu qui nous a envoyé cette jeune fille pour détruire l'horrible charme dont vous étiez environné, et vous venger du mal qui vous a été fait, à vous et à votre mère. Je ne doute pas que, par reconnaissance, vous ne vouliez bien la prendre pour votre femme comme je m'y suis engagé. » Il y consentit avec joie; mais, avant qu'ils se mariassent, la jeune fille changea ma femme en biche, et c'est elle que vous voyez ici. Je souhaitai qu'elle eût cette forme plutôt qu'une autre moins agréable, afin que nous la vissions sans répugnance dans la famille. Depuis ce temps-là, mon fils est devenu veuf et est allé voyager. Comme il y a plusieurs années que je n'ai eu de ses nouvelles, je me suis mis en chemin pour tâcher d'en apprendre; et, n'ayant voulu confier à personne le soin de ma femme pendant que je serais en quête de lui, j'ai jugé à propos de la mener partout avec moi. Voilà donc mon histoire et celle de cette biche. N'est-elle pas des plus surprenantes et des plus merveilleuses?

— J'en demeure d'accord, dit le génie, et, en sa faveur, je t'accorde le tiers de la grâce de ce marchand. »

Quand le premier vieillard, Sire, continua la sultane, eut achevé son histoire, le second, qui conduisait les deux chiens noirs, s'adressa au génie et lui dit : « Je vais vous raconter ce qui m'est arrivé, à moi et à ces deux chiens noirs que voici, et je suis sûr que vous trouverez mon histoire encore plus étonnante que celle que vous venez d'entendre. Mais, quand je vous l'aurai contée, m'accorderez-vous le second tiers de la grâce de ce marchand? — Oui, répondit le génie, pourvu que ton histoire surpasse celle de la biche. » Après ce consentement, le second vieillard commença de cette manière...

Mais Scheherazade, en prononçant ces dernières paroles, ayant vu le jour, cessa de parler. « Bon Dieu! ma sœur, dit Dinarzade, que ces aventures sont singulières! — Ma sœur, répondit la sultane, elles ne sont pas comparables à celles que j'aurais à vous raconter la nuit prochaine, si le sultan, mon seigneur et mon maître, avait la bonté de me laisser vivre. » Schahriar ne répondit rien à cela; mais il se leva, fit sa prière, et alla au conseil, sans donner aucun ordre contre la vie de la charmante Scheherazade.

La sixième nuit étant venue, le sultan et son épouse se couchèrent. Dinarzade se réveilla à l'heure ordinaire, et appela la sultane. « Ma chère sœur, lui dit-elle, si vous ne dormez pas, je vous supplie, en attendant le jour qui paraîtra bientôt, de me raconter quelqu'un de ces beaux contes que vous savez. » Schahriar prit alors la parole : « Je souhaiterais, dit-il, d'entendre l'histoire du second vieillard et des deux chiens noirs. — Je vais contenter votre curiosité, Sire », répondit Scheherazade.

Le second vieillard, poursuivit-elle, s'adressant au génie, commença ainsi son histoire :

HISTOIRE DU SECOND VIEILLARD

ET DES DEUX CHIENS NOIRS

« Grand prince des génies, vous saurez que nous sommes trois frères, ces deux chiens noirs que vous voyez, et moi qui suis le troisième. Notre père nous avait laissé en mourant à chacun mille sequins. Avec cette somme, nous embrassâmes tous trois la même profession : nous nous fîmes marchands. Peu de temps après que nous eûmes ouvert boutique, mon frère aîné, l'un de ces deux chiens, résolut de voyager et d'aller négocier dans les pays étrangers. Dans ce dessein, il vendit tout son fonds et en acheta des marchandises propres au négoce qu'il voulait faire.

« Il partit, et fut absent une année entière. Au bout de ce temps-là, un pauvre qui me parut demander l'aumône se présenta à ma boutique. Je lui dis : « Dieu vous assiste ! — Dieu vous assiste aussi ! me répondit-il : est-il possible que vous ne me reconnaissiez pas ? » Alors, l'envisageant avec attention, je le reconnus. « Ah ! mon frère ! m'écriai-je en l'embrassant, comment vous aurais-je pu reconnaître en cet état ? » Je le fis entrer dans ma maison, je lui demandai des nouvelles de sa santé et du succès de son voyage. « Ne me faites pas cette question, me dit-il ; en me voyant, vous voyez tout. Ce serait renouveler mon affliction que de vous faire le détail de tous les malheurs qui me sont arrivés depuis un an et qui m'ont réduit en l'état où je suis. »

« Je fis fermer aussitôt ma boutique, et, abandonnant tout autre soin, je le menai au bain, et lui donnai les plus beaux habits de ma garde-robe. J'examinai mes registres de vente et d'achat, et, trouvant que j'avais doublé mon fonds, c'est-à-dire que j'étais riche de deux mille sequins, je lui en donnai la moitié. « Avec cela, mon frère, lui dis-je, vous pourrez oublier la perte que vous avez faite. » Il accepta les mille sequins avec joie, rétablit ses affaires, et nous vécûmes ensemble comme nous avions vécu auparavant.

« Quelque temps après, mon second frère, qui est l'autre de ces deux chiens, voulut aussi vendre son fonds. Nous fîmes, son aîné et moi, tout ce que nous pûmes pour l'en détourner; mais il n'y eut pas moyen. Il le vendit, et de l'argent qu'il en fit il acheta des marchandises propres au négoce étranger qu'il voulait entreprendre. Il se joignit à une caravane et partit. Il revint au bout de l'an dans le même état que son frère aîné. Je le fis habiller, et, comme j'avais encore mille sequins par-dessus mon fonds, je les lui donnai. Il releva boutique et continua d'exercer sa profession.

« Un jour, mes deux frères vinrent me trouver pour me proposer de faire un voyage et d'aller trafiquer avec eux. Je rejetai d'abord leur proposition. « Vous avez voyagé, leur dis-je : qu'y avez-vous gagné? Qui m'assurera que je serai plus heureux que vous? » En vain ils me représentèrent là-dessus tout ce qui leur sembla devoir m'éblouir et m'encourager à tenter la fortune; je refusai d'entrer dans leur dessein. Mais ils revinrent tant de fois à la charge qu'après avoir pendant cinq ans résisté constamment à leurs sollicitations, je m'y rendis enfin. Mais, quand il fallut faire les préparatifs du voyage, et qu'il fut question d'acheter les marchandises dont nous avions besoin, il se trouva qu'ils avaient tout mangé, et qu'il ne leur restait rien des mille sequins que je leur avais donnés à chacun. Je ne leur en fis pas le moindre reproche. Au contraire, comme mon fonds était de six mille sequins, j'en partageai la moitié avec eux, en leur disant : « Mes frères, il faut risquer ces trois mille sequins, et cacher les autres en quelque endroit sûr, afin que, si notre voyage n'est pas plus heureux que ceux que vous avez déjà faits, nous ayons de quoi nous en consoler et reprendre notre ancienne profession. » Je donnai donc mille sequins à chacun, j'en gardai autant pour moi, et j'enterrai les trois mille autres dans un coin de ma maison. Nous achetâmes des marchandises, et, après les avoir embarquées sur un vaisseau que nous frétâmes entre nous trois, nous fîmes mettre à la voile avec un vent favorable. Après un mois de navigation... »

« Mais je vois le jour, poursuivit Scheherazade, il faut que j'en demeure là. — Ma sœur, dit Dinarzade, voilà un conte qui promet beaucoup ; je m'imagine que la suite en est fort extraordinaire. — Vous ne vous trompez pas, répondit la sultane ; et, si le sultan me permet de vous la conter, je suis persuadée qu'elle vous divertira fort. » Schahriar se leva comme le jour précédent, sans s'expliquer là-dessus, et ne donna point ordre au grand-vizir de faire mourir sa fille.

VIIᵉ NUIT

Sur la fin de la septième nuit, Dinarzade ne manqua pas de réveiller la sultane : « Ma chère sœur, lui dit-elle, si vous ne dormez pas, je vous supplie, en attendant le jour qui paraîtra bientôt, de me conter la suite de ce beau conte que vous ne pûtes achever hier. — Je le veux bien, répondit Scheherazade ; et, pour en reprendre le fil, je vous dirai que le vieillard qui menait les deux chiens noirs, continuant de raconter son histoire au génie, aux deux autres vieillards et au marchand :

« Enfin, leur dit-il, après deux mois de navigation, nous arrivâmes heureusement à un port de mer, où nous débarquâmes et fîmes un très grand débit de nos marchandises. Moi surtout, je vendis si bien les miennes que je gagnai dix pour un. Nous achetâmes des marchandises du pays, pour les transporter et les négocier au nôtre.

« Dans le temps que nous étions prêts à nous rembarquer pour notre retour, je rencontrai sur le bord de la mer une dame assez bien faite, mais fort pauvrement habillée. Elle m'aborda, me baisa la main, et me pria, avec les dernières instances, de la prendre pour femme et de l'embarquer avec moi. Je fis difficulté de lui accorder ce qu'elle demandait ; mais elle me dit tant de choses pour me persuader que je ne devais pas prendre garde à sa pauvreté, et que j'aurais lieu d'être content de sa conduite, que je me laissai vaincre. Je lui fis faire des habits propres ; et, après l'avoir épousée par un contrat de mariage en bonne forme, je l'embarquai avec moi, et nous mîmes à la voile.

« Pendant notre navigation, je trouvai de si belles qualités dans la femme que je venais de prendre que je l'aimais tous les jours de plus en plus. Cependant mes deux frères, qui n'avaient pas si bien fait leurs affaires que moi, et qui étaient jaloux de ma prospérité, me portaient envie. Leur fureur alla même jusqu'à conspirer contre ma vie. Une nuit, dans le temps que ma femme et moi nous dormions, ils nous jetèrent à la mer.

« Ma femme était fée, et par conséquent génie ; vous jugez bien qu'elle ne se noya pas. Pour moi, il est certain que je serais mort sans son secours ; mais je fus à peine tombé dans l'eau qu'elle m'enleva et me transporta dans une île. Quand il fut jour, la fée me dit : « Vous voyez, mon mari, qu'en vous sauvant la vie, je ne vous ai pas mal récompensé du bien que vous m'avez fait. Vous saurez que je suis fée, et que, me trouvant sur le bord de la mer lorsque vous alliez vous embarquer, je me sentis une forte inclination pour vous. Je voulus éprouver la bonté de votre cœur ; je me présentai devant vous déguisée comme vous m'avez vue. Vous en avez usé avec moi généreusement : je suis ravie d'avoir trouvé l'occasion de vous en marquer ma reconnaissance. Mais je suis irritée contre vos frères, et je ne serai pas satisfaite que je ne leur aie ôté la vie. »

« J'écoutai avec admiration le discours de la fée ; je la remerciai le mieux qu'il me fut possible de la grande obligation que je lui avais. « Mais, Madame, lui dis-je, pour ce qui est de mes frères, je vous supplie de leur pardonner. Quelque sujet que j'aie de me plaindre d'eux, je ne suis pas assez cruel pour vouloir leur perte. » Je lui racontai ce que j'avais fait pour l'un et l'autre ; et, mon récit augmentant son indignation contre eux : « Il faut, s'écria-t-elle, que je vole tout à l'heure après ces traîtres et ces ingrats, et que j'en tire une prompte vengeance. Je vais submerger leur vaisseau et les précipiter dans le fond de la mer. — Non, ma belle dame, repris-je ; au nom de Dieu, n'en faites rien, modérez votre courroux ; songez que ce sont mes frères, et qu'il faut faire le bien pour le mal. »

« J'apaisai la fée par ces paroles ; et, lorsque je les eus prononcées, elle me transporta en un instant de l'île où nous étions sur le toit de mon logis, qui était en terrasse, et elle disparut un moment après. Je descendis, j'ouvris les portes, et je déterrai les trois mille sequins que j'avais cachés. J'allai ensuite à la place où était ma boutique ; je l'ouvris, et je reçus des marchands mes voisins des compliments sur mon retour. Quand je rentrai chez moi, j'aperçus ces deux chiens noirs, qui vinrent m'aborder d'un air soumis. Je ne savais ce que cela signifiait, et j'en étais fort étonné ; mais la fée, qui parut bientôt, m'en éclaircit. « Mon mari, me dit-elle, ne soyez pas surpris de voir ces deux chiens chez vous : ce sont vos deux frères. » Je frémis à ces mots, et je lui demandai par quelle puissance ils se trouvaient en cet état. « C'est moi qui les y ai mis, me répondit-elle ; au moins, c'est une de mes sœurs à qui j'en ai donné la commission, et qui, en même temps, a coulé à fond leur vaisseau. Vous y perdez les marchandises que vous y aviez ; mais je vous récompenserai d'ailleurs. A l'égard de vos frères, je les ai condamnés à demeurer dix ans sous cette forme ; leur perfidie ne les rend que trop dignes de cette pénitence. » Enfin, après m'avoir enseigné où je pourrais avoir de ses nouvelles, elle disparut.

« Présentement que les dix années sont accomplies, je suis en chemin pour l'aller chercher ; et, comme en passant par ici j'ai rencontré ce marchand et le bon vieillard qui mène sa biche, je me suis arrêté avec eux. Voilà quelle est mon histoire, ô prince des génies ! ne vous paraît-elle pas des plus extraordinaires ? — J'en conviens, répondit le génie, et je remets aussi en sa faveur le second tiers du crime dont ce marchand est coupable envers moi. »

Aussitôt que le second vieillard eut achevé son histoire, le troisième prit la parole, et fit au génie la même demande que les deux premiers, c'est-à-dire de remettre au marchand le troisième tiers de son crime, supposé que l'histoire qu'il avait à lui raconter surpassât en événements singuliers les deux qu'il venait d'entendre. Le génie lui fit la même promesse qu'aux autres. « Écoutez donc », lui dit alors le vieillard...

« Mais le jour paraît, dit Scheherazade en se reprenant, il faut que je m'arrête en cet endroit. — Je ne puis assez admirer, ma sœur, dit alors Dinarzade, les aventures que vous venez de raconter. — J'en sais une infinité d'autres, répondit la sultane, qui sont encore plus belles. » Schahriar, voulant savoir si le conte du troisième vieillard serait aussi agréable que celui du second, différa jusqu'au lendemain la mort de Scheherazade.

VIIIe NUIT

Dès que Dinarzade s'aperçut qu'il était temps d'appeler la sultane, elle lui dit : « Ma sœur, si vous ne dormez pas, je vous supplie, en attendant le jour qui paraîtra bientôt, de me conter un de ces beaux contes que vous savez. — Racontez-nous celui du troisième vieillard, dit le sultan à Scheherazade ; j'ai bien de la peine à croire qu'il soit plus merveilleux que celui du vieillard et des deux chiens noirs. — Sire, répondit la sultane, le troisième vieillard raconta son histoire au génie ; je ne vous la dirai point, car elle n'est pas venue à ma connaissance ; mais je sais qu'elle se trouva si fort au-dessus des deux précédentes, par la diversité des aventures merveilleuses qu'elle contenait, que le génie en fut étonné. Il n'en eut pas plus tôt ouï la fin qu'il dit au troisième vieillard : « Je t'accorde le dernier tiers de la grâce du marchand ; il doit bien vous remercier tous trois de l'avoir tiré d'intrigue par vos histoires ; sans vous il ne serait plus au monde. » En achevant ces mots, il disparut, au grand contentement de la compagnie. Le marchand ne manqua pas de rendre à ses trois libérateurs toutes les grâces qu'il leur devait. Ils se réjouirent avec lui de le voir hors de péril ; après quoi ils se dirent adieu, et chacun reprit son chemin. Le marchand s'en retourna auprès de sa femme et de ses enfants, et passa tranquillement avec eux le reste de ses jours. Mais, Sire, ajouta Scheherazade, quelque beaux que soient les contes que j'ai racontés jusqu'ici à Votre Majesté, ils n'approchent pas de celui du pêcheur. » Dinarzade, voyant que la sultane s'arrêtait, lui dit : « Ma sœur, puisqu'il nous reste encore du temps, de grâce, racontez-nous l'histoire de ce pêcheur ; le sultan le voudra bien. » Schahriar y consentit, et Scheherazade, reprenant son discours, poursuivit de cette manière :

HISTOIRE DU PÊCHEUR

Sire, il y avait autrefois un pêcheur fort âgé et si pauvre qu'à peine pouvait-il gagner de quoi faire subsister sa femme et trois enfants, dont sa famille était composée. Il allait tous les jours à la pêche de grand matin ; et, chaque jour, il s'était fait une loi de ne jeter ses filets que quatre fois seulement.

Il partit un matin au clair de la lune, et se rendit au bord de la mer. Il se déshabilla, et jeta ses filets, et, comme il les tirait vers le rivage, il sentit d'abord de la résistance ; il crut avoir fait une bonne pêche, et il s'en réjouissait déjà en lui-même. Mais un moment après, s'apercevant qu'au lieu de poisson il n'y avait dans ses filets que la carcasse d'un âne, il en eut beaucoup de chagrin...

Scheherazade, en cet endroit, cessa de parler, parce qu'elle vit paraître le jour. « Ma sœur, lui dit Dinarzade, je vous avoue que ce commencement me charme, et je prévois que la suite sera fort agréable. — Rien n'est plus surprenant que l'histoire de ce pêcheur, répondit la sultane ; et vous en conviendrez la nuit prochaine, si le sultan me fait la grâce de me laisser vivre. » Schahriar, curieux d'apprendre le succès de la pêche du pêcheur, ne voulut pas faire mourir ce jour-là Scheherazade. C'est pourquoi il se leva et ne donna pas encore ce cruel ordre.

IXᵉ NUIT

« Ma chère sœur, s'écria Dinarzade le lendemain à l'heure ordinaire, si vous ne dormez pas, je vous supplie, en attendant le jour qui paraîtra bientôt, de me raconter la suite du conte du pêcheur ; je meurs d'envie de l'entendre. — Je vais vous donner cette satisfaction », répondit la sultane. En même temps elle en demanda la permission au sultan, et, lorsqu'elle l'eut obtenue, elle reprit en ces termes le conte du pêcheur :

Sire, quand le pêcheur, affligé d'avoir fait une si mauvaise pêche, eut raccommodé ses filets que la carcasse de l'âne avait rompus en plusieurs endroits, il les jeta une seconde fois. En les tirant, il sentit encore beaucoup de résistance ; ce qui lui fit croire qu'ils étaient remplis de poisson ; mais il n'y trouva qu'un grand panier plein de gravier et de fange. Il en fut dans une extrême affliction. « O fortune ! s'écria-t-il d'une voix pitoyable, cesse d'être en colère contre moi, et ne persécute point un malheureux qui te prie de l'épargner ! Je suis parti de ma maison pour venir ici chercher ma vie, et tu m'annonces ma mort. Je n'ai pas d'autre métier que celui-ci pour subsister ; et, malgré tous les soins que j'y apporte, je puis à peine fournir aux plus pressants besoins de ma famille. Mais j'ai tort de me plaindre de toi ; tu prends plaisir à maltraiter les honnêtes gens, et à laisser les grands hommes dans l'obscurité, tandis que tu favorises les méchants et que tu élèves ceux qui n'ont aucune vertu qui les rende recommandables. »

En achevant ces plaintes, il jeta brusquement le panier, et, après avoir bien lavé ses filets que la fange avait gâtés, il les jeta pour la troisième fois. Mais il n'amena que des pierres, des coquilles et de l'ordure. On ne saurait exprimer quel fut son désespoir ; peu s'en fallut qu'il ne perdît l'esprit. Cependant, comme le jour commençait à paraître, il n'oublia pas de faire sa prière en bon musulman ; ensuite il ajouta celle-ci : *Seigneur, vous savez que je ne jette mes filets que quatre fois chaque jour. Je les ai déjà jetés trois fois sans avoir tiré le moindre fruit de mon travail. Il ne m'en reste plus qu'une ; je vous supplie de me rendre la mer favorable, comme vous l'avez rendue à Moïse* [1].

Le pêcheur, ayant fini cette prière, jeta ses filets pour la quatrième fois. Quand il jugea qu'il devait y avoir du poisson, il les tira comme auparavant avec assez de peine. Il n'y en avait pas pourtant ; mais il y trouva un vase de cuivre jaune qui, à sa pesanteur, lui parut plein de quelque chose, et il remarqua qu'il était fermé et scellé de plomb, avec l'empreinte d'un sceau. Cela le réjouit. « Je le vendrai au fondeur, disait-il, et, de l'argent que j'en ferai, j'en achèterai une mesure de blé. »

Il examina le vase de tous côtés ; il le secoua, pour voir si ce qui était dedans ne ferait pas de bruit. Il n'entendit rien, et cette circonstance, avec l'empreinte du sceau sur le couvercle de plomb, lui firent penser qu'il devait être rempli

1. Les Musulmans reconnaissent comme grands prophètes, Moïse, David, Jésus-Christ et Mahomet.

de quelque chose de précieux. Pour s'en éclaircir, il prit
son couteau, et, avec un peu de peine, il l'ouvrit. Il en pen-
cha aussitôt l'ouverture contre terre; mais il n'en sortit
rien, ce qui le surprit extrêmement. Il le posa devant lui,
et, pendant qu'il le considérait attentivement, il en sortit
une fumée fort épaisse qui l'obligea de reculer deux ou
trois pas en arrière. Cette fumée s'éleva jusqu'aux nues, et,
s'étendant sur la mer et sur le rivage, forma un gros
brouillard : spectacle qui causa, comme on peut se l'imaginer, un étonnement extraordinaire au pêcheur. Lorsque la
fumée fut toute hors du vase, elle se réunit et devint un
corps solide, dont il se forma un génie deux fois aussi haut
que le plus grand de tous les géants. A l'aspect d'un
monstre d'une grandeur si démesurée, le pêcheur voulut
prendre la fuite; mais il se trouva si troublé et si effrayé
qu'il ne put marcher.

« Salomon[1], s'écria d'abord le génie, Salomon, grand
prophète de Dieu, pardon, pardon! Jamais je ne m'oppo-
serai à vos volontés. J'obéirai à tous vos commandements... »

Scheherazade, apercevant le jour, interrompit là son
conte. Dinarzade prit alors la parole : « Ma sœur, dit-elle,
on ne peut mieux tenir sa promesse que vous ne tenez la
vôtre : ce conte est assurément plus surprenant que les
autres. — Ma sœur, répondit la sultane, vous entendrez
des choses qui vous causeront encore plus d'admiration, si
le sultan, mon seigneur, me permet de vous les raconter. »
Schahriar avait trop d'envie d'entendre le reste de l'histoire du pêcheur pour vouloir se priver de ce plaisir. Il
remit donc encore au lendemain la mort de la sultane.

Xᵉ NUIT

Dinarzade, la nuit suivante, appela sa sœur quand il en
fut temps. « Si vous ne dormez pas, ma sœur, lui dit-elle,
je vous prie, en attendant le jour qui paraîtra bientôt, de
continuer le conte du pêcheur. » Le sultan, de son côté,
témoigna de l'impatience d'apprendre quel démêlé le

---

1. Salomon passe, chez les Musulmans, pour avoir eu plus que
tout autre le don des miracles.

génie avait eu avec Salomon. C'est pourquoi Scheheraza-
zade poursuivit ainsi le conte du pêcheur :

Sire, le pêcheur n'eut pas sitôt entendu les paroles que le
génie avait prononcées qu'il se rassura et lui dit : « Esprit
superbe, que dites-vous ? Il y a plus de dix-huit cents ans que
Salomon, le prophète de Dieu, est mort, et nous sommes
présentement à la fin des siècles. Apprenez-moi votre histoire et pour quel sujet vous étiez renfermé dans ce vase. »
A ce discours, le génie, regardant le pêcheur d'un air
fier, lui répondit : « Parle-moi plus civilement ; tu es bien
hardi de m'appeler esprit superbe. — Hé bien, repartit le
pêcheur, vous parlerai-je avec plus de civilité en vous
appelant hibou du bonheur ? — Je te dis, repartit le génie,
de me parler civilement avant que je te tue. — Hé ! pourquoi me tueriez-vous ? répliqua le pêcheur. Je viens de
vous mettre en liberté ; l'avez-vous déjà oublié ? — Non, je
m'en souviens, repartit le génie ; mais cela ne m'empêchera pas de te faire mourir ; et je n'ai qu'une seule grâce à
t'accorder. — Et quelle est cette grâce ? dit le pêcheur. —
C'est, répondit le génie, de te laisser choisir de quelle
manière tu veux que je te tue. — Mais en quoi vous ai-je
offensé ? reprit le pêcheur. Est-ce ainsi que vous voulez me
récompenser du bien que je vous ai fait ? — Je ne puis te
traiter autrement, dit le génie ; et, afin que tu en sois persuadé, écoute mon histoire :
« Je suis un de ces esprits rebelles qui se sont opposés à
la volonté de Dieu. Tous les autres génies reconnurent le
grand Salomon prophète de Dieu, et se soumirent à lui.
Nous fûmes les seuls, Sacar et moi, qui ne voulûmes pas
faire cette bassesse. Pour s'en venger, ce puissant
monarque chargea Assaf, fils de Barakhia, son premier
ministre, de me venir prendre. Cela fut exécuté. Assaf vint
se saisir de ma personne, et me mena malgré moi devant
le trône du roi son maître. Salomon, fils de David, me
commanda de quitter mon genre de vie, de reconnaître
son pouvoir, et de me soumettre à ses commandements.
Je refusai hautement de lui obéir, et j'aimai mieux m'exposer à tout son ressentiment que de lui prêter le serment de
fidélité et de soumission qu'il exigeait de moi. Pour me
punir, il m'enferma dans ce vase de cuivre ; et, afin de
s'assurer de moi et que je ne pusse pas forcer ma prison, il

imprima lui-même sur le couvercle de plomb son sceau, où le grand nom de Dieu était gravé. Cela fait, il mit le vase entre les mains d'un des génies qui lui obéissaient, avec ordre de me jeter à la mer; ce qui fut exécuté à mon grand regret. Durant le premier siècle de ma prison, je jurai que, si quelqu'un m'en délivrait avant les cent ans achevés, je le rendrais riche, même après sa mort. Mais le siècle s'écoula, et personne ne me rendit ce bon office. Pendant le second siècle, je fis serment d'ouvrir tous les trésors de la terre à quiconque me mettrait en liberté; mais je n'en fus pas plus heureux. Dans le troisième, je promis de faire puissant monarque mon libérateur, d'être toujours près de lui en esprit, et de lui accorder chaque jour trois demandes, de quelque nature qu'elles pussent être; mais ce siècle se passa comme les deux autres, et je demeurai toujours dans le même état. Enfin, chagrin, ou plutôt enragé de me voir prisonnier si longtemps, je jurai que, si quelqu'un me délivrait dans la suite, je le tuerais impitoyablement et ne lui accorderais point d'autre grâce que de lui laisser le choix du genre de mort dont il voudrait que je le fisse mourir. C'est pourquoi, puisque tu es venu ici aujourd'hui et que tu m'as délivré, choisis comment tu veux que je te tue. »

Ce discours affligea fort le pêcheur. « Je suis bien malheureux, s'écria-t-il, d'être venu en cet endroit rendre un si grand service à un ingrat. Considérez, de grâce, votre injustice, et révoquez un serment si peu raisonnable. Pardonnez-moi, Dieu vous pardonnera de même. Si vous me donnez généreusement la vie, il vous mettra à couvert de tous les attentats qui se formeront contre vos jours. — Non, ta mort est certaine, dit le génie; choisis seulement de quelle sorte tu veux que je te fasse mourir. » Le pêcheur, le voyant dans la résolution de le tuer, en eut une douleur extrême, non pas tant pour l'amour de lui qu'à cause de ses trois enfants dont il plaignait la misère où ils allaient être réduits par sa mort. Il tâcha encore d'apaiser le génie. « Hélas! reprit-il, daignez avoir pitié de moi en considération de ce que j'ai fait pour vous. — Je te l'ai déjà dit, repartit le génie, c'est justement pour cette raison que je suis obligé de t'ôter la vie. — Cela est étrange, répliqua le pêcheur, que vous vouliez absolument rendre le mal pour le bien. Le proverbe dit que qui fait du bien à celui qui ne le mérite pas en est toujours mal payé. Je croyais, je l'avoue, que cela était faux : car, en effet, rien ne choque davantage la raison et les droits de la société ; néanmoins j'éprouve cruellement que cela n'est que trop véritable. — Ne perdons pas de temps, interrompit le génie ; tous tes raisonnements ne sauraient me détourner de mon dessein. Hâte-toi de dire comment tu souhaites que je te tue. »

La nécessité donne de l'esprit. Le pêcheur s'avisa d'un stratagème. « Puisque je ne saurais éviter la mort, dit-il au génie, je me soumets donc à la volonté de Dieu. Mais, avant que je choisisse un genre de mort, je vous conjure par le grand nom de Dieu qui était gravé sur le sceau du prophète Salomon, fils de David, de me dire la vérité sur une question que j'ai à vous faire. »

Quand le génie vit qu'on lui faisait une adjuration qui le contraignait de répondre positivement, il trembla en lui-même, et dit au pêcheur : « Demande-moi ce que tu voudras, et hâte-toi... »

Le jour venant à paraître, Scheherazade se tut en cet endroit de son discours. « Ma sœur, lui dit Dinarzade, il faut convenir que plus vous parlez, et plus vous faites de plaisir. J'espère que le sultan, notre seigneur, ne vous fera pas mourir qu'il n'ait entendu le reste du beau conte du pêcheur. — Le sultan est le maître, reprit Scheherazade ; il faut vouloir tout ce qui lui plaira. » Le sultan, qui n'avait pas moins d'envie que Dinarzade d'entendre la fin de ce conte, différa encore la mort de la sultane.

XIᵉ NUIT

Schahriar et la princesse son épouse passèrent cette nuit de la même manière que les précédentes, et, avant que le jour parût, Dinarzade les réveilla par ces paroles, qu'elle adressa à la sultane : « Si vous ne dormez pas, ma sœur, je vous prie de reprendre le conte du pêcheur. — Très volontiers, répondit Scheherazade ; je vais vous satisfaire, avec la permission du sultan. »

Le génie, poursuivit-elle, ayant promis de dire la vérité, le pêcheur lui dit : « Je voudrais savoir si effectivement vous étiez dans ce vase ; oseriez-vous en jurer par le grand nom de Dieu? — Oui, répondit le génie, je jure par ce grand nom que j'y étais, et cela est très véritable. — En bonne foi, répliqua le pêcheur, je ne puis vous croire. Ce vase ne pourrait pas seulement contenir un de vos pieds : comment se peut-il que votre corps y ait été renfermé tout entier? — Je te jure pourtant, repartit le génie, que j'y étais tel que tu me vois. Est-ce que tu ne me crois pas, après le grand serment que j'ai fait? — Non vraiment, dit le pêcheur, et je ne vous croirai point, à moins que vous ne me fassiez voir la chose. »

Alors il se fit une dissolution du corps du génie, qui, se changeant en fumée, s'étendit comme auparavant sur la mer et sur le rivage, et qui, se rassemblant ensuite, commença de rentrer dans le vase, et continua de même par une succession lente et égale, jusqu'à ce qu'il n'en restât plus rien au dehors. Aussitôt il en sortit une voix qui dit au pêcheur : « Hé bien, incrédule pêcheur, me voici dans le vase; me crois-tu présentement? »

Le pêcheur, au lieu de répondre au génie, prit le couvercle de plomb, et, ayant fermé promptement le vase : « Génie, lui cria-t-il, demande-moi grâce à ton tour, et choisis de quelle mort tu veux que je te fasse mourir. Mais non, il vaut mieux que je te rejette à la mer, dans le même endroit d'où je t'ai tiré, puis je ferai bâtir une maison sur ce rivage, où je demeurerai, pour avertir tous les pêcheurs qui viendront y jeter leurs filets de bien prendre garde de repêcher un méchant génie comme toi, qui as fait serment de tuer celui qui te mettra en liberté. »

A ces paroles offensantes, le génie irrité fit tous ses efforts pour sortir du vase; mais c'est ce qui ne lui fut pas possible, car l'empreinte du sceau du prophète Salomon, fils de David, l'en empêchait. Ainsi, voyant que le pêcheur avait alors l'avantage sur lui, il prit le parti de dissimuler sa colère. « Pêcheur, lui dit-il d'un ton radouci, garde-toi bien de faire ce que tu dis. Ce que j'en ai fait n'a été que par plaisanterie, et tu ne dois pas prendre la chose sérieusement. — O génie! répondit le pêcheur, toi qui étais, il n'y a qu'un moment, le plus grand, et qui es à l'heure qu'il est le plus petit de tous les génies, apprends que tes artificieux discours ne te serviront de rien. Tu retourneras à la mer. Si tu y as demeuré tout le temps que tu m'as dit, tu pourras bien y demeurer jusqu'au jour du jugement. Je t'ai prié, au nom de Dieu, de ne me pas ôter la vie, tu as rejeté mes prières ; je dois te rendre la pareille. »

Le génie n'épargna rien pour tâcher de toucher le pêcheur. « Ouvre le vase, lui dit-il, donne-moi la liberté, je t'en supplie ; je te promets que tu seras content de moi. — Tu n'es qu'un traître, repartit le pêcheur. Je mériterais de perdre la vie si j'avais l'imprudence de me fier à toi. Tu ne manquerais pas de me traiter de la même façon qu'un certain roi grec traita le médecin Douban. C'est une histoire que je te veux raconter ; écoute :

HISTOIRE DU ROI GREC

ET DU MÉDECIN DOUBAN

« Il y avait au pays de Zouman, dans la Perse, un roi dont les sujets étaient Grecs originairement. Ce roi était couvert de lèpre, et ses médecins, après avoir inutilement employé tous leurs remèdes pour le guérir, ne savaient plus que lui ordonner, lorsqu'un très habile médecin, nommé Douban, arriva dans sa cour.

« Ce médecin avait puisé sa science dans les livres grecs, persans, turcs, arabes, latins, syriaques et hébreux ; et, outre qu'il était consommé dans la philosophie, il connaissait parfaitement les bonnes et mauvaises qualités de toutes sortes de plantes et de drogues. Dès qu'il fut informé de la maladie du roi, et qu'il eut appris que ses médecins l'avaient abandonné, il s'habilla le plus proprement qu'il lui fut possible, et trouva moyen de se faire présenter au roi. « Sire, lui dit-il, je sais que tous les médecins dont Votre Majesté s'est servie n'ont pu la guérir de sa lèpre ; mais, si vous voulez bien me faire l'honneur d'agréer mes services, je m'engage à vous guérir sans breuvage et sans topiques. » Le roi écouta cette proposition. « Si vous êtes assez habile homme, répondit-il, pour faire ce que vous dites, je promets de vous enrichir, vous et votre postérité ; et, sans compter les présents que je vous ferai, vous serez mon plus cher favori. Vous m'assurez donc que vous m'ôterez ma lèpre, sans me faire prendre

aucune potion et sans m'appliquer aucun remède exté-
rieur? — Oui, Sire, repartit le médecin, je me flatte d'y
réussir, avec l'aide de Dieu; et dès demain j'en ferai
l'épreuve. »

« En effet, le médecin Douban se retira chez lui, et fit un
mail qu'il creusa en dedans par le manche, où il mit la
drogue dont il prétendait se servir. Cela étant fait, il prépara aussi une boule de la manière qu'il la voulait, avec
quoi il alla le lendemain se présenter devant le roi; et, se
prosternant à ses pieds, il baisa la terre... »

En cet endroit, Scheherazade, remarquant qu'il était
jour, en avertit Schahriar, et se tut. « En vérité, ma sœur,
dit alors Dinarzade, je ne sais où vous allez prendre tant
de belles choses. — Vous en entendrez bien d'autres
demain, répondit Scheherazade, si le sultan, mon maître,
a la bonté de me prolonger encore la vie. » Schahriar, qui
ne désirait pas moins ardemment que Dinarzade
d'entendre la suite de l'histoire du médecin Douban, n'eut
garde de faire mourir la sultane ce jour-là.

XIIe NUIT

La douzième nuit était déjà fort avancée lorsque Dinarzade, s'étant réveillée, s'écria : « Ma sœur, si vous ne dormez pas, je vous supplie de continuer l'agréable histoire
du roi grec et du médecin Douban. — Je le veux bien »,
répondit Scheherazade. En même temps elle reprit le fil
de cette sorte :

Sire, le pêcheur, parlant toujours au génie qu'il tenait
enfermé dans le vase, poursuivit ainsi :

« Le médecin Douban se leva, et, après avoir fait une
profonde révérence, dit au roi qu'il jugeait à propos que
Sa Majesté montât à cheval et se rendît à la place pour
jouer au mail. Le roi fit ce qu'on lui disait; et, lorsqu'il fut
dans le lieu destiné à jouer au mail à cheval, le médecin
s'approcha de lui avec le mail qu'il avait préparé, et, le lui
présentant : « Tenez, Sire, lui dit-il, exercez-vous avec ce
mail, en poussant cette boule, par la place, jusqu'à ce que
vous sentiez votre main et votre corps en sueur. Quand le
remède que j'ai enfermé dans le manche de ce mail sera
échauffé par votre main, il vous pénétrera par tout le
corps, et, sitôt que vous suerez, vous n'aurez qu'à quitter
cet exercice, car le remède aura fait son effet. Dès que

vous serez de retour en votre palais, vous entrerez au bain, où vous vous ferez bien laver et frotter ; vous vous coucherez ensuite, et en vous levant demain matin vous serez guéri. »

« Le roi prit le mail, et poussa son cheval après la boule qu'il avait jetée. Il la frappa : elle lui fut renvoyée par les officiers qui jouaient avec lui ; il la refrappa ; et enfin le jeu dura si longtemps que sa main en sua, aussi bien que tout son corps. Ainsi le remède enfermé dans le manche du mail opéra comme le médecin l'avait dit. Alors le roi cessa de jouer, s'en retourna dans son palais, entra au bain, et observa très exactement ce qui lui avait été prescrit. Il s'en trouva fort bien : car le lendemain, en se levant, il s'aperçut avec autant d'étonnement que de joie que sa lèpre était guérie, et qu'il avait le corps aussi net que s'il n'eût jamais été attaqué de cette maladie. D'abord qu'il fut habillé, il entra dans la salle d'audience publique, où il monta sur son trône, et se fit voir à tous ses courtisans, que l'empressement d'apprendre le succès du nouveau remède y avait fait aller de bonne heure. Quand ils virent le roi parfaitement guéri, ils en firent tous paraître une extrême joie.

« Le médecin Douban entra dans la salle, et s'alla prosterner au pied du trône, la face contre terre. Le roi, l'ayant aperçu, l'appela, le fit asseoir à son côté, et le montra à l'assemblée, en lui donnant publiquement toutes les louanges qu'il méritait. Ce prince n'en demeura pas là : comme il régalait ce jour-là toute sa cour, il le fit manger à sa table seul avec lui... »

A ces mots, Scheherazade, remarquant qu'il était jour, cessa de poursuivre son conte. « Ma sœur, dit Dinarzade, je ne sais quelle sera la fin de cette histoire, mais j'en trouve le commencement admirable. — Ce qui reste à raconter en est le meilleur, répondit la sultane ; et je suis assurée que vous n'en disconviendrez pas, si le sultan veut bien me permettre de l'achever la nuit prochaine. » Schahriar y consentit, et se leva fort satisfait de ce qu'il avait entendu.

XIIIᵉ NUIT

Sur la fin de la nuit suivante, Dinarzade dit encore à la sultane : « Ma chère sœur, si vous ne dormez pas, je vous supplie de continuer l'histoire du roi grec et du médecin

Douban. — Je vais contenter votre curiosité, ma sœur, répondit Scheherazade, avec la permission du sultan, mon seigneur. » Alors elle reprit ainsi le conte :

« Le roi grec, poursuivit le pêcheur, ne se contenta pas de recevoir à sa table le médecin Douban : vers la fin du jour, lorsqu'il voulut congédier l'assemblée, il le fit revêtir d'une longue robe fort riche et semblable à celle que portaient ordinairement ses courtisans en sa présence ; outre cela, il lui fit donner deux mille sequins. Le lendemain et les jours suivants, il ne cessa de le caresser. Enfin, ce prince, croyant ne pouvoir jamais assez reconnaître les obligations qu'il avait à un médecin si habile, répandait sur lui tous les jours de nouveaux bienfaits.

« Or, ce roi avait un grand-vizir qui était avare, envieux et naturellement capable de toutes sortes de crimes. Il n'avait pu voir sans peine les présents qui avaient été faits au médecin, dont le mérite d'ailleurs commençait à lui faire ombrage ; il résolut de le perdre dans l'esprit du roi. Pour y réussir, il alla trouver ce prince, et lui dit en particulier qu'il avait un avis de la dernière importance à lui donner. Le roi lui ayant demandé ce que c'était : « Sire, lui dit-il, il est bien dangereux à un monarque d'avoir de la confiance en un homme dont il n'a point éprouvé la fidélité. En comblant de bienfaits le médecin Douban, en lui faisant toutes les caresses que Votre Majesté lui fait, vous ne savez pas que c'est un traître, qui ne s'est introduit dans cette cour que pour vous assassiner. — De qui tenez-vous ce que vous m'osez dire ? répondit le roi. Songez-vous que c'est à moi que vous parlez, et que vous avancez une chose que je ne croirai pas légèrement ? — Sire, répliqua le vizir, je suis parfaitement instruit de ce que j'ai l'honneur de vous représenter. Ne vous reposez donc plus sur une confiance dangereuse. Si Votre Majesté dort, qu'elle se réveille : car enfin, je le répète encore, le médecin Douban n'est parti du fond de la Grèce, son pays, il n'est venu s'établir dans votre cour, que pour exécuter l'horrible dessein dont j'ai parlé. — Non, non, vizir, interrompit le roi, je suis sûr que cet homme, que vous traitez de perfide et de traître, est le plus vertueux et le meilleur de tous les hommes ; il n'y a personne au monde que j'aime autant que lui. Vous savez par quel remède, ou plutôt par quel miracle il m'a guéri de ma lèpre ; s'il en veut à ma vie,

pourquoi me l'a-t-il sauvée ? Il n'avait qu'à m'abandonner
à mon mal ; je n'en pouvais échapper ; ma vie était déjà à
moitié consumée. Cessez donc de vouloir m'inspirer
d'injustes soupçons : au lieu de les écouter, je vous avertis
que dès ce jour je fais à ce grand homme, pour toute sa
vie, une pension de mille sequins par mois. Quand je par-
tagerais avec lui toutes mes richesses et mes États même,
je ne le payerais pas assez de ce qu'il a fait pour moi. Je
vois ce que c'est, sa vertu excite votre envie ; mais ne
croyez pas que je me laisse injustement prévenir contre
lui : je me souviens trop bien de ce qu'un vizir dit au roi
Sindbad, son maître, pour l'empêcher de faire mourir le
prince son fils... »

« Mais, Sire, ajouta Scheherazade, le jour qui paraît me
défend de poursuivre. — Je sais bon gré au roi grec, dit
Dinarzade, d'avoir eu la fermeté de rejeter la fausse
accusation de son vizir. — Si vous louez aujourd'hui la
fermeté de ce prince, interrompit Scheherazade, vous
condamnerez demain sa faiblesse, si le sultan veut bien
que j'achève de raconter cette histoire. » Le sultan, curieux
d'apprendre en quoi le roi grec avait eu de la faiblesse, différa encore la mort de la sultane.

XIVᵉ NUIT

« Ma sœur, s'écria Dinarzade sur la fin de la quator-
zième nuit, si vous ne dormez pas, je vous supplie, en
attendant le jour qui paraîtra bientôt, de reprendre l'histoire du pêcheur ; vous en êtes demeurée à l'endroit où le
roi grec soutient l'innocence du médecin Douban, et
prend si fortement son parti. — Je m'en souviens, répondit
Scheherazade ; vous en allez entendre la suite. »

Sire, continua-t-elle en adressant toujours la parole à
Schahriar, ce que le roi grec venait de dire touchant le roi
Sindbad piqua la curiosité du vizir, qui lui dit : « Sire, je
supplie Votre Majesté de me pardonner si j'ai la hardiesse
de lui demander ce que le vizir du roi Sindbad dit à son
maître pour le détourner de faire mourir le prince son
fils. » Le roi grec eut la complaisance de le satisfaire. « Ce
vizir, lui répondit-il, après avoir représenté au roi Sindbad
que, sur l'accusation d'une belle-mère, il devait craindre

de faire une action dont il pût se repentir, lui conta cette histoire :

HISTOIRE DU MARI ET DU PERROQUET

« Un bon homme avait une belle femme qu'il aimait avec tant de passion qu'il ne la perdait de vue que le moins qu'il pouvait. Un jour que des affaires pressantes l'obligeaient à s'éloigner d'elle, il alla dans un endroit où l'on vendait toutes sortes d'oiseaux; il y acheta un perroquet, qui non seulement parlait bien, mais qui avait même le don de rendre compte de tout ce qui avait été fait devant lui. Il l'apporta dans une cage au logis, pria sa femme de le mettre dans sa chambre, et d'en prendre soin pendant le voyage qu'il allait faire; après quoi il partit.

« A son retour, il ne manqua pas d'interroger le perroquet sur ce qui s'était passé durant son absence; et là-dessus l'oiseau lui apprit des choses qui lui donnèrent lieu de faire de grands reproches à sa femme. Elle crut que quelqu'une de ses esclaves l'avait trahie; mais elles lui jurèrent toutes qu'elles lui avaient été fidèles, et elles convinrent qu'il fallait que ce fût le perroquet qui eût fait ces mauvais rapports.

« Prévenue de cette opinion, la femme chercha dans son esprit un moyen de détruire les soupçons de son mari, et de se venger en même temps du perroquet. Elle le trouva : son mari étant parti pour faire un voyage d'une journée, elle commanda à une esclave de tourner pendant la nuit, sous la cage de l'oiseau, un moulin à bras; à une autre, de jeter de l'eau en forme de pluie par le haut de la cage; et à une troisième, de prendre un miroir et de le tourner devant les yeux du perroquet, à droite et à gauche, à la clarté d'une chandelle. Les esclaves employèrent une grande partie de la nuit à faire ce que leur avait ordonné leur maîtresse, et elles s'en acquittèrent fort adroitement.

« Le lendemain, le mari, étant de retour, fit encore des questions au perroquet sur ce qui s'était passé chez lui, et l'oiseau lui répondit : « Mon bon maître, les éclairs, le tonnerre et la pluie m'ont tellement incommodé toute la nuit que je ne puis vous dire ce que j'en ai souffert. » Le mari, qui savait bien qu'il n'avait ni plu ni tonné cette nuit-là,

demeura persuadé que le perroquet, ne disant pas la vérité
en cela, ne la lui avait pas dite aussi au sujet de sa femme.
C'est pourquoi, de dépit, l'ayant tiré de sa cage, il le jeta si
rudement contre terre qu'il le tua. Néanmoins, dans la
suite, il apprit de ses voisins que le pauvre perroquet ne lui
avait pas menti en lui parlant de la conduite de sa femme ;
ce qui fut cause qu'il se repentit de l'avoir tué... »

Là s'arrêta Scheherazade, parce qu'elle s'aperçut qu'il
était jour. « Tout ce que vous nous racontez, ma sœur, dit
Dinarzade, est si varié que rien ne me paraît plus agréable.
— Je voudrais continuer de vous divertir, répondit Scheherazade ; mais je ne sais si le sultan, mon maître, m'en
donnera le temps. » Schahriar, qui ne prenait pas moins
de plaisir que Dinarzade à entendre la sultane, se leva, et
passa la journée sans ordonner au vizir de la faire mourir.

XVe NUIT

Dinarzade ne fut pas moins exacte cette nuit que les
précédentes à réveiller Scheherazade. « Ma chère sœur, lui
dit-elle, si vous ne dormez pas, je vous supplie, en attendant le jour qui paraîtra bientôt, de me conter un de ces
beaux contes que vous savez. — Ma sœur, répondit la sultane, je vais vous donner cette satisfaction. — Attendez,
interrompit le sultan, achevez l'entretien du roi grec avec
son vizir au sujet du médecin Douban, et puis vous continuerez l'histoire du pêcheur et du génie. — Sire, repartit
Scheherazade, vous allez être obéi. » En même temps elle
poursuivit de cette manière :

« Quand le roi grec, dit le pêcheur au génie, eut achevé
l'histoire du perroquet : « Et vous, vizir, ajouta-t-il, par
l'envie que vous avez conçue contre le médecin Douban,
qui ne vous a fait aucun mal, vous voulez que je le fasse
mourir ; mais je m'en garderai bien, de peur de m'en
repentir, comme ce mari d'avoir tué son perroquet. » Le
pernicieux vizir était trop intéressé à la perte du médecin
Douban pour en demeurer là. « Sire, répliqua-t-il, la mort
du perroquet était peu importante, et je ne crois pas que
son maître l'ait regretté longtemps. Mais pourquoi faut-il
que la crainte d'opprimer l'innocence vous empêche de
faire mourir ce médecin ? Ne suffit-il pas qu'on l'accuse de

vouloir attenter à votre vie pour vous autoriser à lui faire perdre la sienne ? Quand il s'agit d'assurer les jours d'un roi, un simple soupçon doit passer pour une certitude, et il vaut mieux sacrifier l'innocent que sauver le coupable. Mais, Sire, ce n'est point ici une chose incertaine : le médecin Douban veut vous assassiner. Ce n'est point l'envie qui m'arme contre lui, c'est l'intérêt seul que je prends à la conservation de Votre Majesté ; c'est mon zèle qui me porte à vous donner un avis d'une si grande importance. S'il est faux, je mérite qu'on me punisse de la même manière qu'on punit autrefois un vizir. — Qu'avait fait ce vizir, dit le roi grec, pour être digne de ce châtiment ? — Je vais l'apprendre à Votre Majesté, Sire, répondit le vizir ; qu'elle ait, s'il lui plaît, la bonté de m'écouter.

HISTOIRE DU VIZIR PUNI

« Il était autrefois un roi, poursuivit-il, qui avait un fils qui aimait passionnément la chasse. Il lui permettait de prendre souvent ce divertissement ; mais il avait donné ordre à son grand-vizir de l'accompagner toujours et de ne le perdre jamais de vue. Un jour de chasse, les piqueurs ayant lancé un cerf, le prince, qui crut que le vizir le suivait, se mit après la bête. Il courut si longtemps, et son ardeur l'emporta si loin, qu'il se trouva seul. Il s'arrêta, et, remarquant qu'il avait perdu la voie, il voulut retourner sur ses pas pour aller rejoindre le vizir, qui n'avait pas été assez diligent pour le suivre de près ; mais il s'égara. Pendant qu'il courait de tous côtés sans tenir de route assurée, il rencontra au bord d'un chemin une dame assez bien faite, qui pleurait amèrement. Il retint la bride de son cheval, demanda à cette femme qui elle était, ce qu'elle faisait seule en cet endroit, et si elle avait besoin de secours. « Je suis, lui répondit-elle, la fille d'un roi des Indes. En me promenant à cheval dans la campagne, je me suis endormie, et je suis tombée. Mon cheval s'est échappé, et je ne sais ce qu'il est devenu. » Le jeune prince eut pitié d'elle, et lui proposa de la prendre en croupe, ce qu'elle accepta.

« Comme ils passaient près d'une masure, la dame ayant témoigné qu'elle serait bien aise de mettre pied à terre pour quelque nécessité, le prince s'arrêta et la laissa

descendre. Il descendit aussi, et s'approcha de la masure
en tenant son cheval par la bride. Jugez quelle fut sa surprise lorsqu'il entendit la dame en dedans prononcer ces
paroles : « Réjouissez-vous, mes enfants, je vous amène un
garçon bien fait et fort gras » ; et d'autres voix qui lui
répondirent aussitôt : « Maman, où est-il, que nous le
mangions tout à l'heure, car nous avons bon appétit. »

« Le prince n'eut pas besoin d'en entendre davantage
pour concevoir le danger où il se trouvait. Il vit bien que la
dame qui se disait fille d'un roi des Indes était une
ogresse, femme de ces démons sauvages, appelés ogres,
qui se retirent dans des lieux abandonnés, et se servent de
mille ruses pour surprendre et dévorer les passants. Il fut
saisi de frayeur, et se jeta au plus vite sur son cheval. La
prétendue princesse parut dans le moment ; et, voyant
qu'elle avait manqué son coup : « Ne craignez rien, cria-
t-elle au prince. Qui êtes-vous ? que cherchez-vous ? — Je
suis égaré, répondit-il, et je cherche mon chemin. — Si
vous êtes égaré, dit-elle, recommandez-vous à Dieu, il
vous délivrera de l'embarras où vous vous trouvez. » Alors
le prince leva les yeux au ciel... »

« Mais, Sire, dit Scheherazade en cet endroit, je suis
obligée d'interrompre mon discours ; le jour qui paraît
m'impose silence. — Je suis fort en peine, ma sœur, dit
Dinarzade, de savoir ce que deviendra ce jeune prince ; je
tremble pour lui.

— Je vous tirerai demain d'inquiétude, répondit la sultane, si le sultan veut bien que je vive jusqu'à ce temps-
là. » Schahriar, curieux d'apprendre le dénouement de
cette histoire, prolongea encore la vie de Scheherazade.

XVIᵉ NUIT

Dinarzade avait tant d'envie d'entendre la fin de l'histoire du jeune prince qu'elle se réveilla cette nuit plus tôt
qu'à l'ordinaire. « Ma sœur, dit-elle, si vous ne dormez
pas, je vous prie d'achever l'histoire que vous commençâtes hier ; je m'intéresse au sort du jeune prince, et je
meurs de peur qu'il ne soit mangé de l'ogresse et de ses
enfants. » Schahriar ayant marqué qu'il était dans la
même crainte : « Hé bien, Sire, dit la sultane, je vais vous
tirer de peine. »

« Après que la fausse princesse des Indes eut dit au jeune prince de se recommander à Dieu, comme il crut qu'elle ne lui parlait pas sincèrement, et qu'elle comptait sur lui comme s'il eût déjà été sa proie, il leva les mains au ciel, et dit : « Seigneur, qui êtes tout-puissant, jetez les yeux sur moi, et me délivrez de cette ennemie. A cette prière, la femme de l'ogre rentra dans la masure, et le prince s'en éloigna avec précipitation. Heureusement il retrouva son chemin, et arriva sain et sauf auprès du roi son père, auquel il raconta de point en point le danger qu'il venait de courir par la faute du grand-vizir. Le roi, irrité contre ce ministre, le fit étrangler à l'heure même.

« Sire, poursuivit le vizir du roi grec, pour revenir au médecin Douban, si vous n'y prenez garde, la confiance que vous avez en lui vous sera funeste : je sais de bonne part que c'est un espion envoyé par vos ennemis pour attenter à la vie de Votre Majesté. Il vous a guéri, dites-vous ; eh ! qui peut vous en assurer ? Il ne vous a peut-être guéri qu'en apparence et non radicalement. Que sait-on si ce remède, avec le temps, ne produira pas un effet pernicieux ? »

« Le roi grec, qui avait naturellement fort peu d'esprit, n'eut pas assez de pénétration pour s'apercevoir de la méchante intention de son vizir, ni assez de fermeté pour persister dans son premier sentiment. Ce discours l'ébranla. « Vizir, dit-il, tu as raison ; il peut être venu exprès pour m'ôter la vie ; ce qu'il peut fort bien exécuter par la seule odeur de quelqu'une de ses drogues. Il faut voir ce qu'il est à propos de faire dans cette conjoncture. »

« Quand le vizir vit le roi dans la disposition où il le voulait : « Sire, lui dit-il, le moyen le plus sûr et le plus prompt pour assurer votre repos et mettre votre vie en sûreté, c'est d'envoyer chercher tout à l'heure le médecin Douban, et de lui faire couper la tête d'abord qu'il sera arrivé. — Véritablement, reprit le roi, je crois que c'est par là que je dois prévenir son dessein. » En achevant ces paroles, il appela un de ses officiers, et lui ordonna d'aller chercher le médecin, qui, sans savoir ce que le roi lui voulait, courut au palais en diligence. « Sais-tu bien, dit le roi en le voyant, pourquoi je te mande ici ? — Non, Sire, répondit-il, et j'attends que Votre Majesté daigne m'en instruire. — Je t'ai fait venir, reprit le roi, pour me délivrer de toi en te faisant ôter la vie. »

« Il n'est pas possible d'exprimer quel fut l'étonnement du médecin lorsqu'il entendit prononcer l'arrêt de sa mort. « Sire, dit-il, quel sujet peut avoir Votre Majesté de me faire mourir ? Quel crime ai-je commis ? — J'ai appris de bonne part, répliqua le roi, que tu es un espion, et que tu n'es venu dans ma cour que pour attenter à ma vie ; mais, pour te prévenir, je veux te ravir la tienne. Frappe, ajouta-t-il au bourreau qui était présent, et me délivre d'un perfide qui ne s'est introduit ici que pour m'assassiner. »

« A cet ordre cruel, le médecin jugea bien que les honneurs et les bienfaits qu'il avait reçus lui avaient suscité des ennemis, et que le faible roi s'était laissé surprendre à leurs impostures. Il se repentait de l'avoir guéri de sa lèpre ; mais c'était un repentir hors de saison. « Est-ce ainsi, lui disait-il, que vous me récompensez du bien que je vous ai fait ? » Le roi ne l'écouta pas, et ordonna une seconde fois au bourreau de porter le coup mortel. Le médecin eut recours aux prières. « Hélas ! Sire, s'écria-t-il, prolongez-moi la vie, Dieu prolongera la vôtre ; ne me faites pas mourir, de crainte que Dieu ne vous traite de la même manière. »

Le pêcheur interrompit son discours en cet endroit pour adresser la parole au génie : « Hé bien ! génie, lui dit-il, tu vois que ce qui se passa alors entre le roi grec et le médecin Douban vient tout à l'heure de se passer entre nous deux.

« Le roi grec, continua-t-il, au lieu d'avoir égard à la prière que le médecin venait de lui faire, en le conjurant au nom de Dieu, lui repartit avec dureté : « Non, non, c'est une nécessité absolue que je te fasse périr. Aussi bien pourrais-tu m'ôter la vie plus subtilement encore que tu ne m'as guéri. » Cependant le médecin, fondant en pleurs et se plaignant pitoyablement de se voir si mal payé du service qu'il avait rendu au roi, se prépara à recevoir le coup de la mort. Le bourreau lui banda les yeux, lui lia les mains, et se mit en devoir de tirer son sabre.

« Alors les courtisans qui étaient présents, émus de compassion, supplièrent le roi de lui faire grâce, assurant qu'il n'était pas coupable et répondant de son innocence. Mais le roi fut inflexible, et leur parla de sorte qu'ils n'osèrent lui répliquer.

« Le médecin, étant à genoux, les yeux bandés, et prêt à

recevoir le coup qui devait terminer son sort, s'adressa encore une fois au roi : « Sire, lui dit-il, puisque Votre Majesté ne veut point révoquer l'arrêt de ma mort, je la supplie du moins de m'accorder la liberté d'aller jusque chez moi donner ordre à ma sépulture, dire le dernier adieu à ma famille, faire des aumônes, et léguer mes livres à des personnes capables d'en faire un bon usage. J'en ai un, entre autres, dont je veux faire présent à Votre Majesté : c'est un livre fort précieux et très digne d'être soigneusement gardé dans votre trésor. — Et pourquoi ce livre est-il aussi précieux que tu le dis ? répliqua le roi. — Sire, repartit le médecin, c'est qu'il contient une infinité de choses curieuses, dont la principale est que, quand on m'aura coupé la tête, si Votre Majesté veut bien se donner la peine d'ouvrir le livre au sixième feuillet et lire la troisième ligne de la page à main gauche, ma tête répondra à toutes les questions que vous voudrez lui faire. » Le roi, curieux de voir une chose si merveilleuse, remit sa mort au lendemain, et l'envoya chez lui sous bonne garde.

« Le médecin, pendant ce temps-là, mit ordre à ses affaires ; et, comme le bruit s'était répandu qu'il devait arriver un prodige inouï après son trépas, les vizirs, les émirs [1], les officiers de la garde, enfin toute la cour se rendit le jour suivant dans la salle d'audience pour en être témoin.

« On vit bientôt paraître le médecin Douban, qui s'avança jusqu'au pied du trône royal avec un gros livre à la main. Là, il se fit apporter un bassin, sur lequel il étendit la couverture dont le livre était enveloppé ; et, présentant le livre au roi : « Sire, dit-il, prenez, s'il vous plaît, ce livre ; et, d'abord que ma tête sera coupée, commandez qu'on la pose dans le bassin sur la couverture du livre ; dès qu'elle y sera, le sang cessera d'en couler : alors vous ouvrirez le livre, et ma tête répondra à toutes vos demandes. Mais, Sire, ajouta-t-il, permettez-moi d'implorer encore une fois la clémence de Votre Majesté. Au nom de Dieu, laissez-vous fléchir ; je vous proteste que je suis innocent. — Tes prières, répondit le roi sont inutiles ; et,

---

1. *Émir*, qui signifie chef, est le nom donné aux premiers officiers civils. Il s'applique, par extension, à toute personne revêtue de quelque autorité.

quand ce ne serait que pour entendre parler ta tête après ta mort, je veux que tu meures. » En disant cela, il prit le livre des mains du médecin, et ordonna au bourreau de faire son devoir.

« La tête fut coupée si adroitement qu'elle tomba dans le bassin; et elle fut à peine posée sur la couverture que le sang s'arrêta. Alors, au grand étonnement du roi et de tous les spectateurs, elle ouvrit les yeux; et, prenant la parole : « Sire, dit-elle, que Votre Majesté ouvre le livre. » Le roi l'ouvrit; et, trouvant que le premier feuillet était comme collé contre le second, pour le tourner avec plus de facilité, il porta le doigt à sa bouche et le mouilla de sa salive. Il fit la même chose jusqu'au sixième feuillet, et, ne voyant pas d'écriture à la page indiquée : « Médecin, dit-il à la tête, il n'y a rien d'écrit. — Tournez encore quelques feuillets », repartit la tête. Le roi continua d'en tourner, en portant toujours le doigt à sa bouche, jusqu'à ce que, le poison dont chaque feuillet était imbu venant à faire son effet, ce prince se sentit tout à coup agité d'un transport extraordinaire; sa vue se troubla, et il se laissa tomber au pied de son trône avec de grandes convulsions... »

A ces mots, Scheherazade, apercevant le jour, en avertit le sultan, et cessa de parler. « Ah! ma chère sœur! dit alors Dinarzade, que je suis fâchée que vous n'ayez pas le temps d'achever cette histoire! Je serais inconsolable si vous perdiez la vie aujourd'hui. — Ma sœur, répondit la sultane, il en sera ce qu'il plaira au sultan; mais il faut espérer qu'il aura la bonté de suspendre ma mort jusqu'à demain. » Effectivement, Schahriar, loin d'ordonner son trépas ce jour-là, attendit la nuit prochaine avec impatience, tant il avait d'envie d'apprendre la fin de l'histoire du roi grec, et la suite de celle du pêcheur et du génie.

XVIIᵉ NUIT

Quelque curiosité qu'eût Dinarzade d'entendre le reste de l'histoire du roi grec, elle ne se réveilla pas cette nuit de si bonne heure qu'à l'ordinaire; il était même presque jour, lorsqu'elle dit à la sultane : « Ma chère sœur, je vous prie de continuer la merveilleuse histoire du roi grec; mais hâtez-vous, de grâce, car le jour paraîtra bientôt. »

Scheherazade reprit aussitôt cette histoire à l'endroit où elle l'avait laissée le jour précédent.

Sire, dit-elle, quand le médecin Douban, ou, pour mieux dire, sa tête, vit que le poison faisait son effet et que le roi n'avait plus que quelques moments à vivre : « Tyran, s'écria-t-elle, voilà de quelle manière sont traités les princes qui, abusant de leur autorité, font périr les innocents. Dieu punit tôt ou tard leurs injustices et leurs cruautés. » La tête eut à peine achevé ces paroles que le roi tomba mort et qu'elle perdit elle-même aussi le peu de vie qui lui restait.

Sire, poursuivit Scheherazade, telle fut la fin du roi grec et du médecin Douban. Il faut présentement venir à l'histoire du pêcheur et du génie ; mais ce n'est pas la peine de commencer, car il est jour. » Le sultan, de qui toutes les heures étaient réglées, ne pouvant l'écouter plus longtemps, se leva ; et, comme il voulait absolument entendre la suite de l'histoire du génie et du pêcheur, il avertit la sultane de se préparer à la lui raconter la nuit suivante.

XVIIIe

Dinarzade se dédommagea cette nuit de la précédente ; elle se réveilla longtemps avant le jour, et, appelant Scheherazade : « Ma sœur, lui dit-elle, si vous ne dormez pas, je vous supplie de nous raconter la suite de l'histoire du pêcheur et du génie. Vous savez que le sultan souhaite autant que moi de l'entendre. — Je vais, répondit la sultane, contenter sa curiosité et la vôtre. » Alors, s'adressant à Schahriar :

Sire, poursuivit-elle, sitôt que le pêcheur eut fini l'histoire du roi grec et du médecin Douban, il en fit l'application au génie qu'il tenait toujours enfermé dans le vase.

« Si le roi grec, lui dit-il, eût voulu laisser vivre le médecin, Dieu l'aurait aussi laissé vivre lui-même ; mais il rejeta ses plus humbles prières, et Dieu l'en punit. Il en est de même de toi, ô génie ! Si j'avais pu te fléchir et obtenir de toi la grâce que je te demandais, j'aurais présentement pitié de l'état où tu es ; mais, puisque, malgré l'extrême obligation que tu m'avais de t'avoir mis en liberté, tu as persisté dans la volonté de me tuer, je dois, à mon tour, être impitoyable. Je vais, en te laissant dans ce vase et en te rejetant à la mer, t'ôter l'usage de la vie jusqu'à la fin des temps : c'est la vengeance que je prétends tirer de toi.

— Pêcheur mon ami, répondit le génie, je te conjure encore une fois de ne pas faire une si cruelle action. Songe qu'il n'est pas honnête de se venger, et qu'au contraire il est louable de rendre le bien pour le mal ; ne me traite pas comme Imma traita autrefois Ateca. — Et que fit Imma à Ateca ? répliqua le pêcheur. — Oh ! si tu souhaites de le savoir, repartit le génie, ouvre-moi ce vase : crois-tu que je sois en humeur de faire des contes dans une prison si étroite ? Je t'en ferai tant que tu voudras quand tu m'auras tiré d'ici. — Non, dit le pêcheur, je ne te délivrerai pas ; c'est trop raisonner, je vais te précipiter au fond de la mer. — Encore un mot, pêcheur, s'écria le génie ; je te promets de ne te faire aucun mal ; bien éloigné de cela, je t'enseignerai un moyen de devenir puissamment riche. »

L'espérance de se tirer de la pauvreté désarma le pêcheur. « Je pourrais t'écouter, dit-il, s'il y avait quelque fond à faire sur ta parole : jure-moi par le grand nom de Dieu que tu feras de bonne foi ce que tu dis, et je vais t'ouvrir le vase. Je ne crois pas que tu sois assez hardi pour violer un pareil serment. » Le génie le fit, et le pêcheur ôta aussitôt le couvercle du vase. Il en sortit à l'instant de la fumée ; et, le génie ayant repris sa forme de la même manière qu'auparavant, la première chose qu'il fit fut de jeter, d'un coup de pied, le vase dans la mer. Cette action effraya le pêcheur. « Génie, dit-il, qu'est-ce que cela signifie ? Ne voulez-vous pas garder le serment que vous venez de faire ? et dois-je vous dire ce que le médecin Douban disait au roi grec : « Laissez-moi vivre, et Dieu prolongera vos jours ? »

La crainte du pêcheur fit rire le génie, qui lui répondit : « Non, pêcheur, rassure-toi ; je n'ai jeté le vase que pour me divertir et voir si tu en serais alarmé, et, pour te persuader que je te veux tenir parole, prends tes filets et me suis. » En prononçant ces mots, il se mit à marcher devant le pêcheur, qui, chargé de ses filets, le suivit avec quelque sorte de défiance. Ils passèrent devant la ville, et montèrent au haut d'une montagne d'où ils descendirent dans une vaste plaine qui les conduisit à un grand étang situé entre quatre collines.

Lorsqu'ils furent arrivés au bord de l'étang, le génie dit au pêcheur : « Jette tes filets, et prends du poisson. » Le pêcheur ne douta point qu'il n'en prît, car il en vit une

grande quantité dans l'étang ; mais ce qui le surprit extrêmement, c'est qu'il remarqua qu'il y en avait de quatre
couleurs différentes, c'est-à-dire, de blancs, de rouges, de
bleus et de jaunes. Il jeta ses filets, et en amena quatre
dont chacun était d'une de ces couleurs. Comme il n'en
avait jamais vu de pareils, il ne pouvait se lasser de les
admirer, et, jugeant qu'il en pourrait tirer une somme
assez considérable, il en avait beaucoup de joie.
« Emporte ces poissons, lui dit le génie, et va les présenter
à ton sultan ; il t'en donnera plus d'argent que tu n'en as
manié en toute ta vie. Tu pourras venir tous les jours
pécher en cet étang ; mais je t'avertis de ne jeter tes filets
qu'une fois chaque jour ; autrement il t'en arrivera du mal,
prends-y garde. C'est l'avis que je te donne : si tu le suis
exactement, tu t'en trouveras bien. » En disant cela, il
frappa du pied la terre, qui s'ouvrit et se referma après
l'avoir englouti.

Le pêcheur, résolu de suivre de point en point les
conseils du génie, se garda bien de jeter une seconde fois
ses filets. Il reprit le chemin de la ville, fort content de sa
pêche, et faisant mille réflexions sur son aventure. Il alla
droit au palais du sultan pour lui présenter ses poissons...

« Mais, Sire, dit Scheherazade, j'aperçois le jour ; il faut
que je m'arrête en cet endroit. — Ma sœur, dit alors Dinarzade, que les derniers événements que vous venez de
raconter sont surprenants ! J'ai de la peine à croire que
vous puissiez désormais nous en apprendre d'autres qui le
soient davantage. — Ma chère sœur, répondit la sultane, si
le sultan mon maître me laisse vivre jusqu'à demain, je
suis persuadée que vous trouverez la suite de l'histoire du
pêcheur encore plus merveilleuse que le commencement
et incomparablement plus agréable. » Schahriar, curieux
de voir si le reste de l'histoire du pêcheur était tel que la
sultane le promettait, différa encore l'exécution de la loi
cruelle qu'il s'était faite.

XIXᵉ NUIT

Vers la fin de la dix-neuvième nuit, Dinarzade appela la
sultane et lui dit : « Ma sœur, si vous ne dormez pas, je
vous supplie, en attendant le jour qui paraîtra bientôt, de
me raconter la suite de l'histoire du pécheur ; je suis dans

une extrême impatience de l'entendre. » Scheherazade, avec la permission du sultan, la reprit aussitôt de cette sorte :

Sire, je laisse à penser à Votre Majesté quelle fut la surprise du sultan lorsqu'il vit les quatre poissons que le pêcheur lui présenta. Il les prit l'un après l'autre pour les considérer avec attention ; et, après les avoir admirés assez longtemps : « Prenez ces poissons, dit-il à son premier vizir, et les portez à l'habile cuisinière que l'empereur des Grecs m'a envoyée ; je m'imagine qu'ils ne seront pas moins bons qu'ils sont beaux. » Le vizir les porta lui-même à la cuisinière, et, les lui remettant entre les mains : « Voila, lui dit-il, quatre poissons qu'on vient d'apporter au sultan ; il vous ordonne de les lui apprêter. » Après s'être acquitté de cette commission, il retourna vers le sultan son maître, qui le chargea de donner au pêcheur quatre cents pièces d'or de sa monnaie ; ce qu'il exécuta très fidèlement. Le pêcheur, qui n'avait jamais possédé une si grosse somme à la fois, concevait à peine son bonheur, et le regardait comme un songe. Mais il connut dans la suite qu'il était réel par le bon usage qu'il en fit, en l'employant aux besoins de sa famille.

Mais, Sire, poursuivit Scheherazade, après vous avoir parlé du pêcheur, il faut vous parler aussi de la cuisinière du sultan, que nous allons trouver dans un grand embarras. D'abord qu'elle eut nettoyé les poissons que le vizir lui avait donnés, elle les mit sur le feu dans une casserole avec de l'huile pour les frire. Lorsqu'elle les crut assez cuits d'un côté, elle les tourna de l'autre. Mais, ô prodige inouï ! à peine furent-ils tournés que le mur de la cuisine s'entrouvrit. Il en sortit une jeune dame d'une beauté admirable et d'une taille avantageuse ; elle était habillée d'une étoffe de satin à fleurs façon d'Égypte, avec des pendants d'oreilles, un collier de grosses perles et des bracelets d'or garnis de rubis, et elle tenait une baguette de myrte à la main. Elle s'approcha de la casserole, au grand étonnement de la cuisinière qui demeura immobile à cette vue, et, frappant un des poissons du bout de sa baguette : *Poisson, poisson*, dit-elle, *es-tu dans ton devoir ?* Le poisson n'ayant rien répondu, elle répéta les mêmes paroles, et alors les quatre poissons levèrent la tête tous ensemble et lui dirent très distinctement : *Oui, oui ; si vous comptez, nous comptons; si vous payez vos dettes, nous payons les nôtres; si vous fuyez, nous vainquons et nous sommes contents*. Dès qu'ils eurent achevé ces mots, la jeune dame renversa la casserole et rentra dans l'ouverture du mur qui se referma aussitôt et se remit au même état qu'il était auparavant.

La cuisinière, que toutes ces merveilles avaient épouvantée, étant revenue de sa frayeur, alla relever les poissons qui étaient tombés sur la braise; mais elle les trouva plus noirs que du charbon et hors d'état d'être servis au sultan. Elle en eut une vive douleur, et, se mettant à pleurer de toute sa force : « Hélas! disait-elle, que vais-je devenir? Quand je conterai au sultan ce que j'ai vu, je suis assurée qu'il ne me croira point; dans quelle colère ne sera-t-il pas contre moi! »

Pendant qu'elle s'affligeait ainsi, le grand-vizir entra, et lui demanda si les poissons étaient prêts. Elle lui raconta tout ce qui était arrivé; et ce récit, comme on le peut penser, l'étonna fort; mais, sans en parler au sultan, il inventa une excuse qui le contenta. Cependant il envoya chercher le pêcheur à l'heure même; et, quand il fut arrivé : « Pêcheur, lui dit-il, apporte-moi quatre autres poissons qui soient semblables à ceux que tu as déjà apportés, car il est survenu certain malheur qui a empêché qu'on ne les ait servis au sultan. » Le pêcheur ne lui dit pas ce que le génie lui avait recommandé; mais, pour se dispenser de fournir ce jour-là les poissons qu'on lui demandait, il s'excusa sur la longueur du chemin, et promit de les apporter le lendemain matin.

Effectivement, le pêcheur partit durant la nuit et se rendit à l'étang. Il y jeta ses filets, et, les ayant retirés, il y trouva quatre poissons qui étaient, comme les autres, chacun d'une couleur différente. Il s'en retourna aussitôt, et les porta au grand-vizir dans le temps qu'il les lui avait promis. Ce ministre les prit et les emporta lui-même encore dans la cuisine, où il s'enferma seul avec la cuisinière qui commença à les habiller devant lui et qui les mit sur le feu comme elle avait fait des quatre autres le jour précédent. Lorsqu'ils furent cuits d'un côté et qu'elle les eut tournés de l'autre, le mur de la cuisine s'entrouvrit encore, et la même dame parut avec sa baguette à la main; elle s'approcha de la casserole, frappa un des poissons, lui adressa les mêmes paroles, et ils lui firent tous la même réponse en levant la tête.

« Mais, Sire, ajouta Scheherazade en se reprenant, voilà le jour qui paraît et qui m'empêche de continuer cette histoire. Les choses que je viens de vous dire sont, à la vérité, très singulières ; mais, si je suis en vie demain, je vous en dirai d'autres qui sont encore plus dignes de votre attention. » Schahriar, jugeant bien que la suite devait être fort curieuse, résolut de l'entendre la nuit suivante.

XXᵉ NUIT

« Ma chère sœur, s'écria Dinarzade, suivant sa coutume, si vous ne dormez pas, je vous prie de poursuivre et d'achever le beau conte du pêcheur. » La sultane prit aussitôt la parole, et parla dans ces termes :

Sire, après que les quatre poissons eurent répondu à la jeune dame, elle renversa encore la casserole d'un coup de baguette et se retira dans le même endroit de la muraille d'où elle était sortie. Le grand-vizir, ayant été témoin de ce qui s'était passé : « Cela est trop surprenant, dit-il, et trop extraordinaire pour en faire un mystère au sultan, je vais de ce pas l'informer de ce prodige. » En même temps il l'alla trouver et lui en fit un rapport fidèle.

Le sultan, fort surpris, marqua beaucoup d'empressement de voir cette merveille. Pour cet effet, il envoya chercher le pêcheur. « Mon ami, lui dit-il, ne pourrais-tu pas m'apporter encore quatre poissons de diverses couleurs ? » Le pêcheur répondit au sultan que, si Sa Majesté voulait lui accorder trois jours pour faire ce qu'elle désirait, il se promettait de la contenter. Les ayant obtenus, il alla à l'étang pour la troisième fois, et il ne fut pas moins heureux que les deux autres : car, du premier coup de filet, il prit quatre poissons de couleur différente. Il ne manqua pas de les porter à l'heure même au sultan, qui en eut d'autant plus de joie qu'il ne s'attendait pas à les avoir sitôt, et qui lui fit donner encore quatre cents pièces d'or de sa monnaie.

D'abord que le sultan eut les poissons, il les fit porter dans son cabinet avec tout ce qui était nécessaire pour les faire cuire. Là, s'étant enfermé avec son grand-vizir, ce ministre les habilla, les mit ensuite sur le feu dans une

casserole, et, quand ils furent cuits d'un côté, il les
retourna de l'autre. Alors le mur du cabinet s'entrouvrit;
mais, au lieu de la jeune dame, ce fut un noir qui en sortit.
Ce noir avait un habillement d'esclave; il était d'une grosseur et d'une grandeur gigantesques, et tenait un gros
bâton vert à la main. Il s'avança jusqu'à la casserole, et,
touchant de son bâton un des poissons, il lui dit d'une voix
terrible : *Poisson, poisson, es-tu dans ton devoir?* A ces
mots, les poissons levèrent la tête et répondirent : *Oui,
oui, nous y sommes; si vous comptez, nous comptons; si
vous payez vos dettes, nous payons les nôtres; si vous fuyez,
nous vainquons et nous sommes contents.*

Les poissons eurent à peine achevé ces paroles que le
noir renversa la casserole au milieu du cabinet et réduisit
les poissons en charbon. Cela étant fait, il se retira fièrement et rentra dans l'ouverture du mur, qui se referma et
qui parut dans le même état qu'auparavant. « Après ce que
je viens de voir, dit le sultan à son grand-vizir, il ne me
sera pas possible d'avoir l'esprit en repos. Ces poissons,
sans doute, signifient quelque chose d'extraordinaire dont
je veux être éclairci. » Il envoya chercher le pêcheur; on le
lui amena. « Pêcheur, lui dit-il, les poissons que tu nous as
apportés me causent bien de l'inquiétude. En quel endroit
les as-tu pêchés ? — Sire, répondit-il, je les ai pêchés dans
un étang qui est situé entre quatre collines, au-delà de la
montagne que l'on voit d'ici. — Connaissez-vous cet
étang? dit le sultan au vizir. — Non, Sire, répondit le vizir,
je n'en ai jamais ouï parler; il y a pourtant soixante ans
que je chasse aux environs et au-delà de cette montagne. »
Le sultan demanda au pêcheur à quelle distance de son
palais était l'étang; le pêcheur assura qu'il n'y avait pas
plus de trois heures de chemin. Sur cette assurance, et
comme il restait encore assez de jour pour y arriver avant
la nuit, le sultan commanda à toute sa cour de monter à
cheval, et le pêcheur leur servit de guide.

Ils montèrent tous la montagne, et à la descente ils
virent avec beaucoup de surprise une vaste plaine que personne n'avait remarquée jusqu'alors. Enfin, ils arrivèrent à
l'étang, qu'ils trouvèrent effectivement situé entre quatre
collines comme le pêcheur l'avait rapporté. L'eau en était
si transparente qu'ils remarquèrent que tous les poissons
étaient semblables à ceux que le pêcheur avait apportés au
palais.

Le sultan s'arrêta sur le bord de l'étang, et, après avoir quelque temps regardé les poissons avec admiration, il demanda à ses émirs et à tous ses courtisans s'il était possible qu'ils n'eussent pas encore vu cet étang, qui était si peu éloigné de la ville. Ils lui répondirent qu'ils n'en avaient jamais entendu parler. « Puisque vous convenez tous, leur dit-il, que vous n'en avez jamais ouï parler, et que je ne suis pas moins étonné que vous de cette nouveauté, je suis résolu de ne pas rentrer dans mon palais que je n'aie su pour quelle raison cet étang se trouve ici, et pourquoi il n'y a dedans que des poissons de quatre couleurs. » Après avoir dit ces paroles, il ordonna de camper, et aussitôt son pavillon et les tentes de sa maison furent dressés sur les bords de l'étang.

A l'entrée de la nuit, le sultan, retiré sous son pavillon, parla en particulier à son grand-vizir et lui dit : « Vizir, j'ai l'esprit dans une étrange inquiétude : cet étang transporté dans ces lieux, ce noir qui nous est apparu dans mon cabinet, ces poissons que nous avons entendus parler, tout cela irrite tellement ma curiosité que je ne puis résister à l'impatience de la satisfaire. Pour cet effet, je médite un dessein que je veux absolument exécuter. Je vais seul m'éloigner de ce camp ; je vous ordonne de tenir mon absence secrète ; demeurez sous mon pavillon, et demain matin, quand mes émirs et mes courtisans se présenteront à l'entrée, renvoyez-les en leur disant que j'ai une légère indisposition et que je veux être seul. Les jours suivants, vous continuerez de leur dire la même chose jusqu'à ce que je sois de retour. »

Le grand-vizir dit plusieurs choses au sultan pour tâcher de le détourner de son dessein : il lui représenta le danger auquel il s'exposait et la peine qu'il allait prendre peut-être inutilement. Mais il eut beau épuiser son éloquence, le sultan ne quitta point sa résolution et se prépara à l'exécuter. Il prit un habillement commode pour marcher à pied ; il se munit d'un sabre, et, dès qu'il vit que tout était tranquille dans son camp, il partit sans être accompagné de personne.

Il tourna ses pas vers une des collines, qu'il monta sans beaucoup de peine. Il en trouva la descente encore plus aisée, et, lorsqu'il fut dans la plaine, il marcha jusqu'au lever du soleil. Alors, apercevant de loin devant lui un grand édifice, il s'en réjouit dans l'espérance d'y pouvoir apprendre ce qu'il voulait savoir. Quand il en fut près, il remarqua que c'était un palais magnifique, ou plutôt un château très fort, d'un beau marbre noir poli et couvert d'un acier fin et uni comme une glace de miroir. Ravi de n'avoir pas été longtemps sans rencontrer quelque chose digne au moins de sa curiosité, il s'arrêta devant la façade du château et la considéra avec beaucoup d'attention.

Il s'avança ensuite jusqu'à la porte, qui était à deux battants, dont l'un était ouvert. Quoiqu'il lui fût libre d'entrer, il crut néanmoins devoir frapper. Il frappa un coup assez légèrement et attendit quelque temps; mais, ne voyant venir personne, il s'imagina qu'on ne l'avait point entendu; c'est pourquoi il frappa un second coup plus fort; mais, ne voyant ni n'entendant personne, il redoubla; personne ne parut encore. Cela le surprit extrêmement, car il ne pouvait penser qu'un château si bien entretenu fût abandonné. « S'il n'y a personne, disait-il en lui-même, je n'ai rien à craindre; et, s'il y a quelqu'un, j'ai de quoi me défendre. »

Enfin le sultan entra, et, s'avançant sous le vestibule : « N'y a-t-il personne ici, s'écria-t-il, pour recevoir un étranger qui aurait besoin de se rafraîchir en passant? » Il répéta la même chose deux ou trois fois; mais, quoiqu'il parlât fort haut, personne ne lui répondit. Ce silence augmenta son étonnement. Il passa dans une cour très spacieuse, et, regardant de tous côtés pour voir s'il ne découvrirait point quelqu'un, il n'aperçut pas le moindre être vivant...

« Mais, Sire, dit Scheherazade en cet endroit, le jour qui paraît vient m'imposer silence. — Ah! ma sœur, dit Dinarzade, vous nous laissez au plus bel endroit! — Il est vrai, répondit la sultane; mais, ma sœur, vous en voyez la nécessité. Il ne tiendra qu'au sultan mon seigneur que vous entendiez le reste demain. » Ce ne fut pas tant pour faire plaisir à Dinarzade que Schahriar laissa vivre encore la sultane que pour contenter la curiosité qu'il avait d'apprendre ce qui se passerait dans ce château.

XXIᵉ NUIT

Dinarzade ne fut pas paresseuse à réveiller la sultane sur la fin de cette nuit. « Ma chère sœur, lui dit-elle, si vous ne dormez pas, je vous prie, en attendant le jour qui paraîtra bientôt, de nous raconter ce qui se passa dans ce beau château où vous nous laissâtes hier. » Scheherazade reprit aussitôt le conte du jour précédent ; et, s'adressant toujours à Schahriar :

Sire, dit-elle, le sultan, ne voyant donc personne dans la cour où il était, entra dans de grandes salles dont les tapis de pied étaient de soie, les estrades et les sofas couverts d'étoffe de la Mecque, et les portières, des plus riches étoffes des Indes relevées d'or et d'argent. Il passa ensuite dans un salon merveilleux, au milieu duquel il y avait un grand bassin avec un lion d'or massif à chaque coin. Les quatre lions jetaient de l'eau par la gueule, et cette eau, en tombant, formait des diamants et des perles ; ce qui n'accompagnait pas mal un jet d'eau qui, s'élançant du milieu du bassin, allait presque frapper le fond d'un dôme peint à l'arabesque.

Le château, de trois côtés, était environné d'un jardin que les parterres, les pièces d'eau, les bosquets et mille autres agréments concouraient à embellir ; et ce qui achevait de rendre ce lieu admirable, c'était une infinité d'oiseaux qui y remplissaient l'air de leurs chants harmonieux, et qui y faisaient toujours leur demeure, parce que les filets tendus au-dessus des arbres et du palais les empêchaient d'en sortir.

Le sultan se promena longtemps d'appartements en appartements, où tout lui parut grand et magnifique. Lorsqu'il fut las de marcher, il s'assit dans un cabinet ouvert qui avait vue sur le jardin ; et là, rempli de tout ce qu'il avait déjà vu et de tout ce qu'il voyait encore, il faisait des réflexions sur tous ces différents objets, quand tout à coup une voix plaintive, accompagnée de cris lamentables, vint frapper son oreille. Il écouta avec attention, et il entendit distinctement ces tristes paroles : *O fortune, qui n'as pu me laisser jouir longtemps d'un heureux sort et qui m'as rendu le plus infortuné de tous les hommes, cesse de me persécuter, et viens, par une prompte mort, mettre fin à mes douleurs ! Hélas ! est-il possible que je sois encore en vie après tous les tourments que j'ai soufferts ?*

Le sultan, touché de ces pitoyables plaintes, se leva pour
aller du côté d'où elles étaient parties. Lorsqu'il fut à la
porte d'une grande salle, il ouvrit la portière, et vit un
jeune homme bien fait, et très richement vêtu, qui était
assis sur un trône un peu élevé de terre. La tristesse était
peinte sur son visage. Le sultan s'approcha de lui et le
salua. Le jeune homme lui rendit son salut en lui faisant
une inclination de tête fort basse ; et, comme il ne se levait
pas : « Seigneur, dit-il au sultan, je juge bien que vous
méritez que je me lève pour vous recevoir et vous rendre
tous les honneurs possibles ; mais une raison si forte s'y
oppose que vous ne devez pas m'en savoir mauvais gré. —
Seigneur, lui répondit le sultan, je vous suis fort obligé de
la bonne opinion que vous avez de moi. Quant au sujet
que vous avez de ne pas vous lever, quelle que puisse être
votre excuse, je la reçois de fort bon cœur. Attiré par vos
plaintes, pénétré de vos peines, je viens vous offrir mon
secours. Plût à Dieu qu'il dépendît de moi d'apporter du
soulagement à vos maux ! je m'y emploierais de tout mon
pouvoir. Je me flatte que vous voudrez bien me raconter
l'histoire de vos malheurs ; mais, de grâce, apprenez-moi
auparavant ce que signifie cet étang qui est près d'ici, et
où l'on voit des poissons de quatre couleurs différentes ; ce
que c'est que ce château ; pourquoi vous vous y trouvez, et
d'où vient que vous y êtes seul. » Au lieu de répondre à ces
questions, le jeune homme se mit à pleurer amèrement.
Que la fortune est inconstante ! s'écria-t-il. *Elle se plaît à
abaisser les hommes qu'elle a élevés. Où sont ceux qui
jouissent tranquillement d'un bonheur qu'ils tiennent d'elle
et dont les jours sont toujours purs et sereins ?*

Le sultan, touché de compassion de le voir en cet état, le
pria très instamment de lui dire le sujet d'une si grande
douleur. « Hélas ! Seigneur, lui répondit le jeune homme,
comment pourrais-je n'être pas affligé, et le moyen que
mes yeux ne soient pas des sources intarissables de
larmes ? » A ces mots, ayant levé sa robe, il fit voir au sultan qu'il n'était homme que depuis la tête jusqu'à la ceinture, et que l'autre moitié de son corps était de marbre
noir...

En cet endroit, Scheherazade interrompit son discours
pour faire remarquer au sultan des Indes que le jour
paraissait. Schahriar fut tellement charmé de ce qu'il

venait d'entendre, et il se sentit si fort attendri en faveur de Scheherazade, qu'il résolut de la laisser vivre pendant un mois. Il se leva néanmoins à son ordinaire sans lui parler de sa résolution.

XXIIe NUIT

Dinarzade avait tant d'impatience d'entendre la suite du conte de la nuit précédente qu'elle appela sa sœur de fort bonne heure. « Ma chère sœur, lui dit-elle, si vous ne dormez pas, je vous supplie de continuer le merveilleux conte que vous ne pûtes achever hier. — J'y consens », répondit la sultane, écoutez-moi :

Vous jugez bien, poursuivit-elle, que le sultan fut étrangement étonné quand il vit l'état déplorable où était le jeune homme. « Ce que vous me montrez là, lui dit-il, en me donnant de l'horreur, irrite ma curiosité ; je brûle d'apprendre votre histoire, qui doit être, sans doute, fort étrange, et je suis persuadé que l'étang et les poissons y ont quelque part : ainsi je vous conjure de me la raconter ; vous y trouverez quelque sorte de consolation, puisqu'il est certain que les malheureux trouvent une espèce de soulagement à conter leurs malheurs. — Je ne veux pas vous refuser cette satisfaction, repartit le jeune homme, quoique je ne puisse vous la donner sans renouveler mes vives douleurs ; mais je vous avertis par avance de préparer vos oreilles, votre esprit et vos yeux même à des choses qui surpassent tout ce que l'imagination peut concevoir de plus extraordinaire. »

HISTOIRE DU JEUNE ROI

DES ÎLES NOIRES

« Vous saurez, Seigneur, continua-t-il, que mon père, qui s'appelait Mahmoud, était roi de cet État. C'est le royaume des Îles Noires, qui prend son nom des quatre petites montagnes voisines, car ces montagnes étaient ci-devant des îles ; et la capitale où le roi mon père faisait son

séjour était dans l'endroit où est présentement cet étang
que vous avez vu. La suite de mon histoire vous instruira
de tous ces changements.

« Le roi mon père mourut à l'âge de soixante et dix ans.
Je n'eus pas plus tôt pris sa place que je me mariai ; et la
personne que je choisis pour partager la dignité royale
avec moi était ma cousine. J'eus tout lieu d'être content
des marques d'amour qu'elle me donna ; et, de mon côté,
je conçus pour elle tant de tendresse que rien n'était
comparable à notre union, qui dura cinq années. Au bout
de ce temps-là, je m'aperçus que la reine ma cousine
n'avait plus de goût pour moi.

Un jour qu'elle était au bain l'après-dînée, je me sentis
une envie de dormir, et je me jetai sur un sofa. Deux de ses
femmes, qui se trouvèrent alors dans ma chambre, vinrent
s'asseoir, l'une à ma tête, et l'autre à mes pieds, avec un
éventail à la main, tant pour modérer la chaleur que pour
me garantir des mouches qui auraient pu troubler mon
sommeil. Elles me croyaient endormi, et elles s'entretenaient tout bas ; mais j'avais seulement les yeux fermés, et
je ne perdis pas une parole de leur conversation.

« Une de ces femmes dit à l'autre : « N'est-il pas vrai que
la reine a grand tort de ne pas aimer un prince aussi
aimable que le nôtre ? — Assurément, répondit la seconde.
Pour moi, je n'y comprends rien, et je ne sais pourquoi elle
sort toutes les nuits, et le laisse seul. Est-ce qu'il ne s'en
aperçoit pas ? — Hé ! comment voudrais-tu qu'il s'en aperçût ? reprit la première. Elle mêle tous les soirs dans sa
boisson un certain suc d'herbe qui le fait dormir toute la
nuit d'un sommeil si profond qu'elle a le temps d'aller où il
lui plaît ; et, à la pointe du jour, elle vient se recoucher
auprès de lui ; alors elle le réveille en lui passant sous le
nez une certaine odeur. »

« Jugez, Seigneur, de ma surprise à ce discours et des
sentiments qu'il m'inspira. Néanmoins, quelque émotion
qu'il me pût causer, j'eus assez d'empire sur moi pour dissimuler : je fis semblant de m'éveiller et de n'avoir rien
entendu.

« La reine revint du bain ; nous soupâmes ensemble, et,
avant de nous coucher, elle me présenta elle-même la
tasse pleine d'eau que j'avais coutume de boire ; mais, au
lieu de la porter à ma bouche, je m'approchai d'une

fenêtre qui était ouverte, et je jetai l'eau si adroitement qu'elle ne s'en aperçut pas. Je lui remis ensuite la tasse entre les mains, afin qu'elle ne doutât point que je n'eusse bu.

« Nous nous couchâmes ensuite ; et bientôt après, croyant que j'étais endormi, quoique je ne le fusse pas, elle se leva avec si peu de précaution qu'elle dit assez haut : *Dors, et puisses-tu ne te réveiller jamais !* Elle s'habilla promptement, et sortit de la chambre... »

En achevant ces mots, Scheherazade, s'étant aperçue qu'il était jour, cessa de parler. Dinarzade avait écouté sa sœur avec beaucoup de plaisir. Schahriar trouvait l'histoire du roi des Iles Noires si digne de sa curiosité qu'il se leva fort impatient d'en apprendre la suite la nuit suivante.

XXIIIᵉ NUIT

Une heure avant le jour, Dinarzade, s'étant réveillée, ne manqua pas de dire à la sultane : « Ma chère sœur, si vous ne dormez pas, je vous prie de continuer l'histoire du jeune roi des quatre Iles Noires. » Scheherazade, rappelant aussitôt dans sa mémoire l'endroit où elle en était demeurée, la reprit en ces termes :

« D'abord que la reine ma femme fut sortie, poursuivit le roi des Iles Noires, je me levai et m'habillai à la hâte ; je pris mon sabre, et la suivis de si près que je l'entendis bientôt marcher devant moi. Alors, réglant mes pas sur les siens, je marchai doucement, de peur d'en être entendu. Elle passa par plusieurs portes qui s'ouvrirent par la vertu de certaines paroles magiques qu'elle prononça ; et la dernière qui s'ouvrit fut celle du jardin, où elle entra. Je m'arrêtai à cette porte afin qu'elle ne pût m'apercevoir pendant qu'elle traversait un parterre ; et, la conduisant des yeux autant que l'obscurité me le permettait, je remarquai qu'elle entra dans un petit bois dont les allées étaient bordées de palissades fort épaisses. Je m'y rendis par un autre chemin ; et, me glissant derrière la palissade d'une allée assez longue, je la vis qui se promenait avec un homme.

« Je ne manquai pas de prêter une oreille attentive à leurs discours ; et voici ce que j'entendis : « Je ne mérite

pas, disait la reine à son amant, le reproche que vous me
faites de n'être pas assez diligente ; vous savez bien la raison qui m'en empêche. Mais, si toutes les marques
d'amour que je vous ai données jusqu'à présent ne suf-
fisent pas pour vous persuader de ma sincérité, je suis
prête à vous en donner de plus éclatantes : vous n'avez
qu'à commander ; vous savez quel est mon pouvoir. Je
vais, si vous le souhaitez, avant que le soleil se lève, changer cette grande ville et ce beau palais en des ruines
affreuses, qui ne seront habitées que par des loups, des
hiboux et des corbeaux. Voulez-vous que je transporte
toutes les pierres de ces murailles si solidement bâties au-
delà du mont Caucase, et hors des bornes du monde habi-
table ? Vous n'avez qu'à dire un mot, et tous ces lieux vont
changer de face. »

« Comme la reine achevait ces paroles, son amant et
elle, se trouvant au bout de l'allée, tournèrent pour entrer
dans une autre, et passèrent devant moi. J'avais déjà tiré
mon sabre ; et, comme l'amant était de mon côté, je le
frappai sur le cou et le renversai par terre. Je crus l'avoir
tué, et, dans cette opinion, je me retirai brusquement sans
me faire connaître à la reine, que je voulus épargner à
cause qu'elle était ma parente.

« Cependant le coup que j'avais porté à son amant était
mortel ; mais elle lui conserva la vie par la force de ses
enchantements, de manière toutefois qu'on peut dire de
lui qu'il n'est ni mort ni vivant. Comme je traversais le jardin pour regagner le palais, j'entendis la reine qui poussait
de grands cris ; et, jugeant par là de sa douleur, je me sus
bon gré de lui avoir laissé la vie.

« Lorsque je fus rentré dans mon appartement, je me
recouchai ; et, satisfait d'avoir puni le téméraire qui
m'avait offensé, je m'endormis. En me réveillant le lendemain, je trouvai la reine couchée auprès de moi... »

Scheherazade fut obligée de s'arrêter en cet endroit,
parce qu'elle vit paraître le jour. « Bon Dieu, ma sœur, dit
alors Dinarzade, je suis bien fâchée que vous n'en puissiez
pas dire davantage. — Ma sœur, répondit la sultane, vous
deviez me réveiller de meilleure heure ; c'est votre faute. —
Je la réparerai, s'il plaît à Dieu, la nuit prochaine, répliqua
Dinarzade : car je ne doute pas que le sultan n'ait autant
d'envie que moi de savoir la fin de cette histoire, et j'espère

qu'il aura la bonté de vous laisser vivre encore jusqu'à demain. »

XXIVe NUIT

Effectivement, Dinarzade, comme elle se l'était promis, appela de très bonne heure la sultane. « Ma chère sœur, lui dit-elle, si vous ne dormez pas, je vous supplie de nous achever l'agréable histoire du roi des Iles Noires. Je meurs d'impatience de savoir comment il fut changé en marbre. — Vous l'allez apprendre, répondit Scheherazade, avec la permission du sultan. »

« Je trouvai donc la reine couchée auprès de moi, continua le roi des quatre Iles Noires ; je ne vous dirai point si elle dormait ou non ; mais je me levai sans faire de bruit, et je passai dans mon cabinet, où j'achevai de m'habiller. J'allai ensuite tenir mon conseil ; et, à mon retour, la reine, habillée de deuil, les cheveux épars et en partie arrachés, vint se présenter devant moi. « Sire, me dit-elle, je viens supplier Votre Majesté de ne pas trouver étrange que je sois dans l'état où je suis. Trois nouvelles affligeantes que je viens de recevoir en même temps sont la juste cause de la vive douleur dont vous ne voyez que les faibles marques. — Hé ! quelles sont ces nouvelles, Madame ? lui dis-je. — La mort de la reine, ma chère mère, me répondit-elle, celle du roi mon père, tué dans une bataille, et celle d'un de mes frères, qui est tombé dans un précipice. »

« Je ne fus pas fâché qu'elle prît ce prétexte pour cacher le véritable sujet de son affliction, et je jugeai qu'elle ne me soupçonnait pas d'avoir tué son amant. « Madame, lui dis-je, loin de blâmer votre douleur, je vous assure que j'y prends toute la part que je dois. Je serais extrêmement surpris que vous fussiez insensible à la perte que vous avez faite. Pleurez : vos larmes sont d'infaillibles marques de votre excellent naturel. J'espère néanmoins que le temps et la raison pourront apporter de la modération à vos déplaisirs. »

« Elle se retira dans son appartement, où, se livrant sans réserve à ses chagrins, elle passa une année entière à pleurer et à s'affliger. Au bout de ce temps-là, elle me demanda la permission de faire bâtir le lieu de sa sépulture dans l'enceinte du palais, où elle voulait, disait-elle, demeurer jusqu'à la fin de ses jours. Je le lui permis, et elle fit bâtir un palais superbe, avec un dôme qu'on peut voir d'ici ; elle l'appela le Palais des larmes.

« Quand il fut achevé, elle y fit porter son amant, qu'elle avait fait transporter où elle avait jugé à propos, la même nuit que je l'avais blessé. Elle l'avait empêché de mourir jusqu'alors par des breuvages qu'elle lui avait fait prendre, et elle continua de lui en donner et de les lui porter elle-même tous les jours dès qu'il fut au Palais des larmes.

« Cependant, avec tous ses enchantements, elle ne pouvait guérir ce malheureux. Il était non seulement hors d'état de marcher et de se soutenir, mais il avait encore perdu l'usage de la parole, et il ne donnait aucun signe de vie que par ses regards. Quoique la reine n'eût que la consolation de le voir et de lui dire tout ce que son fol amour pouvait lui inspirer de plus tendre et de plus passionné, elle ne laissait pas de lui rendre chaque jour deux visites assez longues. J'étais bien informé de tout cela, mais je feignais de l'ignorer.

« Un jour, j'allai par curiosité au Palais des larmes, pour savoir quelle y était l'occupation de cette princesse ; et, d'un endroit où je ne pouvais être vu, je l'entendis parler dans ces termes à son amant : « Je suis dans la dernière affliction de vous voir en l'état où vous êtes ; je ne sens pas moins vivement que vous-même les maux cuisants que vous souffrez ; mais, chère âme, je vous parle toujours et vous ne répondez pas. Jusques à quand garderez-vous le silence ? Dites un mot seulement. Hélas ! les plus doux moments de ma vie sont ceux que je passe ici à partager vos douleurs. Je ne puis vivre éloignée de vous, et je préférerais le plaisir de vous voir sans cesse à l'empire de l'univers. »

« A ce discours, qui fut plus d'une fois interrompu par ses soupirs et ses sanglots, je perdis enfin patience. Je me montrai ; et, m'approchant d'elle : « Madame, lui dis-je, c'est assez pleurer ; il est temps de mettre fin à une douleur qui nous déshonore tous deux ; c'est trop oublier ce que vous me devez et ce que vous vous devez à vous-même. — Sire, me répondit-elle, s'il vous reste encore quelque considération, ou plutôt quelque complaisance pour moi, je vous supplie de ne me pas contraindre. Laissez-moi m'abandonner à mes chagrins mortels ; il est impossible que le temps les diminue. »

« Quand je vis que mes discours, au lieu de la faire rentrer en son devoir, ne servaient qu'à irriter sa fureur, je cessai de lui parler et me retirai. Elle continua de visiter tous les jours son amant, et durant deux années entières elle ne fit que se désespérer.

« J'allai une seconde fois au Palais des larmes pendant qu'elle y était. Je me cachai encore, et j'entendis qu'elle disait à son amant : « Il y a trois ans que vous ne m'avez dit une seule parole et que vous ne répondez point aux marques d'amour que je vous donne par mes discours et mes gémissements : est-ce par insensibilité ou par mépris ? O tombeau ! aurais-tu détruit cet excès de tendresse qu'il avait pour moi ? aurais-tu fermé ces yeux qui me montraient tant d'amour, et qui faisaient toute ma joie ? Non, non, je n'en crois rien. Dis-moi plutôt par quel miracle tu es devenu le dépositaire du plus rare trésor qui fut jamais.

« Je vous avoue, Seigneur, que je fus indigné de ces paroles : car, enfin, cet amant chéri, ce mortel adoré, n'était pas tel que vous pourriez vous l'imaginer : c'était un Indien noir, originaire de ces pays. Je fus, dis-je, tellement indigné de ce discours que je me montrai brusquement ; et, apostrophant le même tombeau à mon tour : « O tombeau ! m'écriai-je, que n'engloutis-tu ce monstre qui fait horreur à la nature, ou plutôt que ne consumes-tu l'amant et la maîtresse ! »

« J'eus à peine achevé ces mots que la reine, qui était assise auprès du noir, se leva comme une furie. « Ah ! cruel ! me dit-elle, c'est toi qui causes ma douleur. Ne pense pas que je l'ignore, je ne l'ai que trop longtemps dissimulé. C'est ta barbare main qui a mis l'objet de mon amour dans l'état pitoyable où il est ; et tu as la dureté de venir insulter une amante au désespoir ! — Oui, c'est moi, interrompis-je transporté de colère, c'est moi qui ai châtié ce monstre comme il le méritait ; je devais te traiter de la même manière : je me repens de ne l'avoir pas fait, et il y a trop longtemps que tu abuses de ma bonté. » En disant cela, je tirai mon sabre et je levai le bras pour la punir ; mais, regardant tranquillement mon action : « Modère ton courroux », me dit-elle avec un sourir moqueur. En même temps elle prononça des paroles que je n'entendis point, et puis elle ajouta : « Par la vertu de mes enchantements, je te commande de devenir tout à l'heure moitié marbre et moitié homme. » Aussitôt, Seigneur, je devins tel que vous me voyez, déjà mort parmi les vivants, et vivant parmi les morts... »

Scheherazade, en cet endroit, ayant remarqué qu'il était jour, cessa de poursuivre son conte. « Ma chère sœur, dit alors Dinarzade, je suis bien obligée au sultan ; c'est à sa bonté que je dois l'extrême plaisir que je prends à vous écouter. — Ma sœur, lui répondit la sultane, si cette même bonté veut bien encore me laisser vivre jusqu'à demain, vous entendrez des choses qui ne vous feront pas moins de plaisir que celles que je viens de vous raconter. » Quand Schahriar n'aurait pas résolu de différer d'un mois la mort de Scheherazade, il ne l'aurait pas fait mourir ce jour-là.

XXVe NUIT

Sur la fin de la nuit, Dinarzade s'écria : « Ma sœur, si vous ne dormez pas, je vous prie d'achever l'histoire du roi des Iles Noires. » Scheherazade, s'étant réveillée à la voix de sa sœur, se prépara à lui donner la satisfaction qu'elle demandait. Elle commença de cette sorte :

Le roi demi-marbre et demi-homme continua de raconter son histoire au sultan :

« Après, dit-il, que la cruelle magicienne, indigne de porter le nom de reine, m'eut ainsi métamorphosé et fait passer en cette salle par un autre enchantement, elle détruisit ma capitale, qui était très florissante et fort peuplée ; elle anéantit les maisons, les places publiques et les marchés, et en fit l'étang et la campagne déserte que vous avez pu voir. Les poissons de quatre couleurs qui sont dans l'étang sont les quatre sortes d'habitants de différentes religions qui la composaient : les blancs étaient les musulmans ; les rouges, les Perses, adorateurs du feu ; les bleus, les chrétiens ; les jaunes, les juifs ; les quatre collines étaient les quatre îles qui donnaient le nom à ce royaume. J'appris tout cela de la magicienne, qui, pour comble d'affliction, m'annonça elle-même ces effets de sa rage. Ce n'est pas tout encore ; elle n'a point borné sa fureur à la destruction de mon empire et à ma métamorphose : elle vient chaque jour me donner sur mes épaules nues cent coups de nerf de bœuf, qui me mettent tout en sang. Quand ce supplice est achevé, elle me couvre d'une grosse étoffe de poil de chèvre, et met, par-dessus, cette robe de brocart que vous voyez, non pour me faire honneur, mais pour se moquer de moi. »

En cet endroit de son discours, le jeune roi des Iles Noires ne put retenir ses larmes; et le sultan en eut le cœur si serré qu'il ne put prononcer une parole pour le consoler. Peu de temps après, le jeune roi, levant les yeux au ciel, s'écria : « Puissant créateur de toutes choses, je me soumets à vos jugements et aux décrets de votre providence! Je souffre patiemment tous mes maux, puisque telle est votre volonté; mais j'espère que votre bonté infinie m'en récompensera. »

Le sultan, attendri par le récit d'une histoire si étrange et animé à la vengeance de ce malheureux prince, lui dit : « Apprenez-moi où se retire cette perfide magicienne, et où peut être cet indigne amant qui est enseveli avant sa mort. — Seigneur, répondit le prince, l'amant, comme je vous l'ai déjà dit, est au Palais des larmes, dans un tombeau en forme de dôme; et ce palais communique à ce château du côté de la porte. Pour ce qui est de la magicienne, je ne puis vous dire précisément où elle se retire; mais tous les jours, au lever du soleil, elle va visiter son amant, après avoir fait sur moi la sanglante exécution dont je vous ai parlé; et vous jugez bien que je ne puis me défendre d'une si grande cruauté. Elle lui porte le breuvage qui est le seul aliment avec quoi, jusqu'à présent, elle l'a empêché de mourir; et elle ne cesse de lui faire des plaintes sur le silence qu'il a toujours gardé depuis qu'il est blessé.

— Prince qu'on ne peut assez plaindre, repartit le sultan, on ne saurait être plus vivement touché de votre malheur que je le suis. Jamais rien de si extraordinaire n'est arrivé à personne; et les auteurs qui feront votre histoire auront l'avantage de rapporter un fait qui surpasse tout ce qu'on a jamais écrit de plus surprenant. Il n'y manque qu'une chose : c'est la vengeance qui vous est due; mais je n'oublierai rien pour vous la procurer. »

En effet, le sultan, en s'entretenant sur ce sujet avec le jeune prince, après lui avoir déclaré qui il était, et pourquoi il était entré dans ce château, imagina un moyen de le venger, qu'il lui communiqua. Ils convinrent des mesures qu'il y avait à prendre pour faire réussir ce projet, dont l'exécution fut remise au jour suivant. Cependant, la nuit étant fort avancée, le sultan prit quelque repos. Pour le jeune prince, il la passa à son ordinaire dans une insomnie continuelle (car il ne pouvait dormir depuis qu'il était enchanté), avec quelque espérance néanmoins d'être bientôt délivré de ses souffrances.

Le lendemain, le sultan se leva dès qu'il fut jour; et, pour commencer à exécuter son dessein, il cacha dans un endroit son habillement de dessus qui l'aurait embarrassé, et s'en alla au Palais des larmes. Il le trouva éclairé d'une infinité de flambeaux de cire blanche, et il sentit une odeur délicieuse qui sortait de plusieurs cassolettes de fin or d'un ouvrage admirable, toutes rangées dans un fort bel ordre. D'abord qu'il aperçut le lit où le noir était couché, il tira son sabre, et ôta, sans résistance, la vie à ce misérable, dont il traîna le corps dans la cour du château, et le jeta dans un puits. Après cette expédition, il alla se coucher dans le lit du noir, mit son sabre près de lui sous la couverture, et y demeura pour achever ce qu'il avait projeté.

La magicienne arriva bientôt. Son premier soin fut d'aller dans la chambre où était le roi des Îles Noires, son mari. Elle le dépouilla, et commença de lui donner sur les épaules les cent coups de nerf de bœuf, avec une barbarie qui n'a pas d'exemple. Le pauvre prince avait beau remplir le palais de ses cris, et la conjurer de la manière du monde la plus touchante d'avoir pitié de lui, la cruelle ne cessa de le frapper qu'après lui avoir donné les cent coups. « Tu n'as pas eu compassion de mon amant, lui disait-elle, tu n'en dois point attendre de moi... »

Scheherazade aperçut le jour en cet endroit, ce qui l'empêcha de continuer son récit. « Mon Dieu! ma sœur, dit Dinarzade, voilà une magicienne bien barbare! Mais en demeurerons-nous là, et ne nous apprendrez-vous pas si elle reçut le châtiment qu'elle méritait? — Ma chère sœur, répondit la sultane, je ne demande pas mieux que de vous l'apprendre demain; mais vous savez que cela dépend de la volonté du sultan. « Après ce que Schahriar venait d'entendre, il était bien éloigné de vouloir faire mourir Scheherazade; au contraire : « Je ne veux pas lui ôter la vie, disait-il en lui-même, qu'elle n'ait achevé cette histoire étonnante, quand le récit en devrait durer deux mois. Il sera toujours en mon pouvoir de garder le serment que j'ai fait. »

XXVIe NUIT

Dinarzade n'eut pas plus tôt jugé qu'il était temps d'appeler la sultane qu'elle lui dit : « Ma chère sœur, si vous ne dormez pas, je vous supplie de nous raconter ce qui se passa dans le Palais des larmes. » Schahriar ayant témoigné qu'il avait la même curiosité que Dinarzade, la sultane prit la parole, et reprit ainsi l'histoire du jeune prince enchanté :

Sire, après que la magicienne eut donné cent coups de nerf de bœuf au roi son mari, elle le revêtit du gros habillement de poil de chèvre et de la robe de brocart pardessus. Elle alla ensuite au Palais des larmes ; et, en y entrant, elle renouvela ses pleurs, ses cris et ses lamentations ; puis s'approchant du lit où elle croyait que son amant était toujours : « Quelle cruauté, s'écria-t-elle, d'avoir ainsi troublé le contentement d'une amante aussi tendre et aussi passionnée que je le suis ! O toi qui me reproches que je suis trop inhumaine quand je te fais sentir les effets de mon ressentiment, cruel prince, ta barbarie ne surpasse-t-elle pas celle de ma vengeance ? Ah ! traître ! en attentant à la vie de l'objet que j'adore, ne m'as-tu pas ravi la mienne ? Hélas ! ajouta-t-elle en adressant la parole au sultan, croyant parler au noir, mon soleil, ma vie, garderez-vous toujours le silence ? êtes-vous résolu de me laisser mourir sans me donner la consolation de me dire encore que vous m'aimez ? Mon âme, dites-moi au moins un mot, je vous en conjure. »

Alors le sultan, feignant de sortir d'un profond sommeil et contrefaisant le langage des noirs, répondit à la reine d'un ton grave : *Il n'y a de force et de pouvoir qu'en Dieu seul, qui est tout-puissant.* A ces paroles, la magicienne, qui ne s'y attendait pas, fit un grand cri pour marquer l'excès de sa joie. « Mon cher seigneur, s'écria-t-elle, ne me trompé-je pas ? est-il bien vrai que je vous entends, et que vous me parlez ? — Malheureuse, reprit le sultan, es-tu digne que je réponde à tes discours ? — Et pourquoi, répliqua la reine, me faites-vous ce reproche ? — Les cris, repartit-il, les pleurs et les gémissements de ton mari, que tu traites tous les jours avec tant d'indignité et de barbarie, m'empêchent de dormir nuit et jour. Il y a longtemps que je serais guéri, et que j'aurais recouvré l'usage de la parole, si tu l'avais désenchanté : voilà la cause de ce silence que je garde et dont tu te plains. — Hé bien, dit la magicienne, pour vous apaiser je suis prête à faire ce que vous me commanderez : voulez-vous que je lui rende sa première forme ? — Oui, répondit le sultan, et hâte-toi de le mettre en liberté, afin que je ne sois plus incommodé de ses cris. »

La magicienne sortit aussitôt du Palais des larmes. Elle prit une tasse d'eau, et prononça dessus des paroles qui la firent bouillir comme si elle eût été sur le feu. Elle alla ensuite à la salle où était le jeune roi son mari ; elle jeta de cette eau sur lui, en disant : « Si le Créateur de toutes choses t'a formé tel que tu es présentement, ou s'il est en colère contre toi, ne change pas ; mais, si tu n'es dans cet état que par la vertu de mon enchantement, reprends ta forme naturelle, et redeviens tel que tu étais auparavant. » A peine eut-elle achevé ces mots que le prince, se retrouvant dans son premier état, se leva librement, avec toute la joie qu'on peut s'imaginer, et il en rendit grâces à Dieu. La magicienne, reprenant la parole : « Va, lui dit-elle, éloigne-toi de ce château, et n'y reviens jamais, ou bien il t'en coûtera la vie. »

Le jeune roi, cédant à la nécessité, s'éloigna de la magicienne sans répliquer, et se retira dans un lieu écarté, où il attendit impatiemment le succès du dessein dont le sultan venait de commencer l'exécution avec tant de bonheur.

Cependant la magicienne retourna au Palais des larmes ; et en entrant, comme elle croyait toujours parler au noir : « Cher amant, lui dit-elle, j'ai fait ce que vous m'avez ordonné : rien ne vous empêche de vous lever, et de me donner par là une satisfaction dont je suis privée depuis si longtemps. »

Le sultan continua de contrefaire le langage des noirs. « Ce que tu viens de faire, répondit-il d'un ton brusque, ne suffit pas pour me guérir : tu n'as ôté qu'une partie du mal, il en faut couper jusqu'à la racine. — Mon aimable noir, reprit-elle, qu'entendez-vous par la racine ? — Malheureuse, repartit le sultan, ne comprends-tu pas que je veux parler de cette ville et de ses habitants, et des quatre îles que tu as détruites par tes enchantements ? Tous les jours, à minuit, les poissons ne manquent pas de lever la tête hors de l'étang et de crier vengeance contre moi et contre toi. Voilà le véritable sujet du retardement de ma guérison. Va promptement rétablir les choses en leur premier état, et à ton retour je te donnerai la main, et tu m'aideras à me lever. »

La magicienne, remplie de l'espérance que ces paroles lui firent concevoir, s'écria, transportée de joie : « Mon cœur, mon âme, vous aurez bientôt recouvré votre santé, car je vais faire ce que vous me commandez. » En effet, elle partit dans le moment ; et, lorsqu'elle fut arrivée sur le bord de l'étang, elle prit un peu d'eau dans sa main, et en fit une aspersion dessus...

Scheherazade, en cet endroit, voyant qu'il était jour, n'en voulut pas dire davantage. Dinarzade dit à la sultane : « Ma sœur, j'ai bien de la joie de savoir le jeune roi des quatre Iles Noires désenchanté, et je regarde déjà la ville et les habitants comme rétablis en leur premier état ; mais je suis en peine d'apprendre ce que deviendra la magicienne. — Donnez-vous un peu de patience, répondit la sultane : vous aurez demain la satisfaction que vous désirez, si le sultan mon seigneur veut bien y consentir. » Schahriar, qui, comme on l'a déjà dit, avait pris son parti là-dessus, se leva pour aller remplir ses devoirs.

XXVIIᵉ NUIT

Dinarzade, à l'heure ordinaire, ne manqua pas d'appeler la sultane. « Ma chère sœur, dit-elle, si vous ne dormez pas, je vous prie de nous raconter quel fut le sort de la reine magicienne, comme vous me l'avez promis. » Scheherazade tint aussitôt sa promesse, et parla de cette sorte :

La magicienne, ayant fait l'aspersion, n'eut pas plus tôt prononcé quelques paroles sur les poissons et sur l'étang que la ville reparut à l'heure même. Les poissons redevinrent hommes, femmes ou enfants ; mahométans, chrétiens, persans ou juifs, gens libres ou esclaves, chacun reprit sa forme naturelle. Les maisons et les boutiques furent bientôt remplies de leurs habitants qui y trouvèrent

toutes choses dans la même situation et dans le même
ordre où elles étaient avant l'enchantement. La suite nombreuse du sultan, qui se trouva campée dans la plus
grande place, ne fut pas peu étonnée de se voir en un instant au milieu d'une ville belle, vaste et bien peuplée.

Pour revenir à la magicienne, dès qu'elle eut fait ce
changement merveilleux, elle se rendit en diligence au
Palais des larmes pour en recueillir le fruit. « Mon cher
seigneur, s'écria-t-elle en entrant, je viens me réjouir avec
vous du retour de votre santé; j'ai fait tout ce que vous
avez exigé de moi : levez-vous donc, et me donnez la main.
— Approche », lui dit le sultan en contrefaisant toujours le
langage des noirs. Elle s'approcha. « Ce n'est pas assez,
reprit-il, approche-toi davantage. » Elle obéit. Alors il se
leva, et la saisit par le bras si brusquement qu'elle n'eut
pas le temps de se reconnaître, et, d'un coup de sabre, il
sépara son corps en deux parties, qui tombèrent l'une d'un
côté, et l'autre de l'autre. Cela étant fait, il laissa le cadavre
sur la place, et, sortant du Palais des larmes, il alla trouver
le jeune roi des Îles Noires, qui l'attendait avec impatience. « Prince, lui dit-il en l'embrassant, réjouissez-vous,
vous n'avez plus rien à craindre : votre cruelle ennemie
n'est plus. »

Le jeune prince remercia le sultan d'une manière qui
marquait que son cœur était pénétré de reconnaissance;
et, pour prix de lui avoir rendu un service si important, il
lui souhaita une longue vie, avec toutes sortes de prospérités. « Vous pouvez désormais, lui dit le sultan, demeurer
paisible dans votre capitale, à moins que vous ne vouliez
venir dans la mienne, qui en est si voisine; je vous y rece-
vrai avec plaisir, et vous n'y serez pas moins honoré et respecté que chez vous. — Puissant monarque à qui je suis si
redevable, répondit le roi, vous croyez donc être fort près
de votre capitale? — Oui, répliqua le sultan, je le crois; il
n'y a pas plus de quatre ou cinq heures de chemin. — Il y a
une année entière de voyage, reprit le jeune prince. Je
veux bien croire que vous êtes venu ici de votre capitale
dans le peu de temps que vous dites, parce que la mienne
était enchantée; mais, depuis qu'elle ne l'est plus, les
choses ont bien changé. Cela ne m'empêchera pas de vous
suivre, quand ce serait pour aller aux extrémités de la
terre. Vous êtes mon libérateur, et, pour vous donner

toute ma vie des marques de ma reconnaissance, je prétends vous accompagner, et j'abandonne sans regret mon royaume. »

Le sultan fut extraordinairement surpris d'apprendre qu'il était si loin de ses États, et il ne comprenait pas comment cela se pouvait faire. Mais le jeune roi des Iles Noires le convainquit si bien de cette possibilité qu'il n'en douta plus. « Il n'importe, reprit alors le sultan : la peine de m'en retourner dans mes États est suffisamment récompensée par la satisfaction de vous avoir obligé et d'avoir acquis un fils en votre personne : car, puisque vous voulez bien me faire l'honneur de m'accompagner et que je n'ai point d'enfants, je vous regarde comme tel, et je vous fais dès à présent mon héritier et mon successeur. »

L'entretien du sultan et du roi des Iles Noires se termina par les plus tendres embrassements. Après quoi le jeune prince ne songea qu'aux préparatifs de son voyage. Ils furent achevés en trois semaines, au grand regret de toute sa cour et de ses sujets, qui reçurent de sa main un de ses proches parents pour leur roi.

Enfin, le sultan et le jeune prince se mirent en chemin avec cent chameaux chargés de richesses inestimables tirées des trésors du jeune roi, qui se fit suivre par cinquante cavaliers bien faits, parfaitement bien montés et équipés. Leur voyage fut heureux ; et, lorsque le sultan, qui avait envoyé des courriers pour donner avis de son retardement et de l'aventure qui en était la cause, fut près de sa capitale, les principaux officiers qu'il y avait laissés vinrent le recevoir, et l'assurèrent que sa longue absence n'avait apporté aucun changement dans son empire. Les habitants sortirent aussi en foule, le reçurent avec des grandes acclamations, et firent des réjouissances qui durèrent plusieurs jours.

Le lendemain de son arrivée, le sultan fit à tous ses courtisans assemblés un détail fort ample des choses qui, contre son attente, avaient rendu son absence si longue. Il leur déclara ensuite l'adoption qu'il avait faite du roi des quatre Iles Noires, qui avait bien voulu abandonner un grand royaume pour l'accompagner et vivre avec lui. Enfin, pour reconnaître la fidélité qu'ils lui avaient tous gardée, il leur fit des largesses proportionnées au rang que chacun tenait à sa cour.

Pour le pêcheur, comme il était la première cause de la délivrance du jeune prince, le sultan le combla de biens, et le rendit, lui et sa famille, très heureux le reste de leurs jours.

Scheherazade finit là le conte du pêcheur et du génie. Dinarzade lui marqua qu'elle y avait pris un plaisir infini ; et, Schahriar lui ayant témoigné la même chose, elle leur dit qu'elle en savait un autre qui était encore plus beau que celui-là, et que, si le sultan le lui voulait permettre, elle le raconterait le lendemain, car le jour commençait à paraître. Schahriar, se souvenant du délai d'un mois qu'il avait accordé à la sultane, et curieux d'ailleurs de savoir si ce nouveau conte serait aussi agréable qu'elle le promettait, se leva dans le dessein de l'entendre la nuit suivante.

XXVIIIᵉ NUIT

Dinarzade, suivant sa coutume, n'oublia pas d'appeler la sultane lorsqu'il en fut temps : « Ma chère sœur, lui dit-elle, si vous ne dormez pas, je vous supplie, en attendant le jour, de me raconter un de ces beaux contes que vous savez. » Scheherazade, sans lui répondre, commença d'abord, et, adressant la parole au sultan :

HISTOIRE DE TROIS CALENDERS

FILS DE ROIS

ET DE CINQ DAMES DE BAGDAD

Sire, dit-elle, sous le règne du calife[1] Haroun-al-Raschid[2], il y avait à Bagdad, où il faisait sa résidence, un porteur qui, malgré sa profession basse et pénible, ne laissait

---

1. *Calife*, qui signifie successeur, est le nom donné aux souverains musulmans qui exercèrent, après Mahomet, le pouvoir temporel et spirituel. On compte trois grands califas : celui d'Orient, celui d'Égypte, celui de Cordoue.
2. Haroun-al-Raschid, vingt-quatrième calife d'Orient, de la famille des Abbassides, fut contemporain de Charlemagne.

pas d'être homme d'esprit et de bonne humeur. Un matin qu'il était, à son ordinaire, avec un grand panier à jour près de lui, dans une place où il attendait que quelqu'un eût besoin de son ministère, une jeune dame de belle taille, couverte d'un grand voile de mousseline, l'aborda, et lui dit d'un air gracieux : « Écoutez, porteur, prenez votre panier, et suivez-moi. » Le porteur, enchanté de ce peu de paroles prononcées si agréablement, prit aussitôt son panier, le mit sur sa tête, et suivit la dame en disant : *O jour heureux ! ô jour de bonne rencontre !*

D'abord la dame s'arrêta devant une porte fermée et frappa. Un chrétien vénérable par une longue barbe blanche ouvrit, et elle lui mit de l'argent dans la main sans lui dire un seul mot. Mais le chrétien, qui savait ce qu'elle demandait, rentra, et peu de temps après apporta une grosse cruche d'un vin excellent. « Prenez cette cruche, dit la dame au porteur, et la mettez dans votre panier. » Cela étant fait, elle lui commanda de la suivre ; puis elle continua de marcher, et le porteur continua de dire : *O jour de félicité ! ô jour d'agréable surprise et de joie !*

La dame s'arrêta à la boutique d'un vendeur de fruits et de fleurs, où elle choisit de plusieurs sortes de pommes, des abricots, des pêches, des coings, des limons, des citrons, des oranges, du myrte, du basilic, des lis, du jasmin, et de quelques autres sortes de fleurs et de plantes de bonne odeur. Elle dit au porteur de mettre tout cela dans son panier et de la suivre. En passant devant l'étalage d'un boucher, elle se fit peser vingt-cinq livres de la plus belle viande qu'il eût ; ce que le porteur mit encore dans son panier par son ordre. A une autre boutique, elle prit des câpres, de l'estragon, de petits concombres, de la perce-pierre et autres herbes, le tout confit dans le vinaigre ; à une autre, des pistaches, des noix, des noisettes, des pignons, des amandes et d'autres fruits semblables ; à une autre encore, elle acheta toutes sortes de pâtes d'amande. Le porteur, en mettant toutes ces choses dans son panier, remarquant qu'il se remplissait, dit à la dame : « Ma bonne dame, il fallait m'avertir que vous feriez tant de provisions, j'aurais pris un cheval, ou plutôt un chameau pour les porter. J'en aurai beaucoup plus que ma charge, pour peu que vous en achetiez d'autres. » La dame rit de cette plaisanterie, et ordonna de nouveau au porteur de la suivre.

Elle entra chez un droguiste, où elle se fournit de toutes sortes d'eaux de senteur, de clous de girofle, de muscade, de poivre gingembre, d'un gros morceau d'ambre gris et de plusieurs autres épiceries des Indes ; ce qui acheva de remplir le panier du porteur, auquel elle dit encore de la suivre. Alors ils marchèrent tous deux jusqu'à ce qu'ils arrivèrent à un hôtel magnifique, dont la façade était ornée de belles colonnes, et qui avait une porte d'ivoire. Ils s'y arrêtèrent, et la dame frappa un petit coup...

En cet endroit, Scheherazade aperçut qu'il était jour, et cessa de parler. « Franchement, ma sœur, dit Dinarzade, voilà un commencement qui donne beaucoup de curiosité. Je crois que le sultan ne voudra pas se priver du plaisir d'entendre la suite. » Effectivement, Schahriar, loin d'ordonner la mort de la sultane, attendit impatiemment la nuit suivante pour apprendre ce qui se passerait dans l'hôtel dont elle avait parlé.

XXIXe NUIT

Dinarzade, réveillée avant le jour, adressa ces paroles à la sultane : « Ma sœur, si vous ne dormez pas, je vous prie de poursuivre l'histoire que vous commençâtes hier. » Scheherazade aussitôt la continua de cette manière :

Pendant que la jeune dame et le porteur attendaient que l'on ouvrît la porte de l'hôtel, le porteur faisait mille réflexions. Il était étonné qu'une dame faite comme celle qu'il voyait fît l'office de pourvoyeur : car enfin il jugeait bien que ce n'était pas une esclave ; il lui trouvait l'air trop noble pour penser qu'elle ne fût pas libre, et même une personne de distinction. Il lui aurait volontiers fait des questions pour s'éclaircir de sa qualité ; mais, dans le temps qu'il se préparait à lui parler, une autre dame qui vint ouvrir la porte lui parut si belle qu'il en demeura tout surpris, ou plutôt il fut si vivement frappé de l'éclat de ses charmes qu'il en pensa laisser tomber son panier avec tout ce qui était dedans, tant cet objet le mit hors de lui-même. Il n'avait jamais vu de beauté qui approchât de celle qu'il avait devant les yeux.

La dame qui avait amené le porteur s'aperçut du désordre qui se passait dans son âme et du sujet qui le causait. Cette découverte la divertit ; et elle prenait tant de plaisir à examiner la contenance du porteur qu'elle ne songeait pas que la porte était ouverte. « Entrez donc, ma sœur, lui dit la belle portière ; qu'attendez-vous ? Ne voyez-vous pas que ce pauvre homme est si chargé qu'il n'en peut plus ? »

Lorsqu'elle fut entrée avec le porteur, la dame qui avait ouvert la porte la ferma ; et tous trois, après avoir traversé un beau vestibule, ils passèrent dans une cour très spacieuse, et environnée d'une galerie à jour, qui communiquait à plusieurs appartements de plain-pied de la dernière magnificence. Il y avait dans le fond de cette cour un sofa richement garni, avec un trône d'ambre au milieu, soutenu de quatre colonnes d'ébène enrichies de diamants et de perles d'une grosseur extraordinaire, et garnies d'un satin rouge relevé d'une broderie d'or des Indes d'un travail admirable. Au milieu de la cour, il y avait un grand bassin bordé de marbre blanc, et plein d'une eau très claire, qui y tombait abondamment par un mufle de lion de bronze doré.

Le porteur, tout chargé qu'il était, ne laissait pas d'admirer la magnificence de cette maison et la propreté qui y régnait partout ; mais ce qui attira particulièrement son attention fut une troisième dame, qui lui parut encore plus belle que la seconde, et qui était assise sur le trône dont j'ai parlé. Elle en descendit dès qu'elle aperçut les deux premières dames, et s'avança au-devant d'elles. Il jugea par les égards que les autres avaient pour celle-là que c'était la principale ; en quoi il ne se trompait pas. Cette dame se nommait Zobéide ; celle qui avait ouvert la porte s'appelait Safie, et Amine était le nom de celle qui avait été aux provisions.

Zobéide dit aux deux dames en les abordant : « Mes sœurs, ne voyez-vous pas que ce bon homme succombe sous le fardeau qu'il porte ? qu'attendez-vous à le décharger ? » Alors Amine et Safie prirent le panier, l'une par devant, l'autre par derrière. Zobéide y mit aussi la main, et toutes trois le posèrent à terre. Elles commencèrent à le vider, et, quand cela fut fait, l'agréable Amine tira de l'argent, paya libéralement le porteur...

Le jour, venant à paraître en cet endroit, imposa silence à Scheherazade, et laissa non seulement à Dinarzade,

mais encore à Schahriar, un grand désir d'entendre la
suite; ce que ce prince remit à la nuit suivante.

XXXe NUIT

Le lendemain, Dinarzade, réveillée par l'impatience
d'entendre la suite du conte commencé, dit à la sultane :
« Au nom de Dieu, ma sœur, si vous ne dormez pas, je
vous prie de nous conter ce que firent ces trois belles
dames de toutes les provisions qu'Amine avait achetées. —
Vous l'allez savoir, répondit Scheherazade, si vous voulez
m'écouter avec attention. » En même temps elle reprit ce
conte dans ces termes :

Le porteur, très satisfait de l'argent qu'on lui avait
donné, devait prendre son panier et se retirer; mais il ne
put s'y résoudre : il se sentait, malgré lui, arrêter par le
plaisir de voir trois beautés si rares, et qui lui paraissaient
également charmantes : car Amine avait aussi ôté son
voile, et il ne la trouvait pas moins belle que les autres. Ce
qu'il ne pouvait comprendre, c'est qu'il ne voyait aucun
homme dans cette maison. Néanmoins, la plupart des provisions qu'il avait apportées, comme les fruits secs et les
différentes sortes de gâteaux et de confitures, ne conve-
naient proprement qu'à des gens qui voulaient boire et se
réjouir.

Zobéide crut d'abord que le porteur s'arrêtait pour
prendre haleine; mais, voyant qu'il demeurait trop longtemps : « Qu'attendez-vous ? lui dit-elle; n'êtes-vous pas
payé suffisamment ? Ma sœur, ajouta-t-elle en s'adressant
à Amine, donnez-lui encore quelque chose : qu'il s'en aille
content. — Madame, répondit le porteur, ce n'est pas cela
qui me retient; je ne suis que trop payé de ma peine. Je
vois bien que j'ai commis une incivilité en demeurant ici
plus que je ne devais; mais j'espère que vous aurez la
bonté de la pardonner à l'étonnement où je suis de ne voir
aucun homme avec trois dames d'une beauté si peu commune. Une compagnie de femmes sans hommes est pourtant une chose aussi triste qu'une compagnie d'hommes
sans femmes. » Il ajouta à ce discours plusieurs choses
fort plaisantes pour prouver ce qu'il avançait. Il n'oublia
pas de citer ce qu'on disait à Bagdad, qu'on n'est pas bien
à table si l'on n'y est quatre; et, enfin, il finit en concluant

que, puisqu'elles étaient trois, elles avaient besoin d'un quatrième.

Les dames se prirent à rire du raisonnement du porteur. Après cela, Zobéide lui dit d'un air sérieux : « Mon ami, vous poussez un peu trop loin votre indiscrétion ; mais, quoique vous ne méritiez pas que j'entre dans aucun détail avec vous, je veux bien toutefois vous dire que nous sommes trois sœurs qui faisons si secrètement nos affaires que personne n'en sait rien. Nous avons un trop grand sujet de craindre d'en faire part à des indiscrets ; et un bon auteur que nous avons lu dit : *Garde ton secret, et ne le révèle à personne : qui le révèle n'en est plus le maître. Si ton sein ne peut contenir ton secret, comment le sein de celui à qui tu l'auras confié pourra-t-il le contenir ?*

« Mesdames, reprit le porteur, à votre air seulement, j'ai jugé d'abord que vous étiez des personnes d'un mérite très rare, et je m'aperçois que je ne me suis pas trompé. Quoique la fortune ne m'ait pas donné assez de biens pour m'élever à une profession au-dessus de la mienne, je n'ai pas laissé de cultiver mon esprit autant que je l'ai pu par la lecture des livres de science et d'histoire ; et vous me permettrez, s'il vous plaît, de vous dire que j'ai lu aussi dans un autre auteur une maxime que j'ai toujours heureusement pratiquée : *Nous ne cachons notre secret*, dit-il, *qu'à des gens reconnus de tout le monde pour des indiscrets qui abuseraient de notre confiance ; mais nous ne faisons nulle difficulté de le découvrir aux sages, parce que nous sommes persuadés qu'ils sauront le garder.* Le secret chez moi est dans une aussi grande sûreté que s'il était dans un cabinet dont la clef fût perdue et la porte bien scellée. »

Zobéide connut que le porteur ne manquait pas d'esprit ; mais, jugeant qu'il avait envie d'être du régal qu'elles voulaient se donner, elle lui repartit en souriant : « Vous savez que nous nous préparons à nous régaler ; mais vous savez en même temps que nous avons fait une dépense considérable, et il ne serait pas juste que, sans y contribuer, vous fussiez de la partie. » La belle Safie appuya le sentiment de sa sœur. « Mon ami, dit-elle au porteur, n'avez-vous jamais ouï dire ce que l'on dit assez communément : *Si vous apportez quelque chose, vous serez quelque chose avec nous ; si vous n'apportez rien, retirez-vous avec rien ?* »

Le porteur, malgré sa rhétorique, aurait peut-être été obligé de se retirer avec confusion, si Amine, prenant fortement son parti, n'eût dit à Zobéide et à Safie : « Mes chères sœurs, je vous conjure de permettre qu'il demeure avec nous ; il n'est pas besoin de vous dire qu'il nous divertira : vous voyez bien qu'il en est capable. Je vous assure que sans sa bonne volonté, sa légèreté et son courage à me suivre, je n'aurais pu venir à bout de faire tant d'emplettes en si peu de temps. D'ailleurs, si je vous répétais toutes les douceurs qu'il m'a dites en chemin, vous seriez peu surprises de la protection que je lui donne. »

A ces paroles d'Amine, le porteur, transporté de joie, se laissa tomber sur les genoux, baisa la terre aux pieds de cette charmante personne, et, en se relevant : « Mon aimable dame, lui dit-il, vous avez commencé aujourd'hui mon bonheur ; vous y mettez le comble par une action si généreuse ; je ne puis assez vous témoigner ma reconnaissance. Au reste, Mesdames, ajouta-t-il en s'adressant aux trois sœurs ensemble, puisque vous me faites un si grand honneur, ne croyez pas que j'en abuse, et que je me considère comme un homme qui le mérite : non, je me regarderai toujours comme le plus humble de vos esclaves. » En achevant ces mots, il voulut rendre l'argent qu'il avait reçu ; mais la grave Zobéide lui ordonna de le garder. « Ce qui est une fois sorti de nos mains, dit-elle, pour récompenser ceux qui nous ont rendu service, n'y retourne plus... »

L'aurore, qui parut, vint en cet endroit imposer silence à Scheherazade. Dinarzade, qui l'écoutait avec beaucoup d'attention, en fut fort fâchée ; mais elle eut sujet de s'en consoler, parce que le sultan, curieux de savoir ce qui se passerait entre les trois belles dames et le porteur, remit la suite de ce conte à la nuit suivante, et se leva pour aller s'acquitter de ses fonctions ordinaires.

XXXIᵉ NUIT

Dinarzade, le lendemain, ne manqua pas de réveiller la sultane à l'heure ordinaire et de lui dire : « Ma chère sœur, si vous ne dormez pas, je vous prie, en attendant le jour qui paraîtra bientôt, de poursuivre le merveilleux conte que vous avez commencé. » Scheherazade prit alors la parole, et, s'adressant au sultan : « Sire, dit-elle, je vais, avec votre permission, contenter la curiosité de ma sœur. » En même temps elle reprit ainsi l'histoire des trois calenders [1] :

Zobéide ne voulut donc point reprendre l'argent du porteur. « Mais, mon ami, lui dit-elle, en consentant que vous demeuriez avec nous, je vous avertis que ce n'est pas seulement à condition que vous garderez le secret que nous avons exigé de vous, nous prétendons encore que vous observiez exactement les règles de la bienséance et de l'honnêteté ». Pendant qu'elle tenait ce discours, la charmante Amine quitta son habillement de ville, attacha sa robe à sa ceinture pour agir avec plus de liberté, et prépara la table; elle servit plusieurs sortes de mets, et mit sur un buffet des bouteilles de vin et des tasses d'or. Après cela, les dames se placèrent, et firent asseoir à leur côté le porteur, qui était satisfait au-delà de tout ce qu'on peut dire de se voir à table avec trois personnes d'une beauté si extraordinaire.

Après les premiers morceaux, Amine, qui s'était placée près du buffet, prit une bouteille et une tasse, se versa à boire, et but la première, suivant la coutume des Arabes. Elle versa ensuite à ses sœurs, qui burent l'une après l'autre; puis, remplissant pour la quatrième fois la même tasse, elle la présenta au porteur, lequel, en la recevant, baisa la main d'Amine, et chanta, avant que de boire, une chanson dont le sens était que, comme le vent emporte avec lui la bonne odeur des lieux parfumés par où il passe, de même le vin qu'il allait boire, venant de sa main, en recevait un goût plus exquis que celui qu'il avait naturellement. Cette chanson réjouit les dames, qui chantèrent à leur tour. Enfin, la compagnie fut de très bonne humeur pendant le repas, qui dura fort longtemps et fut accompagné de tout ce qui pouvait le rendre agréable.

Le jour allait bientôt finir, lorsque Safie, prenant la parole au nom des trois dames, dit au porteur : « Levez-

1. *Calenders*, espèce de religieux musulmans, qui tirent leur nom du fondateur de leur ordre, Calenderi, médecin et philosophe. Ils doivent voyager continuellement et font vœu de pauvreté et d'abstinence. Mais, peu fidèles à leur règle, ils s'appliquent surtout à recueillir des aumônes et à mener joyeuse vie.

vous, partez, il est temps de vous retirer. » Le porteur, ne pouvant se résoudre à les quitter, répondit : « Eh ! Mesdames ! où me commandez-vous d'aller en l'état où je me trouve ? Je suis hors de moi-même à force de vous voir et de boire : je ne retrouverais jamais le chemin de ma maison. Donnez-moi la nuit pour me reconnaître, je la passerai où il vous plaira ; mais il ne me faut pas moins de temps pour me remettre dans le même état où j'étais lorsque je suis entré chez vous ; avec cela, je doute encore que je n'y laisse la meilleure partie de moi-même. »

Amine prit une seconde fois le parti du porteur. « Mes sœurs, dit-elle, il a raison ; je lui sais bon gré de la demande qu'il nous fait. Il nous a assez bien diverties ; si vous voulez m'en croire, ou plutôt si vous m'aimez autant que j'en suis persuadée, nous le retiendrons pour passer la soirée avec nous. — Ma sœur, dit Zobéide, nous ne pouvons rien refuser à votre prière. Porteur, continua-t-elle en s'adressant à lui, nous voulons bien encore vous faire cette grâce, mais nous y mettons une nouvelle condition. Quoi que nous puissions faire en votre présence, par rapport à nous ou à autre chose, gardez-vous bien d'ouvrir seulement la bouche pour nous en demander la raison : car, en nous faisant des questions sur des choses qui ne vous regardent nullement, vous pourriez entendre ce qui ne vous plairait pas. Prenez-y garde, et ne vous avisez pas d'être trop curieux en voulant approfondir les motifs de nos actions.

— Madame, repartit le porteur, je vous promets d'observer cette condition avec tant d'exactitude que vous n'aurez pas lieu de me reprocher d'y avoir contrevenu, et encore moins de punir mon indiscrétion. Ma langue, en cette occasion, sera immobile, et mes yeux seront comme un miroir, qui ne conserve rien des objets qu'il a reçus. — Pour vous faire voir, reprit Zobéide d'un air très sérieux, que ce que nous vous demandons n'est pas nouvellement établi parmi nous, levez-vous, et allez lire ce qui est écrit au-dessus de notre porte en dedans. »

Le porteur alla jusque-là, et y lut ces mots qui étaient écrits en gros caractères d'or : *Qui parle des choses qui ne le regardent point entend ce qui ne lui plaît pas*. Il revint ensuite trouver les trois sœurs : « Mesdames, leur dit-il, je vous jure que vous ne m'entendrez parler d'aucune chose

qui ne me regardera pas, et où vous puissiez avoir intérêt. »

Cette convention faite, Amine apporta le souper ; et,
quand elle eut éclairé la salle d'un grand nombre de bougies préparées avec le bois d'aloès et l'ambre gris, qui
répandirent une odeur agréable et firent une belle illumination, elle s'assit à table avec ses sœurs et le porteur. Ils
recommencèrent à manger, à boire, à chanter et à réciter
des vers. Les dames prenaient plaisir à enivrer le porteur,
sous prétexte de le faire boire à leur santé. Les bons mots
ne furent point épargnés. Enfin, ils étaient tous dans la
meilleure humeur du monde, lorsqu'ils ouïrent frapper à
la porte...

Scheherazade fut obligée, en cet endroit, d'interrompre
son récit, parce qu'elle vit paraître le jour. Le sultan, ne
doutant point que la suite de cette histoire ne méritât
d'être entendue, la remit au lendemain, et se leva.

XXXIIᵉ NUIT

Sur la fin de la nuit suivante, Dinarzade appela la sultane. « Au nom de Dieu, ma sœur, lui dit-elle, si vous ne
dormez pas, je vous supplie de continuer le conte de ces
trois belles filles ; je suis dans une extrême impatience de
savoir qui frappait à leur porte. — Vous l'allez apprendre,
répondit Scheherazade. Je vous assure que ce que je vais
vous raconter n'est pas indigne de l'attention du sultan
mon seigneur. »

Dès que les dames, poursuivit-elle, entendirent frapper
à la porte, elles se levèrent toutes trois en même temps
pour aller ouvrir ; mais Safie, à qui cette fonction appartenait particulièrement, fut la plus diligente ; les deux
autres, se voyant prévenues, demeurèrent, et attendirent
qu'elle vînt leur apprendre qui pouvait avoir affaire chez
elles si tard. Safie revint. « Mes sœurs, dit-elle, il se présente une belle occasion de passer une bonne partie de la
nuit fort agréablement ; et, si vous êtes de même sentiment que moi, nous ne la laisserons point échapper. Il y a
à notre porte trois calenders ; au moins ils me paraissent
tels à leur habillement ; mais, ce qui va sans doute vous
surprendre, ils sont tous trois borgnes de l'œil droit, et ont

la tête, la barbe et les sourcils ras. Ils ne font, disent-ils, que d'arriver tout présentement à Bagdad, où ils ne sont jamais venus ; et, comme il est nuit et qu'ils ne savent où aller loger, ils ont frappé par hasard à notre porte, et ils nous prient, pour l'amour de Dieu, d'avoir la charité de les recevoir. Ils se mettent peu en peine du lieu que nous voudrons leur donner, pourvu qu'ils soient à couvert ; ils se contenteront d'une écurie. Ils sont jeunes et assez bien faits ; ils paraissent même avoir beaucoup d'esprit ; mais je ne puis penser sans rire à leur figure plaisante et uniforme. » En cet endroit, Safie s'interrompit elle-même, et se mit à rire de si bon cœur que les deux autres dames et le porteur ne purent s'empêcher de rire aussi. « Mes bonnes sœurs, reprit-elle, ne voulez-vous pas bien que nous les fassions entrer ? Il est impossible qu'avec des gens tels que je viens de vous les dépeindre nous n'achevions la journée encore mieux que nous ne l'avons commencée. Ils nous divertiront fort, et ne nous seront point à charge, puisqu'ils ne nous demandent une retraite que pour cette nuit seulement, et que leur intention est de nous quitter d'abord qu'il sera jour. »

Zobéide et Amine firent difficulté d'accorder à Safie ce qu'elle demandait, et elle en savait bien la raison elle-même ; mais elle leur témoigna une si grande envie d'obtenir d'elles cette faveur qu'elles ne purent la lui refuser. « Allez, lui dit Zobéide, faites-les donc entrer ; mais n'oubliez pas de les avertir de ne point parler de ce qui ne les regardera pas, et de leur faire lire ce qui est écrit au-dessus de la porte. » A ces mots, Safie courut ouvrir avec joie ; et peu de temps après elle revint accompagnée des trois calenders.

Les trois calenders firent en entrant une révérence aux dames, qui s'étaient levées pour les recevoir, et qui leur dirent obligeamment qu'ils étaient les bienvenus ; qu'elles étaient bien aises de trouver l'occasion de les obliger et de contribuer à les remettre de la fatigue de leur voyage ; et enfin elles les invitèrent à s'asseoir auprès d'elles. La magnificence du lieu et l'honnêteté des dames firent concevoir aux calenders une haute idée de ces belles hôtesses ; mais, avant que de prendre place, ayant par hasard jeté les yeux sur le porteur, et le voyant habillé à peu près comme d'autres calenders avec lesquels ils étaient en différend sur plusieurs points de discipline, et qui ne se rasaient pas la barbe et les sourcils, un d'entre eux prit la parole : « Voilà, dit-il, apparemment un de nos frères arabes les révoltés. »

Le porteur, à moitié endormi, et la tête échauffée du vin qu'il avait bu, se trouva choqué de ces paroles, et, sans se lever de sa place, répondit aux calenders en les regardant fièrement : « Asseyez-vous, et ne vous mêlez pas de ce que vous n'avez que faire. N'avez-vous pas lu au-dessus de la porte l'inscription qui y est ? Ne prétendez pas obliger le monde à vivre à votre mode ; vivez à la vôtre.

— Bon homme, reprit le calender qui avait parlé, ne vous mettez point en colère ; nous serions bien fâchés de vous en avoir donné le moindre sujet, et nous sommes au contraire prêts à recevoir vos commandements. » La querelle aurait pu avoir de la suite ; mais les dames s'en mêlèrent, et pacifièrent toutes choses.

Quand les calenders se furent assis à table, les dames leur servirent à manger, et l'enjouée Safie particulièrement prit soin de leur verser à boire...

Scheherazade s'arrêta en cet endroit parce qu'elle remarqua qu'il était jour. Le sultan se leva pour aller remplir ses devoirs, se promettant bien d'entendre la suite de ce conte le lendemain : car il avait grande envie d'apprendre pourquoi les calenders étaient borgnes, et tous trois du même œil.

XXXIIIe NUIT

Une heure avant le jour, Dinarzade, s'étant éveillée, dit à la sultane : « Ma chère sœur, si vous ne dormez pas, contez-moi, je vous prie, ce qui se passa entre les dames et les calenders. — Très volontiers », répondit Scheherazade. En même temps elle continua de cette manière le conte de la nuit précédente.

Après que les calenders eurent bu et mangé à discrétion, ils témoignèrent aux dames qu'ils se feraient un grand plaisir de leur donner un concert, si elles avaient des instruments et qu'elles voulussent leur en faire apporter. Elles acceptèrent l'offre avec joie. La belle Safie se leva pour en aller quérir. Elle revint un moment ensuite, et leur présenta une flûte du pays, une autre à la persienne, et un tambour de basque. Chaque calender reçut de sa main l'instrument qu'il voulut choisir, et ils commencèrent tous trois à jouer un air. Les dames, qui savaient des paroles sur cet air qui était des plus gais, l'accompagnèrent de leurs voix ; mais elles s'interrompaient de temps en temps par de grands éclats de rire que leur faisaient faire les paroles. Au plus fort de ce divertissement, et lorsque la compagnie était le plus en joie, on frappa à la porte. Safie cessa de chanter, et alla voir ce que c'était.

Mais, Sire, dit en cet endroit Scheherazade au sultan, il est bon que Votre Majesté sache pourquoi l'on frappait si tard à la porte des dames : en voici la raison. Le calife Haroun-al-Raschid avait coutume de marcher très souvent la nuit incognito, pour savoir par lui-même si tout était tranquille dans la ville, et s'il ne s'y commettait pas de désordre.

Cette nuit-là, le calife était sorti de bonne heure, accompagné de Giafar, son grand-vizir, et de Mesrour, chef des eunuques de son palais, tous trois déguisés en marchands. En passant par la rue des trois dames, ce prince, entendant le son des instruments et des voix et le bruit des éclats de rire, dit au vizir : « Allez, frappez à la porte de cette maison où l'on fait tant de bruit ; je veux y entrer et en apprendre la cause. » Le vizir eut beau lui représenter que c'étaient des femmes qui se régalaient ce soir-là ; que le vin apparemment leur avait échauffé la tête, et qu'il ne devait pas s'exposer à recevoir d'elles quelque insulte ; qu'il n'était pas encore heure indue, et qu'il ne fallait pas troubler leur divertissement : « Il n'importe, repartit le calife, frappez, je vous l'ordonne. »

C'était donc le grand-vizir Giafar qui avait frappé à la porte des dames, par ordre du calife, qui ne voulait pas être connu. Safie ouvrit ; et le vizir, remarquant, à la clarté d'une bougie qu'elle tenait, que c'était une dame d'une grande beauté, joua parfaitement bien son personnage. Il lui fit une profonde révérence, et lui dit d'un air respectueux : « Madame, nous sommes trois marchands de Mossoul[1] ; arrivés depuis environ dix jours, avec de riches marchandises que nous avons en magasin dans un khan[2]

1. Moussoul, ville de la Mésopotamie.
2. Le *khan*, ou caravansérail, est un grand bâtiment au milieu duquel se trouve une vaste cour, et qui sert d'hôtellerie.

où nous avons pris logement. Nous avons été aujourd'hui chez un marchand de cette ville qui nous avait invités à l'aller voir. Il nous a régalés d'une collation; et comme le vin nous avait mis de belle humeur, il a fait venir une troupe de danseuses. Il était déjà nuit, et dans le temps que l'on jouait des instruments, que les danseuses dansaient, et que la compagnie faisait grand bruit, le guet a passé et s'est fait ouvrir. Quelques-uns de la compagnie ont été arrêtés. Pour nous, nous avons été assez heureux pour nous sauver par-dessus une muraille; mais, ajouta le vizir, comme nous sommes étrangers, et avec cela un peu pris de vin, nous craignons de rencontrer une autre escouade du guet, ou la même, avant que d'arriver à notre khan, qui est éloigné d'ici. Nous y arriverions même inutilement : car la porte est fermée, et ne sera ouverte que demain matin, quelque chose qui puisse arriver. C'est pourquoi, Madame, ayant ouï en passant des instruments et des voix, nous avons jugé que l'on n'était pas encore retiré chez vous, et nous avons pris la liberté de frapper, pour vous supplier de nous donner retraite jusqu'au jour. Si nous vous paraissons dignes de prendre part à votre divertissement, nous tâcherons d'y contribuer en ce que nous pourrons pour réparer l'interruption que nous y avons causée; sinon, faites-nous seulement la grâce de souffrir que nous passions la nuit à couvert sous votre vestibule. »

Pendant ce discours de Giafar, la belle Safie eut le temps d'examiner ce vizir et les deux personnes qu'il disait marchands comme lui; et, jugeant à leur physionomie que ce n'étaient pas des gens du commun, elle leur dit qu'elle n'était pas la maîtresse, et que, s'ils voulaient se donner un moment de patience, elle reviendrait leur apporter la réponse.

Safie alla faire ce rapport à ses sœurs, qui balancèrent quelque temps sur le parti qu'elles devaient prendre. Mais elles étaient naturellement bienfaisantes, et elles avaient déjà fait la même grâce aux trois calenders. Ainsi, elles résolurent de les laisser entrer...

Scheherazade se préparait à poursuivre son conte; mais, s'étant aperçue qu'il était jour, elle interrompit là son récit. La qualité des nouveaux acteurs que la sultane venait d'introduire sur la scène piquant la curiosité de

Schahriar, et le laissant dans l'attente de quelque événement singulier, ce prince attendit la nuit suivante avec impatience.

XXXIVe NUIT

Dinarzade, aussi curieuse que le sultan d'apprendre ce que produirait l'arrivée du calife chez les trois dames, n'oublia pas de réveiller la sultane de fort bonne heure. « Si vous ne dormez pas, ma sœur, lui dit-elle, je vous supplie de reprendre l'histoire des calenders. » Scheherazade aussitôt la poursuivit de cette sorte, avec la permission du sultan :

Le calife, son grand-vizir et le chef de ses eunuques, ayant été introduits par la belle Safie, saluèrent les dames et les calenders avec beaucoup de civilité. Les dames les reçurent de même, les croyant marchands ; et Zobéide, comme la principale, leur dit d'un air grave et sérieux qui lui convenait : « Vous êtes les bienvenus ; mais, avant toutes choses, ne trouvez pas mauvais que nous vous demandions une grâce. — Eh ! quelle grâce, Madame ? répondit le vizir. Peut-on refuser quelque chose à de si belles dames ? — C'est, reprit Zobéide, de n'avoir que des yeux et point de langue ; de ne nous pas faire de questions sur quoi que vous puissiez voir, pour en apprendre la cause, et de ne point parler de ce qui ne vous regardera pas, de crainte que vous n'entendiez ce qui ne vous serait pas agréable. — Vous serez obéie, Madame ? repartit le vizir. Nous ne sommes ni censeurs, ni curieux indiscrets ; c'est bien assez que nous ayons attention à ce qui nous regarde sans nous mêler de ce qui ne nous regarde pas. » A ces mots, chacun s'assit, la conversation se lia, et l'on recommença de boire en faveur des nouveaux venus.

Pendant que le vizir Giafar entretenait les dames, le calife ne pouvait cesser d'admirer leur beauté extraordinaire, leur bonne grâce, leur humeur enjouée et leur esprit. D'un autre côté, rien ne lui paraissait plus surprenant que les calenders, tous trois borgnes de l'œil droit. Il se serait volontiers informé de cette singularité, mais la condition qu'on venait d'imposer à lui et à sa compagnie l'empêcha d'en parler. Avec cela, quand il faisait réflexion à la richesse des meubles, à leur arrangement bien entendu et à la propreté de cette maison, il ne pouvait se persuader qu'il n'y eût pas de l'enchantement.

L'entretien étant tombé sur les divertissements et les différentes manières de se réjouir, les calenders se levèrent et dansèrent à leur mode une danse qui augmenta la bonne opinion que les dames avaient déjà conçue d'eux, et qui leur attira l'estime du calife et de sa compagnie.

Quand les trois calenders eurent achevé leur danse, Zobéide se leva, et, prenant Amine par la main : « Ma sœur, lui dit-elle, levez-vous ; la compagnie ne trouvera pas mauvais que nous ne nous contraignions point, et leur présence n'empêchera pas que nous ne fassions ce que nous avons coutume de faire. » Amine, qui comprit ce que sa sœur voulait dire, se leva et emporta les plats, la table, les flacons, les tasses et les instruments dont les calenders avaient joué.

Safie ne demeura pas à rien faire ; elle balaya la salle, mit à sa place tout ce qui était dérangé, moucha les bougies, et y appliqua d'autre bois d'aloès et d'autre ambre gris. Cela étant fait, elle pria les trois calenders de s'asseoir sur le sofa d'un côté, et le calife de l'autre avec sa compagnie. A l'égard du porteur, elle lui dit : « Levez-vous et vous préparez à nous prêter la main à ce que nous allons faire : un homme tel que vous, qui est comme de la maison, ne doit pas demeurer dans l'inaction. »

Le porteur avait un peu cuvé son vin ; il se leva promptement, et, après avoir attaché le bas de sa robe à sa ceinture : « Me voilà prêt, dit-il ; de quoi s'agit-il ? — Cela va bien, répondit Safie ; attendez que l'on vous parle ; vous ne serez pas longtemps les bras croisés. » Peu de temps après, on vit paraître Amine avec un siège, qu'elle posa au milieu de la salle. Elle alla ensuite à la porte d'un cabinet, et, l'ayant ouverte, elle fit signe au porteur de s'approcher. « Venez, lui dit-elle, et m'aidez. » Il obéit ; et, y étant entré avec elle, il en sortit un moment après suivi de deux chiennes noires, dont chacune avait un collier attaché à une chaîne qu'il tenait, et qui paraissaient avoir été maltraitées à coups de fouet. Il s'avança avec elles au milieu de la salle.

Alors Zobéide, qui s'était assise entre les calenders et le calife, se leva et marcha gravement jusqu'où était le porteur. « Çà, dit-elle en poussant un grand soupir, faisons notre devoir. » Elle se retroussa les bras jusqu'au coude, et, après avoir pris un fouet que Safie lui présenta : « Porteur, dit-elle, remettez une de ces deux chiennes à ma sœur Amine, et approchez-vous de moi avec l'autre. »

Le porteur fit ce qu'on lui commandait ; et, quand il se fut approché de Zobéide, la chienne qu'il tenait commença de faire des cris, et se tourna vers Zobéide en levant la tête d'une manière suppliante. Mais Zobéide, sans avoir égard à la triste contenance de la chienne, qui faisait pitié, ni à ses cris qui remplissaient toute la maison, lui donna des coups de fouet à perte d'haleine ; et, lorsqu'elle n'eut plus la force de lui en donner davantage, elle jeta le fouet par terre ; puis, prenant la chaîne de la main du porteur, elle leva la chienne par les pattes, et, se mettant toutes deux à se regarder d'un air triste et touchant, elles pleurèrent l'une et l'autre. Enfin, Zobéide tira son mouchoir, essuya les larmes de la chienne, la baisa, et, remettant la chaîne au porteur : « Allez, lui dit-elle, ramenez-la où vous l'avez prise, et amenez-moi l'autre. »

Le porteur ramena la chienne fouettée au cabinet, et, en revenant, il prit l'autre des mains d'Amine et l'alla présenter à Zobéide, qui l'attendait. « Tenez-la comme la première », lui dit-elle. Puis, ayant repris le fouet, elle la maltraita de la même manière. Elle pleura ensuite avec elle, essuya ses pleurs, la baisa, et la remit au porteur, à qui l'agréable Amine épargna la peine de la ramener au cabinet : car elle s'en chargea elle-même.

Cependant les trois calenders, le calife et sa compagnie furent extraordinairement étonnés de cette exécution. Ils ne pouvaient comprendre comment Zobéide, après avoir fouetté avec tant de furie les deux chiennes, animaux immondes selon la religion musulmane, pleurait ensuite avec elles, leur essuyait les larmes, et les baisait. Ils en murmurèrent en eux-mêmes. Le calife surtout, plus impatient que les autres, mourait d'envie de savoir le sujet d'une action qui lui paraissait si étrange, et ne cessait de faire signe au vizir de parler pour s'en informer. Mais le vizir tournait la tête d'un autre côté, jusqu'à ce que, pressé par des signes si souvent réitérés, il répondit par d'autres signes que ce n'était pas le temps de satisfaire sa curiosité.

Zobéide demeura quelque temps à la même place au milieu de la salle, comme pour se remettre de la fatigue qu'elle venait de se donner en fouettant les deux chiennes. « Ma chère sœur, lui dit la belle Safie, ne vous plaît-il pas de retourner à votre place, afin qu'à mon tour je fasse aussi mon personnage? — Oui », répondit Zobéide. En disant cela, elle alla s'asseoir sur le sofa, ayant à sa droite le calife, Giafar et Mesrour, et à sa gauche les trois calenders et le porteur...

« Sire, dit en cet endroit Scheherazade, ce que Votre Majesté vient d'entendre doit sans doute lui paraître merveilleux; mais ce qui reste à raconter l'est encore bien davantage. Je suis persuadée que vous en conviendrez la nuit prochaine, si vous voulez bien me permettre de vous achever cette histoire. » Le sultan y consentit, et se leva parce qu'il était jour.

XXXVe NUIT

Dinarzade ne fut pas plus tôt éveillée le lendemain qu'elle s'écria : « Ma sœur, si vous ne dormez pas, je vous prie de reprendre le beau conte d'hier. » La sultane, se souvenant de l'endroit où elle en était demeurée, parla aussitôt de cette sorte, en adressant la parole au sultan :

Sire, après que Zobéide eut repris sa place, toute la compagnie garda quelque temps le silence. Enfin Safie, qui s'était assise sur le siège au milieu de la salle, dit à sa sœur Amine : « Ma chère sœur, levez-vous, je vous en conjure; vous comprenez bien ce que je veux dire. » Amine se leva et alla dans un autre cabinet que celui d'où les deux chiennes avaient été amenées. Elle en revint, tenant un étui de satin jaune, relevé d'une riche broderie d'or et de soie verte. Elle s'approcha de Safie, et ouvrit l'étui, d'où elle tira un luth qu'elle lui présenta. Elle le prit, et, après avoir mis quelque temps à l'accorder, elle commença de le toucher, et, l'accompagnant de sa voix, elle chanta une chanson sur les tourments de l'absence, avec tant d'agrément que le calife et tous les autres en furent charmés. Lorsqu'elle eut achevé, comme elle avait chanté avec beaucoup de passion et d'action en même temps : « Tenez, ma sœur, dit-elle à l'agréable Amine, je n'en puis plus, et la voix me manque; obligez la compagnie en jouant et en chantant à ma place. — Très volontiers », répondit Amine en s'approchant de Safie, qui lui remit le luth entre les mains et lui céda sa place.

Amine, ayant un peu préludé pour voir si l'instrument était d'accord, joua et chanta presque aussi longtemps sur le même sujet, mais avec tant de véhémence, et elle était si touchée, ou, pour mieux dire, si pénétrée du sens des paroles qu'elle chantait, que les forces lui manquèrent en achevant.

Zobéide voulut lui marquer sa satisfaction : « Ma sœur, dit-elle, vous avez fait des merveilles ; on voit bien que vous sentez le mal que vous exprimez si vivement. » Amine n'eut pas le temps de répondre à cette honnêteté ; elle se sentit le cœur si pressé en ce moment qu'elle ne songea qu'à se donner de l'air, en laissant voir à toute la compagnie une gorge et un sein, non pas blanc, tel qu'une dame comme Amine devait l'avoir, mais tout meurtri de cicatrices ; ce qui fit une espèce d'horreur aux spectateurs. Néanmoins cela ne lui donna pas de soulagement, et ne l'empêcha pas de s'évanouir...

« Mais, Sire, dit Scheherazade, je ne m'aperçois pas que voilà le jour. » A ces mots, elle cessa de parler, et le sultan se leva. Quand ce prince n'aurait pas résolu de différer la mort de la sultane, il n'aurait pu encore se résoudre à lui ôter la vie. Sa curiosité était trop intéressée à entendre jusqu'à la fin un conte rempli d'événements si peu attendus.

XXXVIᵉ NUIT

Dinazarde, suivant sa coutume, dit à la sultane : « Ma chère sœur, si vous ne dormez pas, je vous supplie de continuer l'histoire des dames et des calenders. » Scheherazade la reprit ainsi :

Pendant que Zobéide et Safie coururent au secours de leur sœur, un des calenders ne put s'empêcher de dire : « Nous aurions mieux aimé coucher à l'air que d'entrer ici, si nous avions cru y voir de pareils spectacles. » Le calife, qui l'entendit, s'approcha de lui et des autres calenders, et, s'adressant à eux : « Que signifie tout ceci ? » dit-il. Celui qui venait de parler lui répondit : « Seigneur, nous ne le savons pas plus que vous. — Quoi ! reprit le calife, vous n'êtes pas de la maison? Vous ne pouvez rien nous apprendre de ces deux chiennes noires, et de cette dame évanouie et si indignement maltraitée? — Seigneur, repartirent les calenders, de notre vie nous ne sommes venus en cette maison, et nous n'y sommes entrés que quelques moments avant vous. »

Cela augmenta l'étonnement du calife. « Peut-être, répliqua-t-il, que cet homme qui est avec vous en sait quelque chose. » L'un des calenders fit signe au porteur de s'approcher, et lui demanda s'il ne savait pas pourquoi les chiennes noires avaient été fouettées, et pourquoi le sein d'Amine paraissait meurtri. « Seigneur, répondit le porteur, je puis jurer par le grand Dieu vivant que, si vous ne savez rien de tout cela, nous n'en savons pas plus les uns que les autres. Il est bien vrai que je suis de cette ville, mais je ne suis jamais entré qu'aujourd'hui dans cette maison, et, si vous êtes surpris de m'y voir, je ne le suis pas moins de m'y trouver en votre compagnie. Ce qui redouble ma surprise, ajouta-t-il, c'est de ne voir ici aucun homme avec ces dames. »

Le calife, sa compagnie et les calenders avaient cru que le porteur était du logis et qu'il pourrait les informer de ce qu'ils désiraient savoir. Le calife, résolu de satisfaire sa curiosité à quelque prix que ce fût, dit aux autres : « Écoutez, puisque nous voilà sept hommes et que nous n'avons affaire qu'à trois dames, obligeons-les à nous donner l'éclaircissement que nous souhaitons. Si elles refusent de nous le donner de bon gré, nous sommes en état de les y contraindre. »

Le grand-vizir Giafar s'opposa à cet avis, et en fit voir les conséquences au calife, sans toutefois faire connaître ce prince aux calenders ; et, lui adressant la parole comme s'il eût été marchand : « Seigneur, dit-il, considérez, je vous prie, que nous avons notre réputation à conserver. Vous savez à quelle condition ces dames ont bien voulu nous recevoir chez elles ; nous l'avons acceptée. Que dirait-on de nous si nous y contrevenions ? Nous serions encore plus blâmables s'il nous arrivait quelque malheur. Il n'y a pas d'apparence qu'elles aient exigé de nous cette promesse sans être en état de nous faire repentir si nous ne la tenons pas. »

En cet endroit, le vizir tira le calife à part, et, lui parlant

tout bas : « Seigneur, poursuivit-il, la nuit ne durera pas
encore longtemps ; que Votre Majesté se donne un peu de
patience. Je viendrai prendre ces dames demain matin, je
les amènerai devant votre trône, et vous apprendrez d'elles
tout ce que vous voulez savoir. » Quoique ce conseil fût
très judicieux, le calife le rejeta, imposa silence au vizir, en
lui disant qu'il ne pouvait attendre si longtemps et qu'il
prétendait avoir à l'heure même l'éclaircissement qu'il
désirait.

Il ne s'agissait plus que de savoir qui porterait la parole.
Le calife tâcha d'engager les calenders à parler les premiers, mais ils s'en excusèrent. A la fin, ils convinrent tous
ensemble que ce serait le porteur. Il se préparait à faire la
question fatale, lorsque Zobéide, après avoir secouru
Amine qui était revenue de son évanouissement, s'approcha d'eux. Comme elle les avait ouïs parler haut et avec
chaleur, elle leur dit : « Seigneurs, de quoi parlez-vous ?
quelle est votre contestation ? »

Le porteur prit alors la parole : « Madame, dit-il, ces seigneurs vous supplient de vouloir bien leur expliquer pourquoi, après avoir maltraité vos deux chiennes, vous avez
pleuré avec elles, et d'où vient que la dame qui s'est évanouie a le sein couvert de cicatrices. C'est, Madame, ce
que je suis chargé de vous demander de leur part. »

Zobéide, à ces mots, prit un air fier, et, se tournant du
côté du calife, de sa compagnie et des calenders : « Est-il
vrai, Seigneurs, leur dit-elle, que vous l'ayez chargé de me
faire cette demande ? » Ils répondirent tous que oui,
excepté le vizir Giafar qui ne dit mot. Sur cet aveu, elle
leur dit d'un ton qui marquait combien elle se tenait offensée : « Avant que de vous accorder la grâce que vous nous
avez demandée, de vous recevoir, afin de prévenir tout
sujet d'être mécontentes de vous, parce que nous sommes
seules, nous l'avons fait sous la condition que nous vous
avons imposée de ne pas parler de ce qui ne vous regarde-
rait point de peur d'entendre ce qui ne vous plairait pas.
Après vous avoir reçus et régalés du mieux qu'il nous a été
possible, vous ne laissez pas toutefois de manquer de
parole. Il est vrai que cela arrive par la facilité que nous
avons eue ; mais c'est ce qui ne vous excuse point, et votre
procédé n'est pas honnête. » En achevant ces paroles, elle
frappa fortement des pieds et des mains par trois fois, et

cria : « Venez vite. » Aussitôt une porte s'ouvrit, et sept esclaves noirs, puissants et robustes, entrèrent le sabre à la main, se saisirent chacun d'un des sept hommes de la compagnie, les jetèrent par terre, les traînèrent au milieu de la salle, et se préparèrent à leur couper la tête.

Il est aisé de se représenter quelle fut la frayeur du calife. Il se repentit alors, mais trop tard, de n'avoir pas voulu suivre le conseil de son vizir. Cependant, ce malheureux prince, Giafar, Mesrour, le porteur et les calenders, étaient prêts à payer de leurs vies leur indiscrète curiosité ; mais, avant qu'ils reçussent le coup de la mort, un des esclaves dit à Zobéide et à ses sœurs : « Hautes, puissantes et respectables maîtresses, nous commandez-vous de leur couper le cou ? — Attendez, lui répondit Zobéide, il faut que je les interroge auparavant. — Madame, interrompit le porteur effrayé, au nom de Dieu ne me faites pas mourir pour le crime d'autrui. Je suis innocent : ce sont eux qui sont les coupables. Hélas ! continua-t-il en pleurant, nous passions le temps si agréablement ! Ces calenders borgnes sont la cause de ce malheur. Il n'y a pas de ville qui ne tombe en ruine devant des gens de si mauvais augure. Madame, je vous supplie de ne pas confondre le premier avec le dernier, et songez qu'il est plus beau de pardonner à un misérable comme moi, dépourvu de tout secours, que de l'accabler de votre pouvoir et de le sacrifier à votre ressentiment. »

Zobéide, malgré sa colère, ne put s'empêcher de rire en elle-même des lamentations du porteur. Mais, sans s'arrêter à lui, elle adressa la parole aux autres une seconde fois : « Répondez-moi, dit-elle, et m'apprenez qui vous êtes ; autrement vous n'avez plus qu'un moment à vivre. Je ne puis croire que vous soyez d'honnêtes gens, ni des personnes d'autorité ou de distinction dans votre pays, quel qu'il puisse être. Si cela était, vous auriez eu plus de retenue et plus d'égards pour nous. »

Le calife, impatient de son naturel, souffrait infiniment plus que les autres de voir que sa vie dépendait du commandement d'une dame offensée et justement irritée ; mais il commença de concevoir quelque espérance quand il vit qu'elle voulait savoir qui ils étaient tous : car il s'imagina qu'elle ne lui ferait pas ôter la vie lorsqu'elle serait informée de son rang. C'est pourquoi il dit tout bas au vizir, qui était près de lui, de déclarer promptement qui il était. Mais le vizir, prudent et sage, voulant sauver l'honneur de son maître et ne pas rendre public le grand affront qu'il s'était attiré lui-même, répondit seulement : « Nous n'avons que ce que nous méritons. » Mais, quand, pour obéir au calife, il aurait voulu parler, Zobéide ne lui en aurait pas donné le temps. Elle s'était déjà adressée aux calenders, et, les voyant tous trois borgnes, elle leur demanda s'ils étaient frères. Un d'entre eux lui répondit pour les autres : « Non, Madame, nous ne sommes pas frères par le sang ; nous ne le sommes qu'en qualité de calenders, c'est-à-dire en observant le même genre de vie. — Vous, reprit-elle, en parlant à un seul en particulier, êtes-vous borgne de naissance ? — Non, Madame, répondit-il, je le suis par une aventure si surprenante qu'il n'y a personne qui n'en profitât si elle était écrite. Après ce malheur, je me fis raser la barbe et les sourcils, et me fis calender, en prenant l'habit que je porte. »

Zobéide fit la même question aux deux autres calenders, qui lui firent la même réponse que le premier. Mais le dernier qui parla ajouta : « Pour vous faire connaître, Madame, que nous ne sommes pas des personnes du commun, et afin que vous ayez quelque considération pour nous, apprenez que nous sommes tous trois fils de rois. Quoique nous ne nous soyons jamais vus que ce soir, nous avons eu toutefois le temps de nous faire connaître les uns aux autres pour ce que nous sommes ; et j'ose vous assurer que les rois de qui nous tenons le jour font quelque bruit dans le monde. »

A ce discours, Zobéide modéra son courroux, et dit aux esclaves : « Donnez-leur un peu de liberté, mais demeurez ici. Ceux qui nous raconteront leur histoire et le sujet qui les a amenés en cette maison, ne leur faites point de mal, laissez-les aller où il leur plaira ; mais n'épargnez pas ceux qui refuseront de nous donner cette satisfaction... »

A ces mots, Scheherazade se tut, et, son silence, aussi bien que le jour qui paraissait, faisant connaître à Schahriar qu'il était temps qu'il se levât, ce prince le fit, se proposant d'entendre le lendemain Scheherazade, parce qu'il souhaitait de savoir qui étaient les trois calenders borgnes.

Dinarzade, qui prenait toujours un plaisir extrême au conte de la sultane, la réveilla vers la fin de la nuit suivante. « Ma chère sœur, lui dit-elle, si vous ne dormez pas, poursuivez, je vous en conjure, l'agréable histoire des calenders. » Schéhérazade en demanda la permission au sultan, et, l'ayant obtenue :

Sire, continua-t-elle, les trois calenders, le calife, le grand-vizir Giafar, l'eunuque Mesrour et le porteur étaient tous au milieu de la salle, assis sur le tapis de pied, en présence des trois dames, qui étaient sur le sofa, et des esclaves prêts à exécuter tous les ordres qu'elles voudraient leur donner.

Le porteur, ayant compris qu'il ne s'agissait que de raconter son histoire pour se délivrer d'un si grand danger, prit la parole le premier et dit : « Madame, vous savez déjà mon histoire et le sujet qui m'a amené chez vous. Ainsi, ce que j'ai à vous raconter sera bientôt achevé. Madame votre sœur que voilà m'a pris ce matin à la place où, en qualité de porteur, j'attendais que quelqu'un m'employât et me fît gagner ma vie. Je l'ai suivie chez un marchand de vin, chez un vendeur d'herbes, chez un vendeur d'oranges, de limons et de citrons ; puis chez un vendeur d'amandes, de noix, de noisettes et d'autres fruits ; ensuite chez un confiturier et chez un droguiste ; de chez le droguiste, mon panier sur la tête et chargé autant que je le pouvais être, je suis venu jusque chez vous, où vous avez eu la bonté de me souffrir jusqu'à présent. C'est une grâce dont je me souviendrai éternellement. Voilà mon histoire. »

Quand le porteur eut achevé, Zobéide, satisfaite, lui dit : « Sauve-toi, marche, que nous ne te voyions plus. — Madame, reprit le porteur, je vous supplie de me permettre encore de demeurer. Il ne serait pas juste qu'après avoir donné aux autres le plaisir d'entendre mon histoire, je n'eusse pas aussi celui d'écouter la leur. » En disant cela, il prit place sur un bout du sofa, fort joyeux de se voir hors d'un péril qui l'avait tant alarmé. Après lui, un des trois calenders, prenant la parole et s'adressant à Zobéide, comme à la principale des trois dames et comme à celle qui lui avait commandé de parler, commença ainsi son histoire :

HISTOIRE DU PREMIER CALENDER

FILS DE ROI

« Madame, pour vous apprendre pourquoi j'ai perdu mon œil droit et la raison qui m'a obligé de prendre l'habit de calender, je vous dirai que je suis né fils de roi. Le roi mon père avait un frère, qui régnait comme lui dans un État voisin. Ce frère eut deux enfants, un prince et une princesse, et le prince et moi nous étions à peu près du même âge.

Lorsque j'eus fait tous mes exercices, et que le roi mon père m'eut donné une liberté honnête, j'allais régulièrement chaque année voir le roi mon oncle, et je demeurais à sa cour un mois ou deux, après quoi je me rendais auprès du roi mon père. Ces voyages nous donnèrent occasion, au prince mon cousin et à moi, de contracter ensemble une amitié très forte et très particulière. La dernière fois que je le vis, il me reçut avec de plus grandes démonstrations de tendresse qu'il n'avait fait encore; et, voulant un jour me régaler, il fit pour cela des préparatifs extraordinaires. Nous fûmes longtemps à table, et, après que nous eûmes bien soupé tous deux : « Mon cousin, me dit-il, vous ne devineriez jamais à quoi je me suis occupé depuis votre dernier voyage. Il y a un an qu'après votre départ je mis un grand nombre d'ouvriers en besogne pour un dessein que je médite. J'ai fait faire un édifice qui est achevé, et on y peut loger présentement; vous ne serez pas fâché de le voir; mais il faut auparavant que vous me fassiez serment de me garder le secret et la fidélité : ce sont deux choses que j'exige de vous. »

« L'amitié et la familiarité qui étaient entre nous ne me permettant pas de lui rien refuser, je fis sans hésiter un serment tel qu'il le souhaitait; alors il me dit : « Attendez-moi ici, je suis à vous dans un moment. » En effet, il ne tarda pas à revenir, et je le vis entrer avec une dame d'une beauté singulière et magnifiquement habillée. Il ne me dit pas qui elle était, et je ne crus pas devoir m'en informer. Nous nous remîmes à table avec la dame, et nous y demeurâmes encore quelque temps, en nous entretenant de choses indifférentes et en buvant des rasades à la santé l'un de l'autre. Après cela, le prince me dit : « Mon cousin, nous n'avons pas de temps à perdre; obligez-moi d'emmener avec vous cette dame, et de la conduire d'un tel côté, à un endroit où vous verrez un tombeau en dôme nouvellement bâti. Vous le reconnaîtrez aisément; la porte est ouverte : entrez-y ensemble, et m'attendez. Je m'y rendrai bientôt. »

« Fidèle à mon serment, je n'en voulus pas savoir davantage. Je présentai la main à la dame, et, aux enseignes que le prince mon cousin m'avait données, je la conduisis heureusement, au clair de la lune, sans m'égarer. A peine fûmes-nous arrivés au tombeau que nous vîmes paraître le prince, qui nous suivait, chargé d'une petite cruche pleine d'eau, d'une houe et d'un petit sac où il y avait du plâtre.

« La houe lui servit à démolir le sépulcre vide qui était au milieu du tombeau; il ôta les pierres l'une après l'autre, et les rangea dans un coin. Quand il les eut toutes ôtées, il creusa la terre, et je vis une trappe qui était sous le sépulcre. Il la leva, et au-dessous j'aperçus le haut d'un escalier en limaçon. Alors mon cousin, s'adressant à la dame, lui dit : « Madame, voilà par où l'on se rend au lieu dont je vous ai parlé. » La dame, à ces mots, s'approcha et descendit, et le prince se mit en devoir de la suivre; mais, se tournant auparavant de mon côté : « Mon cousin, me dit-il, je vous suis infiniment obligé de la peine que vous avez prise; je vous en remercie; adieu. — Mon cher cousin, m'écriai-je, qu'est-ce que cela signifie? — Que cela vous suffise, me répondit-il; vous pouvez reprendre le chemin par où vous êtes venu. »

Scheherazade en était là, lorsque le jour, venant à paraître, l'empêcha de passer outre. Le sultan se leva, fort en peine de savoir le dessein du prince et de la dame, qui semblaient vouloir s'enterrer tout vifs. Il attendit impatiemment la nuit suivante pour en être éclairci.

XXXVIIIᵉ NUIT

« Si vous ne dormez pas, ma sœur, s'écria Dinarzade le lendemain avant le jour, je vous supplie de continuer l'histoire du premier calender. Schahriar ayant aussi témoigné à la sultane qu'elle lui ferait plaisir de poursuivre ce conte, elle en reprit le fil dans ces termes :

« Madame, dit le calender à Zobéide, je ne pus tirer autre chose du prince mon cousin, et je fus obligé de prendre congé de lui. En m'en retournant au palais du roi mon oncle, les vapeurs du vin me montaient à la tête. Je ne laissai pas néanmoins de gagner mon appartement et de me coucher. Le lendemain, à mon réveil, faisant réflexion sur ce qui m'était arrivé la nuit, et après avoir rappelé toutes les circonstances d'une aventure si singulière, il me sembla que c'était un songe. Prévenu de cette pensée, j'envoyai savoir si le prince mon cousin était en état d'être vu. Mais lorsqu'on me rapporta qu'il n'avait pas couché chez lui, qu'on ne savait ce qu'il était devenu et qu'on en était fort en peine, je jugeai bien que l'étrange événement du tombeau n'était que trop véritable. J'en fus vivement affligé, et, me dérobant à tout le monde, je me rendis secrètement au cimetière public, où il y avait une infinité de tombeaux semblables à celui que j'avais vu. Je passai la journée à les considérer l'un après l'autre ; mais je ne pus démêler celui que je cherchais, et je fis durant quatre jours la même recherche inutilement.

« Il faut savoir que pendant ce temps-là le roi mon oncle était absent. Il y avait plusieurs jours qu'il était à la chasse. Je m'ennuyai de l'attendre, et, après avoir prié ses ministres de lui faire mes excuses à son retour, je partis de son palais pour me rendre à la cour de mon père, dont je n'avais pas coutume d'être éloigné si longtemps. Je laissai les ministres du roi mon oncle fort en peine d'apprendre ce qu'était devenu le prince mon cousin. Mais, pour ne pas violer le serment que j'avais fait de lui garder le secret, je n'osai les tirer d'inquiétude, et ne voulus rien leur communiquer de ce que je savais.

« J'arrivai à la capitale où le roi mon père faisait sa résidence, et, contre l'ordinaire, je trouvai à la porte de son palais une grosse garde, dont je fus environné en entrant. J'en demandai la raison, et l'officier, prenant la parole, me répondit : « Prince, l'armée a reconnu le grand-vizir à la place du roi votre père, qui n'est plus, et je vous arrête prisonnier de la part du nouveau roi. » A ces mots, les gardes se saisirent de moi et me conduisirent devant le tyran. Jugez, Madame, de ma surprise et de ma douleur.

Ce rebelle vizir avait conçu pour moi une forte haine, qu'il nourrissait depuis longtemps. En voici le sujet : dans ma plus tendre jeunesse, j'aimais à tirer de l'arbalète ; j'en tenais une un jour au haut du palais sur la terrasse, et je me divertissais à en tirer. Il se présenta un oiseau devant moi, je mirai à lui, mais je le manquai, et la balle, par hasard, alla donner droit contre l'œil du vizir, qui prenait l'air sur la terrasse de sa maison, et le creva. Lorsque j'appris ce malheur, j'en fis faire des excuses au vizir, et je lui en fis moi-même ; mais il ne laissa pas d'en conserver un vif ressentiment, dont il me donnait des marques quand l'occasion s'en présentait. Il le fit éclater d'une manière barbare quand il me vit en son pouvoir. Il vint à moi comme un furieux d'abord qu'il m'aperçut, et, enfonçant ses doigts dans mon œil droit, il l'arracha lui-même. Voilà par quelle aventure je suis borgne.

« Mais l'usurpateur ne borna pas là sa cruauté : il me fit enfermer dans une caisse, et ordonna au bourreau de me porter en cet état fort loin du palais, et de m'abandonner aux oiseaux de proie, après m'avoir coupé la tête. Le bourreau, accompagné d'un autre homme, monta à cheval, chargé de la caisse, et s'arrêta dans la campagne pour exécuter son ordre. Mais je fis si bien par mes prières et par mes larmes que j'excitai sa compassion. « Allez, me dit-il, sortez promptement du royaume, et gardez-vous bien d'y revenir : car vous y rencontreriez votre perte, et vous seriez cause de la mienne. » Je le remerciai de la grâce qu'il me faisait, et je ne fus pas plus tôt seul que je me consolai d'avoir perdu mon œil en songeant que j'avais évité un plus grand malheur.

« Dans l'état où j'étais, je ne faisais pas beaucoup de chemin. Je me retirais en des lieux écartés pendant le jour, et je marchais la nuit, autant que mes forces me le pouvaient permettre. J'arrivai enfin dans les États du roi mon oncle, et je me rendis à sa capitale.

« Je lui fis un long détail de la cause tragique de mon retour et du triste état où il me voyait. « Hélas ! s'écria-t-il, n'était-ce pas assez d'avoir perdu mon fils ? fallait-il que j'apprisse encore la mort d'un frère qui m'était cher, et que je vous visse dans le déplorable état où vous êtes réduit ! » Il me marqua l'inquiétude où il était de n'avoir reçu aucune nouvelle du prince son fils, quelques perquisitions qu'il en eût fait faire, et quelque diligence qu'il y eût apportée. Ce malheureux père pleurait à chaudes larmes en me parlant; et il me parut tellement affligé que je ne pus résister à sa douleur. Quelque serment que j'eusse fait au prince mon cousin, il me fut impossible de le garder. Je racontai au roi son père tout ce que je savais. Le roi m'écouta avec quelque sorte de consolation, et, quand j'eus achevé : « Mon neveu, me dit-il, le récit que vous venez de me faire me donne quelque espérance. J'ai su que mon fils faisait bâtir ce tombeau, et je sais à peu près en quel endroit : avec l'idée qui vous en est restée, je me flatte que nous le trouverons. Mais, puisqu'il l'a fait faire secrètement et qu'il a exigé de vous le secret, je suis d'avis que nous l'allions chercher tous deux seuls, pour éviter l'éclat. » Il avait une autre raison, qu'il ne me disait pas, d'en vouloir dérober la connaissance à tout le monde. C'était une raison très importante, comme la suite de mon discours le fera connaître.

« Nous nous déguisâmes l'un et l'autre, et nous sortîmes par une porte du jardin qui ouvrait sur la campagne. Nous fûmes assez heureux pour trouver bientôt ce que nous cherchions. Je reconnus le tombeau, et j'en eus d'autant plus de joie que je l'avais en vain cherché longtemps. Nous y entrâmes et trouvâmes la trappe de fer abattue sur l'entrée de l'escalier. Nous eûmes de la peine à la lever, parce que le prince l'avait scellée en dedans avec le plâtre et l'eau dont j'ai parlé; mais enfin nous la levâmes.

« Le roi mon oncle descendit le premier. Je le suivis, et nous descendîmes environ cinquante degrés. Quand nous fûmes au bas de l'escalier, nous nous trouvâmes dans une espèce d'antichambre remplie d'une fumée épaisse et de mauvaise odeur, et dont la lumière que rendait un très beau lustre était obscurcie.

« De cette antichambre, nous passâmes dans une chambre fort grande, soutenue de grosses colonnes et éclairée de plusieurs autres lustres. Il y avait une citerne au milieu, et l'on voyait plusieurs sortes de provisions de bouche rangées d'un côté. Nous fûmes assez surpris de n'y voir personne. Il y avait en face un sofa assez élevé, où l'on montait par quelques degrés, et au-dessus duquel paraissait un lit fort large, dont les rideaux étaient fermés. Le roi monta, et, les ayant ouverts, il aperçut le prince son fils et la dame couchés ensemble, mais brûlés et changés en charbon, comme si on les eût jetés dans un grand feu et qu'on les en eût retirés avant que d'être consumés.

« Ce qui me surprit plus que toute autre chose, c'est qu'à ce spectacle, qui faisait horreur, le roi mon oncle, au lieu de témoigner de l'affliction en voyant le prince son fils dans un état si affreux, lui cracha au visage, en lui disant d'un air indigné : « Voilà quel est le châtiment de ce monde ; mais celui de l'autre durera éternellement. » Il ne se contenta pas d'avoir prononcé ces paroles, il se déchaussa et donna sur la joue de son fils un grand coup de sa babouche.

« Mais, Sire, dit Scheherazade, il est jour, je suis fâchée que Votre Majesté n'ait pas le loisir de m'écouter davantage. » Comme cette histoire du premier calender n'était pas encore finie et qu'elle paraissait étrange au sultan, il se leva dans la résolution d'en entendre le reste la nuit suivante.

XXXIXe NUIT

Le lendemain, Dinarzade s'étant encore réveillée de meilleure heure qu'à son ordinaire, elle appela sa sœur Scheherazade. « Ma bonne sultane, lui dit-elle, si vous ne dormez pas, je vous prie d'achever l'histoire du premier calender : car je meurs d'impatience d'en savoir la fin. — Hé bien, dit Scheherazade, vous saurez donc que le premier calender, continuant de raconter son histoire à Zobéide :

« Je ne puis vous exprimer, Madame, poursuivit-il, quel fut mon étonnement lorsque je vis le roi mon oncle maltraiter ainsi le prince son fils après sa mort. « Sire, lui dis-je, quelque douleur qu'un objet si funeste soit capable de me causer, je ne laisse pas de la suspendre pour demander à Votre Majesté quel crime peut avoir commis le prince mon cousin pour mériter que vous traitiez ainsi son cadavre. — Mon neveu, me répondit le roi, je vous dirai que mon fils, indigne de porter ce nom, aima sa sœur dès ses premières années, et que sa sœur l'aima de même. Je ne m'opposai point à leur amitié naissante, parce que je ne prévoyais pas le mal qui en pourrait arriver. Et qui aurait pu le prévoir ? Cette tendresse augmenta avec l'âge, et parvint à un point que j'en craignis enfin la suite. J'y apportai alors le remède qui était en mon pouvoir. Je ne me contentai pas de prendre mon fils en particulier et de lui faire une forte réprimande, en lui représentant l'horreur de la passion dans laquelle il s'engageait et la honte éternelle dont il allait couvrir ma famille s'il persistait dans des sentiments si criminels ; je représentai les mêmes choses à ma fille, et je la renfermai de sorte qu'elle n'eut plus de communication avec son frère. Mais la malheureuse avait avalé le poison, et tous les obstacles que put mettre ma prudence à leur amour ne servirent qu'à l'irriter. Mon fils, persuadé que sa sœur était toujours la même pour lui, sous prétexte de se faire bâtir un tombeau, fit préparer cette demeure souterraine, dans l'espérance de trouver un jour l'occasion d'enlever le coupable objet de sa flamme et de l'amener ici. Il a choisi le temps de mon absence pour forcer la retraite où était sa sœur ; et c'est une circonstance que mon honneur ne m'a pas permis de publier. Après une action si condamnable, il s'est venu renfermer avec elle dans ce lieu, qu'il a muni, comme vous voyez, de toutes sortes de provisions, afin d'y pouvoir jouir longtemps de ses détestables amours, qui doivent faire horreur à tout le monde. Mais Dieu n'a pas voulu souffrir cette abomination, et les a justement châtiés l'un et l'autre. » Il fondit en pleurs en achevant ces paroles, et je mêlai mes larmes avec les siennes.

« Quelque temps après, il jeta les yeux sur moi. « Mais, mon cher neveu, reprit-il en m'embrassant, si je perds un indigne fils, je retrouve heureusement en vous de quoi mieux remplir la place qu'il occupait. » Les réflexions qu'il fit encore sur la triste fin du prince et de la princesse sa fille nous arrachèrent de nouvelles larmes.

« Nous remontâmes par le même escalier, et sortîmes enfin de ce lieu funeste. Nous abaissâmes la trappe de fer, et la couvrîmes de terre et des matériaux dont le sépulcre avait été bâti, afin de cacher autant qu'il nous était possible un effet si terrible de la colère de Dieu.

« Il n'y avait pas longtemps que nous étions de retour au palais sans que personne se fût aperçu de notre absence, lorsque nous entendîmes un bruit confus de trompettes, de timbales, de tambours et d'autres instruments de guerre. Une poussière épaisse dont l'air était obscurci nous apprit bientôt ce que c'était, et nous annonça l'arrivée d'une armée formidable. C'était le même vizir qui

avait détrôné mon père et usurpé ses États qui venait pour
s'emparer aussi de ceux du roi mon oncle avec des troupes
innombrables.

« Ce prince, qui n'avait alors que sa garde ordinaire, ne
put résister à tant d'ennemis. Ils investirent la ville, et,
comme les portes leur furent ouvertes sans résistance, ils
eurent peu de peine à s'en rendre maîtres. Ils n'en eurent
pas davantage à pénétrer jusqu'au palais du roi mon
oncle, qui se mit en défense; mais il fut tué après avoir
vendu chèrement sa vie. De mon côté, je combattis quelque temps; mais, voyant bien qu'il fallait céder à la force,
je songeai à me retirer, et j'eus le bonheur de me sauver
par des détours et de me rendre chez un officier du roi
dont la fidélité m'était connue.

« Accablé de douleur, persécuté par la fortune, j'eus
recours à un stratagème qui était la seule ressource qui
me restait pour me conserver la vie. Je me fis raser la
barbe et les sourcils, et, ayant pris l'habit de calender, je
sortis de la ville sans que personne me reconnût. Après
cela, il me fut aisé de m'éloigner du royaume du roi mon
oncle en marchant par des chemins écartés. J'évitai de
passer par les villes, jusqu'à ce qu'étant arrivé dans
l'empire du puissant Commandeur des croyants[1], le glorieux et renommé calife Haroun-al-Raschid, je cessai de
craindre. Alors, me consultant sur ce que j'avais à faire, je
pris la résolution de venir à Bagdad me jeter aux pieds de
ce grand monarque dont on vante partout la générosité.
« Je le toucherai, disais-je, par le récit d'une histoire aussi
surprenante que la mienne; il aura pitié, sans doute, d'un
malheureux prince, et je n'implorerai pas vainement son
appui. »

« Enfin, après un voyage de plusieurs mois, je suis
arrivé aujourd'hui à la porte de cette ville; j'y suis entré
sur la fin du jour, et, m'étant un peu arrêté pour reprendre
mes esprits et délibérer de quel côté je tournerais mes pas,
cet autre calender que voici près de moi arriva aussi en
voyageur. Il me salue, je le salue de même. « A vous voir,
lui dis-je, vous êtes étranger comme moi. » Il me répond
que je ne me trompe pas. Dans le moment qu'il me fait
cette réponse, le troisième calender que vous voyez sur-

1. *Commandeur des croyants*, titre donné aux califes.

vient. Il nous salue et fait connaître qu'il est aussi étranger et nouveau venu à Bagdad. Comme frères, nous nous joignons ensemble et nous résolvons de ne nous pas séparer.

« Cependant il était tard, et nous ne savions où aller loger dans une ville où nous n'avions aucune habitude et où nous n'étions jamais venus. Mais, notre bonne fortune nous ayant conduits devant votre porte, nous avons pris la liberté de frapper; vous nous avez reçus avec tant de charité et de bonté que nous ne pouvons assez vous en remercier. Voilà, Madame, ajouta-t-il, ce que vous m'avez commandé de vous raconter, pourquoi j'ai perdu mon œil droit, pourquoi j'ai la barbe et les sourcils ras, et pourquoi je suis en ce moment chez vous.

— C'est assez, dit Zobéide, nous sommes contentes; retirez-vous où il vous plaira. »

Le calender s'en excusa, et supplia la dame de lui permettre de demeurer pour avoir la satisfaction d'entendre l'histoire de ses deux confrères, qu'il ne pouvait, disait-il, abandonner honnêtement, et celle des trois autres personnes de la compagnie.

« Sire, dit en cet endroit Scheherazade, le jour que je vois m'empêche de passer à l'histoire du second calender; mais, si Votre Majesté veut l'entendre demain, elle n'en sera pas moins satisfaite que de celle du premier. » Le sultan y consentit, et se leva pour aller tenir son conseil.

XLᵉ NUIT

Dinarzade, ne doutant point qu'elle ne prît autant de plaisir à l'histoire du second calender qu'elle en avait pris à l'autre, ne manqua pas d'éveiller la sultane avant le jour. « Si vous ne dormez pas, ma sœur, lui dit-elle, je vous prie de commencer l'histoire que vous nous avez promise. » Scheherazade aussitôt adressa la parole au sultan, et parla dans ces termes :

Sire, l'histoire du premier calender parut étrange à toute la compagnie, et particulièrement au calife. La présence des esclaves avec leurs sabres à la main ne l'empêcha pas de dire tout bas au vizir : « Depuis que je me connais, j'ai bien entendu des histoires, mais je n'ai jamais rien ouï qui approchât de celle de ce calender. » Pendant qu'il parlait ainsi, le second calender prit la parole, et, l'adressant à Zobéide :

HISTOIRE DU SECOND CALENDER

FILS DE ROI

« Madame, dit-il, pour obéir à votre commandement, et vous apprendre par quelle étrange aventure je suis devenu borgne de l'œil droit, il faut que je vous conte toute l'histoire de ma vie.

« J'étais à peine hors de l'enfance que le roi mon père (car vous saurez, Madame, que je suis né prince), remarquant en moi beaucoup d'esprit, n'épargna rien pour le cultiver. Il appela auprès de moi tout ce qu'il y avait dans ses États de gens qui excellaient dans les sciences et dans les beaux-arts. Je ne sus pas plus tôt lire et écrire que j'appris par cœur l'Alcoran tout entier, ce livre admirable qui contient le fondement, les préceptes et la règle de notre religion. Et, afin de m'en instruire à fond, je lus les ouvrages des auteurs les plus approuvés, et qui l'ont éclairci par leurs commentaires. J'ajoutai à cette lecture la connaissance de toutes les traditions recueillies de la bouche de notre prophète par les grands hommes ses contemporains. Je ne me contentai pas de ne rien ignorer de tout ce qui regardait notre religion, je me fis une étude particulière de nos histoires; je me perfectionnai dans les belles-lettres, dans la lecture de nos poètes, dans la versification. Je m'attachai à la géographie, à la chronologie, et à parler purement notre langue, sans toutefois négliger aucun des exercices qui conviennent à un prince. Mais une chose que j'aimais beaucoup, et à quoi je réussissais principalement, c'était à former les caractères de notre langue arabe. J'y fis tant de progrès que je surpassai tous les maîtres écrivains de notre royaume qui s'étaient acquis le plus de réputation.

« La renommée me fit plus d'honneur que je ne méritais. Elle ne se contenta pas de semer le bruit de mes talents dans les États du roi mon père, elle le porta jusqu'à la cour des Indes, dont le puissant monarque, curieux de me voir, envoya un ambassadeur avec de riches présents pour me demander à mon père, qui fut ravi de cette ambassade pour plusieurs raisons. Il était persuadé que rien ne convenait mieux à un prince de mon âge que de voyager dans les cours étrangères; et d'ailleurs il était bien aise de s'attirer l'amitié du sultan des Indes. Je partis donc avec l'ambassadeur, mais avec peu d'équipage à cause de la longueur et de la difficulté des chemins.

« Il y avait un mois que nous étions en marche lorsque nous découvrîmes de loin un gros nuage de poussière sous lequel nous vîmes bientôt paraître cinquante cavaliers bien armés. C'étaient des voleurs qui venaient à nous au grand galop... »

Scheherazade, étant en cet endroit, aperçut le jour, et en avertit le sultan, qui se leva; mais, voulant savoir ce qui se passerait entre les cinquante cavaliers et l'ambassadeur des Indes, ce prince attendit la nuit suivante impatiemment.

XLIᵉ NUIT

Il était presque jour lorsque Dinarzade se réveilla le lendemain. « Ma chère sœur, cria-t-elle, si vous ne dormez pas, je vous supplie de continuer l'histoire du second calender. » Scheherazade la reprit de cette manière :

« Madame, poursuivit le calender en parlant toujours à Zobéide, comme nous avions dix chevaux chargés de notre bagage et des présents que je devais faire au sultan des Indes de la part du roi mon père et que nous étions peu de monde, vous jugez bien que ces voleurs ne manquèrent pas de venir à nous hardiment. N'étant pas en état de repousser la force par la force, nous leur dîmes que nous étions des ambassadeurs du sultan des Indes, et que nous espérions qu'ils ne feraient rien contre le respect qu'ils lui devaient. Nous crûmes sauver par là notre équipage et nos vies; mais les voleurs nous répondirent insolemment : « Pourquoi voulez-vous que nous respections le sultan votre maître ? Nous ne sommes pas ses sujets, et nous ne sommes pas même sur ses terres. » En achevant ces paroles, ils nous enveloppèrent et nous attaquèrent. Je me défendis le plus longtemps qu'il me fut possible; mais, me sentant blessé et voyant que l'ambassadeur, ses gens et les miens avaient tous été jetés par terre, je profitai du reste des forces de mon cheval, qui avait aussi été fort blessé, et je m'éloignai d'eux. Je le poussai tant qu'il put me porter; mais, venant tout à coup à manquer sous moi, il tomba raide mort de lassitude et du sang qu'il avait perdu. Je me débarrassai de lui assez vite, et, remarquant que personne ne me poursuivait, je jugeai que les voleurs n'avaient pas voulu s'écarter du butin qu'ils avaient fait. »

En cet endroit, Scheherazade, s'apercevant qu'il était jour, fut obligée de s'arrêter. « Ah! ma sœur, dit Dinarzade, je suis bien fâchée que vous ne puissiez pas continuer cette histoire! — Si vous n'aviez pas été paresseuse aujourd'hui, répondit la sultane, j'en aurais dit davantage. — Hé bien, reprit Dinarzade, je serai demain plus diligente, et j'espère que vous dédommagerez la curiosité du sultan de ce que ma négligence lui a fait perdre. » Schahriar se leva sans rien dire et alla à ses occupations ordinaires.

XLIIᵉ NUIT

Dinarzade ne manqua pas d'appeler la sultane de meilleure heure que le jour précédent. « Ma chère sœur, lui dit-elle, si vous ne dormez pas, reprenez, je vous prie, le conte du second calender. — J'y consens », répondit Scheherazade. En même temps elle continua dans ces termes :

« Me voilà donc, Madame, dit le calender, seul, blessé, destitué de tout secours, dans un pays qui m'était inconnu. Je n'osai reprendre le grand chemin, de peur de retomber entre les mains de ces voleurs. Après avoir bandé ma plaie, qui n'était pas dangereuse, je marchai le reste du jour, et j'arrivai au pied d'une montagne où j'aperçus à mi-côte l'ouverture d'une grotte; j'y entrai et j'y passai la nuit un peu tranquillement, après avoir mangé quelques fruits que j'avais cueillis en mon chemin.

« Je continuai de marcher le lendemain et les jours suivants sans trouver d'endroit où m'arrêter. Mais, au bout d'un mois, je découvris une grande ville très peuplée et située d'autant plus avantageusement qu'elle était arrosée, aux environs, de plusieurs rivières, et qu'il y régnait un printemps perpétuel. Les objets agréables qui se présentèrent alors à mes yeux me causèrent de la joie, et suspendirent pour quelques moments la tristesse mortelle où j'étais de me voir en l'état où je me trouvais. J'avais le visage, les mains et les pieds d'une couleur basanée, car le soleil me les avait brûlés ; à force de marcher, ma chaussure s'était usée, et j'avais été réduit à marcher nu-pieds ; outre cela, mes habits étaient tout en lambeaux.

« J'entrai dans la ville pour prendre langue et m'informer du lieu où j'étais ; je m'adressai à un tailleur qui travaillait à sa boutique. A ma jeunesse et à mon air qui marquait autre chose que ce que je paraissais, il me fit asseoir près de lui. Il me demanda qui j'étais, d'où je venais, et ce qui m'avait amené. Je ne lui déguisai rien de tout ce qui m'était arrivé, et ne fis pas même difficulté de lui découvrir ma condition. Le tailleur m'écouta avec attention ; mais, lorsque j'eus achevé de parler, au lieu de me donner de la consolation, il augmenta mes chagrins. « Gardez-vous bien, me dit-il, de faire confidence à personne de ce que vous venez de m'apprendre : car le prince qui règne en ces lieux est le plus grand ennemi qu'ait le roi votre père, et il vous ferait sans doute quelque outrage, s'il était informé de votre arrivée en cette ville. » Je ne doutai point de la sincérité du tailleur quand il m'eut nommé le prince. Mais, comme l'inimitié qui est entre mon père et lui n'a pas de rapport avec mes aventures, vous trouverez bon, Madame, que je la passe sous silence.

« Je remerciai le tailleur de l'avis qu'il me donnait, et lui témoignai que je m'en remettrais entièrement à ses bons conseils et que je n'oublierais jamais le plaisir qu'il me faisait. Comme il jugea que je ne devais pas manquer d'appétit, il me fit apporter à manger et m'offrit même un logement chez lui ; ce que j'acceptai.

« Quelques jours après mon arrivée, remarquant que j'étais assez remis de la fatigue du long et pénible voyage que je venais de faire, et n'ignorant pas que la plupart des princes de notre religion, par précaution contre les revers de la fortune, apprennent quelque art ou quelque métier pour s'en servir en cas de besoin, il me demanda si j'en savais quelqu'un dont je pusse vivre sans être à charge à personne. Je lui répondis que je savais l'un et l'autre droit, que j'étais grammairien, poète, et surtout que j'écrivais parfaitement bien. « Avec tout ce que vous venez de dire, répliqua-t-il, vous ne gagnerez pas dans ce pays-ci de quoi vous avoir un morceau de pain; rien n'est ici plus inutile que ces sortes de connaissances. Si vous voulez suivre mon conseil, ajouta-t-il, vous prendrez un habit court; et, comme vous me paraissez robuste et d'une bonne constitution, vous irez dans la forêt prochaine faire du bois à brûler; vous viendrez l'exposer en vente à la place, et je vous assure que vous vous ferez un petit revenu dont vous vivrez indépendamment de personne. Par ce moyen, vous vous mettrez en état d'attendre que le Ciel vous soit favorable, et qu'il dissipe le nuage de mauvaise fortune qui traverse le bonheur de votre vie et vous oblige à cacher votre naissance. Je me charge de vous faire trouver une corde et une cognée. »

« La crainte d'être reconnu et la nécessité de vivre me déterminèrent à prendre ce parti, malgré la bassesse et la peine qui y étaient attachées. Dès le jour suivant, le tailleur m'acheta une cognée et une corde, avec un habit court; et, me recommandant à de pauvres habitants qui gagnaient leur vie de la même manière, il les pria de me mener avec eux. Ils me conduisirent à la forêt, et, dès le premier jour, j'en rapportai sur ma tête une grosse charge de bois, que je vendis une demi-pièce de monnaie d'or du pays : car, quoique la forêt ne fût pas éloignée, le bois néanmoins ne laissait pas d'être cher en cette ville à cause du peu de gens qui se donnaient la peine d'en aller couper. En peu de temps je gagnai beaucoup, et je rendis au tailleur l'argent qu'il avait avancé pour moi.

« Il y avait déjà plus d'une année que je vivais de cette sorte, lorsqu'un jour, ayant pénétré dans la forêt plus avant que de coutume, j'arrivai dans un endroit fort agréable où je me mis à couper du bois. En arrachant une racine d'arbre, j'aperçus un anneau de fer attaché à une trappe de même métal. J'ôtai aussitôt la terre qui la couvrait; je la levai, et je vis un escalier par où je descendis avec ma cognée. Quand je fus au bas de l'escalier, je me trouvai dans un vaste palais, qui me causa une grande admiration par la lumière qui l'éclairait, comme s'il eût été sur la terre dans l'endroit le mieux exposé. Je m'avançai par une galerie soutenue de colonnes de jaspe avec des

bases et des chapiteaux d'or massif; mais, voyant venir au-
devant de moi une dame, elle me parut avoir un air si
noble, si aisé, et une beauté si extraordinaire, que, détournant mes yeux de tout autre objet, je m'attachai uniquement à la regarder. »

Là, Scheherazade cessa de parler, parce qu'elle vit qu'il
était jour. « Ma chère sœur, dit alors Dinarzade, je vous
avoue que je suis fort contente de ce que vous avez raconté
aujourd'hui, et je m'imagine que ce qui vous reste à
raconter n'est pas moins merveilleux.

— Vous ne vous trompez pas, répondit la sultane : car
la suite de l'histoire de ce second calender est plus digne
de l'attention du sultan mon seigneur que tout ce qu'il a
entendu jusqu'à présent. — J'en doute, dit Schahriar en se
levant; mais nous verrons cela demain. »

XLIIIᵉ NUIT

Dinarzade fut encore très diligente cette nuit. « Si vous
ne dormez pas, ma sœur, dit-elle à la sultane, je vous prie
de nous raconter ce qui se passa dans ce palais souterrain
entre la dame et le prince. — Vous l'allez entendre, répondit Scheherazade, écoutez-moi. »

Le second calender, continua-t-elle, poursuivant son
histoire :

« Pour épargner à la belle dame, dit-il, la peine de venir
jusqu'à moi, je me hâtai de la joindre, et, dans le temps
que je lui faisais une profonde révérence, elle me dit :
« Qui êtes-vous? êtes-vous homme ou génie? — Je suis
homme, Madame, lui répondis-je en me relevant, et je n'ai
point de commerce avec les génies. — Par quelle aventure,
reprit-elle avec un grand soupir, vous trouvez-vous ici? Il
y a vingt-cinq ans que j'y demeure, et pendant tout ce
temps-là je n'y ai pas vu d'autre homme que vous. »

« Sa grande beauté, qui m'avait déjà donné dans la vue,
sa douceur et l'honnêteté avec laquelle elle me recevait,
me donnèrent la hardiesse de lui dire : « Madame, avant
que j'aie l'honneur de satisfaire votre curiosité, permettez-
moi de vous dire que je me sais un gré infini de cette rencontre imprévue, qui m'offre l'occasion de me consoler
dans l'affliction où je suis, et peut-être celle de vous rendre

plus heureuse que vous n'êtes. » Je lui racontai fidèlement par quel étrange accident elle voyait en ma personne le fils d'un roi, dans l'état où je paraissais en sa présence, et comment le hasard avait voulu que je découvrisse l'entrée de la prison magnifique où je la trouvais, mais ennuyeuse selon toutes les apparences.

« Hélas! Prince, dit-elle en soupirant encore, vous avez bien raison de croire que cette prison si riche et si pompeuse ne laisse pas d'être un séjour fort ennuyeux. Les lieux les plus charmants ne sauraient plaire lorsqu'on y est contre sa volonté. Il n'est pas possible que vous n'ayez jamais entendu parler du grand Épitimarus, roi de l'île d'Ébène, ainsi nommée à cause de ce bois précieux qu'elle produit si abondamment. Je suis la princesse sa fille. Le roi mon père m'avait choisi pour époux un prince qui était mon cousin; mais la première nuit de mes noces, au milieu des réjouissances de la cour et de la capitale du royaume de l'île d'Ébène, avant que je fusse livrée à mon mari, un génie m'enleva. Je m'évanouis en ce moment, je perdis toute connaissance, et, lorsque j'eus repris mes esprits, je me trouvai dans ce palais. J'ai été longtemps inconsolable; mais le temps et la nécessité m'ont accoutumée à voir et à souffrir le génie. Il y a vingt-cinq ans, comme je vous l'ai déjà dit, que je suis dans ce lieu, où je puis dire que j'ai à souhait tout ce qui est nécessaire à la vie et tout ce qui peut contenter une princesse qui n'aimerait que les parures et les ajustements. De dix en dix jours, continua la princesse, le génie vient coucher une nuit avec moi; il n'y couche pas plus souvent, et l'excuse qu'il en apporte est qu'il est marié à une autre femme, qui aurait de la jalousie si l'infidélité qu'il lui fait venait à sa connaissance. Cependant, si j'ai besoin de lui, soit de jour, soit de nuit, je n'ai pas plus tôt touché un talisman qui est à l'entrée de ma chambre que le génie paraît. Il y a aujourd'hui quatre jours qu'il est venu; ainsi, je ne l'attends que dans six. C'est pourquoi vous en pourrez demeurer cinq avec moi, pour me tenir compagnie, si vous le voulez bien, et je tâcherai de vous régaler selon votre qualité et votre mérite. »

Je me serais estimé trop heureux d'obtenir une si grande faveur en la demandant pour la refuser après une offre si obligeante. La princesse me fit entrer dans un

bain, le plus propre, le plus commode et le plus somp-
tueux que l'on puisse s'imaginer, et, lorsque j'en sortis, à la
place de mon habit, j'en trouvai un autre très riche, que je
pris moins pour sa richesse que pour me rendre plus
digne d'être avec elle. Nous nous assîmes sur un sofa garni
d'un superbe tapis et de coussins d'appui du plus beau
brocart des Indes, et, quelque temps après, elle mit sur
une table des mets très délicats. Nous mangeâmes
ensemble, nous passâmes le reste de la journée très agréablement, et la nuit elle me reçut dans son lit.

« Le lendemain, comme elle cherchait tous les moyens
de me faire plaisir, elle servit au dîner une bouteille de vin
vieux, le plus excellent que l'on puisse goûter ; et elle voulut bien, par complaisance, en boire quelques coups avec
moi. Quand j'eus la tête un peu échauffée de cette liqueur
agréable : « Belle princesse, lui dis-je, il y a trop longtemps
que vous êtes enterrée toute vive ; suivez-moi, venez jouir
de la clarté du véritable jour, dont vous êtes privée depuis
tant d'années. Abandonnez la fausse lumière dont vous
jouissez ici.

— Prince, me répondit-elle en souriant, laissez là ce discours. Je compte pour rien le plus beau jour du monde,
pourvu que de dix vous m'en donniez neuf et que vous
cédiez le dixième au génie. — Princesse, repris-je, je vois
bien que la crainte du génie vous fait tenir ce langage.
Pour moi, je le redoute si peu que je vais mettre son talisman en pièces avec le grimoire qui est écrit dessus. Qu'il
vienne alors, je l'attends. Quelque brave, quelque redoutable qu'il puisse être, je lui ferai sentir le poids de mon
bras. Je fais serment d'exterminer tout ce qu'il y a de
génies au monde, et lui le premier. » La princesse, qui en
savait la conséquence, me conjura de ne pas toucher au
talisman. « Ce serait le moyen, me dit-elle, de nous perdre,
vous et moi. Je connais les génies mieux que vous ne les
connaissez. » Les vapeurs du vin ne me permirent pas de
goûter les raisons de la princesse : je donnai du pied dans
le talisman et le mis en plusieurs morceaux. »

En achevant ces paroles, Scheherazade, remarquant
qu'il était jour, se tut, et le sultan se leva. Mais, comme il
ne douta point que le talisman brisé ne fût suivi de quelque événement fort remarquable, il résolut d'entendre le
reste de l'histoire.

Quelque temps avant le jour, Dinarzade, s'étant réveillée, dit à la sultane : « Ma sœur, si vous ne dormez pas, apprenez-nous, je vous en supplie, ce qui arriva dans le palais souterrain après que le prince eut brisé le talisman. — Je vais vous le dire », répondit Scheherazade, et aussitôt, reprenant sa narration, elle continua de parler ainsi sous la personne du second calender :

« Le talisman ne fut pas sitôt rompu que le palais s'ébranla, prêt à s'écrouler, avec un bruit effroyable et pareil à celui du tonnerre, accompagné d'éclairs redoublés et d'une grande obscurité. Ce fracas épouvantable dissipa en un moment les fumées du vin, et me fit connaître, mais trop tard, la faute que j'avais faite. « Princesse, m'écriai-je, que signifie ceci ? » Elle me répondit toute effrayée, et sans penser à son propre malheur : « Hélas ! c'est fait de vous si vous ne vous sauvez. »

« Je suivis son conseil, et mon épouvante fut si grande que j'oubliai ma cognée et mes babouches. J'avais à peine gagné l'escalier par où j'avais descendu que le palais enchanté s'entrouvrit et fit un passage au génie. Il demanda en colère à la princesse : « Que vous est-il arrivé, et pourquoi m'appelez-vous ? — Un mal de cœur, lui répondit la princesse, m'a obligée d'aller chercher la bouteille que vous voyez ; j'en ai bu deux ou trois coups ; par malheur j'ai fait un faux pas, et je suis tombée sur le talisman, qui s'est brisé. Il n'y a pas autre chose. »

« A cette réponse, le génie, furieux, lui dit : « Vous êtes une impudente, une menteuse. La cognée et les babouches que voilà, pourquoi se trouvent-elles ici ? — Je ne les ai jamais vues qu'en ce moment, reprit la princesse. De l'impétuosité dont vous êtes venu, vous les avez peut-être enlevées avec vous en passant par quelque endroit, et vous les avez apportées sans y prendre garde. »

« Le génie ne repartit que par des injures et par des coups dont j'entendis le bruit. Je n'eus pas la fermeté d'ouïr les pleurs et les cris pitoyables de la princesse maltraitée d'une manière si cruelle. J'avais déjà quitté l'habit qu'elle m'avait fait prendre, et repris le mien que j'avais porté sur l'escalier le jour précédent à la sortie du bain. Ainsi j'achevai de monter, d'autant plus pénétré de douleur et de compassion que j'étais la cause d'un si grand malheur, et qu'en sacrifiant la plus belle princesse de la terre à la barbarie d'un génie implacable, je m'étais rendu criminel et le plus ingrat de tous les hommes. « Il est vrai, disais-je, qu'elle est prisonnière depuis vingt-cinq ans ; mais, la liberté à part, elle n'avait rien à désirer pour être heureuse. Mon emportement met fin à son bonheur, et la soumet à la cruauté d'un démon impitoyable. » J'abaissai la trappe, la recouvris de terre, et retournai à la ville avec une charge de bois que j'accommodai sans savoir ce que je faisais, tant j'étais troublé et affligé.

« Le tailleur, mon hôte, marqua une grande joie de me revoir. « Votre absence, me dit-il, m'a causé beaucoup d'inquiétude à cause du secret de votre naissance que vous m'avez confié. Je ne savais ce que je devais penser, et je craignais que quelqu'un ne vous eût reconnu. Dieu soit loué de votre retour ! » Je le remerciai de son zèle et de son affection ; mais je ne lui communiquai rien de ce qui m'était arrivé, ni de la raison pourquoi je retournais sans cognée et sans babouches. Je me retirai dans ma chambre, où je me reprochai mille fois l'excès de mon imprudence. « Rien, disais-je, n'aurait égalé le bonheur de la princesse et le mien, si j'eusse pu me contenir et que je n'eusse pas brisé le talisman. » Pendant que je m'abandonnais à ces pensées affligeantes, le tailleur entra et me dit : « Un vieillard que je ne connais pas vient d'arriver avec votre cognée et vos babouches, qu'il a trouvées en son chemin, à ce qu'il dit. Il a appris de vos camarades qui vont au bois avec vous que vous demeuriez ici. Venez lui parler, il veut vous les rendre en main propre. » A ce discours, je changeai de couleur, et tout le corps me trembla. Le tailleur m'en demandait le sujet, lorsque le pavé de ma chambre s'entrouvrit. Le vieillard, qui n'avait pas eu la patience d'attendre, parut et se présenta à nous avec la cognée et les babouches. C'était le génie ravisseur de la belle princesse de l'île d'Ébène, qui s'était ainsi déguisé après l'avoir traitée avec la dernière barbarie. « Je suis génie, nous dit-il, fils de la fille d'Éblis, prince des génies. N'est-ce pas là ta cognée ? ajouta-t-il en s'adressant à moi ; ne sont-ce pas là tes babouches ? »

Scheherazade, en cet endroit, aperçut le jour et cessa de parler. Le sultan trouvait l'histoire du second calender trop belle pour ne pas vouloir en entendre davantage. C'est pourquoi il se leva dans l'intention d'en apprendre la suite le lendemain.

XLVᵉ NUIT

Le jour suivant, Dinarzade appela la sultane. « Ma chère sœur, lui dit-elle, je vous prie de nous raconter de quelle manière le génie traita le prince. — Je vais satisfaire votre curiosité », répondit Scheherazade. Alors elle reprit de cette sorte l'histoire du second calender.

Le calender, continuant à parler à Zobéide :
« Madame, dit-il, le génie, m'ayant fait cette question, ne me donna pas le temps de lui répondre, et je ne l'aurais pu faire, tant sa présence affreuse m'avait mis hors de moi-même. Il me prit par le milieu du corps, me traîna hors de la chambre, et, s'élançant dans l'air, m'enleva jusqu'au ciel avec tant de force et de vitesse que je m'aperçus plus tôt que j'étais monté si haut que du chemin qu'il m'avait fait faire en peu de moments. Il fondit de même vers la terre; et, l'ayant fait entrouvrir en frappant du pied, il s'y enfonça, et aussitôt je me trouvai dans le palais enchanté, devant la belle princesse de l'île d'Ébène. Mais, hélas! quel spectacle! je vis une chose qui me perça le cœur. Cette princesse était nue et tout en sang, étendue sur la terre, plus morte que vive et les joues baignées de larmes. « Perfide, lui dit le génie en me montrant à elle, n'est-ce pas là ton amant? » Elle jeta sur moi ses yeux languissants, et répondit tristement : « Je ne le connais pas; jamais je ne l'ai vu qu'en ce moment. — Quoi! reprit le génie, il est cause que tu es dans l'état où te voilà si justement, et tu oses dire que tu ne le connais pas? — Si, je ne le connais pas, repartit la princesse, voulez-vous que je fasse un mensonge qui soit cause de sa perte? — Hé bien, dit le génie en tirant un sabre et le présentant à la princesse, si tu ne l'as jamais vu, prends ce sabre et coupe lui la tête. — Hélas! dit la princesse, comment pourrais-je exécuter ce que vous exigez de moi? Mes forces sont tellement épuisées que je ne saurais lever le bras; et, quand je le pourrais, aurais-je le courage de donner la mort à une personne que je ne connais point, à un innocent? — Ce refus, dit alors le génie à la princesse, me fait connaître

tout ton crime. » Ensuite, se tournant de mon côté : « Et toi, me dit-il, ne la connais-tu pas ? »

« J'aurais été le plus ingrat et le plus perfide de tous les hommes si je n'eusse pas eu pour la princesse la même fidélité qu'elle avait pour moi qui étais la cause de son malheur.

« C'est pourquoi je répondis au génie : « Comment la connaîtrais-je, moi qui ne l'ai jamais vue que cette seule fois ? — Si cela est, reprit-il, prends donc ce sabre et coupe lui la tête. C'est à ce prix que je te mettrai en liberté, et que je serai convaincu que tu ne l'as jamais vue qu'à présent, comme tu le dis. — Très volontiers », lui repartis-je. Je pris le sabre de sa main... »

« Mais, Sire, dit Scheherazade en s'interrompant en cet endroit, il est jour, et je ne dois point abuser de la patience de Votre Majesté. — Voilà des événements merveilleux, dit le sultan en lui-même ; nous verrons demain si le prince eut la cruauté d'obéir au génie. »

XLVIᵉ NUIT

Sur la fin de la nuit, Dinarzade, ayant appelé la sultane, lui dit : « Ma sœur, si vous ne dormez pas, je vous prie de continuer l'histoire que vous ne pûtes achever hier. — Je le veux, répondit Scheherazade, et, sans perdre de temps, vous saurez que le second calender poursuivit ainsi :

« Ne croyez pas, Madame, que je m'approchai de la belle princesse de l'île d'Ébène pour être le ministre de la barbarie du génie. Je le fis seulement pour lui marquer par mes gestes, autant qu'il me l'était permis, que, comme elle avait la fermeté de sacrifier sa vie pour l'amour de moi, je ne refusais pas d'immoler aussi la mienne pour l'amour d'elle. La princesse comprit mon dessein. Malgré ses douleurs et son affliction, elle me le témoigna par un regard obligeant, et me fit entendre qu'elle mourait volontiers et qu'elle était contente de voir que je voulais aussi mourir pour elle. Je reculai alors, et, jetant le sabre par terre : « Je serais, dis-je au génie, éternellement blâmable devant tous les hommes, si j'avais la lâcheté de massacrer, je ne dis pas une personne que je ne connais point, mais même une dame comme celle que je vois, dans l'état où elle est, prête à rendre l'âme. Vous ferez de moi ce qu'il vous plaira, puisque je suis à votre discrétion, mais je ne puis obéir à votre commandement barbare.

« — Je vois bien, dit le génie, que vous me bravez l'un et l'autre, et que vous insultez à ma jalousie ; mais, par le traitement que je vous ferai, vous connaîtrez tous deux de quoi je suis capable. » A ces mots, le monstre reprit le sabre et coupa une des mains de la princesse, qui n'eut que le temps de me faire un signe de l'autre pour me dire un éternel adieu : car le sang qu'elle avait déjà perdu et celui qu'elle perdit alors ne lui permirent pas de vivre plus d'un moment ou deux après cette dernière cruauté, dont le spectacle me fit évanouir.

« Lorsque je fus revenu à moi, je me plaignis au génie de ce qu'il me faisait languir dans l'attente de la mort. « Frappez, lui dis-je, je suis prêt à recevoir le coup mortel ; je l'attends de vous comme la plus grande grâce que vous me puissiez faire. » Mais, au lieu de me l'accorder : « Voilà, me dit-il, de quelle sorte les génies traitent les femmes qu'ils soupçonnent d'infidélité. Elle t'a reçu ici ; si j'étais assuré qu'elle m'eût fait un plus grand outrage, je te ferais périr dans ce moment ; mais je me contenterai de te changer en chien, en âne, en lion ou en oiseau. Choisis un de ces changements ; je veux bien te laisser maître du choix. »

« Ces paroles me donnèrent quelque espérance de le fléchir. « O génie ! lui dis-je, modérez votre colère, et, puisque vous ne voulez pas m'ôter la vie, accordez-la-moi généreusement. Je me souviendrai toujours de votre clémence, si vous me pardonnez, de même que le meilleur homme du monde pardonna à un de ses voisins qui lui portait une envie mortelle. » Le génie me demanda ce qui s'était passé entre ces deux voisins, en me disant qu'il voulait bien avoir la patience d'écouter cette histoire. Voici de quelle manière je lui en fis le récit. Je crois, Madame, que vous ne serez pas fâchée que je vous la raconte aussi.

HISTOIRE DE L'ENVIEUX

ET DE L'ENVIÉ

« Dans une ville assez considérable, deux hommes demeuraient porte à porte. L'un conçut contre l'autre une envie si violente que celui qui en était l'objet résolut de

changer de demeure et de s'éloigner, persuadé que le voi-
sinage seul lui avait attiré l'animosité de son voisin : car,
quoiqu'il lui eût rendu de bons offices, il s'était aperçu
qu'il n'en était pas moins haï. C'est pourquoi il vendit sa
maison avec le peu de bien qu'il avait, et, se retirant à la
capitale du pays, qui n'était pas éloignée, il acheta une
petite terre environ à une demi-lieue de la ville. Il y avait
une maison assez commode, un beau jardin et une cour
raisonnablement grande, dans laquelle était une citerne
profonde dont on ne se servait plus.

« Le bonhomme, ayant fait cette acquisition, prit l'habit
de derviche [1], pour mener une vie plus retirée, et fit faire
plusieurs cellules dans la maison, où il établit en peu de
temps une communauté nombreuse de derviches. Sa
vertu le fit bientôt connaître, et ne manqua pas de lui attirer une infinité de monde, tant du peuple que des principaux de la ville. Enfin, chacun l'honorait et le chérissait
extrêmement. On venait aussi de bien loin se recommander à ses prières ; et tous ceux qui se retiraient d'auprès de
lui publiaient les bénédictions qu'ils croyaient avoir
reçues du Ciel par son moyen.

« La grande réputation du personnage s'étant répandue
dans la ville d'où il était sorti, l'envieux en eut un chagrin
si vif qu'il abandonna sa maison et ses affaires dans la
résolution de l'aller perdre. Pour cet effet, il se rendit au
nouveau couvent de derviches, dont le chef, ci-devant son
voisin, le reçut avec toutes les marques d'amitié imaginables. L'envieux lui dit qu'il était venu exprès pour lui
communiquer une affaire importante dont il ne pouvait
l'entretenir qu'en particulier. « Afin, ajouta-t-il, que personne ne nous entende, promenons-nous, je vous prie,
dans votre cour ; et, puisque la nuit approche, commandez
à vos derviches de se retirer dans leurs cellules. » Le chef
des derviches fit ce qu'il souhaitait.

---

1. *Derviche*, ou *dervis*, qui signifie pauvre, est le nom donné à des
religieux musulmans qui font vœu de pauvreté et de chasteté, et dont
la principale occupation est de prier et de soigner les malades. Ils
n'ont pour costume qu'un manteau de gros drap posé sur leur chemise, et sont coiffés de grands chapeaux blancs sans bords faits en
poil de chameau. Ils portent aussi autour du corps une ceinture en
cuir à laquelle sont attachés des bijoux. Il y en a qui, pour obtenir les
aumônes des fidèles, exécutent des jongleries ou tournent pendant
des heures sur eux-mêmes en répétant le nom d'Allah. Ceux qui se
livrent à ce dernier exercice sont appelés derviches tourneurs.

« Lorsque l'envieux se vit seul avec le bonhomme, il commença de lui raconter ce qui lui plut, en marchant l'un à côté de l'autre dans la cour, jusqu'à ce que, se trouvant sur le bord de la citerne, il le poussa et le jeta dedans, sans que personne fût témoin d'une si méchante action. Cela étant fait, il s'éloigna promptement, gagna la porte du couvent, d'où il sortit sans être vu, et retourna chez lui fort content de son voyage, et persuadé que l'objet de son envie n'était plus au monde; mais il se trompait fort... »

Scheherazade n'en put dire davantage, car le jour paraissait. Le sultan fut indigné de la malice de l'envieux. « Je souhaite fort, dit-il en lui-même, qu'il n'en arrive point de mal au bon derviche. J'espère que j'apprendrai demain que le Ciel ne l'abandonna point dans cette occasion. »

XLVIIᵉ NUIT

« Si vous ne dormez pas, ma sœur, s'écria Dinarzade à son réveil, apprenez-nous, je vous en conjure, si le bon derviche sortit sain et sauf de la citerne. — Oui », répondit Scheherazade.

Et le second calender, poursuivant son histoire : « La vieille citerne, dit-il, était habitée par des fées et par des génies, qui se trouvèrent si à propos pour secourir le chef des derviches qu'ils le reçurent et le soutinrent jusqu'au bas, de manière qu'il ne se fit aucun mal. Il s'aperçut bien qu'il y avait quelque chose d'extraordinaire dans une chute dont il devait perdre la vie; mais il ne voyait ni ne sentait rien. Néanmoins il entendit bientôt une voix qui dit : « Savez-vous qui est ce bonhomme à qui nous venons de rendre ce bon office ? » Et, d'autres voix ayant répondu que non, la première reprit : « Je vais vous le dire. Cet homme, par la plus grande charité du monde, a abandonné la ville où il demeurait, et est venu s'établir en ce lieu dans l'espérance de guérir un de ses voisins de l'envie qu'il avait contre lui. Il s'est attiré ici une estime si générale que l'envieux, ne pouvant le souffrir, est venu dans le dessein de le faire périr; ce qu'il aurait exécuté sans le secours que nous avons prêté à ce bonhomme, dont la réputation est si grande que le sultan, qui fait son séjour dans la ville voisine, doit venir demain le visiter pour re-commander la princesse sa fille à ses prières. »

« Une autre voix demanda quel besoin la princesse avait des prières du derviche ; à quoi la première repartit : « Vous ne savez donc pas qu'elle est possédée du génie Maimoun, fils de Dimdim, qui est devenu amoureux d'elle ? Mais je sais bien comment ce bon chef des der-viches pourrait la guérir ; la chose est très aisée, et je vais vous la dire. Il a dans son couvent un chat noir, qui a une tache blanche au bout de la queue, environ de la grandeur d'une petite pièce de monnaie d'argent. Il n'a qu'à arra-cher sept brins de poils de cette tache blanche, les brûler, et parfumer la tête de la princesse de leur fumée. A l'ins-tant elle sera si bien guérie et si bien délivrée de Mai-moun, fils de Dimdim, que jamais il ne s'avisera d'appro-cher d'elle une seconde fois. »

« Le chef des derviches ne perdit pas un mot de cet entretien des fées et des génies, qui gardèrent un grand silence toute la nuit après avoir dit ces paroles. Le lende-main, au commencement du jour, dès qu'il put distinguer les objets, comme la citerne était démolie en plusieurs endroits, il aperçut un trou par où il sortit sans peine.

« Les derviches, qui le cherchaient, furent ravis de le revoir. Il leur raconta en peu de mots la méchanceté de l'hôte qu'il avait si bien reçu le jour précédent, et se retira dans sa cellule. Le chat noir, dont il avait ouï parler la nuit dans l'entretien des fées et des génies, ne fut pas long-temps à venir lui faire des caresses à son ordinaire. Il le prit, lui arracha sept brins de poil de la tache blanche qu'il avait à la queue, et les mit à part pour s'en servir quand il en aurait besoin.

« Il n'y avait pas longtemps que le soleil était levé lorsque le sultan, qui ne voulait rien négliger de ce qu'il croyait pouvoir apporter une prompte guérison à la prin-cesse, arriva à la porte du couvent. Il ordonna à sa garde de s'y arrêter, et entra avec les principaux officiers qui l'accompagnaient. Les derviches le reçurent avec un pro-fond respect.

Le sultan tira leur chef à l'écart : « Bon scheik[1], lui dit-il,

---

1. *Scheik*, qui signifie littéralement vieillard, a pris, comme le mot

vous savez peut-être déjà le sujet qui m'amène. — Oui,
Sire, répondit modestement le derviche : c'est, si je ne me
trompe, la maladie de la princesse qui m'attire cet honneur que je ne mérite pas. — C'est cela même, répliqua le
sultan. Vous me rendriez la vie, si, comme je l'espère, vos
prières obtenaient la guérison de ma fille. — Sire, repartit
le bonhomme, si Votre Majesté veut bien la faire venir ici,
je me flatte, par l'aide et la faveur de Dieu, qu'elle retour-
nera en parfaite santé. »

« Le prince, transporté de joie, envoya sur-le-champ
chercher sa fille, qui parut bientôt accompagnée d'une
nombreuse suite de femmes et d'eunuques, et voilée de
manière qu'on ne lui voyait pas le visage. Le chef des derviches fit tenir un poêle au-dessus de la tête de la princesse, et il n'eut pas sitôt posé les sept brins de poil sur les
charbons allumés qu'il avait fait apporter que le génie
Maimoun, fils de Dimdim, fit de grands cris sans que l'on
vît rien, et laissa la princesse libre. Elle porta d'abord la
main au voile qui lui couvrait le visage, et le leva pour voir
où elle était. « Où suis-je ? s'écria-t-elle. Qui m'a amenée
ici ? » A ces paroles, le sultan ne put cacher l'excès de sa
joie ; il embrassa sa fille, et la baisa aux yeux ; il baisa aussi
la main du chef des derviches, et dit aux officiers qui
l'accompagnaient : « Dites-moi votre sentiment : quelle
récompense mérite celui qui a ainsi guéri ma fille ? » Ils
répondirent tous qu'il méritait de l'épouser. « C'est ce que
j'avais dans la pensée, reprit le sultan, et je le fais mon
gendre dès ce moment. »

« Peu de temps après, le premier vizir mourut. Le sultan
mit le derviche à sa place, et, le sultan étant mort lui-
même sans enfants mâles, les ordres de religion et de
milice assemblés, le bonhomme fut déclaré et reconnu
sultan d'un commun consentement... »

Le jour qui paraissait obligea Scheherazade à s'arrêter en
cet endroit. Le derviche parut à Schahriar digne de la couronne qu'il venait d'obtenir ; mais ce prince était en peine
de savoir si l'envieux n'en serait pas mort de chagrin et il se
leva dans la résolution de l'apprendre la nuit suivante.

---

latin *senior*, le sens de seigneur, chef. On donne ce nom aux chefs de
communautés religieuses, aux prédicateurs, aux docteurs distingués.

Dinarzade, quand il en fut temps, adressa ces paroles à la sultane : « Ma chère sœur, si vous ne dormez pas, je vous prie de nous raconter la fin de l'histoire de l'Envié et de l'Envieux. — Très volontiers, répondit Scheherazade. Voici comme le second calender la poursuivit :

« Le bon derviche, dit-il, étant donc monté sur le trône de son beau-père, un jour qu'il était au milieu de sa cour, dans une marche, il aperçut l'envieux parmi la foule du monde qui était sur son passage. Il fit approcher un des vizirs qui l'accompagnait, et lui dit tout bas : « Allez, et amenez-moi cet homme que voilà, et prenez bien garde de l'épouvanter. » Le vizir obéit ; et, quand l'envieux fut en présence du sultan, le sultan lui dit : « Mon ami, je suis ravi de vous voir. » Et alors, s'adressant à un officier : « Qu'on lui compte, dit-il, tout à l'heure mille pièces de monnaie d'or de mon trésor. De plus, qu'on lui livre vingt charges de marchandises les plus précieuses de mes magasins, et qu'une garde suffisante le conduise et l'escorte jusque chez lui. » Après avoir chargé l'officier de cette commission, il dit adieu à l'envieux et continua sa marche. »

« Lorsque j'eus achevé de conter cette histoire au génie, assassin de la princesse de l'île d'Ébène, je lui en fis l'application. « O génie ! lui dis-je, vous voyez que ce sultan bienfaisant ne se contenta pas d'oublier qu'il n'avait pas tenu à l'envieux qu'il n'eût perdu la vie ; il le traita encore et le renvoya avec toute la bonté que je viens de vous dire. » Enfin, j'employai toute mon éloquence à le prier d'imiter un si bel exemple et de me pardonner ; mais il ne me fut pas possible de le fléchir. « Tout ce que je puis faire pour toi, me dit-il, c'est de ne te pas ôter la vie ; ne te flatte pas que je te renvoie sain et sauf. Il faut que je te fasse sentir ce que je suis par mes enchantements. » A ces mots, il se saisit de moi avec violence, et, m'emportant au travers de la voûte du palais souterrain, qui s'entrouvrit pour lui faire un passage, il m'enleva si haut que la terre ne me parut qu'un petit nuage blanc. De cette hauteur, il se lança sur la terre comme la foudre, et prit pied sur la cime d'une montagne.

« Là, il ramassa une poignée de terre, prononça, ou plutôt marmotta dessus certaines paroles auxquelles je ne compris rien, et, la jetant sur moi : « Quitte, me dit-il, la figure d'homme et prends celle de singe. » Il disparut aussitôt, et je demeurai seul, changé en singe, accablé de douleur, dans un pays inconnu, ne sachant si j'étais près ou éloigné des États du roi mon père.

« Je descendis du haut de la montagne, j'entrai dans un plat pays, dont je ne trouvai l'extrémité qu'au bout d'un mois, que j'arrivai au bord de la mer. Elle était alors dans un grand calme, et j'aperçus un vaisseau à une demi-lieue de terre. Pour ne pas perdre une si belle occasion, je rompis une grosse branche d'arbre, je la tirai après moi dans la mer, et me mis dessus, jambe deçà, jambe delà, avec un bâton à chaque main, pour me servir de rames.

« Je voguai dans cet état et m'avançai vers le vaisseau. Quand j'en fus assez près pour être reconnu, je donnai un spectacle fort extraordinaire aux matelots et aux passagers qui parurent sur le tillac. Ils me regardaient tous avec une grande admiration. Cependant j'arrivai à bord, et, me prenant à un cordage, je grimpai jusque sur le tillac. Mais, comme je ne pouvais parler, je me trouvai dans un terrible embarras. En effet, le danger que je courus alors ne fut pas moins grand que celui d'avoir été à la discrétion du génie.

« Les marchands, superstitieux et scrupuleux, crurent que je porterais malheur à leur navigation si on me recevait; c'est pourquoi l'un dit : « Je vais l'assommer d'un coup de maillet »; un autre : « Je veux lui passer une flèche au travers du corps »; un autre : « Il faut le jeter à la mer. » Quelqu'un n'aurait pas manqué de faire ce qu'il disait, si, me rangeant du côté du capitaine, je ne m'étais pas prosterné à ses pieds; mais, le prenant par son habit, dans la posture de suppliant, il fut tellement touché de cette action et des larmes qu'il vit couler de mes yeux qu'il me prit sous sa protection, en menaçant de faire repentir celui qui me ferait le moindre mal. Il me fit même mille caresses. De mon côté, au défaut de la parole, je lui donnai par mes gestes toutes les marques de reconnaissance qu'il me fut possible.

« Le vent, qui succéda au calme, ne fut pas fort; mais il fut favorable : il ne changea point durant cinquante jours, et il nous fit heureusement aborder au port d'une belle ville très peuplée et d'un grand commerce, où nous jetâmes l'ancre. Elle était d'autant plus considérable que c'était la capitale d'un puissant État.

« Notre vaisseau fut bientôt environné d'une infinité de petits bateaux remplis de gens qui venaient pour féliciter leurs amis sur leur arrivée, ou s'informer de ceux qu'ils avaient vus au pays d'où ils arrivaient, ou simplement par la curiosité de voir un vaisseau qui venait de loin. Il arriva entre autres quelques officiers qui demandèrent à parler, de la part du sultan, aux marchands de notre bord. Les marchands se présentèrent à eux, et l'un des officiers, prenant la parole, leur dit : « Le sultan notre maître nous a chargés de vous témoigner qu'il a bien de la joie de votre arrivée, et de vous prier de prendre la peine d'écrire, sur le rouleau de papier que voici, chacun quelques lignes de votre écriture. Pour vous apprendre quel est son dessein, vous saurez qu'il avait un premier vizir qui, avec une très grande capacité dans le maniement des affaires, écrivait dans la dernière perfection. Ce ministre est mort depuis peu de jours. Le sultan en est fort affligé ; et, comme il ne regardait jamais les écritures de sa main sans admiration, il a fait un serment solennel de ne donner sa place qu'à un homme qui écrira aussi bien qu'il écrivait. Beaucoup de gens ont présenté de leur écriture ; mais jusqu'à présent il ne s'est trouvé personne, dans l'étendue de cet empire, qui ait été jugé digne d'occuper la place du vizir. »

« Ceux des marchands qui crurent assez bien écrire pour prétendre à cette haute dignité écrivirent l'un après l'autre ce qu'ils voulurent. Lorsqu'ils eurent achevé, je m'avançai, et enlevai le rouleau de la main de celui qui le tenait. Tout le monde, et particulièrement les marchands qui venaient d'écrire, s'imaginant que je voulais le déchirer ou le jeter à la mer, firent de grands cris ; mais ils se rassurèrent quand ils virent que je tenais le rouleau fort proprement, et que je faisais signe de vouloir écrire à mon tour. Cela fit changer leur crainte en admiration. Néanmoins, comme ils n'avaient jamais vu de singe qui sût écrire et qu'ils ne pouvaient se persuader que je fusse plus habile que les autres, ils voulurent m'arracher le rouleau des mains ; mais le capitaine prit encore mon parti. « Laissez-le faire, dit-il : qu'il écrive. S'il ne fait que barbouiller

le papier, je vous promets que je le punirai sur-le-champ ;
si au contraire il écrit bien, comme je l'espère, car je n'ai
vu de ma vie un singe plus adroit et plus ingénieux, ni qui
comprît mieux toutes choses, je déclare que je le reconnaîtrai pour mon fils. J'en avais un qui n'avait pas, à beaucoup près, tant d'esprit que lui. »

« Voyant que personne ne s'opposait plus à mon dessein, je pris la plume, et ne la quittai qu'après avoir écrit
six sortes d'écritures usitées chez les Arabes ; et chaque
essai d'écriture contenait un distique ou un quatrain
impromptu à la louange du sultan. Mon écriture n'effaçait
pas seulement celle des marchands, j'ose dire qu'on n'en
avait point vu de si belle jusqu'alors en ce pays-là. Quand
j'eus achevé, les officiers prirent le rouleau et le portèrent
au sultan... »

Scheherazade en était là, lorsqu'elle aperçut le jour.
« Sire, dit-elle à Schahriar, si j'avais le temps de continuer,
je raconterais à Votre Majesté des choses encore plus surprenantes que celles que je viens de raconter. » Le sultan,
qui s'était proposé d'entendre toute cette histoire, se leva
sans dire ce qu'il pensait.

XLIXᵉ NUIT

Le lendemain, Dinarzade, éveillée avant le jour, appela
la sultane et lui dit : « Ma sœur, si vous ne dormez pas, je
vous supplie de nous apprendre la suite des aventures du
singe. Je crois que le sultan mon seigneur n'a pas moins
de curiosité que moi de l'entendre. — Vous allez être satisfaits l'un et l'autre, répondit Scheherazade ; et, pour ne
vous pas faire languir, je vous dirai que le second calender
continua ainsi son histoire :

« Le sultan ne fit aucune attention aux autres écritures ;
il ne regarda que la mienne, qui lui plut tellement qu'il dit
aux officiers : « Prenez le cheval de mon écurie le plus
beau et le plus richement enharnaché, et une robe de brocart des plus magnifiques pour revêtir la personne de qui
sont ces six sortes d'écritures, et amenez-la-moi. »

« A cet ordre du sultan, les officiers se mirent à rire. Ce
prince, irrité de leur hardiesse, était près de les punir ;
mais ils lui dirent : « Sire, nous supplions Votre Majesté

de nous pardonner : ces écritures ne sont pas celles d'un homme, elles sont d'un singe. — Que dites-vous ! s'écria le sultan, ces écritures merveilleuses ne sont pas de la main d'un homme ? — Non, Sire, répondit un des officiers, nous assurons Votre Majesté qu'elles sont d'un singe, qui les a faites devant nous. » Le sultan trouva la chose trop surprenante pour n'être pas curieux de me voir. « Faites ce que je vous ai commandé, leur dit-il ; amenez-moi promptement un singe si rare. »

« Les officiers revinrent au vaisseau et exposèrent leur ordre au capitaine, qui leur dit que le sultan était le maître. Aussitôt ils me revêtirent d'une robe de brocart très riche, et me portèrent à terre, où ils me mirent sur le cheval du sultan, qui m'attendait dans son palais avec un grand nombre de personnes de sa cour, qu'il avait assemblées pour me faire plus d'honneur.

« La marche commença. Le port, les rues, les places publiques, les fenêtres, les terrasses des palais et des maisons, tout était rempli d'une multitude innombrable de monde de l'un et de l'autre sexe et de tous les âges, que la curiosité avait fait venir de tous les endroits de la ville pour me voir : car le bruit s'était répandu en un moment que le sultan venait de choisir un singe pour son grand-vizir. Après avoir donné un spectacle si nouveau à tout ce peuple, qui par des cris redoublés ne cessait de marquer sa surprise, j'arrivai au palais du sultan.

« Je trouvai ce prince assis sur son trône, au milieu des grands de sa cour. Je lui fis trois révérences profondes, et, à la dernière, je me prosternai et baisai la terre devant lui. Je me mis ensuite sur mon séant en posture de singe. Toute l'assemblée ne pouvait se lasser de m'admirer, et ne comprenait pas comment il était possible qu'un singe sût si bien rendre aux sultans le respect qui leur est dû ; et le sultan en était plus étonné que personne. Enfin, la cérémonie de l'audience eût été complète si j'eusse pu ajouter la harangue à mes gestes ; mais les singes ne parlèrent jamais, et l'avantage d'avoir été homme ne me donnait pas ce privilège.

« Le sultan congédia ses courtisans, et il ne resta auprès de lui que le chef de ses eunuques, un petit esclave fort jeune et moi. Il passa de la salle d'audience dans son appartement où il se fit apporter à manger. Lorsqu'il fut à table, il me fit signe d'approcher et de manger avec lui. Pour lui marquer mon obéissance, je baisai la terre, je me levai et me mis à table. Je mangeai avec beaucoup de retenue et de modestie.

« Avant que l'on desservît, j'aperçus une écritoire : je fis signe qu'on me l'apportât ; et, quand je l'eus, j'écrivis sur une grosse pêche des vers de ma façon, qui marquaient ma reconnaissance au sultan ; et la lecture qu'il en fit, après que je lui eus présenté la pêche, augmenta son étonnement. La table levée, on lui apporta d'une boisson particulière, dont il me fit présenter un verre. Je bus, et j'écrivis dessus de nouveaux vers, qui expliquaient l'état où je me trouvais après de grandes souffrances. Le sultan les lut encore, et dit : « Un homme qui serait capable d'en faire autant serait au-dessus des plus grands hommes. »

« Ce prince, s'étant fait apporter un jeu d'échecs, me demanda par signes si j'y savais jouer, et si je voulais jouer avec lui. Je baisai la terre, et, en portant la main sur ma tête, je marquai que j'étais prêt à recevoir cet honneur. Il me gagna la première partie ; mais je gagnai la seconde et la troisième, et, m'apercevant que cela lui faisait quelque peine, pour le consoler, je fis un quatrain que je lui présentai. Je lui disais que deux puissantes armées s'étaient battues tout le jour avec beaucoup d'ardeur, mais qu'elles avaient fait la paix sur le soir, et qu'elles avaient passé la nuit ensemble fort tranquillement sur le champ de bataille.

« Tant de choses paraissant au sultan fort au-delà de tout ce qu'on avait jamais vu ou entendu de l'adresse et de l'esprit des singes, il ne voulut pas être le seul témoin de ces prodiges. Il avait une fille qu'on appelait Dame de beauté. « Allez, dit-il au chef des eunuques, qui était présent et attaché à cette princesse, allez, faites venir ici votre dame ; je suis bien aise qu'elle ait part au plaisir que je prends. »

« Le chef des eunuques partit et amena bientôt la princesse. Elle avait le visage découvert ; mais elle ne fut pas plus tôt dans la chambre qu'elle se le couvrit promptement de son voile en disant au sultan : « Sire, il faut que Votre Majesté se soit oubliée. Je suis fort surprise qu'elle me fasse venir pour paraître devant les hommes. — Comment donc, ma fille ! répondit le sultan, vous n'y pensez

pas vous-même. Il n'y a ici que le petit esclave, l'eunuque
votre gouverneur et moi, qui avons la liberté de vous voir
le visage; néanmoins vous baissez votre voile et vous me
faites un crime de vous avoir fait venir ici. — Sire, répliqua la princesse, Votre Majesté va connaître que je n'ai
pas tort. Le singe que vous voyez, quoiqu'il ait la forme
d'un singe, est un jeune prince fils d'un grand roi. Il a été
métamorphosé en singe par enchantement. Un génie, fils
de la fille d'Eblis, lui a fait cette malice après avoir cruellement ôté la vie à la princesse de l'île d'Ébène, fille du roi
Épitimarus. »

« Le sultan, étonné de ce discours, se tourna de mon
côté, et, ne me parlant plus par signes, me demanda si ce
que sa fille venait de dire était véritable. Comme je ne pouvais parler, je mis la main sur ma tête pour lui témoigner
que la princesse avait dit la vérité. « Ma fille, reprit alors le
sultan, comment savez-vous que ce prince a été transformé en singe par enchantement? — Sire, repartit la
princesse Dame de beauté, Votre Majesté peut se souvenir
qu'au sortir de mon enfance j'ai eu près de moi une vieille
dame. C'était une magicienne très habile; elle m'a enseigné soixante-dix règles de sa science, par la vertu de
laquelle je pourrais, en un clin d'œil, faire transporter
votre capitale au milieu de l'Océan, au-delà du mont Caucase. Par cette science, je connais toutes les personnes qui
sont enchantées seulement à les voir; je sais qui elles sont
et par qui elles ont été enchantées; ainsi, ne soyez pas surpris si j'ai d'abord démêlé ce prince au travers du charme
qui l'empêche de paraître à vos yeux tel qu'il est naturellement. — Ma fille, dit le sultan, je ne vous croyais pas si
habile. — Sire, répondit la princesse, ce sont des choses
curieuses qu'il est bon de savoir; mais il m'a semblé que je
ne devais pas m'en vanter. — Puisque cela est ainsi, reprit
le sultan, vous pourrez donc dissiper l'enchantement du
prince? — Oui, Sire, repartit la princesse, je puis lui
rendre sa première forme. — Rendez-la-lui donc, interrompit le sultan; vous ne sauriez me faire un plus grand
plaisir, car je veux qu'il soit mon grand-vizir et qu'il vous
épouse. — Sire, dit la princesse, je suis prête à vous obéir
en tout ce qu'il vous plaira de m'ordonner... »

Scheherazade, en achevant ces derniers mots, s'aperçut
qu'il était jour, et cessa de poursuivre l'histoire du second

calender. Schahriar, jugeant que la suite ne serait pas moins agréable que ce qu'il avait entendu, résolut de l'écouter le lendemain.

Dinarzade, appelant la sultane à l'heure ordinaire, lui dit : « Ma sœur, si vous ne dormez pas, racontez-nous, de grâce, comment la Dame de beauté remit le second calender dans son premier état. — Vous l'allez savoir », répondit Scheherazade.

Le calender reprit ainsi son discours :

« La princesse Dame de beauté alla dans son appartement, d'où elle apporta un couteau qui avait des mots hébreux gravés sur la lame. Elle nous fit descendre ensuite, le sultan, le chef des eunuques, le petit esclave et moi, dans une cour secrète du palais ; et là, nous laissant sous une galerie qui régnait autour, elle s'avança au milieu de la cour, où elle décrivit un grand cercle, et y traça plusieurs mots en caractères arabes, anciens et autres, qu'on appelle caractères de Cléopâtre.

« Lorsqu'elle eut achevé et préparé le cercle de la manière qu'elle le souhaitait, elle se plaça et s'arrêta au milieu, où elle fit des adjurations, et récita des versets de l'Alcoran. Insensiblement l'air s'obscurcit, de sorte qu'il semblait qu'il fût nuit, et que la machine du monde allait se dissoudre. Nous nous sentîmes saisis d'une frayeur extrême ; et cette frayeur augmenta encore quand nous vîmes tout à coup paraître le génie fils de la fille d'Eblis sous la forme d'un lion d'une grandeur épouvantable.

« Dès que la princesse aperçut ce monstre, elle lui dit : « Chien, au lieu de ramper devant moi, tu oses te présenter sous cette horrible forme, et tu crois m'épouvanter ? — Et toi, reprit le lion, tu ne crains pas de contrevenir au traité que nous avons fait et confirmé par un serment solennel, de ne nous nuire ni faire aucun tort l'un à l'autre ? — Ah ! maudit ! répliqua la princesse, c'est à toi que j'ai ce reproche à faire. — Tu vas, interrompit brusquement le lion, être payée de la peine que tu m'as donnée de revenir. » En disant cela, il ouvrit une gueule effroyable et s'avança sur elle pour la dévorer. Mais elle, qui était sur ses gardes, fit un saut en arrière, eut le temps de s'arracher un cheveu, et, en prononçant deux ou trois paroles, elle le changea en un glaive tranchant dont elle coupa le lion en deux par le milieu du corps. Les deux parties du lion disparurent, et il ne resta que la tête, qui se changea en un gros scorpion. Aussitôt la princesse se changea en serpent, et livra un rude combat au scorpion, qui, n'ayant pas l'avantage, prit la forme d'un aigle, et s'envola. Mais le serpent prit alors celle d'un aigle noir plus puissant, et le poursuivit. Nous les perdîmes de vue l'un et l'autre.

« Quelque temps après qu'ils eurent disparu, la terre s'entrouvrit devant nous, et il en sortit un chat noir et blanc, dont le poil était tout hérissé, et qui miaulait d'une manière effrayante. Un loup noir le suivit de près, et ne lui donna aucun relâche.

« Le chat, trop pressé, se changea en un ver, et se trouva près d'une grenade tombée par hasard d'un grenadier qui était planté sur le bord d'un canal d'eau assez profond, mais peu large. Ce ver perça la grenade en un instant et s'y cacha. La grenade alors s'enfla et devint grosse comme une citrouille, et s'éleva sur le toit de la galerie, d'où, après avoir fait quelques tours en roulant, elle tomba dans la cour et se rompit en plusieurs morceaux.

« Le loup, qui pendant ce temps-là s'était transformé en coq, se jeta sur les grains de la grenade et se mit à les avaler l'un après l'autre. Lorsqu'il n'en vit plus, il vint à nous les ailes étendues, en faisant un grand bruit, comme pour nous demander s'il n'y avait plus de grains. Il en restait un sur le bord du canal, dont il s'aperçut en se retournant. Il y courut vite ; mais, dans le moment qu'il allait porter le bec dessus, le grain roula dans le canal et se changea en petit poisson... »

« Mais voilà le jour, Sire, dit Scheherazade ; s'il n'eût pas sitôt paru, je suis persuadée que Votre Majesté aurait pris beaucoup de plaisir à entendre ce que je lui aurais raconté. » A ces mots elle se tut, et le sultan se leva, rempli de tous ces événements inouïs, qui lui inspirèrent une forte envie et une extrême impatience d'apprendre le reste de cette histoire.

Dinarzade, le lendemain, ne craignit pas d'interrompre le sommeil de la sultane. « Si vous ne dormez pas, ma sœur, lui dit-elle, je vous prie de reprendre le fil de cette merveilleuse histoire que vous ne pûtes achever hier. Je suis curieuse d'entendre la suite de toutes ces métamorphoses. »

Scheherazade rappela dans sa mémoire l'endroit où elle en était demeurée ; et puis, s'adressant au sultan : « Sire, dit-elle, le second calender continua de cette sorte son histoire :

« Le coq se jeta dans le canal, et se changea en un brochet qui poursuivit le petit poisson. Ils furent l'un et l'autre deux heures entières sous l'eau, et nous ne savions ce qu'ils étaient devenus, lorsque nous entendîmes des cris horribles qui nous firent frémir. Peu de temps après nous vîmes le génie et la princesse tout en feu. Ils se lancèrent l'un contre l'autre des flammes par la bouche jusqu'à ce qu'ils vinrent à se prendre corps à corps. Alors les deux feux s'augmentèrent, et jetèrent une fumée épaisse et enflammée qui s'éleva fort haut. Nous craignîmes avec raison qu'elle n'embrasât tout le palais ; mais nous eûmes bientôt un sujet de crainte beaucoup plus pressant : car le génie, s'étant débarrassé de la princesse, vint jusqu'à la galerie où nous étions, et nous souffla des tourbillons de feux. C'était fait de nous, si la princesse, accourant à notre secours, ne l'eût obligé, par ses cris, à s'éloigner et à se garder d'elle. Néanmoins, quelque diligence qu'elle fît, elle ne put empêcher que le sultan n'eût la barbe brûlée et le visage gâté ; que le chef des eunuques ne fût étouffé et consumé sur-le-champ, et qu'une étincelle n'entrât dans mon œil droit et ne me rendît borgne. Le sultan et moi nous nous attendions à périr, mais bientôt nous ouïmes crier : « Victoire, victoire ! » et nous vîmes tout à coup paraître la princesse sous sa forme naturelle, et le génie réduit en un monceau de cendres.

« La princesse s'approcha de nous, et, pour ne pas perdre de temps, elle demanda une tasse pleine d'eau, qui lui fut apportée par le jeune esclave, à qui le feu n'avait fait aucun mal. Elle la prit, et, après quelques paroles prononcées dessus, elle jeta l'eau sur moi en disant : « Si tu es

singe par enchantement, change de figure, et prends celle
d'homme, que tu avais auparavant. » A peine eut-elle
achevé ces mots que je redevins homme, tel que j'étais
avant ma métamorphose, à un œil près.

« Je me préparais à remercier la princesse ; mais elle ne
m'en donna pas le temps. Elle s'adressa au sultan son père
et lui dit : « Sire, j'ai remporté la victoire sur le génie,
comme Votre Majesté le peut voir ; mais c'est une victoire
qui me coûte cher. Il me reste peu de moment à vivre, et
vous n'aurez pas la satisfaction de faire le mariage que
vous méditiez. Le feu m'a pénétrée dans ce combat terrible, et je sens qu'il me consume peu à peu. Cela ne serait
point arrivé si je m'étais aperçue du dernier grain de la
grenade, et que je l'eusse avalé comme les autres lorsque
j'étais changée en coq. Le génie s'y était réfugié comme en
son dernier retranchement ; et de là dépendait le succès du
combat, qui aurait été heureux et sans danger pour moi.
Cette faute m'a obligée de recourir au feu, et de combattre
avec ces puissantes armes, comme je l'ai fait entre le ciel
et la terre, et en votre présence. Malgré le pouvoir de son
art redoutable et son expérience, j'ai fait connaître au
génie que j'en savais plus que lui : je l'ai vaincu et réduit en
cendres ; mais je ne puis échapper à la mort qui
s'approche... »

Scheherazade interrompit en cet endroit l'histoire du
second calender, et dit au sultan : « Sire, le jour qui paraît
m'avertit de n'en pas dire davantage ; mais, si Votre
Majesté veut bien encore me laisser vivre jusqu'à demain,
elle entendra la fin de cette histoire. » Schahriar y consentit, et se leva, suivant sa coutume, pour aller vaquer aux
affaires de son empire.

LIIe NUIT

Quelque temps avant le jour, Dinarzade, éveillée, appela
la sultane. « Ma chère sœur, lui dit-elle, si vous ne dormez
pas, je vous supplie d'achever l'histoire du second calender. » Scheherazade prit aussitôt la parole et poursuivit
ainsi son conte :

Le calender, parlant toujours à Zobéide, lui dit :
« Madame, le sultan laissa la princesse Dame de beauté
achever le récit de son combat, et, quand elle l'eut fini, il

lui dit d'un ton qui marquait la vive douleur dont il était pénétré : « Ma fille, vous voyez en quel état est votre père. Hélas ! je m'étonne que je sois encore en vie ! L'eunuque votre gouverneur est mort, et le prince que vous venez de délivrer de son enchantement a perdu un œil. » Il n'en put dire davantage : car les larmes, les soupirs et les sanglots lui coupèrent la parole. Nous fûmes extrêmement touchés de son affliction, sa fille et moi, et nous pleurâmes avec lui. Pendant que nous nous affligions comme à l'envi l'un de l'autre, la princesse se mit à crier : « Je brûle ! je brûle ! » Elle sentit que le feu qui la consumait s'était enfin emparé de tout son corps, et elle ne cessa de crier : « Je brûle ! » que la mort n'eût mis fin à ses douleurs insupportables. L'effet de ce feu fut si extraordinaire qu'en peu de moments elle fut réduite tout en cendres comme le génie.

« Je ne vous dirai pas, Madame, jusqu'à quel point je fus touché d'un spectacle si funeste. J'aurais mieux aimé être toute ma vie singe ou chien que de voir ma bienfaitrice périr si misérablement. De son côté, le sultan, affligé au-delà de tout ce qu'on peut s'imaginer, poussa des cris pitoyables en se donnant de grands coups à la tête et sur la poitrine, jusqu'à ce que, succombant à son désespoir, il s'évanouit et me fit craindre pour sa vie. Cependant les eunuques et les officiers accoururent aux cris du sultan, qu'ils n'eurent pas peu de peine à faire revenir de sa faiblesse. Ce prince et moi n'eûmes pas besoin de leur faire un long récit de cette aventure pour les persuader de la douleur que nous en avions : les deux monceaux de cendres en quoi la princesse et le génie avaient été réduits la leur firent assez concevoir. Comme le sultan pouvait à peine se soutenir, il fut obligé de s'appuyer sur ses eunuques pour gagner son appartement.

« Dès que le bruit d'un événement si tragique se fut répandu dans le palais et dans la ville, tout le monde plaignit le malheur de la princesse Dame de beauté, et prit part à l'affliction du sultan. On mena grand deuil durant sept jours ; on fit beaucoup de cérémonies : on jeta au vent les cendres du génie ; on recueillit celles de la princesse dans un vase précieux, pour y être conservées, et ce vase fut déposé dans un superbe mausolée que l'on bâtit au même endroit où les cendres avaient été recueillies.

Le chagrin que conçut le sultan de la perte de sa fille lui

causa une maladie qui l'obligea de garder le lit un mois
entier. Il n'avait pas encore entièrement recouvré sa santé
qu'il me fit appeler. « Prince, me dit-il, écoutez l'ordre que
j'ai à vous donner : il y va de votre vie si vous ne l'exé-
cutez. » Je l'assurai que j'obéirais exactement. Après quoi,
reprenant la parole : « J'avais toujours vécu, poursuivit-il,
dans une parfaite félicité, et jamais aucun accident ne
l'avait traversée ; votre arrivée a fait évanouir le bonheur
dont je jouissais. Ma fille est morte, son gouverneur n'est
plus, et ce n'est que par un miracle que je suis en vie. Vous
êtes donc la cause de tous ces malheurs, dont il n'est pas
possible que je puisse me consoler. C'est pourquoi retirez-
vous en paix, mais retirez-vous incessamment ; je périrais
moi-même si vous demeuriez ici davantage, car je suis
persuadé que votre présence porte malheur. C'est tout ce
que j'avais à vous dire. Partez, et prenez garde de paraître
jamais dans mes États, aucune considération ne m'empêcherait de vous en faire repentir. » Je voulus parler ; mais
il me ferma la bouche par des paroles remplies de colère,
et je fus obligé de m'éloigner de son palais.

« Rebuté, chassé, abandonné de tout le monde et ne
sachant ce que je deviendrais, avant que de sortir de la
ville, j'entrai dans un bain, je me fis raser la barbe et les
sourcils et pris l'habit de calender. Je me mis en chemin,
en pleurant moins ma misère que la mort des belles princesses que j'avais causée. Je traversai plusieurs pays sans
me faire connaître ; enfin je résolus de venir à Bagdad,
dans l'espérance de me faire présenter au Commandeur
des croyants et d'exciter sa compassion par le récit d'une
histoire si étrange. J'y suis arrivé ce soir, et la première
personne que j'ai rencontrée en arrivant, c'est le calender
notre frère qui vient de parler avant moi. Vous savez le
reste, Madame, et pourquoi j'ai l'honneur de me trouver
dans votre hôtel. »

Quand le second calender eut achevé son histoire,
Zobéide, à qui il avait adressé la parole, lui dit : « Voilà qui
est bien ; allez, retirez-vous où il vous plaira, je vous en
donne la permission. » Mais, au lieu de sortir, il supplia
aussi la dame de lui faire la même grâce qu'au premier
calender, auprès de qui il alla prendre place.

« Mais, Sire, dit Scheherazade en achevant ces derniers

mots, il est jour, il ne m'est pas permis de continuer. J'ose assurer néanmoins que, quelque agréable que soit l'histoire du second calender, celle du troisième n'est pas moins belle. Que Votre Majesté se consulte ; qu'elle voie si elle veut avoir la patience de l'entendre. » Le sultan, curieux de savoir si elle était aussi merveilleuse que la dernière, se leva, résolu de prolonger encore la vie de Scheherazade, quoique le délai qu'il avait accordé fût fini depuis plusieurs jours.

LIIIe NUIT

Sur la fin de la nuit suivante, Dinarzade adressa ces paroles à la sultane : « Ma chère sœur, si vous ne dormez pas, je vous prie, en attendant le jour qui paraîtra bientôt, de me raconter quelqu'un de ces beaux contes que vous savez. — Je voudrais bien, dit alors Schahriar, entendre l'histoire du troisième calender. — Sire, répondit Scheherazade, vous allez être obéi. »

Le troisième calender, ajouta-t-elle, voyant que c'était à lui à parler, s'adressant, comme les autres, à Zobéide, commença son histoire de cette manière :

HISTOIRE DU TROISIÈME CALENDER

FILS DE ROI

« Très honorable dame, ce que j'ai à vous raconter est bien différent de ce que vous venez d'entendre. Les deux princes qui ont parlé avant moi ont perdu chacun un œil par un pur effet de leur destinée, et moi, je n'ai perdu le mien que par ma faute, qu'en prévenant moi-même et cherchant mon propre malheur, comme vous l'apprendrez par la suite de mon discours.

« Je m'appelle Agib[1] et suis fils d'un roi qui se nommait Cassib. Après sa mort je pris possession de ses États et éta-

---

1. *Agib* signifie merveilleux.

blis mon séjour dans la même ville où il avait demeuré.
Cette ville est située sur le bord de la mer; elle a un port
des plus beaux et des plus sûrs, avec un arsenal assez
grand pour fournir à l'armement de cent cinquante vaisseaux de guerre toujours prêts à servir dans l'occasion,
pour en équiper cinquante en marchandises, et autant de
petites frégates légères pour les promenades et les divertissements sur l'eau. Plusieurs belles provinces composaient mon royaume en terre ferme, avec un grand
nombre d'îles considérables, presque toutes situées à la
vue de ma capitale.

« Je visitai premièrement les provinces; je fis ensuite
armer et équiper toute ma flotte, et j'allai descendre dans
mes îles, pour me concilier par ma présence le cœur de
mes sujets et les affermir dans le devoir. Quelque temps
après que j'en fus revenu, j'y retournai; et ces voyages, en
me donnant quelque teinture de la navigation, m'y firent
prendre tant de goût que je résolus d'aller faire des découvertes au-delà de mes îles. Pour cet effet, je fis équiper dix
vaisseaux seulement. Je m'embarquai et nous mîmes à la
voile. Notre navigation fut heureuse pendant quarante
jours de suite; mais, la nuit du quarante-unième, le vent
devint contraire et même si furieux que nous fûmes battus
d'une tempête violente qui pensa nous submerger. Néanmoins, à la pointe du jour, le vent s'apaisa, les nuages se
dissipèrent, et, le soleil ayant ramené le beau temps, nous
abordâmes à une île où nous nous arrêtâmes deux jours à
prendre des rafraîchissements. Cela étant fait, nous nous
remîmes en mer. Après dix jours de navigation, nous
commencions à espérer de voir terre : car la tempête que
nous avions essuyée m'avait détourné de mon dessein, et
j'avais fait prendre la route de mes États, lorsque je
m'aperçus que mon pilote ne savait où nous étions. Effectivement, le dixième jour, un matelot, commandé pour
faire la découverte au haut du grand mât, rapporta qu'à la
droite et à la gauche il n'avait vu que le ciel et la mer qui
bornassent l'horizon; mais que devant lui, du côté où nous
avions la proue, il avait remarqué une grande noirceur.

« Le pilote changea de couleur à ce récit, jeta d'une
main son turban sur le tillac, et de l'autre se frappant le
visage : « Ah! Sire! s'écria-t-il, nous sommes perdus! Personne de nous ne peut échapper au danger où nous nous

trouvons, et, avec toute mon expérience, il n'est pas en mon pouvoir de nous en garantir. » En disant ces paroles, il se mit à pleurer comme un homme qui croyait sa perte inévitable, et son désespoir jeta l'épouvante dans tout le vaisseau. Je lui demandai quelle raison il avait de se désespérer ainsi. « Hélas ! Sire, me répondit-il, la tempête que nous avons essuyée nous a tellement égarés de notre route que demain à midi nous nous trouverons près de cette noirceur, qui n'est autre chose que la Montagne Noire[1] ; et cette Montagne Noire est une mine d'aimant, qui dès à présent attire toute votre flotte, à cause des clous et des ferrements qui entrent dans la structure des vaisseaux. Lorsque nous en serons demain à une certaine distance, la force de l'aimant sera si violente que tous les clous se détacheront et iront se coller contre la montagne : vos vaisseaux se dissoudront et seront submergés. Comme l'aimant a la vertu d'attirer le fer à soi et de se fortifier par cette attraction, cette montagne, du côté de la mer, est couverte des clous d'une infinité de vaisseaux qu'elle a fait périr ; ce qui conserve et augmente en même temps cette vertu. Cette montagne, poursuivit le pilote, est très escarpée ; et au sommet il y a un dôme de bronze fin, soutenu de colonnes de même métal ; au haut du dôme paraît un cheval aussi de bronze, sur lequel est un cavalier qui a la poitrine couverte d'une plaque de plomb, sur laquelle sont gravés des caractères talismaniques. La tradition, Sire, ajouta-t-il, est que cette statue est la cause principale de la perte de tant de vaisseaux et de tant d'hommes qui ont été submergés en cet endroit, et qu'elle ne cessera d'être funeste à tous ceux qui auront le malheur d'en approcher, jusqu'à ce qu'elle soit renversée. »

« Le pilote, ayant tenu ce discours, se remit à pleurer, et ses larmes excitèrent celles de tout l'équipage. Je ne doutai pas moi-même que je ne fusse arrivé à la fin de mes jours. Chacun toutefois ne laissa pas de songer à sa conservation et de prendre pour cela toutes les mesures possibles ; et, dans l'incertitude de l'événement, ils se firent tous héritiers les uns des autres par un testament en faveur de ceux qui se sauveraient.

---

1. Ce conte de la montagne d'aimant est un de ceux qui ont été le plus imités par les romanciers du moyen âge.

« Le lendemain matin, nous aperçûmes à découvert la Montagne Noire ; et l'idée que nous en avions conçue nous la fit paraître plus affreuse qu'elle n'était. Sur le midi, nous nous en trouvâmes si près que nous éprouvâmes ce que le pilote nous avait prédit. Nous vîmes voler les clous et tous les autres ferrements de la flotte vers la montagne, où, par la violence de l'attraction, ils se collèrent avec un bruit horrible. Les vaisseaux s'entrouvrirent, et s'abîmèrent dans la mer, qui était si haute en cet endroit qu'avec la sonde nous n'aurions pu en découvrir la profondeur. Tous mes gens furent noyés ; mais Dieu eut pitié de moi, et permit que je me sauvasse en me saisissant d'une planche qui fut poussée par le vent droit au pied de la montagne. Je ne me fis pas le moindre mal, mon bonheur m'ayant fait aborder à un endroit où il y avait des degrés pour monter au sommet... »

Scheherazade voulait poursuivre ce conte ; mais le jour qui vint à paraître lui imposa silence. Le sultan jugea bien par ce commencement que la sultane ne l'avait pas trompé. Ainsi, il n'y a pas lieu de s'étonner s'il ne la fit pas encore mourir ce jour-là.

LIVᵉ NUIT

« Au nom de Dieu, ma sœur, s'écria le lendemain Dinarzade, si vous ne dormez pas, continuez, je vous en conjure, l'histoire du troisième calender. — Ma chère sœur, répondit Scheherazade, voici comment ce prince la reprit :

« A la vue de ces degrés, dit-il (car il n'y avait pas de terrain ni à droite ni à gauche où l'on pût mettre le pied, et par conséquent se sauver), je remerciai Dieu, et invoquai son saint nom en commençant à monter. L'escalier était si étroit, si raide et si difficile, que, pour peu que le vent eût eu de violence, il m'aurait renversé et précipité dans la mer. Mais enfin j'arrivai jusqu'au haut sans accident ; j'entrai sous le dôme, et, me prosternant contre terre, je remerciai Dieu de la grâce qu'il m'avait faite.

« Je passai la nuit sous le dôme. Pendant que je dormais, un vénérable vieillard s'apparut à moi et me dit : « Écoute, Agib : lorsque tu seras éveillé, creuse la terre sous tes pieds; tu y trouveras un arc de bronze, et trois flèches de plomb, fabriquées sous certaines constellations, pour délivrer le genre humain de tant de maux qui le menacent. Tire les trois flèches contre la statue : le cavalier tombera dans la mer, et le cheval de ton côté, que tu enterreras au même endroit d'où tu auras tiré l'arc et les flèches. Cela fait, la mer s'enflera et montera jusqu'au pied du dôme, à la hauteur de la montagne. Lorsqu'elle y sera montée, tu verras aborder une chaloupe où il n'y aura qu'un seul homme avec une rame à chaque main. Cet homme sera de bronze, mais différent de celui que tu auras renversé. Embarque-toi avec lui sans prononcer le nom de Dieu, et te laisse conduire. Il te conduira en dix jours dans une autre mer, où tu trouveras le moyen de retourner chez toi sain et sauf, pourvu que, comme je te l'ai déjà dit, tu ne prononces pas le nom de Dieu pendant tout le voyage. »

« Tel fut le discours du vieillard. D'abord que je fus éveillé, je me levai extrêmement consolé de cette vision, et je ne manquai pas de faire ce que le vieillard m'avait commandé. Je déterrai l'arc et les flèches, et les tirai contre le cavalier. A la troisième flèche, je le renversai dans la mer, et le cheval tomba de mon côté. Je l'enterrai à la place de l'arc et des flèches, et dans cet intervalle la mer s'enfla et s'éleva peu à peu. Lorsqu'elle fut arrivée au pied du dôme, à la hauteur de la montagne, je vis de loin sur la mer une chaloupe qui venait à moi. Je bénis Dieu, voyant que les choses succédaient conformément au songe que j'avais eu.

« Enfin la chaloupe aborda, et j'y vis l'homme de bronze tel qu'il m'avait été dépeint. Je m'embarquai, et me gardai bien de prononcer le nom de Dieu; je ne dis pas même un seul autre mot. Je m'assis; et l'homme de bronze recommença de ramer en s'éloignant de la montagne. Il vogua sans discontinuer jusqu'au neuvième jour que je vis des îles, qui me firent espérer que je serais bientôt hors du danger que j'avais à craindre. L'excès de ma joie me fit oublier la défense qui m'avait été faite : « Dieu soit béni! dis-je alors; Dieu soit loué! »

« Je n'eus pas achevé ces paroles que la chaloupe s'enfonça dans la mer avec l'homme de bronze. Je demeurai sur l'eau, et je nageai le reste du jour du côté de la terre

qui me parut la plus voisine. Une nuit fort obscure succéda ; et, comme je ne savais plus où j'étais, je nageais à
l'aventure. Mes forces s'épuisèrent à la fin, et je commençais à désespérer de me sauver, lorsque, le vent venant à se
fortifier, une vague plus grosse qu'une montagne me jeta
sur une plage où elle me laissa en se retirant. Je me hâtai
aussitôt de prendre terre, de crainte qu'une autre vague ne
me reprît ; et la première chose que je fis fut de me
dépouiller, d'exprimer l'eau de mon habit, et de l'étendre
pour le faire sécher sur le sable qui était encore échauffé
de la chaleur du jour.

« Le lendemain, le soleil eut bientôt achevé de sécher
mon habit. Je le repris, et m'avançai pour reconnaître où
j'étais. Je n'eus pas marché longtemps, que je connus que
j'étais dans une petite île déserte fort agréable, où il y avait
plusieurs sortes d'arbres fruitiers et sauvages. Mais je
remarquai qu'elle était considérablement éloignée de
terre, ce qui diminua fort la joie que j'avais d'être échappé
de la mer. Néanmoins je me remettais à Dieu du soin de
disposer de mon sort selon sa volonté, quand j'aperçus un
petit bâtiment qui venait de terre ferme à pleines voiles et
avait la proue sur l'île où j'étais.

« Comme je ne doutais pas qu'il n'y vînt mouiller, et que
j'ignorais si les gens qui étaient dessus seraient amis ou
ennemis, je crus ne devoir pas me montrer d'abord. Je
montai sur un arbre fort touffu, d'où je pouvais impunément examiner leur contenance. Le bâtiment vint se ranger dans une petite anse, où débarquèrent dix esclaves qui
portaient une pelle et d'autres instruments propres à
remuer la terre. Ils marchèrent vers le milieu de l'île, où je
les vis s'arrêter et remuer la terre quelque temps ; et, à leur
action, il me parut qu'ils levèrent une trappe. Ils retournèrent ensuite au bâtiment, débarquèrent plusieurs sortes
de provisions et de meubles, et en firent chacun une
charge, qu'ils portèrent à l'endroit où ils avaient remué la
terre, et ils y descendirent ; ce qui me fit comprendre qu'il
y avait là un lieu souterrain. Je les vis encore une fois aller
au vaisseau, et en ressortir peu de temps après avec un
vieillard qui menait avec lui un jeune homme de quatorze
ou quinze ans, très bien fait. Ils descendirent tous où la
trappe avait été levée ; et, quand ils furent remontés, qu'ils
eurent abaissé la trappe, qu'ils l'eurent recouverte de terre,

et qu'ils reprirent le chemin de l'anse où était le navire, je
remarquai que le jeune homme n'était pas avec eux, d'où
je conclus qu'il était resté dans le lieu souterrain, circonstance qui me causa un extrême étonnement.

« Le vieillard et les esclaves se rembarquèrent; et le bâtiment, ayant remis à la voile, reprit la route de la terre
ferme. Quand je le vis si éloigné que je ne pouvais être
aperçu de l'équipage, je descendis de l'arbre, et me rendis
promptement à l'endroit où j'avais vu remuer la terre. Je la
remuai à mon tour, jusqu'à ce que, trouvant une pierre de
deux ou trois pieds en carré, je la levai, et je vis qu'elle
couvrait l'entrée d'un escalier aussi de pierre. Je le descendis, et me trouvai au bas dans une grande chambre où il y
avait un tapis de pied et un sofa garni d'un autre tapis et
de coussins d'une riche étoffe, où le jeune homme était
assis avec un éventail à la main. Je distinguai toutes ces
choses à la clarté de deux bougies, aussi bien que des
fruits et des pots de fleurs qu'il avait près de lui. Le jeune
homme fut effrayé de ma vue; mais, pour le rassurer, je
lui dis en entrant : « Qui que vous soyez, Seigneur, ne craignez rien : un roi et fils de roi tel que je suis n'est pas
capable de vous faire la moindre injure. C'est au contraire
votre bonne destinée qui a voulu apparemment que je me
trouvasse ici pour vous tirer de ce tombeau, où il semble
qu'on vous ait enterré tout vivant pour des raisons que
j'ignore. Mais ce qui m'embarrasse, et ce que je ne puis
concevoir (car je vous dirai que j'ai été témoin de tout ce
qui s'est passé depuis que vous êtes arrivé dans cette île),
c'est qu'il m'a paru que vous vous êtes laissé ensevelir dans
ce lieu sans résistance... »

Scheherazade se tut en cet endroit, et le sultan se leva
très impatient d'apprendre pourquoi ce jeune homme
avait ainsi été abandonné dans une île déserte; ce qu'il se
promit d'entendre la nuit suivante.

LVᵉ NUIT

Dinarzade, lorsqu'il en fut temps, appela la sultane. « Si
vous ne dormez pas, ma sœur, lui dit-elle, je vous prie de
reprendre l'histoire du troisième calender. » Scheherazade
ne se le fit pas répéter, et la poursuivit de cette sorte :

« Le jeune homme, continua le troisième calender, se

rassura à ces paroles, et me pria d'un air riant de m'asseoir près de lui. Dès que je fus assis : « Prince, me dit-il, je vais vous apprendre une chose qui vous surprendra par sa singularité. Mon père est un marchand joaillier qui a acquis de grands biens par son travail et par son habileté dans sa profession. Il a un grand nombre d'esclaves et de commissionnaires, qui font des voyages par mer sur des vaisseaux qui lui appartiennent, afin d'entretenir les correspondances qu'il a en plusieurs cours où il fournit les pierreries dont on a besoin. Il y avait longtemps qu'il était marié sans avoir eu d'enfants, lorsqu'il apprit qu'il aurait un fils, dont la vie néanmoins ne serait pas de longue durée ; ce qui lui donna beaucoup de chagrin à son réveil. Quelques jours après, ma mère lui annonça qu'elle était grosse ; et le temps qu'elle croyait avoir conçu s'accordait fort avec le jour du songe de mon père. Elle accoucha de moi dans le terme des neuf mois, et ce fut une grande joie dans la famille. Mon père, qui avait exactement observé le moment de ma naissance, consulta les astrologues, qui lui dirent : « Votre fils vivra sans nul accident jusqu'à l'âge de quinze ans. Mais alors il courra risque de perdre la vie, et il sera difficile qu'il en échappe. Si néanmoins son bonheur veut qu'il ne périsse pas, sa vie sera de longue durée. C'est qu'en ce temps-là, ajoutèrent-ils, la statue équestre de bronze qui est au haut de la montagne d'aimant aura été renversée dans la mer par le prince Agib, fils du roi Cassib, et que les astres marquent que, cinquante jours après, votre fils doit être tué par ce prince. » Comme cette prédiction s'accordait avec le songe de mon père, il en fut vivement frappé et affligé. Il ne laissa pas pourtant de prendre beaucoup de soin de mon éducation, jusqu'à cette présente année, qui est la quinzième de mon âge. Il apprit hier que depuis dix jours le cavalier de bronze a été jeté dans la mer par le prince que je viens de vous nommer. Cette nouvelle lui a coûté tant de pleurs, et causé tant d'alarmes, qu'il n'est pas reconnaissable dans l'état où il est. Sur la prédiction des astrologues, il a cherché les moyens de tromper mon horoscope et de me conserver la vie. Il y a longtemps qu'il a pris la précaution de faire bâtir cette demeure, pour m'y tenir caché durant cinquante jours, dès qu'il apprendrait que la statue serait renversée. C'est pourquoi, comme il a su qu'elle l'était depuis dix jours, il est venu promptement me cacher ici, et il a promis que dans quarante jours il viendrait me reprendre. Pour moi, ajouta-t-il, j'ai bonne espérance, et je ne crois pas que le prince Agib vienne me chercher sous terre, au milieu d'une île déserte. Voilà, Seigneur, ce que j'avais à vous dire. »

« Pendant que le fils du joaillier me racontait son histoire, je me moquais en moi-même des astrologues qui avaient prédit que je lui ôterais la vie ; et je me sentais si éloigné de vérifier la prédiction qu'à peine eut-il achevé de parler je lui dis avec transport : « Mon cher seigneur, ayez de la confiance en la bonté de Dieu, et ne craignez rien. Comptez que c'était une dette que vous aviez à payer, et que vous en êtes quitte dès à présent. Je suis ravi, après avoir fait naufrage, de me trouver heureusement ici pour vous défendre contre ceux qui voudraient attenter à votre vie. Je ne vous abandonnerai pas durant ces quarante jours que les vaines conjectures des astrologues vous font appréhender. Je vous rendrai, pendant ce temps-là, tous les services qui dépendront de moi. Après cela, je profiterai de l'occasion de gagner la terre ferme, en m'embarquant avec vous sur votre bâtiment, avec la permission de votre père et la vôtre ; et, quand je serai de retour en mon royaume, je n'oublierai point l'obligation que je vous aurai, et je tâcherai de vous en témoigner ma reconnaissance de la manière que je le devrai. »

« Je rassurai par ce discours le fils du joaillier, et m'attirai sa confiance. Je me gardai bien, de peur de l'épouvanter, de lui dire que j'étais cet Agib qu'il craignait, et je pris grand soin de ne lui en donner aucun soupçon. Nous nous entretînmes de plusieurs choses jusqu'à la nuit, et je connus que le jeune homme avait beaucoup d'esprit. Nous mangeâmes ensemble de ses provisions. Il en avait une si grande quantité qu'il en aurait eu de reste au bout de quarante jours, quand il aurait eu d'autres hôtes que moi. Après le souper, nous continuâmes de nous entretenir quelque temps, et ensuite nous nous couchâmes.

« Le lendemain, à son lever, je lui présentai le bassin et l'eau. Il se lava, je préparai le dîner, et le servis quand il en fut temps. Après le repas, j'inventai un jeu pour nous désennuyer, non seulement ce jour-là, mais encore les suivants. Je préparai le souper de la même manière que

j'avais apprêté le dîner. Nous soupâmes et nous nous couchâmes comme le jour précédent. Nous eûmes le temps de
contracter amitié ensemble. Je m'aperçus qu'il avait de
l'inclination pour moi; et de mon côté j'en avais conçu une
si forte pour lui que je me disais souvent à moi-même que
les astrologues qui avaient prédit au père que son fils
serait tué par mes mains étaient des imposteurs, et qu'il
n'était pas possible que je pusse commettre une si
méchante action. Enfin, Madame, nous passâmes trente-
neuf jours le plus agréablement du monde dans ce lieu
souterrain.

« Le quarantième arriva. Le matin, le jeune homme, en
s'éveillant, me dit avec un transport de joie dont il ne fut
pas le maître : « Prince, me voilà aujourd'hui au quarantième jour, et je ne suis pas mort, grâce à Dieu et à votre
bonne compagnie. Mon père ne manquera pas tantôt de
vous en marquer sa reconnaissance, et de vous fournir
tous les moyens et toutes les commodités nécessaires pour
vous en retourner dans votre royaume. Mais, en attendant, ajouta-t-il, je vous supplie de vouloir bien faire
chauffer de l'eau pour me laver tout le corps dans le bain
portatif; je veux me décrasser et changer d'habit, pour
mieux recevoir mon père. » Je mis de l'eau sur le feu; et,
lorsqu'elle fut tiède, j'en remplis le bain portatif. Le jeune
homme se mit dedans; je le lavai et le frottai moi-même. Il
en sortit ensuite, se coucha dans son lit que j'avais préparé, et je le couvris de sa couverture. Après qu'il se fut
reposé, et qu'il eut dormi quelque temps : « Mon prince,
me dit-il, obligez-moi de m'apporter un melon et du sucre,
que j'en mange pour me rafraîchir. »

« De plusieurs melons qui nous restaient, je choisis le
meilleur, et le mis dans un plat; et, comme je ne trouvais
pas de couteau pour le couper, je demandai au jeune
homme s'il ne savait pas où il y en avait. « Il y en a un, me
répondit-il, sur cette corniche au-dessus de ma tête. »
Effectivement, j'y en aperçus un; mais je me pressai si fort
pour le prendre, et, dans le temps que je l'avais à la main,
mon pied s'embarrassa de sorte dans la couverture, que je
glissai, et tombai si malheureusement sur le jeune homme
que je lui enfonçai le couteau dans le cœur. Il expira dans
le moment.

« A ce spectacle, je poussai des cris épouvantables. Je

me frappai la tête, le visage et la poitrine. Je déchirai mon habit, et me jetai par terre avec une douleur et des regrets inexprimables. « Hélas! m'écriai-je, il ne lui restait que quelques heures pour être hors du danger contre lequel il avait cherché un asile, et, dans le temps que je compte moi-même que le péril est passé, c'est alors que je deviens son assassin et que je rends la prédiction véritable. Mais, Seigneur, ajoutai-je en levant la tête et les mains au ciel, je vous en demande pardon; et, si je suis coupable de sa mort, ne me laissez pas vivre plus longtemps... »

Scheherazade, voyant paraître le jour en cet endroit, fut obligée d'interrompre ce récit funeste. Le sultan des Indes en fut ému; et, se sentant quelque inquiétude sur ce que deviendrait après cela le calender, il se garda bien de faire mourir ce jour-là Scheherazade, qui seule pouvait le tirer de peine.

LVIᵉ NUIT

Dinarzade, suivant sa coutume, éveilla la sultane le lendemain. « Si vous ne dormez pas, ma sœur, lui dit-elle, je vous prie de nous raconter ce qui se passa après la mort du jeune homme. » Scheherazade prit aussitôt la parole et parla de cette sorte :

« Madame, poursuivit le troisième calender en s'adressant à Zobéide, après le malheur qui venait de m'arriver, j'aurais reçu la mort sans frayeur; si elle s'était présentée à moi. Mais le mal, ainsi que le bien, ne nous arrive pas toujours lorsque nous le souhaitons. Néanmoins, faisant réflexion que mes larmes et ma douleur ne feraient pas revivre le jeune homme, et que, les quarante jours finissant, je pouvais être surpris par son père, je sortis de cette demeure souterraine, et montai au haut de l'escalier. J'abaissai la grosse pierre sur l'entrée, et la couvris de terre.

« J'eus à peine achevé que, portant la vue sur la mer du côté de la terre ferme, j'aperçus le bâtiment qui venait reprendre le jeune homme. Alors, me consultant sur ce que j'avais à faire, je dis en moi-même : « Si je me fais voir, le vieillard ne manquera pas de me faire arrêter et massacrer peut-être par ses esclaves, quand il aura vu son fils dans l'état où je l'ai mis. Tout ce que je pourrai allé-

guer pour me justifier ne le persuadera point de mon
innocence. Il vaut mieux, puisque j'en ai le moyen, me
soustraire à son ressentiment que de m'y exposer. » Il y
avait près du lieu souterrain un gros arbre dont l'épais
feuillage me parut propre à me cacher. J'y montai, et je ne
me fus pas plus tôt placé de manière que je ne pouvais être
aperçu que je vis aborder le bâtiment au même endroit
que la première fois.

« Le vieillard et les esclaves débarquèrent bientôt, et
s'avancèrent vers la demeure souterraine, d'un air qui
marquait qu'ils avaient quelque espérance; mais,
lorsqu'ils virent la terre nouvellement remuée, ils changèrent de visage, et particulièrement le vieillard. Ils
levèrent la pierre et descendirent. Ils appellent le jeune
homme par son nom, il ne répond point : leur crainte
redouble; ils le cherchent et le trouvent enfin étendu sur
son lit, avec le couteau au milieu du cœur : car je n'avais
pas eu le courage de l'ôter. A cette vue, ils poussèrent des
cris de douleur qui renouvelèrent la mienne; le vieillard
tomba évanoui; ses esclaves, pour lui donner de l'air,
l'apportèrent en haut entre leurs bras, et le posèrent au
pied de l'arbre où j'étais. Mais, malgré tous leurs soins, ce
malheureux père demeura longtemps en cet état, et leur
fit plus d'une fois désespérer de sa vie.

« Il revint toutefois de ce long évanouissement. Alors les
esclaves apportèrent le corps de son fils, revêtu de ses plus
beaux habillements, et, dès que la fosse qu'on lui faisait
fut achevée, on l'y descendit. Le vieillard, soutenu par
deux esclaves et le visage baigné de larmes, lui jeta le premier un peu de terre, après quoi les esclaves en
comblèrent la fosse.

« Cela étant fait, l'ameublement de la demeure souterraine fut enlevé et embarqué avec le reste des provisions.
Ensuite le vieillard, accablé de douleur, ne pouvant se soutenir, fut mis sur une espèce de brancard et transporté
dans le vaisseau, qui remit à la voile. Il s'éloigna de l'île en
peu de temps, et je le perdis de vue... »

Le jour, qui éclairait déjà l'appartement du sultan des
Indes, obligea Scheherazade à s'arrêter en cet endroit.
Schahriar se leva à son ordinaire, et, par la même raison
que le jour précédent, prolongea encore la vie de la sultane, qu'il laissa avec Dinarzade.

Le lendemain, avant le jour, Dinarzade adressa ces paroles à la sultane : « Ma chère sœur, si vous ne dormez pas, je vous prie de poursuivre les aventures du troisième calender. — Eh bien, ma sœur, répondit Scheherazade, vous saurez que ce prince continua de les raconter ainsi à Zobéide et à sa compagnie :

« Après le départ, dit-il, du vieillard, de ses esclaves et du navire, je restai seul dans l'île : je passais la nuit dans la demeure souterraine qui n'avait pas été rebouchée, et, le jour, je me promenais autour de l'île, et m'arrêtais dans les endroits les plus propres à prendre du repos quand j'en avais besoin.

« Je menai cette vie ennuyeuse pendant un mois. Au bout de ce temps-là, je m'aperçus que la mer diminuait considérablement, et que l'île devenait plus grande; il semblait que la terre ferme s'approchait. Effectivement, les eaux devinrent si basses qu'il n'y avait plus qu'un petit trajet de mer entre moi et la terre ferme. Je le traversai, et n'eus de l'eau presque qu'à mi-jambe. Je marchai si long-temps sur la plage et sur le sable que j'en fus très fatigué. A la fin, je gagnai un terrain plus ferme; et j'étais déjà assez éloigné de la mer lorsque je vis fort loin au-devant de moi comme un grand feu, ce qui me donna quelque joie. « Je trouverai quelqu'un, disais-je, et il n'est pas possible que ce feu se soit allumé de lui-même. » Mais à mesure que je m'en approchais mon erreur se dissipait, et je reconnus bientôt que ce que j'avais pris pour du feu était un château de cuivre rouge, que les rayons du soleil faisaient paraître de loin comme enflammé.

« Je m'arrêtai près de ce château, et m'assis, autant pour en considérer la structure admirable que pour me remettre un peu de ma lassitude. Je n'avais pas encore donné à cette maison magnifique toute l'attention qu'elle méritait, quand j'aperçus dix jeunes hommes fort bien faits, qui paraissaient venir de la promenade. Mais, ce qui me parut assez surprenant, ils étaient tous borgnes de l'œil droit. Ils accompagnaient un vieillard d'une taille haute et d'un air vénérable.

« J'étais étrangement étonné de rencontrer tant de borgnes à la fois, et tous privés du même œil. Dans le

temps que je cherchais dans mon esprit par quelle aventure ils pouvaient être assemblés, ils m'abordèrent et me
témoignèrent de la joie de me voir. Après les premiers
compliments, ils me demandèrent ce qui m'avait amené
là. Je leur répondis que mon histoire était un peu longue,
et que, s'ils voulaient prendre la peine de s'asseoir, je leur
donnerais la satisfaction qu'ils souhaitaient. Ils s'assirent,
et je leur racontai ce qui m'était arrivé depuis que j'étais
sorti de mon royaume jusqu'alors, ce qui leur causa une
grande surprise.

« Après que j'eus achevé mon discours, ces jeunes seigneurs me prièrent d'entrer avec eux dans le château.
J'acceptai leur offre ; nous traversâmes une enfilade de salles, d'antichambres, de chambres et de cabinets fort proprement meublés, et nous arrivâmes dans un grand salon
où il y avait en rond dix petits sofas bleus et séparés, tant
pour s'asseoir et se reposer le jour que pour dormir la
nuit. Au milieu de ce rond était un onzième sofa moins
élevé, et de la même couleur, sur lequel se plaça le vieillard dont on a parlé, et les jeunes seigneurs s'assirent sur
les dix autres.

« Comme chaque sofa ne pouvait tenir qu'une personne,
un de ces jeunes gens me dit : « Camarade, asseyez-vous
sur le tapis au milieu de la place, et ne vous informez de
quoi que ce soit qui nous regarde, non plus que du sujet
pourquoi nous sommes tous borgnes de l'œil droit ;
contentez-vous de voir, et ne portez pas plus loin votre
curiosité. »

« Le vieillard ne demeura pas longtemps assis ; il se leva
et sortit ; mais il revint quelques moments après, appor-
tant le souper des dix seigneurs, auxquels il distribua à
chacun sa portion en particulier. Il me servit aussi la
mienne, que je mangeai seul à l'exemple des autres ; et, sur
la fin du repas, le même vieillard nous présenta une tasse
de vin à chacun.

« Mon histoire leur avait paru si extraordinaire qu'ils
me la firent répéter à l'issue du souper, et elle donna lieu à
un entretien qui dura une grande partie de la nuit. Un des
seigneurs, faisant réflexion qu'il était tard, dit au vieillard :
« Vous voyez qu'il est temps de dormir, et vous ne nous
apportez pas de quoi nous acquitter de notre devoir. » A
ces mots, le vieillard se leva et entra dans un cabinet, d'où

il apporta sur sa tête dix bassins l'un après l'autre, tous couverts d'une étoffe bleue. Il en posa un avec un flambeau devant chaque seigneur.

« Ils découvrirent leurs bassins, dans lesquels il y avait de la cendre, du charbon en poudre et du noir à noircir. Ils mêlèrent toutes ces choses ensemble, et commencèrent à s'en frotter et barbouiller le visage, de manière qu'ils étaient affreux à voir. Après s'être noircis de la sorte, ils se mirent à pleurer, à se lamenter et à se frapper la tête et la poitrine, en criant sans cesse : *Voilà le fruit de notre oisiveté et de nos débauches*.

« Ils passèrent presque toute la nuit dans cette étrange occupation. Ils la cessèrent enfin ; après quoi le vieillard leur apporta de l'eau dont ils se lavèrent le visage et les mains ; ils quittèrent aussi leurs habits, qui étaient gâtés, et en prirent d'autres ; de sorte qu'il ne paraissait pas qu'ils eussent rien fait des choses étonnantes dont je venais d'être spectateur.

« Jugez, Madame, de la contrainte où j'avais été durant tout ce temps-là. J'avais été mille fois tenté de rompre le silence que ces seigneurs m'avaient imposé, pour leur faire des questions, et il me fut impossible de dormir le reste de la nuit.

« Le jour suivant, d'abord que nous fûmes levés, nous sortîmes pour prendre l'air, et alors je leur dis : « Seigneurs, je vous déclare que je renonce à la loi que vous me prescrivîtes hier au soir ; je ne puis l'observer. Vous êtes des gens sages, et vous avez tous de l'esprit infiniment, vous me l'avez fait assez connaître ; néanmoins je vous ai vu faire des actions dont tout autres personnes que des insensés ne peuvent être capables. Quelque malheur qui puisse m'arriver, je ne saurais m'empêcher de vous demander pourquoi vous vous êtes barbouillé le visage de cendre, de charbon et de noir à noircir, et enfin pourquoi vous n'avez tous qu'un œil ; il faut que quelque chose de singulier en soit la cause : c'est pourquoi je vous conjure de satisfaire ma curiosité. » A des instances si pressantes, ils ne répondirent rien, sinon que les demandes que je leur faisais ne me regardaient pas ; que je n'y avais pas le moindre intérêt, et que je demeurasse en repos.

« Nous passâmes la journée à nous entretenir de choses indifférentes ; et, quand la nuit fut venue, après avoir tous soupé séparément, le vieillard apporta encore les bassins bleus; les jeunes seigneurs se barbouillèrent, ils pleurèrent, se frappèrent, et crièrent : *Voilà le fruit de notre oisiveté et de nos débauches.* Ils firent, le lendemain et les nuits suivantes, la même action.

« A la fin je ne pus résister à ma curiosité, et je les priai très sérieusement de la contenter, ou de m'enseigner par quel chemin je pourrais retourner dans mon royaume : car je leur dis qu'il ne m'était pas possible de demeurer plus longtemps avec eux et d'avoir toutes les nuits un spectacle si extraordinaire sans qu'il me fût permis d'en savoir les motifs.

« Un des seigneurs me répondit pour tous les autres : « Ne vous étonnez pas de notre conduite à votre égard; si jusqu'à présent nous n'avons pas cédé à vos prières, ce n'a été que par pure amitié pour vous, et que pour vous épargner le chagrin d'être réduit au même état où vous nous voyez. Si vous voulez bien éprouver notre malheureuse destinée, vous n'avez qu'à parler, nous allons vous donner la satisfaction que vous nous demandez. » Je leur dis que j'étais résolu à tout événement. « Encore une fois, reprit le même seigneur, nous vous conseillons de modérer votre curiosité; il y va de la perte de votre œil droit. — Il n'importe, repartis-je, je vous déclare que, si ce malheur m'arrive, je ne vous en tiendrai pas coupables, et que je ne l'imputerai qu'à moi-même. » Il me représenta encore que, quand j'aurais perdu un œil, je ne devais point espérer de demeurer avec eux, supposé que j'eusse cette pensée, parce que leur nombre était complet et qu'il ne pouvait pas être augmenté. Je leur dis que je me ferais un plaisir de ne me séparer jamais d'aussi honnêtes gens qu'eux; mais que, si c'était une nécessité, j'étais prêt encore à m'y soumettre, puisque, à quelque prix que ce fût, je souhaitais qu'ils m'accordassent ce que je leur demandais.

« Les dix seigneurs, voyant que j'étais inébranlable dans ma résolution, prirent un mouton qu'ils égorgèrent, et, après lui avoir ôté la peau, ils me présentèrent le couteau dont ils s'étaient servis et me dirent : « Prenez ce couteau, il vous servira dans l'occasion que nous vous dirons bientôt. Nous allons vous coudre dans cette peau, dont il faut que vous vous enveloppiez, ensuite nous vous laisserons sur la place, et nous nous retirerons. Alors un oiseau d'une grosseur énorme, qu'on appelle roc[1], paraîtra dans l'air, et, vous prenant pour un mouton, fondra sur vous et vous enlèvera jusqu'aux nues; mais que cela ne vous épouvante pas. Il reprendra son vol vers la terre et vous posera sur la cime d'une montagne. D'abord que vous vous sentirez à terre, fendez la peau avec le couteau et vous développez. Le roc ne vous aura pas plus tôt vu qu'il s'envolera de peur, et vous laissera libre. Ne vous arrêtez point, marchez jusqu'à ce que vous arriviez à un château d'une grandeur prodigieuse, tout couvert de plaques d'or, de grosses émeraudes et d'autres pierreries fines. Présentez-vous à la porte, qui est toujours ouverte, et entrez. Nous avons été dans ce château tous tant que nous sommes ici. Nous ne vous disons rien de ce que nous y avons vu, ni de ce qui nous est arrivé; vous l'apprendrez par vous-même. Ce que nous pouvons vous dire, c'est qu'il nous en coûte à chacun notre œil droit; et la pénitence dont vous avez été témoin est une chose que nous sommes obligés de faire pour y avoir été. L'histoire de chacun de nous en particulier est remplie d'aventures extraordinaires, et on en ferait un gros livre; mais nous ne pouvons vous en dire davantage. »

En achevant ces mots, Scheherazade interrompit son conte, et dit au sultan des Indes : « Sire, comme ma sœur m'a réveillée aujourd'hui un peu plus tôt que de coutume, je commençais à craindre d'ennuyer Votre Majesté; mais voilà le jour qui paraît à propos, et m'impose silence. » La curiosité de Schahriar l'emporta encore sur le serment cruel qu'il avait fait.

LVIIIe NUIT

Dinarzade ne fut pas si matineuse cette nuit que la précédente; elle ne laissa pas néanmoins d'appeler la sultane avant le jour. « Si vous ne dormez pas, ma sœur, lui dit-elle, je vous prie de continuer l'histoire du troisième calender. » Scheherazade la poursuivit ainsi, en faisant toujours parler le calender à Zobéide :

---

1. Le *roc* est un grand oiseau de proie fabuleux, de la forme d'un aigle, et qui avait, disait-on, la force d'enlever l'éléphant et le rhinocéros.

« Madame, un des dix seigneurs borgnes m'ayant tenu le discours que je viens de vous rapporter, je m'enveloppai dans la peau de mouton, saisi du couteau qui m'avait été donné ; et, après que les jeunes seigneurs eurent pris la peine de me coudre dedans, ils me laissèrent sur la place et se retirèrent dans leur salon. Le roc dont ils m'avaient parlé ne fut pas longtemps à se faire voir ; il fondit sur moi, me prit entre ses griffes comme un mouton, et me transporta au haut d'une montagne.

« Lorsque je me sentis à terre, je ne manquai pas de me servir du couteau ; je fendis la peau, me développai, et parus devant le roc, qui s'envola dès qu'il m'aperçut. Ce roc est un oiseau blanc, d'une grandeur et d'une grosseur monstrueuses. Pour sa force, elle est telle qu'il enlève les éléphants dans les plaines, et les porte sur le sommet des montagnes où il en fait sa pâture.

« Dans l'impatience que j'avais d'arriver au château, je ne perdis point de temps, et je pressai si bien le pas qu'en moins d'une demi-journée je m'y rendis ; et je puis dire que je le trouvai encore plus beau qu'on ne me l'avait dépeint. La porte était ouverte. J'entrai dans une cour carrée et si vaste qu'il y avait autour quatre-vingt-dix-neuf portes de bois de sandal et d'aloès et une d'or, sans compter celles de plusieurs escaliers magnifiques qui conduisaient aux appartements d'en haut, d'autres encore que je ne voyais pas. Les cent que je dis donnaient entrée dans des jardins ou des magasins remplis de richesses, ou enfin dans des lieux qui renfermaient des choses surprenantes à voir.

« Je vis en face une porte ouverte, par où j'entrai dans un grand salon où étaient assises quarante jeunes dames d'une beauté si parfaite que l'imagination même ne saurait aller au-delà. Elles étaient habillées très magnifiquement. Elles se levèrent toutes ensemble sitôt qu'elles m'aperçurent, et, sans attendre mon compliment, elles me dirent avec de grandes démonstrations de joie : « Brave seigneur, soyez le bienvenu, soyez le bienvenu » ; et une d'entre elles, prenant la parole pour les autres : « Il y a longtemps, dit-elle, que nous attendions un cavalier comme vous. Votre air nous marque assez que vous avez toutes les bonnes qualités que nous pouvons souhaiter, et nous espérons que vous ne trouverez pas notre compagnie désagréable et indigne de vous. »

« Après beaucoup de résistance de ma part, elles me for-
cèrent de m'asseoir dans une place un peu élevée au-
dessus des leurs, et, comme je témoignais que cela me faisait de la peine : « C'est votre place, me dirent-elles ; vous
êtes de ce moment notre seigneur, notre maître et notre
juge, et nous sommes vos esclaves, prêtes à recevoir vos
commandements. »

« Rien au monde, Madame, ne m'étonna tant que
l'ardeur et l'empressement de ces belles filles à me rendre
tous les services imaginables. L'une apporta de l'eau
chaude et me lava les pieds ; une autre me versa de l'eau de
senteur sur les mains ; celles-ci apportèrent tout ce qui
était nécessaire pour me faire changer d'habillement ;
celles-là servirent une collation magnifique ; et d'autres
enfin se présentèrent le verre à la main, prêtes à me verser
d'un vin délicieux ; et tout cela s'exécutait sans confusion,
avec un ordre, une union admirable et des manières dont
j'étais charmé. Je bus et mangeai. Après quoi toutes les
dames, s'étant placées autour de moi, me demandèrent
une relation de mon voyage. Je leur fis un détail de mes
aventures, qui dura jusqu'à l'entrée de la nuit... »

Scheherazade s'étant arrêtée en cet endroit, sa sœur lui
en demanda la raison. « Ne voyez-vous pas bien qu'il est
jour ? répondit la sultane. Pourquoi ne m'avez-vous pas
plus tôt éveillée ? » Le sultan, à qui l'arrivée du calender au
palais des quarante belles dames promettait d'agréables
choses, ne voulant pas se priver du plaisir de les entendre,
différa encore la mort de la sultane.

LIXᵉ NUIT

Dinarzade ne fut pas plus diligente cette nuit que la dernière, et il était presque jour lorsqu'elle dit à la sultane :
« Ma chère sœur, si vous ne dormez pas, je vous supplie de
m'apprendre ce qui se passa dans le beau château où vous
nous laissâtes hier. — Je vais vous le dire », répondit Scheherazade ; et, s'adressant au sultan :

Sire, poursuivit-elle, le prince calender reprit sa narration dans ces termes :
« Lorsque j'eus achevé de raconter mon histoire aux
quarante dames, quelques-unes de celles qui étaient

assises le plus près de moi demeurèrent pour m'entretenir pendant que d'autres, voyant qu'il était nuit, se levèrent pour aller quérir des bougies. Elles en apportèrent une prodigieuse quantité, qui répara merveilleusement la clarté du jour; mais elles les disposèrent avec tant de symétrie qu'il semblait qu'on n'en pouvait moins souhaiter.

« D'autres dames servirent une table de fruits secs, de confitures et d'autres mets propres à boire, et garnirent un buffet de plusieurs sortes de vins et de liqueurs; et d'autres enfin parurent avec des instruments de musique. Quand tout fut prêt, elles m'invitèrent à me mettre à table. Les dames s'y assirent avec moi, et nous y demeurâmes assez longtemps. Celles qui devaient jouer des instruments et les accompagner de leurs voix se levèrent et firent un concert charmant. Les autres commencèrent une espèce de bal, et dansèrent deux à deux les unes après les autres, de la meilleure grâce du monde.

« Il était plus de minuit lorsque tous ces divertissements finirent. Alors une des dames, prenant la parole, me dit : « Vous êtes fatigué du chemin que vous avez fait aujourd'hui, il est temps que vous vous reposiez. Votre appartement est préparé; mais, avant que de vous y retirer, choisissez, de nous toutes, celle qui vous plaira davantage, et la menez coucher avec vous. » Je répondis que je me garderais bien de faire le choix qu'elles me proposaient, qu'elles étaient toutes également belles, spirituelles, dignes de mes respects et de mes services, et que je ne commettrais pas l'incivilité d'en préférer une aux autres.

« La même dame qui m'avait parlé reprit : « Nous sommes très persuadées de votre honnêteté, et nous voyons bien que la crainte de faire naître de la jalousie entre nous vous retient; mais que cette discrétion ne vous arrête pas; nous vous avertissons que le bonheur de celle que vous choisirez ne fera point de jalouses : car nous sommes convenues que tous les jours nous aurons l'une après l'autre le même honneur, et qu'au bout des quarante jours ce sera à recommencer. Choisissez donc librement, et ne perdez pas un temps que vous devez donner au repos dont vous avez besoin. »

« Il fallut céder à leurs instances; je présentai la main à

la dame qui portait la parole pour les autres. Elle me donna la sienne, et on nous conduisit à un appartement magnifique. On nous y laissa seuls, et les autres dames se retirèrent dans les leurs... »

« Mais il est jour, Sire, dit Scheherazade au sultan, et Votre Majesté voudra bien me permettre de laisser le prince calender avec sa dame. » Schahriar ne répondit rien, mais il dit en lui-même en se levant : « Il faut avouer que le conte est parfaitement beau ; j'aurais le plus grand tort du monde de ne me pas donner le loisir de l'entendre jusqu'à la fin. »

LXe NUIT

Dinarzade, sur la fin de la nuit suivante, ne manqua pas d'adresser ces paroles à la sultane : « Si vous ne dormez pas, ma sœur, je vous prie de nous raconter la suite de la merveilleuse histoire du troisième calender. — Très volontiers, répondit Scheherazade ; voici de quelle manière le prince en reprit le fil :

« J'avais, dit-il, à peine achevé de m'habiller le lendemain, que les trente-neuf autres dames vinrent dans mon appartement toutes parées autrement que le jour précédent. Elles me souhaitèrent le bonjour, et me demandèrent des nouvelles de ma santé. Ensuite elles me conduisirent au bain, où elles me lavèrent elles-mêmes, et me rendirent malgré moi tous les services dont on y a besoin ; et, lorsque j'en sortis, elles me firent prendre un autre habit qui était encore plus magnifique que le premier.

« Nous passâmes la journée presque toujours à table ; et, quand l'heure de se coucher fut venue, elles me prièrent encore de choisir une d'entre elles pour me tenir compagnie. Enfin, Madame, pour ne vous point ennuyer en répétant toujours la même chose, je vous dirai que je passai une année entière avec les quarante dames, en les recevant dans mon lit l'une après l'autre, et que pendant tout ce temps-là cette vie voluptueuse ne fut point interrompue par le moindre chagrin.

« Au bout de l'année (rien ne pouvait me surprendre davantage), les quarante dames, au lieu de se présenter à moi avec leur gaieté ordinaire et de me demander comment je me portais, entrèrent un matin dans mon appartement, les joues baignées de pleurs. Elles vinrent m'embrasser tendrement l'une après l'autre, en me disant : « Adieu, cher prince, adieu; il faut que nous vous quittions. » Leurs larmes m'attendrirent. Je les suppliai de me dire le sujet de leur affliction et de cette séparation dont elles me parlaient. « Au nom de Dieu, mes belles dames, ajoutai-je, apprenez-moi s'il est en mon pouvoir de vous consoler, ou si mon secours vous est inutile. » Au lieu de me répondre précisément : « Plût à Dieu, dirent-elles, que nous ne vous eussions jamais vu ni connu! Plusieurs cavaliers avant vous nous ont fait l'honneur de nous visiter; mais pas un n'avait cette grâce, cette douceur, cet enjouement et ce mérite que vous avez. Nous ne savons comment nous pourrons vivre sans vous. » En achevant ces paroles, elles recommencèrent à pleurer amèrement. « Mes aimables dames, repris-je, de grâce, ne me faites pas languir davantage : dites-moi la cause de votre douleur. — Hélas! répondirent-elles, quel autre sujet serait capable de nous affliger que la nécessité de nous séparer de vous? Peut-être ne vous reverrons-nous jamais! Si pourtant vous le vouliez bien, et si vous aviez assez de pouvoir sur vous pour cela, il ne serait pas impossible de nous rejoindre. — Mesdames, repartis-je, je ne comprends rien à ce que vous dites; je vous prie de me parler plus clairement. — Hé bien, dit une d'elles, pour vous satisfaire, nous vous dirons que nous sommes toutes princesses filles de rois. Nous vivons ici ensemble avec l'agrément que vous avez vu; mais, au bout de chaque année, nous sommes obligées de nous absenter pendant quarante jours pour des devoirs indispensables, qu'il ne nous est pas permis de révéler; après quoi nous revenons dans ce château. L'année finit hier, il faut que nous vous quittions aujourd'hui : c'est ce qui fait le sujet de notre affliction. Avant que de partir, nous vous laisserons les clefs de toutes choses, particulièrement celles des cent portes, où vous trouverez de quoi contenter votre curiosité et adoucir votre solitude pendant notre absence. Mais, pour votre bien et pour notre intérêt particulier, nous vous recommandons de vous abstenir d'ouvrir la porte d'or. Si vous l'ouvrez, nous ne vous reverrons jamais; et la crainte que nous en avons augmente notre douleur. Nous espérons que vous profiterez de l'avis que nous vous donnons. Il y va de votre repos et du bonheur de votre vie : prenez-y garde. Si vous cédiez à votre indiscrète curiosité, vous vous feriez un tort considérable. Nous vous conjurons donc de ne pas commettre cette faute, et de nous donner la consolation de vous retrouver ici dans quarante jours. Nous emporterions bien la clef de la porte d'or avec nous ; mais ce serait faire une offense à un prince tel que vous que de douter de sa discrétion et de sa retenue... »

Scheherazade voulait continuer, mais elle vit paraître le jour. Le sultan, curieux de savoir ce que ferait le calender seul dans le château après le départ des quarante dames, remit au jour suivant à s'en éclaircir.

LXIᵉ NUIT

L'officieuse Dinarzade, s'étant réveillée assez longtemps avant le jour, appela la sultane. « Si vous ne dormez pas, ma sœur, lui dit-elle, songez qu'il est temps de raconter au sultan votre seigneur la suite de l'histoire que vous avez commencée. » Scheherazade alors, s'adressant à Schahriar, lui dit :

Sire, Votre Majesté saura que le calender poursuivit ainsi son histoire :

« Madame, dit-il, le discours de ces belles princesses me causa une véritable douleur. Je ne manquai pas de leur témoigner que leur absence me causerait beaucoup de peine, et je les remerciai des bons avis qu'elles me donnaient. Je les assurai que j'en profiterais, et que je ferais des choses encore plus difficiles pour me procurer le bonheur de passer le reste de mes jours avec des dames d'un si rare mérite. Nos adieux furent des plus tendres ; je les embrassai toutes l'une après l'autre : elles partirent ensuite, et je restai seul dans le château.

« L'agrément de la compagnie, la bonne chère, les concerts, les plaisirs, m'avaient tellement occupé durant l'année que je n'avais pas eu le temps ni la moindre envie de voir les merveilles qui pouvaient être dans ce palais enchanté. Je n'avais pas même fait attention à mille objets admirables que j'avais tous les jours devant les yeux, tant j'avais été charmé de la beauté des dames et du plaisir de les voir uniquement occupées du soin de me plaire. Je fus sensiblement affligé de leur départ; et, quoique leur absence ne dût être que de quarante jours, il me parut que j'allais passer un siècle sans elles.

« Je me promettais bien de ne pas oublier l'avis important qu'elles m'avaient donné, de ne pas ouvrir la porte d'or; mais, comme, à cela près, il m'était permis de satisfaire ma curiosité, je pris la première des clefs des autres portes, qui étaient rangées par ordre.

« J'ouvris la première porte, et j'entrai dans un jardin fruitier, auquel je crois que dans l'univers il n'y en a point qui soit comparable. Je ne pense pas même que celui que notre religion nous promet après la mort puisse le surpasser. La symétrie, la propreté, la disposition admirable des arbres, l'abondance et la diversité des fruits de mille espèces inconnues, leur fraîcheur, leur beauté, tout ravissait ma vue. Je ne dois pas négliger, Madame, de vous faire remarquer que ce jardin délicieux était arrosé d'une manière fort singulière : des rigoles creusées avec art et proportion portaient de l'eau abondamment à la racine des arbres qui en avaient besoin pour pousser leurs premières feuilles et leurs fleurs; d'autres en portaient moins à ceux dont les fruits étaient déjà noués; d'autres encore moins à ceux où ils grossissaient; d'autres n'en portaient que ce qu'il en fallait précisément à ceux dont le fruit avait acquis la grosseur convenable et n'attendait plus que sa maturité; mais cette grosseur surpassait de beaucoup celle des fruits ordinaires de nos jardins. Les autres rigoles enfin, qui aboutissaient aux arbres dont le fruit était mûr, n'avaient d'humidité que ce qui était nécessaire pour le conserver dans le même état sans le corrompre. Je ne pouvais me lasser d'examiner et d'admirer un si beau lieu; et je n'en serais jamais sorti, si je n'eusse pas conçu dès lors une plus grande idée des autres choses que je n'avais point vues. J'en sortis l'esprit rempli de ces merveilles; je fermai la porte et ouvris celle qui suivit.

« Au lieu d'un jardin de fruits, j'en trouvai un de fleurs qui n'était pas moins singulier dans son genre. Il renfermait un parterre spacieux, arrosé non pas avec la même profusion que le précédent, mais avec un plus grand ménagement, pour ne pas fournir plus d'eau que chaque fleur n'en avait besoin. La rose, le jasmin, la violette, le narcisse, l'hyacinthe, l'anémone, la tulipe, la renoncule, l'œillet, le lis et une infinité d'autres fleurs qui ne fleurissent ailleurs qu'en différents temps, s'y trouvaient là fleuries toutes à la fois, et rien n'était plus doux que l'air qu'on respirait dans ce jardin.

« J'ouvris la troisième porte ; je trouvai une volière très vaste. Elle était pavée de marbre de plusieurs sortes de couleurs, du plus fin, du moins commun. La cage était de sandal et de bois d'aloès ; elle renfermait une infinité de rossignols, de chardonnerets, de serins, d'alouettes et d'autres oiseaux encore plus harmonieux dont je n'avais entendu parler de ma vie. Les vases où étaient leur grain et leur eau étaient de jaspe ou d'agate la plus précieuse. D'ailleurs, cette volière était d'une grande propreté : à voir sa capacité, je jugeais qu'il ne fallait pas moins de cent personnes pour la tenir aussi nette qu'elle était ; personne toutefois n'y paraissait, non plus que dans les jardins où j'avais été, dans lesquels je n'avais pas remarqué une mauvaise herbe, ni la moindre superfluité qui m'eût blessé la vue. Le soleil était déjà couché, et je me retirai charmé du ramage de cette multitude d'oiseaux, qui cherchaient alors à se percher dans l'endroit le plus commode pour jouir du repos de la nuit. Je me rendis à mon appartement, résolu d'ouvrir les autres portes les jours suivants, à l'exception de la centième.

Le lendemain, je ne manquai pas d'aller ouvrir la quatrième porte. Si ce que j'avais vu le jour précédent avait été capable de me causer de la surprise, ce que je vis alors me ravit en extase. Je mis le pied dans une grande cour environnée d'un bâtiment d'une architecture merveilleuse, dont je ne vous ferai point la description pour éviter la prolixité. Ce bâtiment avait quarante portes toutes ouvertes, dont chacune donnait entrée dans un trésor, et, de ces trésors, il y en avait plusieurs qui valaient mieux que les plus grands royaumes. Le premier contenait des monceaux de perles, et, ce qui passe toute croyance, les plus précieuses, qui étaient grosses comme des œufs de pigeon, surpassaient en nombre les médiocres. Dans le second trésor, il y avait des diamants, des escarboucles et des rubis ; dans le troisième, des émeraudes ; dans le quatrième, de l'or en lingots ; dans le cinquième, du monnayé ;

dans le sixième, de l'argent en lingots ; dans les deux suivants, du monnayé. Les autres contenaient des améthystes, des chrysolithes, des topazes, des opales, des turquoises, des hyacinthes, et toutes les autres pierres fines que nous connaissons, sans parler de l'agate, du jaspe, de la cornaline et du corail, dont il y avait un magasin rempli, non seulement de branches, mais même d'arbres entiers.

« Rempli de surprise et d'admiration, je m'écriai après avoir vu toutes ces richesses : « Non, quand tous les trésors de tous les rois de l'univers seraient assemblés en un même lieu, ils n'approcheraient pas de ceux-ci. Quel est mon bonheur de posséder tous ces biens avec tant d'aimables princesses ! »

« Je ne m'arrêterai point, Madame, à vous faire le détail de toutes les autres choses rares et précieuses que je vis les jours suivants. Je vous dirai seulement qu'il ne me fallut pas moins de trente-neuf jours pour ouvrir les quatre-vingt-dix-neuf portes, et admirer tout ce qui s'offrit à ma vue. Il ne restait plus que la centième porte, dont l'ouverture m'était défendue... »

Le jour, qui vint éclairer l'appartement du sultan des Indes, imposa silence à Scheherazade en cet endroit. Mais cette histoire faisait trop de plaisir à Schahriar pour qu'il n'en voulût pas entendre la suite le lendemain. Ce prince se leva dans cette résolution.

LXIIᵉ NUIT

Dinarzade, qui ne souhaitait pas moins ardemment que Schahriar d'apprendre quelles merveilles pouvaient être renfermées sous la clef de la centième porte, appela la sultane de très bonne heure. « Si vous ne dormez pas, ma sœur, lui dit-elle, je vous prie d'achever la surprenante histoire du troisième calender. — Il la continua de cette sorte, dit Scheherazade :

« J'étais, dit-il, au quarantième jour depuis le départ des charmantes princesses. Si j'avais pu ce jour-là conserver sur moi le pouvoir que je devais avoir, je serais aujourd'hui le plus heureux de tous les hommes, au lieu que j'en suis le plus malheureux. Elles devaient arriver le lendemain, et le plaisir de les revoir devait servir de frein à ma curiosité ; mais, par une faiblesse dont je ne cesserai jamais de me repentir, je succombai à la tentation du démon, qui ne me donna point de repos que je ne me fusse livré moi-même à la peine que j'ai éprouvée.

« J'ouvris la porte fatale que j'avais promis de ne pas ouvrir, et je n'eus pas avancé le pied pour entrer, qu'une odeur assez agréable, mais contraire à mon tempérament, me fit tomber évanoui. Néanmoins je revins à moi, et, au lieu de profiter de cet avertissement, de refermer la porte et de perdre pour jamais l'envie de satisfaire ma curiosité, j'entrai. Après avoir attendu quelque temps que le grand air eût modéré cette odeur, je n'en fus plus incommodé.

« Je trouvai un lieu vaste, bien voûté, et dont le pavé était parsemé de safran. Plusieurs flambeaux d'or massif, avec des bougies allumées qui rendaient l'odeur d'aloès et d'ambre gris, y servaient de lumière, et cette illumination était encore augmentée par des lampes d'or et d'argent, remplies d'une huile composée de diverses sortes d'odeurs. Parmi un assez grand nombre d'objets qui attirèrent mon attention, j'aperçus un cheval noir, le plus beau et le mieux fait qu'on puisse voir au monde. Je m'approchai de lui pour le considérer de près ; je trouvai qu'il avait une selle et une bride d'or massif d'un ouvrage excellent ; que son auge d'un côté était remplie d'orge mondé et de sésame, et, de l'autre, d'eau de rose. Je le pris par la bride, et le tirai dehors pour le voir au jour. Je le montai, et voulus le faire avancer ; mais, comme il ne branlait pas, je le frappai d'une houssine que j'avais ramassée dans son écurie magnifique. Mais à peine eut-il senti le coup qu'il se mit à hennir avec un bruit horrible ; puis, étendant des ailes dont je ne m'étais point aperçu, il s'éleva dans l'air à perte de vue. Je ne songeai plus qu'à me tenir ferme, et, malgré la frayeur dont j'étais saisi, je ne me tenais point mal. Il reprit ensuite son vol vers la terre, et se posa sur le toit en terrasse d'un château, où, sans me donner le temps de mettre pied à terre, il me secoua si violemment qu'il me fit tomber en arrière, et du bout de sa queue il me creva l'œil droit.

« Voilà de quelle manière je devins borgne, et je me souvins bien alors de ce que m'avaient prédit les dix jeunes seigneurs. Le cheval reprit son vol, et disparut. Je me relevai fort affligé du malheur que j'avais cherché moi-même.

Je marchai sur la terrasse, la main sur mon œil qui me faisait beaucoup de douleur. Je descendis, et me trouvai
dans un salon qui me fit connaître, par les dix sofas dispo-
sés en rond et un autre moins élevé au milieu, que ce château était celui d'où j'avais été enlevé par le roc.

« Les dix jeunes seigneurs borgnes n'étaient pas dans le
salon. Je les y attendis, et ils arrivèrent peu de temps après
le vieillard. Ils ne parurent pas étonnés de me revoir, ni de
la perte de mon œil. « Nous sommes bien fâchés, me
dirent-ils, de ne pouvoir vous féliciter sur votre retour de
la manière que nous le souhaiterions ; mais nous ne
sommes pas la cause de votre malheur. — J'aurais tort de
vous en accuser, leur répondis-je ; je me le suis attiré moi-
même, et je m'en impute toute la faute. — Si la consolation des malheureux, reprirent-ils, est d'avoir des semblables, notre exemple peut vous en fournir un sujet. Tout
ce qui vous est arrivé nous est arrivé aussi. Nous avons
goûté toutes sortes de plaisirs pendant une année entière ;
et nous aurions continué de jouir du même bonheur si
nous n'eussions pas ouvert la porte d'or pendant l'absence
des princesses. Vous n'avez pas été plus sage que nous, et
vous avez éprouvé la même punition. Nous voudrions bien
vous recevoir parmi nous pour faire la pénitence que nous
faisons, et dont nous ne savons pas de combien sera la
durée ; mais nous vous avons déjà déclaré les raisons qui
nous en empêchent. C'est pourquoi retirez-vous, et vous
en allez à la cour de Bagdad : vous y trouverez celui qui
doit décider de votre destinée. »

« Ils m'enseignèrent la route que je devais tenir, et je me
séparai d'eux. Je me fis raser en chemin la barbe et les
sourcils, et pris l'habit de calender. Il y a longtemps que je
marche. Enfin je suis arrivé aujourd'hui en cette ville à
l'entrée de la nuit. J'ai rencontré à la porte ces calenders
mes confrères, tous étrangers comme moi. Nous avons été
tous trois fort surpris de nous voir borgnes du même œil.
Mais nous n'avons pas eu le temps de nous entretenir de
cette disgrâce qui nous est commune. Nous n'avons eu,
Madame, que celui de venir implorer le secours que vous
nous avez généreusement accordé. »

Le troisième calender ayant achevé de raconter son histoire, Zobéide prit la parole, et, s'adressant à lui et à ses
confrères : « Allez, leur dit-elle, vous êtes libres tous trois,

retirez-vous où il vous plaira. » Mais l'un d'entre eux lui répondit : « Madame, nous vous supplions de nous pardonner notre curiosité, et de nous permettre d'entendre l'histoire de ces seigneurs qui n'ont pas encore parlé. » Alors la dame, se tournant du côté du calife, du vizir Giafar et de Mesrour, qu'elle ne connaissait pas pour ce qu'ils étaient, leur dit : « C'est à vous à me raconter votre histoire ; parlez. »

Le grand-vizir Giafar, qui avait toujours porté la parole, répondit encore à Zobéide : « Madame, pour vous obéir nous n'avons qu'à répéter ce que nous avons déjà dit avant que d'entrer chez vous. Nous sommes, poursuivit-il, des marchands de Mossoul, et nous venons à Bagdad négocier nos marchandises qui sont en magasin dans un khan où nous sommes logés. Nous avons dîné aujourd'hui avec plusieurs autres personnes de notre profession chez un marchand de cette ville, lequel, après nous avoir régalés de mets délicats et de vins exquis, a fait venir des danseurs et des danseuses, avec des chanteurs et des joueurs d'instruments. Le grand bruit que nous faisions tous ensemble a attiré le guet, qui a arrêté une partie des gens de l'assemblée. Pour nous, par bonheur, nous nous sommes sauvés ; mais, comme il était déjà tard et que la porte de notre khan était fermée, nous ne savions où nous retirer. Le hasard a voulu que nous ayons passé par votre rue, et que nous ayons entendu qu'on se réjouissait chez vous : cela nous a déterminés à frapper à votre porte. Voilà, Madame, le compte que nous avons à vous rendre pour obéir à vos ordres. »

Zobéide, après avoir écouté ce discours, semblait hésiter sur ce qu'elle devait dire. De quoi les calenders s'apercevant, la supplièrent d'avoir pour les trois prétendus marchands de Mossoul la même bonté qu'elle avait eue pour eux. « Hé bien ! leur dit-elle, j'y consens. Je veux que vous m'ayez tous la même obligation. Je vous fais grâce ; mais c'est à condition que vous sortirez tous de ce logis présentement, et que vous vous retirerez où il vous plaira. » Zobéide ayant donné cet ordre d'un ton qui marquait qu'elle voulait être obéie, le calife, le vizir, Mesrour, les trois calenders et le porteur sortirent sans répliquer : car la présence des sept esclaves armés les tenait en respect. Lorsqu'ils furent hors de la maison et que la porte fut fer-

mée, le calife dit aux calenders sans leur faire connaître
qui il était : « Et vous, Seigneurs, qui êtes étrangers et nouvellement arrivés en cette ville, de quel côté allez-vous présentement qu'il n'est pas jour encore ? — Seigneur, lui
répondirent-ils, c'est ce qui nous embarrasse. — Suivez-
nous, reprit le calife, nous allons vous tirer d'embarras. »
Après avoir achevé ces paroles, il parla bas au vizir, et lui
dit : « Conduisez-les chez vous ; et demain matin vous me
les amènerez. Je veux faire écrire leurs histoires ; elles
méritent bien d'avoir place dans les annales de mon
règne. »

Le vizir Giafar emmena avec lui les trois calenders ; le
porteur se retira dans sa maison ; et le calife, accompagné
de Mesrour, se rendit à son palais. Il se coucha ; mais il ne
put fermer l'œil, tant il avait l'esprit agité de toutes les
choses extraordinaires qu'il avait vues et entendues. Il
était surtout fort en peine de savoir qui était Zobéide, quel
sujet elle pouvait avoir de maltraiter les deux chiennes
noires, et pourquoi Amine avait le sein meurtri. Le jour
parut qu'il était encore occupé de ces pensées. Il se leva, et
se rendit dans la chambre où il tenait son conseil et donnait audience ; il s'assit sur son trône.

Le grand-vizir arriva peu de temps après, et lui rendit
ses respects à son ordinaire. « Vizir, lui dit le calife, les
affaires que nous aurions à régler présentement ne sont
pas fort pressantes ; celle des trois dames et des deux
chiennes noires l'est davantage. Je n'aurai pas l'esprit en
repos que je ne sois pleinement instruit de tant de choses
qui m'ont surpris. Allez, faites venir ces dames, et amenez
en même temps les calenders. Partez, et souvenez-vous
que j'attends impatiemment votre retour. »

Le vizir, qui connaissait l'humeur vive et bouillante de
son maître, se hâta de lui obéir. Il arriva chez les dames, et
leur exposa d'une manière très honnête l'ordre qu'il avait
de les conduire au calife, sans toutefois leur parler de ce
qui s'était passé la nuit chez elles. Les dames se couvrirent
de leur voile, et partirent avec le vizir, qui prit en passant
chez lui les trois calenders, qui avaient eu le temps
d'apprendre qu'ils avaient vu le calife et qu'ils lui avaient
parlé sans le connaître. Le vizir les mena au palais, et
s'acquitta de sa commission avec tant de diligence que le
calife en fut fort satisfait. Ce prince, pour garder la bien-

séance devant tous les officiers de sa maison qui étaient présents, fit placer les trois dames derrière la portière de la salle qui conduisait à son appartement, et retint près de lui les trois calenders, qui firent assez connaître par leurs respects qu'ils n'ignoraient pas devant qui ils avaient l'honneur de paraître.

Lorsque les dames furent placées, le calife se tourna de leur côté et leur dit : « Mesdames, en vous apprenant que je me suis introduit chez vous cette nuit déguisé en marchand, je vais sans doute vous alarmer ; vous craindrez de m'avoir offensé, et vous croirez peut-être que je ne vous ai fait venir ici que pour vous donner des marques de mon ressentiment ; mais rassurez-vous : soyez persuadées que j'ai oublié le passé, et que je suis même très content de votre conduite. Je souhaiterais que toutes les dames de Bagdad eussent autant de sagesse que vous m'en avez fait voir. Je me souviendrai toujours de la modération que vous eûtes après l'incivilité que nous avons commise. J'étais alors marchand de Mossoul ; mais je suis à présent Haroun-al-Raschid, le septième calife de la glorieuse maison d'Abbas, qui tient la place de notre grand prophète. Je vous ai mandées seulement pour savoir de vous qui vous êtes, et vous demander pour quel sujet l'une de vous, après avoir maltraité les deux chiennes noires, a pleuré avec elles. Je ne suis pas moins curieux d'apprendre pourquoi une autre a le sein tout couvert de cicatrices. »

Quoique le calife eût prononcé ces paroles très distinctement, et que les trois dames les eussent entendues, le vizir Giafar, par un air de cérémonie, ne laissa pas de les leur répéter...

« Mais, Sire, dit Scheherazade, il est jour. Si Votre Majesté veut que je lui raconte la suite, il faut qu'elle ait la bonté de prolonger encore ma vie jusqu'à demain. » Le sultan y consentit, jugeant bien que Scheherazade lui conterait l'histoire de Zobéide, qu'il n'avait pas peu d'envie d'entendre.

LXIIIe NUIT

« Ma chère sœur, s'écria Dinarzade sur la fin de la nuit, si vous ne dormez pas, dites-nous, je vous en conjure, l'histoire de Zobéide, car cette dame la raconta sans doute

au calife. — Elle n'y manqua pas », répondit Scheherazade.

Dès que le prince l'eut rassurée par le discours qu'il
venait de faire, elle lui donna de cette sorte la satisfaction
qu'il lui demandait.

HISTOIRE DE ZOBÉIDE

« Commandeur des croyants, dit-elle, l'histoire que j'ai à
raconter à Votre Majesté est une des plus surprenantes
dont on ait jamais ouï parler. Les deux chiennes noires et
moi sommes trois sœurs nées d'une même mère et d'un
même père ; et je vous dirai par quel accident étrange elles
ont été changées en chiennes. Les deux dames qui
demeurent avec moi, et qui sont ici présentes, sont aussi
mes sœurs de même père, mais d'une autre mère. Celle
qui a le sein couvert de cicatrices se nomme Amine ;
l'autre s'appelle Safie, et moi Zobéide.

« Après la mort de notre père, le bien qu'il nous avait
laissé fut partagé entre nous également ; et, lorsque ces
deux dernières sœurs eurent touché leur portion, elles se
séparèrent et allèrent demeurer en particulier avec leur
mère. Mes deux autres sœurs et moi restâmes avec la
nôtre, qui vivait encore, et qui depuis, en mourant, nous
laissa à chacune mille sequins.

« Lorsque nous eûmes touché ce qui nous appartenait,
mes deux aînées, car je suis la cadette, se marièrent, suivirent leurs maris, et me laissèrent seule. Peu de temps
après leur mariage, le mari de la première vendit tout ce
qu'il avait de biens et de meubles, et, avec l'argent qu'il en
put faire et celui de ma sœur, ils passèrent tous deux en
Afrique. Là, le mari dépensa en bonne chère et en
débauche tout son bien et celui que ma sœur lui avait
apporté. Ensuite, se voyant réduit à la dernière misère, il
trouva un prétexte pour la répudier, et la chassa.

« Elle revint à Bagdad, non sans avoir souffert des maux
incroyables dans un si long voyage, et vint se réfugier chez
moi, dans un état si digne de pitié qu'elle en aurait inspiré
aux cœurs les plus durs. Je la reçus avec toute l'affection
qu'elle pouvait attendre de moi. Je lui demandai pourquoi
je la voyais dans une si malheureuse situation ; elle

m'apprit en pleurant la mauvaise conduite de son mari et l'indigne traitement qu'il lui avait fait. Je fus touchée de son malheur, et j'en pleurai avec elle. Je la fis ensuite entrer au bain, je lui donnai de mes propres habits, et lui dis : « Ma sœur, vous êtes mon aînée, et je vous regarde comme ma mère. Pendant votre absence, Dieu a béni le peu de bien qui m'est tombé en partage et l'emploi que j'en fais à nourrir et à élever des vers à soie. Comptez que je n'ai rien qui ne soit à vous, et dont vous ne puissiez disposer comme moi-même. »

« Nous demeurâmes toutes deux, et vécûmes ensemble pendant plusieurs mois en bonne intelligence. Comme nous nous entretenions souvent de notre troisième sœur, et que nous étions surprises de ne pas apprendre de ses nouvelles, elle arriva en aussi mauvais état que notre aînée. Son mari l'avait traitée de la même sorte ; je la reçus avec la même amitié.

« Quelque temps après, mes deux sœurs, sous prétexte qu'elles m'étaient à charge, me dirent qu'elles étaient dans le dessein de se remarier. Je leur répondis que, si elles n'avaient pas d'autres raisons que celle de m'être à charge, elles pouvaient continuer de demeurer avec moi en toute sûreté ; que mon bien suffisait pour nous entretenir toutes trois d'une manière conforme à notre condition. « Mais, ajoutai-je, je crains plutôt que vous n'ayez véritablement envie de vous remarier. Si cela était, je vous avoue que j'en serais fort étonnée. Après l'expérience que vous avez du peu de satisfaction qu'on a dans le mariage, y pouvez-vous penser une seconde fois ? Vous savez combien il est rare de trouver un mari parfaitement honnête homme. Croyez-moi, continuons de vivre ensemble le plus agréablement qu'il nous sera possible. »

« Tout ce que je leur dis fut inutile. Elles avaient pris la résolution de se remarier ; elles l'exécutèrent. Mais elles revinrent me trouver au bout de quelques mois, et me firent mille excuses de n'avoir pas suivi mon conseil. « Vous êtes notre cadette, me dirent-elles, mais vous êtes plus sage que nous. Si vous voulez bien nous recevoir encore dans votre maison et nous regarder comme vos esclaves, il ne nous arrivera plus de faire une si grande faute. — Mes chères sœurs, leur répondis-je, je n'ai point changé à votre égard depuis notre dernière séparation ;

revenez, et jouissez avec moi de ce que j'ai. » Je les embrassai, et nous demeurâmes ensemble comme auparavant.

« Il y avait un an que nous vivions dans une union parfaite, et, voyant que Dieu avait béni mon petit fonds, je formai le dessein de faire un voyage par mer et de hasarder quelque chose dans le commerce. Pour cet effet, je me rendis avec mes deux sœurs à Balsora, où j'achetai un vaisseau tout équipé, que je chargeai de marchandises que j'avais fait venir de Bagdad. Nous mîmes à la voile avec un vent favorable, et nous sortîmes bientôt du golfe Persique. Quand nous fûmes en pleine mer, nous prîmes la route des Indes ; et après vingt jours de navigation nous vîmes terre. C'était une montagne fort haute, au pied de laquelle nous aperçûmes une ville de grande apparence. Comme nous avions le vent frais, nous arrivâmes de bonne heure au port, et nous y jetâmes l'ancre.

« Je n'eus pas la patience d'attendre que mes sœurs fussent en état de m'accompagner ; je me fis débarquer seule, et j'allai droit à la porte de la ville. J'y vis une garde nombreuse de gens assis, et d'autres qui étaient debout avec un bâton à la main. Mais ils avaient tous l'air si hideux que j'en fus effrayée. Remarquant toutefois qu'ils étaient immobiles et qu'ils ne remuaient pas même les yeux, je me rassurai, et, m'étant approchée d'eux, je reconnus qu'ils étaient pétrifiés.

« J'entrai dans la ville, et passai par plusieurs rues où il y avait des hommes d'espace en espace, dans toutes sortes d'attitudes ; mais ils étaient tous sans mouvement et pétrifiés. Au quartier des marchands, je trouvai la plupart des boutiques fermées, et j'aperçus dans celles qui étaient ouvertes des personnes aussi pétrifiées. Je jetai la vue sur les cheminées, et, n'en voyant pas sortir la fumée, cela me fit juger que tout ce qui était dans les maisons, de même que ce qui était dehors, était changé en pierres.

« Étant arrivée dans une vaste place au milieu de la ville, je découvris une grande porte couverte de plaques d'or, dont les deux battants étaient ouverts. Une portière d'étoffe de soie paraissait tirée devant, et l'on voyait une lampe suspendue au-dessus de la porte. Après avoir considéré le bâtiment, je ne doutai pas que ce ne fût le palais du prince qui régnait en ce pays-là. Mais, fort étonnée de n'avoir rencontré aucun être vivant, j'allai jusque-là, dans l'espérance d'en trouver quelqu'un. Je levai la portière ; et, ce qui augmenta ma surprise, je ne vis sous le vestibule que quelques portiers ou gardes pétrifiés, les uns debout et les autres assis ou à demi couchés.

« Je traversai une grande cour où il y avait beaucoup de monde : les uns semblaient aller et les autres venir, et néanmoins ils ne bougeaient de leur place, parce qu'ils étaient pétrifiés comme ceux que j'avais déjà vus. Je passai dans une seconde cour, et de celle-là dans une troisième ; mais ce n'était partout qu'une solitude, et il y régnait un silence affreux.

« M'étant avancée dans une quatrième cour, j'y vis en face un très beau bâtiment dont les fenêtres étaient fermées d'un treillis d'or massif. Je jugeai que c'était l'appartement de la reine. J'y entrai. Il y avait dans une grande salle plusieurs eunuques noirs pétrifiés. Je passai ensuite dans une chambre très richement meublée, où j'aperçus une dame aussi changée en pierre. Je connus que c'était la reine à une couronne d'or qu'elle avait sur la tête, et à un collier de perles très rondes et plus grosses que des noisettes. Je les examinai de près, et il me parut qu'on ne pouvait rien voir de plus beau.

« J'admirai quelque temps les richesses et la magnificence de cette chambre, et surtout le tapis de pied, les coussins et le sofa garni d'une étoffe des Indes à fond d'or, avec des figures d'hommes et d'animaux en argent, trait d'un travail admirable... »

Scheherazade aurait continué de parler ; mais la clarté du jour vint mettre fin à sa narration. Le sultan fut charmé de ce récit. « Il faut, dit-il en se levant, que je sache à quoi aboutira cette pétrification d'hommes étonnante. »

LXIVᵉ NUIT

Dinarzade, qui avait pris beaucoup de plaisir au commencement de l'histoire de Zobéide, ne manqua pas d'appeler la sultane avant le jour. « Si vous ne dormez pas, ma sœur, lui dit-elle, je vous supplie de nous apprendre ce que vit encore Zobéide dans ce palais singulier où elle était entrée. — Voici, répondit Scheherazade, comment cette dame continua de raconter son histoire au calife :

« Sire, dit-elle, de la chambre de la reine pétrifiée, je passai dans plusieurs autres appartements et cabinets propres et magnifiques, qui me conduisirent dans une chambre d'une grandeur extraordinaire, où il y avait un trône d'or massif, élevé de quelques degrés et enrichi de grosses émeraudes enchâssées, et, sur le trône, un lit d'une riche étoffe sur laquelle éclatait une broderie de perles. Ce qui me surprit plus que tout le reste, ce fut une lumière brillante qui partait de dessus ce lit. Curieuse de savoir ce qui la rendait, je montai, et, avançant la tête, je vis sur un petit tabouret un diamant gros comme un œuf d'autruche, et si parfait que je n'y remarquai nul défaut. Il brillait tellement que je ne pouvais en soutenir l'éclat en le regardant au jour.

« Il y avait au chevet du lit, de l'un et de l'autre côté, un flambeau allumé, dont je ne compris pas l'usage. Cette circonstance néanmoins me fit juger qu'il y avait quelqu'un de vivant dans ce superbe palais : car je ne pouvais croire que ces flambeaux pussent s'entretenir allumés d'eux-mêmes. Plusieurs autres singularités m'arrêtèrent dans cette chambre, que le seul diamant dont je viens de parler rendait inestimable.

« Comme toutes les portes étaient ouvertes ou poussées seulement, je parcourus encore d'autres appartements aussi beaux que ceux que j'avais déjà vus. J'allai jusqu'aux offices et aux garde-meubles, qui étaient remplis de richesses infinies, et je m'occupai si fort de toutes ces merveilles que je m'oubliai moi-même. Je ne pensais plus ni à mon vaisseau ni à mes sœurs, je ne songeais qu'à satisfaire ma curiosité. Cependant la nuit s'approchait, et, son approche m'avertissant qu'il était temps de me retirer, je voulus reprendre le chemin des cours par où j'étais venue ; mais il ne me fut pas aisé de le retrouver. Je m'égarai dans les appartements ; et, me retrouvant dans la grande chambre où étaient le trône, le lit, le gros diamant et les flambeaux allumés, je résolus d'y passer la nuit, et de remettre au lendemain de grand matin à regagner mon vaisseau. Je me jetai sur le lit, non sans quelque frayeur de me voir seule dans ce lieu si désert, et ce fut sans doute cette crainte qui m'empêcha de dormir.

« Il était environ minuit, lorsque j'entendis la voix comme d'un homme qui lisait l'Alcoran de la même manière et du ton que nous avons coutume de le lire dans nos temples. Cela me donna beaucoup de joie. Je me levai aussitôt, et, prenant un flambeau pour me conduire, j'allai de chambre en chambre du côté où j'entendais la voix. Je m'arrêtai à la porte d'un cabinet d'où je ne pouvais douter qu'elle ne partît. Je posai le flambeau à terre, et, regardant par une fente, il me parut que c'était un oratoire. En effet, il y avait, comme dans nos temples, une niche qui marquait où il fallait se tourner pour faire la prière, des lampes suspendues et allumées, et deux chandeliers avec de gros cierges de cire blanche, allumés de même.

« Je vis aussi un petit tapis étendu, de la forme de ceux qu'on étend chez nous pour se poser dessus et faire la prière. Un jeune homme de bonne mine, assis sur ce tapis, récitait avec grande attention l'Alcoran qui était posé devant lui sur un petit pupitre. A cette vue, ravie d'admiration, je cherchais en mon esprit comment il se pouvait faire qu'il fût le seul vivant dans une ville où tout le monde était pétrifié, et je ne doutais pas qu'il n'y eût en cela quelque chose de très merveilleux.

« Comme la porte n'était que poussée, je l'ouvris ; j'entrai, et, me tenant debout devant la niche, je fis cette prière à haute voix : « *Louange à Dieu, qui nous a favorisés d'une heureuse navigation ! Qu'il nous fasse la grâce de nous protéger de même jusqu'à notre arrivée en notre pays. Écoutez-moi, Seigneur, et exaucez ma prière.* »

« Le jeune homme jeta les yeux sur moi, et me dit : « Ma bonne dame, je vous prie de me dire qui vous êtes et ce qui vous a amenée en cette ville désolée. En récompense, je vous apprendrai qui je suis, ce qui m'est arrivé, pour quel sujet les habitants de cette ville sont réduits en l'état où vous les avez vus, et pourquoi moi seul je suis sain et sauf dans un désastre si épouvantable. »

« Je lui racontai en peu de mots d'où je venais, ce qui m'avait engagée à faire ce voyage, et de quelle manière j'avais heureusement pris port après une navigation de vingt jours. En achevant, je le suppliai de s'acquitter à son tour de la promesse qu'il m'avait faite, et je lui témoignai combien j'étais frappée de la désolation affreuse que j'avais remarquée dans tous les endroits par où j'avais passé.

« Ma chère dame, dit alors le jeune homme, donnez-

vous un moment de patience. » A ces mots, il ferma l'Alcoran, le mit dans un étui précieux, et le posa dans la niche.
Je pris ce temps-là pour le considérer attentivement, et je
lui trouvai tant de grâce et de beauté que je sentis des
mouvements que je n'avais jamais sentis jusqu'alors. Il me
fit asseoir près de lui, et, avant qu'il commençât son discours, je ne pus m'empêcher de lui dire d'un air qui lui fit
connaître les sentiments qu'il m'avait inspirés : « Aimable
seigneur, cher objet de mon âme, on ne peut attendre avec
plus d'impatience que je l'attends l'éclaircissement de tant
de choses surprenantes qui ont frappé ma vue depuis le
premier pas que j'ai fait pour entrer en votre ville, et ma
curiosité ne saurait être assez tôt satisfaite. Parlez, je vous
en conjure ; apprenez-moi par quel miracle vous êtes seul
en vie parmi tant de personnes mortes d'une manière
inouïe. »

Scheherazade s'interrompit en cet endroit, et dit à
Schahriar : « Sire, Votre Majesté ne s'aperçoit peut-être
pas qu'il est jour. Si je continuais de parler, j'abuserais de
votre attention. » Le sultan se leva, résolu d'entendre, la
nuit suivante, le suite de cette merveilleuse histoire.

LXVe NUIT

« Si vous ne dormez pas, ma sœur, s'écria Dinarzade le
lendemain avant le jour, je vous prie de reprendre l'histoire de Zobéide, et de nous raconter ce qui se passa entre
elle et le jeune homme vivant, qu'elle rencontra dans ce
palais dont vous nous avez fait une si belle description. —
Je vais vous satisfaire », répondit la sultane.

Zobéide poursuivit son histoire dans ces termes :
« Madame, me dit le jeune homme, vous m'avez fait
assez voir que vous avez la connaissance du vrai Dieu par
la prière que vous venez de lui adresser. Vous allez
entendre un effet très remarquable de sa grandeur et de sa
puissance. Je vous dirai que cette ville était la capitale
d'un puissant royaume dont le roi mon père portait le
nom. Ce prince, toute sa cour, les habitants de la ville et
tous les autres sujets étaient mages, adorateurs du feu et
de Nardoun, ancien roi des géants rebelles à Dieu.

« Quoique né d'un père et d'une mère idolâtres, j'ai eu le

bonheur d'avoir dans mon enfance pour gouvernante une bonne dame musulmane, qui savait l'Alcoran par cœur et l'expliquait parfaitement bien. » Mon prince, me disait-elle souvent, il n'y a qu'un vrai Dieu. Prenez garde d'en reconnaître et d'en adorer d'autres. « Elle m'apprit à lire en arabe; et le livre qu'elle me donna pour m'exercer fut l'Alcoran. Dès que je fus capable de raison, elle m'expliqua tous les points de cet excellent livre, et elle m'en inspirait tout l'esprit à l'insu de mon père et de tout le monde. Elle mourut; mais ce fut après m'avoir fait toutes les instructions dont j'avais besoin pour être pleinement convaincu des vérités de la religion musulmane. Depuis sa mort, j'ai persisté constamment dans les sentiments qu'elle m'a fait prendre, et j'ai en horreur le faux dieu Nardoun et l'adoration du feu.

« Il y a trois ans et quelques mois qu'une voix bruyante se fit tout à coup entendre par toute la ville, si distinctement que personne ne perdit une de ces paroles qu'elle dit : *Habitants, abandonnez le culte de Nardoun et du feu. Adorez le Dieu unique qui fait miséricorde.*

« La même voix se fit ouïr trois années de suite; mais, personne ne s'étant converti, le dernier jour de la troisième, à trois ou quatre heures du matin, tous les habitants généralement furent changés en pierres en un instant, chacun dans l'état et la posture où il se trouva. Le roi mon père éprouva le même sort : il fut métamorphosé en une pierre noire, tel qu'on le voit dans un endroit de ce palais, et la reine ma mère eut une pareille destinée.

« Je suis le seul sur qui Dieu n'ait pas fait tomber ce châtiment terrible. Depuis ce temps-là, je continue de le servir avec plus de ferveur que jamais; et je suis persuadé, ma belle dame, qu'il vous envoie pour ma consolation. Je lui en rends des grâces infinies : car je vous avoue que cette solitude m'est bien ennuyeuse. »

« Tout ce récit et particulièrement ces derniers mots achevèrent de m'enflammer pour lui. Prince, lui dis-je, il n'en faut pas douter, c'est la Providence qui m'a attirée dans votre port pour vous présenter l'occasion de vous éloigner d'un lieu si funeste. Le vaisseau sur lequel je suis venue peut vous persuader que je suis en quelque considération à Bagdad, où j'ai laissé d'autres biens assez considérables. J'ose vous y offrir une retraite jusqu'à ce que le puissant Commandeur des croyants, le vicaire du grand Prophète que vous reconnaissez, vous ait rendu tous les honneurs que vous méritez. Ce célèbre prince demeure à Bagdad ; et il ne sera pas plus tôt informé de votre arrivée en sa capitale qu'il vous fera connaître qu'on n'implore pas en vain son appui. Il n'est pas possible que vous demeuriez davantage dans une ville où tous les objets doivent vous être insupportables. Mon vaisseau est à votre service, et vous en pouvez disposer absolument. » Il accepta l'offre, et nous passâmes le reste de la nuit à nous entretenir de notre embarquement.

« Dès que le jour parut, nous sortîmes du palais et nous rendîmes au port, où nous trouvâmes mes sœurs, le capitaine et mes esclaves fort en peine de moi. Après avoir présenté mes sœurs au prince, je leur racontai ce qui m'avait empêchée de revenir au vaisseau le jour précédent, la rencontre du jeune prince, son histoire, et le sujet de la désolation d'une si belle ville.

« Les matelots employèrent plusieurs jours à débarquer les marchandises que j'avais apportées, et à embarquer à leur place tout ce qu'il y avait de plus précieux dans le palais en pierreries, en or et en argent. Nous laissâmes les meubles et une infinité de pièces d'orfèvrerie, parce que nous ne pouvions les emporter. Il nous aurait fallu plusieurs vaisseaux pour transporter à Bagdad toutes les richesses que nous avions devant les yeux.

« Après que nous eûmes chargé le vaisseau des choses que nous y voulûmes mettre, nous prîmes les provisions et l'eau dont nous jugeâmes avoir besoin pour notre voyage. A l'égard des provisions, il nous en restait encore beaucoup de celles que nous avions embarquées à Balsora. Enfin nous mîmes à la voile avec un vent tel que nous pouvions le souhaiter... »

En achevant ces paroles, Scheherazade vit qu'il était jour. Elle cessa de parler, et le sultan se leva sans rien dire ; mais il se proposa d'entendre jusqu'à la fin l'histoire de Zobéide et de ce jeune prince conservé si miraculeusement.

Sur la fin de la nuit suivante, Dinarzade, impatiente de savoir quel serait le succès de la navigation de Zobéide, appela la sultane. « Ma chère sœur, lui dit-elle, si vous ne dormez pas, poursuivez, de grâce, l'histoire d'hier ; dites-nous si le jeune prince et Zobéide arrivèrent heureusement à Bagdad. — Vous l'allez apprendre », répondit Scheherazade.

Zobéide reprit ainsi son histoire, en s'adressant toujours au calife :

« Sire, dit-elle, le jeune prince, mes sœurs et moi, nous nous entretenions tous les jours agréablement ensemble ; mais, hélas ! notre union ne dura pas longtemps. Mes sœurs devinrent jalouses de l'intelligence qu'elles remarquèrent entre le jeune prince et moi, et me demandèrent un jour malicieusement ce que nous ferions de lui lorsque nous serions arrivées à Bagdad. Je m'aperçus bien qu'elles ne me faisaient cette question que pour découvrir mes sentiments. C'est pourquoi, faisant semblant de tourner la chose en plaisanterie, je leur répondis que je le prendrais pour mon époux ; ensuite, me tournant vers le prince, je lui dis : « Mon prince, je vous supplie d'y consentir. D'abord que nous serons à Bagdad, mon dessein est de vous offrir ma personne, pour être votre très humble esclave, pour vous rendre mes services, et vous reconnaître pour le maître absolu de mes volontés.

— Madame, répondit le prince, je ne sais si vous plaisantez ; mais, pour moi, je vous déclare fort sérieusement devant mesdames vos sœurs que dès ce moment j'accepte de bon cœur l'offre que vous me faites, non pas pour vous regarder comme une esclave, mais comme ma dame et ma maîtresse, et je ne prétends avoir aucun empire sur vos actions. » Mes sœurs changèrent de couleur à ce discours, et je remarquai depuis ce temps-là qu'elles n'avaient plus pour moi les mêmes sentiments qu'auparavant.

« Nous étions dans le golfe persique, et nous approchions de Balsora, où, avec le bon vent que nous avions toujours, j'espérais que nous arriverions le lendemain. Mais la nuit, pendant que je dormais, mes sœurs prirent leur temps et me jetèrent à la mer ; elles traitèrent de la même sorte le prince, qui fut noyé. Je me soutins quelques moments sur l'eau, et par bonheur, ou plutôt par miracle, je trouvai fond. Je m'avançai vers une noirceur qui me paraissait terre, autant que l'obscurité me permettait de la distinguer. Effectivement, je gagnai une plage, et le jour me fit connaître que j'étais dans une petite île déserte, située environ à vingt milles de Balsora. J'eus bientôt fait sécher mes habits au soleil ; et, en marchant, je remarquai plusieurs sortes de fruits et même de l'eau douce ; ce qui me donna quelque espérance que je pourrais conserver ma vie.

« Je me reposais à l'ombre, lorsque je vis un serpent ailé fort gros et fort long qui s'avançait vers moi en se démenant à droite et à gauche, et tirant la langue ; cela me fit juger que quelque mal le pressait. Je me levai ; et, m'apercevant qu'il était suivi d'un autre serpent plus gros qui le tenait par la queue et faisait ses efforts pour le dévorer, j'en eus pitié. Au lieu de fuir, j'eus la hardiesse et le courage de prendre une pierre qui se trouva par hasard près de moi ; je la jetai de toute ma force contre le plus gros serpent ; je le frappai à la tête, et l'écrasai. L'autre, se sentant en liberté, ouvrit aussitôt ses ailes, et s'envola ; je le regardai longtemps dans l'air comme une chose extraordinaire ; mais, l'ayant perdu de vue, je me rassis à l'ombre dans un autre endroit, et je m'endormis.

« A mon réveil, imaginez-vous quelle fut ma surprise de voir près de moi une femme noire, qui avait des traits vifs et agréables, et qui tenait à l'attache deux chiennes de la même couleur. Je me mis à mon séant, et lui demandai qui elle était. « Je suis, me répondit-elle, le serpent que vous avez délivré de son cruel ennemi, il n'y a pas longtemps. J'ai cru ne pouvoir mieux reconnaître le service important que vous m'avez rendu qu'en faisant l'action que je viens de faire. J'ai su la trahison de vos sœurs ; et, pour vous en venger, d'abord que j'ai été libre par vos généreux secours, j'ai appelé plusieurs de mes compagnes, qui sont fées comme moi ; nous avons transporté toute la charge de votre vaisseau dans vos magasins de Bagdad, après quoi nous l'avons submergé. Ces deux chiennes noires sont vos deux sœurs, à qui j'ai donné cette forme. Mais ce châtiment ne suffit pas, et je veux que vous les traitiez encore de la manière que je vous dirai. »

« A ces mots, la fée m'embrassa étroitement d'un de ses

bras, et les deux chiennes de l'autre, et nous transporta chez moi à Bagdad, où je vis dans mon magasin toutes les richesses dont mon vaisseau avait été chargé. Avant que de me quitter, elle me livra les deux chiennes, et me dit : « Sous peine d'être changée comme elles en chienne, je vous ordonne, de la part de celui qui confond les mers, de donner toutes les nuits cent coups de fouet à chacune de vos sœurs, pour les punir du crime qu'elles ont commis contre votre personne et contre le jeune prince qu'elles ont noyé. » Je fus obligée de lui promettre que j'exécuterais son ordre.

« Depuis ce temps-là, je les ai traitées chaque nuit, à regret, de la manière dont Votre Majesté a été témoin. Je leur témoigne par mes pleurs avec combien de douleur et de répugnance je m'acquitte d'un si cruel devoir; et vous voyez bien qu'en cela je suis plus à plaindre qu'à blâmer. S'il y a quelque chose qui me regarde, dont vous puissiez souhaiter d'être informé, ma sœur Amine vous en donnera l'éclaircissement par le récit de son histoire. »

Après avoir écouté Zobéide avec admiration, le calife fit prier par son grand-vizir l'agréable Amine de vouloir bien lui expliquer pourquoi elle était marquée de cicatrices...

« Mais, Sire, dit Scheherazade en cet endroit, il est jour, et je ne dois pas arrêter davantage Votre Majesté. » Schahriar, persuadé que l'histoire que Scheherazade avait à raconter serait le dénouement des précédentes, dit en lui-même : « Il faut que je me donne le plaisir tout entier. » Il se leva, et résolut de laisser vivre encore la sultane ce jour-là.

LXVIIe NUIT

Dinarzade souhaitait passionnément d'entendre l'histoire d'Amine; c'est pourquoi, s'étant réveillée longtemps avant le jour, elle dit à la sultane : « Ma chère sœur, si vous ne dormez pas, apprenez-moi, je vous en conjure, pourquoi l'aimable Amine avait le sein tout couvert de cicatrices. — J'y consens, répondit Scheherazade; et, pour ne pas perdre le temps, vous saurez qu'Amine, s'adressant au calife, commença son histoire dans ces termes :

HISTOIRE D'AMINE

« Commandeur des croyants, dit-elle, pour ne pas répéter les choses dont Votre Majesté a déjà été instruite par l'histoire de ma sœur, je vous dirai que ma mère, ayant pris une maison pour passer son veuvage en son particulier, me donna en mariage, avec le bien que mon père m'avait laissé, à un des plus riches héritiers de cette ville.

« La première année de notre mariage n'était pas écoulée que je demeurai veuve et en possession de tout le bien de mon mari, qui montait à quatre-vingt-dix mille sequins. Le revenu seul de cette somme suffisait de reste pour me faire passer ma vie fort honnêtement. Cependant, dès que les premiers six mois de mon deuil furent passés, je me fis faire dix habits différents, d'une si grande magnificence qu'ils revenaient à mille sequins chacun, et je commençai au bout de l'année à les porter...

« Un jour que j'étais seule, occupée à mes affaires domestiques, on me vint dire qu'une dame demandait à me parler. J'ordonnai qu'on la fît entrer. C'était une personne fort avancée en âge. Elle me salua en baisant la terre, et me dit en demeurant sur ses genoux : « Ma bonne dame, je vous supplie d'excuser la liberté que je prends de vous venir importuner : la confiance que j'ai en votre charité me donne cette hardiesse. Je vous dirai, mon honorable dame, que j'ai une fille orpheline qui doit se marier aujourd'hui, qu'elle et moi sommes étrangères, et que nous n'avons pas la moindre connaissance en cette ville. Cela nous donne de la confusion : car nous voudrions faire connaître à la famille nombreuse avec laquelle nous allons faire alliance que nous ne sommes pas des inconnues, et que nous avons quelque crédit. C'est pourquoi, ma charitable dame, si vous avez pour agréable d'honorer ces noces de votre présence, nous vous aurons d'autant plus d'obligation que les dames de notre pays connaîtront que nous ne sommes pas regardées ici comme des misérables, quand elles apprendront qu'une personne de votre rang n'aura pas dédaigné de nous faire un si grand honneur. Mais, hélas ! si vous rejetez ma prière, quelle mortification pour nous ! Nous ne savons à qui nous adresser. »

« Ce discours, que la pauvre dame entremêla de larmes,

me toucha de compassion. « Ma bonne mère, lui dis-je, ne vous affligez pas; je veux bien vous faire le plaisir que vous me demandez : dites-moi où il faut que j'aille; je ne veux que le temps de m'habiller un peu proprement. » La vieille dame, transportée de joie à cette réponse, fut plus prompte à me baiser les pieds que je ne le fus à l'en empêcher. « Ma charitable dame, reprit-elle en se relevant, Dieu vous récompensera de la bonté que vous avez pour vos servantes, et comblera votre cœur de satisfaction de même que vous en comblez le nôtre. Il n'est pas encore besoin que vous preniez cette peine; il suffira que vous veniez avec moi sur le soir, à l'heure que je viendrai vous prendre. Adieu, Madame, ajouta-t-elle, jusqu'à l'honneur de vous revoir.

« Aussitôt qu'elle m'eut quittée, je pris celui de mes habits qui me plaisait davantage, avec un collier de grosses perles, des bracelets, des bagues et des pendants d'oreilles de diamants les plus fins et les plus brillants. J'eus un pressentiment de ce qui me devait arriver.

« La nuit commençait à paraître, lorsque la vieille dame arriva chez moi d'un air qui marquait beaucoup de joie. Elle me baisa la main, et me dit : « Ma chère dame, les parentes de mon gendre, qui sont les premières dames de la ville, sont assemblées. Vous viendrez quand il vous plaira : me voilà prête à vous servir de guide. » Nous partîmes aussitôt; elle marcha devant moi, et je la suivis avec un grand nombre de mes femmes esclaves proprement habillées. Nous nous arrêtâmes dans une rue fort large, nouvellement balayée et arrosée, à une grande porte éclairée par un fanal, dont la lumière me fit lire cette inscription qui était au-dessus de la porte, en lettres d'or : *C'est ici la demeure éternelle des plaisirs et de la joie.* La vieille dame frappa, et l'on ouvrit à l'instant.

« On me conduisit au fond de la cour, dans une grande salle où je fus reçue par une jeune dame d'une beauté sans pareille. Elle vint au-devant de moi; et, après m'avoir embrassée et fait asseoir près d'elle sur un sofa où il y avait un trône d'un bois précieux rehaussé de diamants : « Madame, me dit-elle, on vous a fait venir ici pour assister à des noces; mais j'espère que ces noces seront autres que celles que vous vous imaginez. J'ai un frère, qui est le mieux fait et le plus accompli de tous les hommes; il est si charmé du portrait qu'il a entendu faire de votre beauté que son sort dépend de vous, et qu'il sera très malheureux si vous n'avez pitié de lui. Il sait le rang que vous tenez dans le monde ; et je puis vous assurer que le sien n'est pas indigne de votre alliance. Si mes prières, Madame, peuvent quelque chose sur vous, je les joins aux siennes, et vous supplie de ne pas rejeter l'offre qu'il vous fait de vous recevoir pour femme. »

« Depuis la mort de mon mari, je n'avais pas encore eu la pensée de me remarier ; mais je n'eus pas la force de refuser une si belle personne. D'abord que j'eus consenti à la chose par un silence accompagné d'une rougeur qui parut sur mon visage, la jeune dame frappa des mains : un cabinet s'ouvrit aussitôt, et il en sortit un jeune homme d'un air si majestueux, et qui avait tant de grâce, que je m'estimai heureuse d'avoir fait une si belle conquête. Il prit place auprès de moi ; et je connus, par l'entretien que nous eûmes, que son mérite était encore au-dessus de ce que sa sœur m'en avait dit.

« Lorsqu'elle vit que nous étions contents l'un de l'autre, elle frappa des mains une seconde fois, et un cadi[1] entra, qui dressa notre contrat de mariage, le signa, et le fit signer aussi par quatre témoins qu'il avait amenés avec lui. La seule chose que mon nouvel époux exigea de moi fut que je ne me ferais point voir, ni ne parlerais à aucun homme qu'à lui ; et il me jura qu'à cette condition j'aurais tout sujet d'être contente de lui. Notre mariage fut conclu et achevé de cette manière ; ainsi je fus la principale actrice des noces auxquelles j'avais été invitée seulement.

« Un mois après notre mariage, ayant besoin de quelque étoffe, je demandai à mon mari la permission de sortir pour aller faire cette emplette. Il me l'accorda, et je pris pour m'accompagner la vieille dame dont j'ai déjà parlé, qui était de la maison, et deux de mes femmes esclaves. Quand nous fûmes dans la rue des marchands, la vieille dame me dit : « Ma bonne maîtresse, puisque vous cherchez une étoffe de soie, il faut que je vous mène chez un jeune marchand que je connais ici ; il en a de toutes sortes ; et, sans vous fatiguer à courir de boutique en boutique, je puis vous assurer que vous trouverez chez lui ce

1. On donne le nom de *cadi* soit aux juges, soit aux notaires.

que vous ne trouveriez pas ailleurs. » Je me laissai conduire, et nous entrâmes dans la boutique d'un jeune marchand assez bien fait. Je m'assis, et lui fis dire par la vieille dame de me montrer les plus belles étoffes de soie qu'il eût. La vieille voulait que je lui fisse la demande moi-même ; mais je lui dis qu'une des conditions de mon mariage était de ne parler à aucun homme qu'à mon mari, et que je ne devais pas y contrevenir.

« Le marchand me montra plusieurs étoffes, dont l'une m'ayant agréé plus que les autres, je lui fis demander combien il l'estimait. Il répondit à la vieille : « Je ne la lui vendrai ni pour or ni pour argent ; mais je lui en ferai un présent si elle veut bien me permettre de la baiser à la joue. » J'ordonnai à la vieille de lui dire qu'il était bien hardi de me faire cette proposition. Mais, au lieu de m'obéir, elle me représenta que ce que le marchand demandait n'était pas une chose fort importante, qu'il ne s'agissait point de parler, mais seulement de présenter la joue, et que ce serait une affaire bientôt faite. J'avais tant d'envie d'avoir l'étoffe que je fus assez simple pour suivre ce conseil. La vieille dame et mes femmes se mirent devant, afin qu'on ne me vît pas, et je me dévoilai ; mais, au lieu de me baiser, le marchand me mordit jusqu'au sang. La douleur et la surprise furent telles que j'en tombai évanouie, et je demeurai assez longtemps en cet état pour donner au marchand celui de fermer sa boutique et de prendre la fuite. Lorsque je fus revenue à moi, je me sentis la joue tout ensanglantée. La vieille dame et mes femmes avaient eu soin de la couvrir d'abord de mon voile, afin que le monde qui accourut ne s'aperçût de rien et crût que ce n'était qu'une faiblesse qui m'avait prise... »

Scheherazade, en achevant ces dernières paroles, aperçut le jour et se tut. Le sultan trouva ce qu'il venait d'entendre assez extraordinaire, et se leva fort curieux d'en apprendre la suite.

LXVIIIe NUIT

Sur la fin de la nuit suivante, Dinarzade, s'étant réveillée, appela la sultane : « Si vous ne dormez pas, ma sœur, lui dit-elle, je vous prie de vouloir bien continuer l'histoire d'Amine. — Voici comment cette dame la reprit », répondit Scheherazade.

« La vieille qui m'accompagnait, poursuivit-elle, extrêmement mortifiée de l'accident qui m'était arrivé, tâcha de
me rassurer. « Ma bonne maîtresse, me dit-elle, je vous
demande pardon : je suis cause de ce malheur. Je vous ai
amenée chez ce marchand parce qu'il est de mon pays, et
je ne l'aurais jamais cru capable d'une si grande méchanceté ; mais ne vous affligez pas : ne perdons point de
temps, retournons au logis ; je vous donnerai un remède
qui vous guérira en trois jours si parfaitement qu'il ne
paraîtra pas la moindre marque. » Mon évanouissement
m'avait rendue si faible qu'à peine pouvais-je marcher.
J'arrivai néanmoins au logis ; mais je tombai une seconde
fois en faiblesse en entrant dans ma chambre. Cependant
la vieille m'appliqua son remède ; je revins à moi, et me
mis au lit.

« La nuit venue, mon mari arriva ; il s'aperçut que j'avais
la tête enveloppée ; il me demanda ce que j'avais. Je répondis que c'était un mal de tête ; et j'espérais qu'il en demeu-
rerait là ; mais il prit une bougie, et, voyant que j'étais bles-
sée à la joue : « D'où vient cette blessure ? » me dit-il.
Quoique je ne fusse pas fort criminelle, je ne pouvais me
résoudre à lui avouer la chose : faire cet aveu à un mari
me paraissait choquer la bienséance. Je lui dis que,
comme j'allais acheter une étoffe de soie, avec la permission qu'il m'en avait donnée, un porteur chargé de bois
avait passé si près de moi dans une rue fort étroite qu'un
bâton m'avait fait une égratignure au visage, mais que
c'était peu de chose.

« Cette raison mit mon mari en colère. « Cette action,
dit-il, ne demeurera pas impunie. Je donnerai demain
ordre au lieutenant de police d'arrêter tous ces brutaux de
porteurs et de les faire tous pendre. » Dans la crainte que
j'eus d'être cause de la mort de tant d'innocents, je lui dis :
« Seigneur, je serais fâchée qu'on fît une si grande injustice ; gardez-vous bien de la commettre : je me croirais
indigne de pardon si j'avais causé ce malheur. — Dites-
moi donc sincèrement, reprit-il, ce que je dois penser de
votre blessure. »

« Je lui repartis qu'elle m'avait été faite par l'inadver-
tance d'un vendeur de balais monté sur son âne ; qu'il
venait derrière moi, la tête tournée d'un autre côté ; que
son âne m'avait poussée si rudement que j'étais tombée et

que j'avais donné de la joue contre du verre. « Cela étant, dit alors mon mari, le soleil ne se lèvera pas demain que le grand-vizir Giafar ne soit averti de cette insolence. Il fera mourir tous ces marchands de balais. — Au nom de Dieu, Seigneur, interrompis-je, je vous supplie de leur pardonner ; ils ne sont pas coupables. — Comment donc, Madame ! dit-il ; que faut-il que je croie ? Parlez, je veux absolument apprendre de votre bouche la vérité. — Seigneur, lui répondis-je, il m'a pris un étourdissement, et je suis tombée ; voilà le fait. »

« A ces dernières paroles, mon époux perdit patience. « Ah ! s'écria-t-il, c'est trop longtemps écouter des mensonges. » En disant cela il frappa des mains, et trois esclaves entrèrent. « Tirez-la hors du lit, leur dit-il, étendez-la au milieu de la chambre. » Les esclaves exécutèrent son ordre ; et, comme l'un me tenait par la tête et l'autre par les pieds, il commanda au troisième d'aller prendre un sabre ; et, quand il l'eut apporté : « Frappe, lui dit-il, coupe-lui le corps en deux, et va le jeter dans le Tigre. Qu'il serve de pâture aux poissons : c'est le châtiment que je fais aux personnes à qui j'ai donné mon cœur et qui me manquent de foi. » Comme il vit que l'esclave ne se hâtait pas d'obéir : « Frappe donc, continua-t-il. Qui t'arrête ? Qu'attends-tu ? — Madame, me dit alors l'esclave, vous touchez au dernier moment de votre vie : voyez s'il y a quelque chose dont vous vouliez disposer avant votre mort. »

« Je demandai la liberté de dire un mot. Elle me fut accordée. Je soulevai la tête, et, regardant mon époux bien tendrement : « Hélas ! lui dis-je, en quel état me voilà réduite ! Il faut donc que je meure dans mes plus beaux jours ! » Je voulais poursuivre ; mais mes larmes et mes soupirs m'en empêchèrent. Cela ne toucha pas mon époux. Au contraire, il me fit des reproches, à quoi il eût été inutile de repartir. J'eus recours aux prières ; mais il ne les écouta pas, et il ordonna à l'esclave de faire son devoir. En ce moment, la vieille dame qui avait été nourrice de mon époux entra, et, se jetant à ses pieds pour tâcher de l'apaiser : « Mon fils, lui dit-elle, pour prix de vous avoir nourri et élevé, je vous conjure de m'accorder sa grâce. Considérez que l'on tue celui qui tue, et que vous allez flétrir votre réputation et perdre l'estime des hommes. Que

ne diront-ils point d'une colère si sanglante ? » Elle prononça ces paroles d'un air si touchant, et elle les accompagna de tant de larmes, qu'elles firent une forte impression
sur mon époux. « Hé bien ! dit-il à sa nourrice, pour
l'amour de vous je lui donne la vie. Mais je veux qu'elle
porte des marques qui la fassent souvenir de son crime. »

« A ces mots, un esclave, par son ordre, me donna de
toute sa force sur les côtes et sur la poitrine tant de coups
d'une petite canne pliante, qui enlevait la peau et la chair,
que j'en perdis connaissance. Après cela, il me fit porter
par les mêmes esclaves, ministres de sa fureur, dans une
maison où la vieille eut grand soin de moi. Je gardai le lit
quatre mois. Enfin je guéris ; mais les cicatrices que vous
vîtes hier, contre mon intention, me sont restées depuis.
Dès que je fus en état de marcher et de sortir, je voulus
retourner à la maison que j'avais eue de mon premier
mari ; mais je n'y trouvai que la place. Mon second époux,
dans l'excès de la colère, ne s'était pas contenté de la faire
abattre, il avait fait même raser toute la rue où elle était
située. Cette violence était sans doute inouïe ; mais contre
qui aurais-je fait ma plainte ? L'auteur avait pris des
mesures pour se cacher, et je n'ai pu le connaître. D'ailleurs, quand je l'aurais connu, ne voyais-je pas bien que le
traitement qu'on me faisait partait d'un pouvoir absolu ?
Aurais-je osé m'en plaindre ?

« Désolée, dépourvue de toutes choses, j'eus recours à
ma chère sœur Zobéide, qui vient de raconter son histoire
à Votre Majesté, et je lui fis le récit de ma disgrâce. Elle
me reçut avec sa bonté ordinaire, et m'exhorta à la sup-
porter patiemment. « Voilà quel est le monde, dit-elle ; il
nous ôte ordinairement nos biens, ou nos amis, ou nos
amants, et souvent le tout ensemble. » En même temps,
pour me prouver ce qu'elle me disait, elle me raconta la
perte du jeune prince causée par la jalousie de ses deux
sœurs. Elle m'apprit ensuite de quelle manière elles
avaient été changées en chiennes. Enfin, après m'avoir
donné mille marques d'amitié, elle me présenta ma
cadette, qui s'était retirée chez elle après la mort de notre
mère.

« Ainsi, remerciant Dieu de nous avoir toutes trois ras-
semblées, nous résolûmes de vivre libres sans nous séparer jamais. Il y a longtemps que nous menons cette vie

tranquille ; et, comme je suis chargée de la dépense de la maison, je me fais un plaisir d'aller moi-même faire les provisions dont nous avons besoin. J'en allai acheter hier, et les fis apporter par un porteur, homme d'esprit et d'humeur agréable, que nous retînmes pour nous divertir. Trois calenders survinrent au commencement de la nuit, et nous prièrent de leur donner retraite jusqu'à ce matin. Nous les reçûmes à une condition qu'ils acceptèrent ; et, après les avoir fait asseoir à notre table, ils nous régalaient d'un concert à leur mode lorsque nous entendîmes frapper à notre porte. C'étaient trois marchands de Mossoul, de fort bonne mine, qui nous demandèrent la même grâce que les calenders ; nous la leur accordâmes à la même condition. Mais ils ne l'observèrent ni les uns ni les autres ; néanmoins, quoique nous fussions en état aussi bien qu'en droit de les en punir, nous nous contentâmes d'exiger d'eux le récit de leur histoire, et nous bornâmes notre vengeance à les renvoyer ensuite, et à les priver de la retraite qu'ils nous avaient demandée. »

Le calife Haroun-al-Raschid fut très content d'avoir appris ce qu'il voulait savoir, et témoigna publiquement l'admiration que lui causait tout ce qu'il venait d'entendre...

« Mais, Sire, dit en cet endroit Scheherazade, le jour qui commence à paraître ne me permet pas de raconter à Votre Majesté ce que fit le calife pour mettre fin à l'enchantement des deux chiennes noires. » Schahriar, jugeant que la sultane achèverait la nuit suivante l'histoire des cinq dames et des trois calenders, se leva, et lui laissa encore la vie jusqu'au lendemain.

LXIXe NUIT

« Au nom de Dieu, ma sœur, s'écria Dinarzade avant le jour, si vous ne dormez pas, je vous prie de nous raconter comment les deux chiennes noires reprirent leur première forme et ce que devinrent les trois calenders. — Je vais satisfaire votre curiosité », répondit Scheherazade. Alors, adressant son discours à Schahriar, elle poursuivit dans ces termes :

Sire, le calife, ayant satisfait sa curiosité, voulut donner des marques de sa grandeur et de sa générosité aux calenders princes et faire sentir aussi aux trois dames des effets de sa bonté. Sans se servir du ministère de son grand-vizir, il dit lui-même à Zobéide : « Madame, cette fée qui se fit voir d'abord à vous en serpent, et qui vous a imposé une si rigoureuse loi, cette fée ne vous a-t-elle point parlé de sa demeure, ou plutôt ne vous promit-elle pas de vous revoir et de rétablir les deux chiennes en leur premier état ?

— Commandeur des croyants, répondit Zobéide, j'ai oublié de dire à Votre Majesté que la fée me mit entre les mains un petit paquet de cheveux, en me disant qu'un jour j'aurais besoin de sa présence, et qu'alors, si je voulais seulement brûler deux brins de ces cheveux, elle serait à moi dans le moment, quand elle serait au-delà du mont Caucase. — Madame, reprit le calife, où est ce paquet de cheveux ? » Elle repartit que depuis ce temps-là elle avait eu grand soin de le porter toujours avec elle. En effet, elle le tira ; et, ouvrant un peu la portière qui la cachait, elle le lui montra. « Hé bien ! répliqua le calife, faisons venir ici la fée ; vous ne sauriez l'appeler plus à propos, puisque je le souhaite. »

Zobéide y ayant consenti, on apporta du feu, et Zobéide mit dessus tout le paquet de cheveux.

A l'instant même le palais s'ébranla, et la fée parut devant le calife, sous la figure d'une dame habillée très magnifiquement. « Commandeur des croyants, dit-elle à ce prince, vous me voyez prête à recevoir vos commandements. La dame qui vient de m'appeler par votre ordre m'a rendu un service important. Pour lui en marquer ma reconnaissance, je l'ai vengée de la perfidie de ses sœurs en les changeant en chiennes ; mais, si Votre Majesté le désire, je vais leur rendre leur figure naturelle.

— Belle fée, lui répondit le calife, vous ne pouvez me faire un plus grand plaisir ; faites-leur cette grâce ; après cela, je chercherai les moyens de les consoler d'une si rude pénitence ; mais, auparavant, j'ai encore une prière à vous faire en faveur de la dame qui a été si cruellement maltraitée par un mari inconnu. Comme vous savez une infinité de choses, il est à croire que vous n'ignorez pas celle-ci ; obligez-moi de me nommer le barbare qui ne s'est pas contenté d'exercer sur elle une si grande cruauté, mais qui lui a même enlevé très injustement tout le bien qui lui appartenait. Je m'étonne qu'une action si injuste, si inhumaine, et qui fait tort à mon autorité, ne soit pas venue jusqu'à moi.

— Pour faire plaisir à Votre Majesté, répliqua la fée, je remettrai les deux chiennes en leur premier état; je guérirai la dame de ses cicatrices, de manière qu'il ne paraîtra pas que jamais elle ait été frappée; et ensuite je vous nommerai celui qui l'a fait maltraiter ainsi. »

Le calife envoya quérir les deux chiennes chez Zobéide; et, lorsqu'on les eut amenées, on présenta une tasse pleine d'eau à la fée, qui l'avait demandée. Elle prononça dessus des paroles que personne n'entendit, et elle en jeta sur Amine et sur les deux chiennes. Elles furent changées en deux dames d'une beauté surprenante, et les cicatrices d'Amine disparurent. Alors la fée dit au calife : « Commandeur des croyants, il faut vous découvrir présentement qui est l'époux inconnu que vous cherchez. Il vous appartient de fort près, puisque c'est le prince Amin, votre fils aîné, frère du prince Mamoun son cadet. Étant devenu passionnément amoureux de cette dame, sur le récit qu'on lui avait fait de sa beauté, il trouva un prétexte pour l'attirer chez lui, où il l'épousa. A l'égard des coups qu'il lui a fait donner, il est excusable en quelque façon. La dame son épouse avait eu un peu trop de facilité; et les excuses qu'elle lui avait apportées étaient capables de faire croire qu'elle avait fait plus de mal qu'il n'y en avait. C'est tout ce que je puis dire pour satisfaire votre curiosité. » En achevant ces paroles, elle salua le calife et disparut.

Ce prince, rempli d'admiration et content des changements qui venaient d'arriver par son moyen, fit des actions dont il sera parlé éternellement. Il fit premièrement appeler le prince Amin, son fils, lui dit qu'il savait son mariage secret, et lui apprit la cause de la blessure d'Amine. Le prince n'attendit pas que son père lui parlât de la reprendre, il la reprit à l'heure même.

Le calife déclara ensuite qu'il donnait son cœur et sa main à Zobéide, et proposa les trois autres sœurs aux trois calenders fils de rois, qui les acceptèrent pour femmes avec beaucoup de reconnaissance. Le calife leur assigna à chacun un palais magnifique dans la ville de Bagdad; il les éleva aux premières charges de son empire, et les admit dans ses conseils. Le premier cadi de Bagdad, appelé avec des témoins, dressa les contrats de mariage ; et le fameux calife Haroun-al-Raschid, en faisant le bonheur de tant de personnes qui avaient éprouvé des disgrâces incroyables, s'attira mille bénédictions.

Il n'était pas jour encore lorsque Scheherazade acheva cette histoire, qui avait été tant de fois interrompue et continuée. Cela lui donna lieu d'en commencer une autre. Ainsi, adressant la parole au sultan, elle lui dit :

HISTOIRE DE SINDBAD

LE MARIN

Sire, sous le règne de ce même calife Haroun-al-Raschid dont je viens de parler, il y avait à Bagdad un pauvre porteur qui se nommait Hindbad. Un jour qu'il faisait une chaleur excessive, il portait une charge très pesante d'une extrémité de la ville à une autre. Comme il était fort fatigué du chemin qu'il avait déjà fait et qu'il lui en restait encore beaucoup à faire, il arriva dans une rue où régnait un doux zéphyr, et dont le pavé était arrosé d'eau de rose. Ne pouvant désirer un lieu plus favorable pour se reposer et reprendre de nouvelles forces, il posa sa charge à terre, et s'assit dessus auprès d'une grande maison.

Il se sut bientôt très bon gré de s'être arrêté en cet endroit : car son odorat fut agréablement frappé d'un parfum exquis de bois d'aloès et de pastilles qui sortait par les fenêtres de cet hôtel, et qui, se mêlant avec l'odeur de l'eau de rose, achevait d'embaumer l'air. Outre cela, il ouït en dedans un concert de divers instruments accompagnés du ramage harmonieux d'un grand nombre de rossignols et d'autres oiseaux particuliers au climat de Bagdad. Cette gracieuse mélodie et la fumée de plusieurs sortes de viandes qui se faisaient sentir lui firent juger qu'il y avait là quelque festin, et qu'on s'y réjouissait. Il voulut savoir qui demeurait en cette maison qu'il ne connaissait pas bien, parce qu'il n'avait pas eu occasion de passer souvent par cette rue. Pour satisfaire sa curiosité, il s'approcha de quelques domestiques, qu'il vit à la porte, magnifiquement habillés, et demanda à l'un d'entre eux comment s'appelait le maître de cet hôtel. « Hé quoi ! lui répondit le domestique, vous demeurez à Bagdad, et vous ignorez que c'est ici la demeure du seigneur Sindbad le marin, de ce fameux voyageur qui a parcouru toutes les mers que le soleil éclaire ? » Le porteur, qui avait ouï parler des richesses de Sindbad, ne put s'empêcher de porter envie à un homme dont la condition lui paraissait aussi heureuse qu'il trouvait la sienne déplorable. L'esprit aigri par ses réflexions, il leva les yeux au ciel, et dit assez haut pour être entendu : « Puissant créateur de toutes choses, considérez la différence qu'il y a entre Sindbad et moi ; je souffre tous les jours mille fatigues et mille maux, et j'ai bien de la peine à me nourrir, moi et ma famille, de mauvais pain d'orge, pendant que l'heureux Sindbad dépense avec profusion d'immenses richesses et mène une vie pleine de délices. Qu'a-t-il fait pour obtenir de vous une destinée si agréable ? Qu'ai-je fait pour en mériter une si rigoureuse ? En achevant ces paroles, il frappa du pied contre terre comme un homme entièrement possédé de sa douleur et de son désespoir.

Il était encore occupé de ses tristes pensées, lorsqu'il vit sortir de l'hôtel un valet qui vint à lui et qui, le prenant par le bras, lui dit : « Venez, suivez-moi ; le seigneur Sindbad, mon maître, veut vous parler. »

Le jour qui parut en cet endroit empêcha Scheherazade de continuer cette histoire ; mais elle la reprit ainsi le lendemain :

LXXe NUIT

Sire, Votre Majesté peut aisément s'imaginer qu'Hindbad ne fut pas peu surpris du compliment qu'on lui faisait. Après le discours qu'il venait de tenir, il avait sujet de craindre que Sindbad ne l'envoyât quérir pour lui faire quelque mauvais traitement ; c'est pourquoi il voulut s'excuser sur ce qu'il ne pouvait abandonner sa charge au milieu de la rue ; mais le valet de Sindbad l'assura qu'on y prendrait garde, et le pressa tellement sur l'ordre dont il était chargé que le porteur fut obligé de se rendre à ses instances.

Le valet l'introduisit dans une grande salle, où il y avait un bon nombre de personnes autour d'une table couverte de toutes sortes de mets délicats. On voyait à la place d'honneur un personnage grave, bien fait et vénérable par une longue barbe blanche; et derrière lui étaient debout une foule d'officiers et de domestiques fort empressés à le servir. Ce personnage était Sindbad. Le porteur, dont le trouble s'augmenta à la vue de tant de monde et d'un festin si superbe, salua la compagnie en tremblant. Sindbad lui dit de s'approcher, et, après l'avoir fait asseoir à sa droite, il lui servit à manger lui-même, et lui fit donner à boire d'un excellent vin, dont le buffet était abondamment garni.

Sur la fin du repas, Sindbad, remarquant que ses convives ne mangeaient plus, prit la parole, et, s'adressant à Hindbad, qu'il traita de frère, selon la coutume des Arabes lorsqu'ils se parlent familièrement, lui demanda comment il se nommait et quelle était sa profession. « Seigneur, lui répondit-il, je m'appelle Hindbad. — Je suis bien aise de vous voir, reprit Sindbad, et je vous réponds que la compagnie vous voit aussi avec plaisir; mais je souhaiterais apprendre de vous-même ce que vous disiez tantôt dans la rue. » Sindbad, avant que de se mettre à table, avait entendu tout son discours par une fenêtre; et c'était ce qui l'avait obligé à le faire appeler.

A cette demande, Hindbad, plein de confusion, baissa la tête et repartit : « Seigneur, je vous avoue que ma lassitude m'avait mis en mauvaise humeur, et il m'est échappé quelques paroles indiscrètes que je vous supplie de me pardonner. — Oh! ne croyez pas, reprit Sindbad, que je sois assez injuste pour en conserver du ressentiment. J'entre dans votre situation; au lieu de vous reprocher vos murmures, je vous plains; mais il faut que je vous tire d'une erreur où vous me paraissez être à mon égard. Vous vous imaginez sans doute que j'ai acquis sans peine et sans travail toutes les commodités et le repos dont vous voyez que je jouis : désabusez-vous. Je ne suis parvenu à un état si heureux qu'après avoir souffert durant plusieurs années tous les travaux du corps et de l'esprit que l'imagination peut concevoir. Oui, Messeigneurs, ajouta-t-il en s'adressant à toute la compagnie, je puis vous assurer que ces travaux sont si extraordinaires qu'ils sont capables d'ôter aux hommes les plus avides de richesses l'envie fatale de traverser les mers pour en acquérir. Vous n'avez peut-être entendu parler que confusément de mes étranges aventures, et des dangers que j'ai courus sur mer dans les sept voyages que j'ai faits, et, puisque l'occasion s'en présente, je vais vous en faire un rapport fidèle : je crois que vous ne serez pas fâchés de l'entendre. »

Comme Sindbad voulait raconter son histoire, particulièrement à cause du porteur, avant que de la commencer il ordonna qu'on fît porter la charge qu'il avait laissée dans la rue au lieu où Hindbad marqua qu'il souhaitait qu'elle fût portée. Après cela, il parla dans ces termes :

PREMIER VOYAGE DE SINDBAD

LE MARIN

« J'avais hérité de ma famille des biens considérables, j'en dissipai la meilleure partie dans les débauches de ma jeunesse; mais je revins de mon aveuglement, et, rentrant en moi-même, je reconnus que les richesses étaient périssables, et qu'on en voyait bientôt la fin quand on les ménageait aussi mal que je faisais. Je pensai, de plus, que je consumais malheureusement dans une vie déréglée le temps, qui est la chose du monde la plus précieuse. Je considérai encore que c'était la dernière et la plus déplorable de toutes les misères que d'être pauvre dans la vieillesse. Je me souvins de ces paroles du grand Salomon, que j'avais autrefois ouï dire à mon père, qu'*il est moins fâcheux d'être dans le tombeau que dans la pauvreté*.

« Frappé de toutes ces réflexions, je ramassai les débris de mon patrimoine. Je vendis à l'encan en plein marché tout ce que j'avais de meubles. Je me liai ensuite avec quelques marchands qui négociaient par mer. Je consultai ceux qui me parurent capables de me donner de bons conseils. Enfin, je résolus de faire profiter le peu d'argent qui me restait, et, dès que j'eus pris cette résolution, je ne tardai guère à l'exécuter. Je me rendis à Balsora[1], où je

1. *Balsora* ou *Bassora*, ville très commerçante de la Turquie d'Asie, fondée en 636 par Omar.

m'embarquai avec plusieurs marchands sur un vaisseau que nous avions équipé à frais communs.

« Nous mîmes à la voile, et prîmes la route des Indes orientales par le golfe Persique, qui est formé par les côtes de l'Arabie Heureuse à la droite, et par celles de la Perse à la gauche, et dont la plus grande largeur est de soixante et dix lieues, selon la commune opinion. Hors de ce golfe, la mer du Levant, la même que celle des Indes, est très spacieuse : elle a d'un côté pour bornes les côtes d'Abyssinie et quatre mille cinq cents lieues de longueur jusqu'aux îles de Vakvak[1]. Je fus d'abord incommodé de ce qu'on appelle le mal de mer; mais ma santé se rétablit bientôt, et depuis ce temps-là je n'ai point été sujet à cette maladie.

« Dans le cours de notre navigation, nous abordâmes à plusieurs îles et nous y vendîmes ou échangeâmes nos marchandises. Un jour que nous étions à la voile, le calme nous prit vis-à-vis une petite île presque à fleur d'eau, qui ressemblait à une prairie par sa verdure. Le capitaine fit plier les voiles, et permit de prendre terre aux personnes de l'équipage qui voulurent y descendre. Je fus du nombre de ceux qui y débarquèrent. Mais, dans le temps que nous nous divertissions à boire et à manger, et à nous délasser de la fatigue de la mer, l'île trembla tout à coup, et nous donna une rude secousse... »

A ces mots, Scheherazade s'arrêta, parce que le jour commençait à paraître. Elle reprit ainsi son discours sur la fin de la nuit suivante :

LXXIe NUIT

Sire, Sindbad, poursuivant son histoire : « On s'aperçut, dit-il, du tremblement de l'île dans le vaisseau, d'où l'on nous cria de nous rembarquer promptement; que nous allions tous périr; que ce que nous prenions pour une île était le dos d'une baleine. Les plus diligents se sauvèrent dans la chaloupe, d'autres se jetèrent à la nage. Pour moi, j'étais encore sur l'île, ou plutôt sur la baleine, lorsqu'elle se plongea dans la mer, et je n'eus que le temps de me

1. Les *îles Vakvak*, que les Arabes placent au-delà de la Chine, sont ainsi appelées d'un arbre qui porte un fruit de ce nom.

prendre à une pièce de bois qu'on avait apportée du vaisseau pour faire du feu. Cependant, le capitaine, après
avoir reçu sur son bord les gens qui étaient dans la chaloupe et recueilli quelques-uns de ceux qui nageaient, voulut profiter d'un vent frais et favorable qui s'était levé; il fit
hausser les voiles, et m'ôta par là l'espérance de gagner le
vaisseau.

« Je demeurai donc à la merci des flots, poussé tantôt
d'un côté et tantôt d'un autre; je disputai contre eux ma
vie tout le reste du jour et de la nuit suivante. Je n'avais
plus de force le lendemain, et je désespérais d'éviter la
mort, lorsqu'une vague me jeta heureusement contre une
île. Le rivage en était haut et escarpé, et j'aurais eu beaucoup de peine à y monter, si quelques racines d'arbres que
la fortune semblait avoir conservées en cet endroit pour
mon salut ne m'en eussent donné le moyen. Je m'étendis
sur la terre, où je demeurai à demi mort, jusqu'à ce qu'il fît
grand jour et que le soleil parût.

« Alors, quoique je fusse très faible à cause du travail de
la mer, et parce que je n'avais pris aucune nourriture
depuis le jour précédent, je ne laissai pas de me traîner en
cherchant des herbes bonnes à manger. J'en trouvai quelques-unes, et j'eus le bonheur de rencontrer une source
d'eau excellente, qui ne contribua pas peu à me rétablir.
Les forces m'étant revenues, je m'avançai dans l'île, marchant sans tenir de route assurée. J'entrai dans une belle
plaine, où j'aperçus de loin un cheval qui paissait. Je portai mes pas de ce côté-là, flottant entre la crainte et la joie :
car j'ignorais si je n'allais pas chercher ma perte plutôt
qu'une occasion de mettre ma vie en sûreté. Je remarquai,
en approchant, que c'était une cavale attachée à un piquet.
Sa beauté attira mon attention; mais, pendant que je la
regardais, j'entendis la voix d'un homme qui parlait sous
terre. Un moment ensuite, cet homme parut, vint à moi, et
me demanda qui j'étais. Je lui racontai mon aventure;
après quoi, me prenant par la main, il me fit entrer dans
une grotte, où il y avait d'autres personnes qui ne furent
pas moins étonnées de me voir que je l'étais de les trouver
là.

« Je mangeai de quelques mets qu'ils me présentèrent;
puis, leur ayant demandé ce qu'ils faisaient dans un lieu
qui me paraissait si désert, ils me répondirent qu'ils

étaient palefreniers du roi Mihrage, souverain de cette île ;
que chaque année, dans la même saison, ils avaient coutume d'y amener les cavales du roi, qu'ils attachaient de la
manière que je l'avais vu, pour les faire couvrir par un cheval marin qui sortait de la mer ; que le cheval marin, après
les avoir couvertes, se mettait en état de les dévorer ; mais
qu'ils l'en empêchaient par leurs cris, et l'obligeaient à
rentrer dans la mer ; que, les cavales étant pleines, ils les
remenaient, et que les chevaux qui en naissaient étaient
destinés pour le roi et appelés chevaux marins. Ils ajoutèrent qu'ils devaient partir le lendemain, et que, si je
fusse arrivé un jour plus tard, j'aurais péri infailliblement,
parce que les habitations étaient éloignées et qu'il m'eût
été impossible d'y arriver sans guide.

« Tandis qu'ils m'entretenaient ainsi, le cheval marin
sortit de la mer comme ils me l'avaient dit, se jeta sur la
cavale, la couvrit et voulut ensuite la dévorer ; mais, au
grand bruit que firent les palefreniers, il lâcha prise et alla
se replonger dans la mer.

« Le lendemain, ils reprirent le chemin de la capitale de
l'île avec les cavales, et je les accompagnai. A notre arrivée, le roi Mihrage, à qui je fus présenté, me demanda qui
j'étais et par quelle aventure je me trouvais dans ses États.
Dès que j'eus pleinement satisfait sa curiosité, il me témoigna qu'il prenait beaucoup de part à mon malheur. En
même temps, il ordonna qu'on eût soin de moi et que l'on
me fournît toutes les choses dont j'aurais besoin. Cela fut
exécuté de manière que j'eus sujet de me louer de sa générosité et de l'exactitude de ses officiers.

« Comme j'étais marchand, je fréquentai les gens de ma
profession. Je recherchais particulièrement ceux qui
étaient étrangers, tant pour apprendre d'eux des nouvelles
de Bagdad que pour en trouver quelqu'un avec qui je
pusse y retourner : car la capitale du roi Mihrage est
située sur le bord de la mer, et a un beau port où il aborde
tous les jours des vaisseaux de différents endroits du
monde. Je cherchais aussi la compagnie des savants des
Indes, et je prenais plaisir à les entendre parler ; mais cela
ne m'empêchait pas de faire ma cour au roi très régulièrement, ni de m'entretenir avec des gouverneurs et de petits
rois, ses tributaires, qui étaient auprès de sa personne. Ils
me faisaient mille questions sur mon pays ; et, de mon

côté, voulant m'instruire des mœurs ou des lois de leurs États, je leur demandais tout ce qui me semblait mériter ma curiosité.

« Il y a sous la domination du roi Mihrage une île qui porte le nom de Cassel. On m'avait assuré qu'on y entendait toutes les nuits un son de timbales ; ce qui a donné lieu à l'opinion qu'ont les matelots que Deggial[1] y fait sa demeure. Il me prit envie d'être témoin de cette merveille, et je vis dans mon voyage des poissons longs de cent et de deux cents coudées, qui font plus de peur que de mal. Ils sont si timides qu'on les fait fuir en frappant sur des ais. Je remarquai d'autres poissons qui n'étaient que d'une coudée, et qui ressemblaient par la tête à des hiboux.

« A mon retour, comme j'étais un jour sur le port, un navire y vint aborder. Dès qu'il fut à l'ancre, on commença de décharger les marchandises ; et les marchands à qui elles appartenaient les faisaient transporter dans des magasins. En jetant les yeux sur quelques ballots et sur l'écriture qui marquait à qui ils étaient, je vis mon nom dessus, et, après les avoir attentivement examinés, je ne doutai pas que ce ne fussent ceux que j'avais fait charger sur le vaisseau où je m'étais embarqué à Balsora. Je reconnus même le capitaine ; mais, comme j'étais persuadé qu'il me croyait mort, je l'abordai et lui demandai à qui appartenaient les ballots que je voyais. « J'avais sur mon bord, me répondit-il, un marchand de Bagdad, qui se nommait Sindbad. Un jour que nous étions près d'une île, à ce qu'il nous paraissait, il mit pied à terre avec plusieurs passagers dans cette île prétendue, qui n'était autre chose qu'une baleine d'une grosseur énorme, qui s'était endormie à fleur d'eau. Elle ne se sentit pas plus tôt échauffée par le feu qu'on avait allumé sur son dos pour faire la cuisine qu'elle commença de se mouvoir et de s'enfoncer dans la mer. La plupart des personnes qui étaient dessus se noyèrent, et le malheureux Sindbad fut de ce nombre. Ces ballots étaient à lui, et j'ai résolu de les négocier jusqu'à ce que je rencontre quelqu'un de sa famille à qui je puisse rendre le profit que j'aurai fait avec le principal. — Capitaine, lui dis-je alors, je suis ce Sindbad que vous croyez mort, et qui ne l'est pas : ces ballots sont mon bien et ma marchandise... »

---

1. *Deggial*, ou *Dedjál*, est le nom donné à l'Antéchrist.

Scheherazade n'en dit pas davantage cette nuit; mais elle continua le lendemain de cette sorte :

LXXIIe NUIT

Sindbad, poursuivant son histoire, dit à la compagnie :

« Quand le capitaine du vaisseau m'entendit parler ainsi : « Grand Dieu! s'écria-t-il, à qui se fier aujourd'hui? Il n'y a plus de bonne foi parmi les hommes. J'ai vu de mes propres yeux périr Sindbad; les passagers qui étaient sur mon bord l'ont vu comme moi, et vous osez dire que vous êtes ce Sindbad? Quelle audace! A vous voir, il semble que vous soyez un homme de probité; cependant vous dites une horrible fausseté pour vous emparer d'un bien qui ne vous appartient pas. — Donnez-vous patience, repartis-je au capitaine, et me faites la grâce d'écouter ce que j'ai à vous dire. — Hé bien! reprit-il, que direz-vous? Parlez, je vous écoute. » Je lui racontai alors de quelle manière je m'étais sauvé, et par quelle aventure j'avais rencontré les palefreniers du roi Mihrage, qui m'avaient amené à sa cour.

« Il se sentit ébranlé de mon discours; mais il fut bientôt persuadé que je n'étais pas un imposteur : car il arriva des gens de son navire qui me reconnurent et me firent de grands compliments, en me témoignant la joie qu'ils avaient de me revoir. Enfin, il me reconnut aussi lui-même, et, se jetant à mon cou : « Dieu soit loué, me dit-il, de ce que vous êtes heureusement échappé d'un si grand danger! je ne puis assez vous marquer le plaisir que j'en ressens. Voilà votre bien, prenez-le, il est à vous; faites-en ce qu'il vous plaira. » Je le remerciai, je louai sa probité, et, pour la reconnaître, je le priai d'accepter quelques marchandises que je lui présentai; mais il les refusa.

« Je choisis ce qu'il y avait de plus précieux dans mes ballots, et j'en fis présent au roi Mihrage. Comme ce prince savait la disgrâce qui m'était arrivée, il me demanda où j'avais pris des choses si rares. Je lui contai par quel hasard je venais de les recouvrer; il eut la bonté de m'en témoigner de la joie; il accepta mon présent et m'en fit de beaucoup plus considérables. Après cela, je pris congé de lui et me rembarquai sur le même vaisseau. Mais, avant mon embarquement, j'échangeai les marchandises qui me restaient contre d'autres du pays. J'emportai avec moi du bois d'aloès, du sandal, du camphre, de la muscade, du clou de girofle, du poivre et du gingembre. Nous passâmes par plusieurs îles, et nous abordâmes enfin à Balsora, d'où j'arrivai en cette ville avec la valeur d'environ cent mille sequins. Ma famille me reçut, et je la revis avec tous les transports que peut causer une amitié vive et sincère. J'achetai des esclaves de l'un et de l'autre sexe, de belles terres, et je fis une grosse maison. Ce fut ainsi que je m'établis, résolu d'oublier les maux que j'avais soufferts et de jouir des plaisirs de la vie. »

Sindbad, s'étant arrêté en cet endroit, ordonna aux joueurs d'instruments de recommencer leurs concerts, qu'il avait interrompus par le récit de son histoire. On continua jusqu'au soir de boire et de manger, et, lorsqu'il fut temps de se retirer, Sindbad se fit apporter une bourse de cent sequins, et, la donnant au porteur : « Prenez, Hindbad, lui dit-il ; retournez chez vous, et revenez demain entendre la suite de mes aventures. » Le porteur se retira fort confus de l'honneur et du présent qu'il venait de recevoir. Le récit qu'il en fit au logis fut très agréable à sa femme et à ses enfants, qui ne manquèrent pas de remercier Dieu du bien que la Providence leur faisait par l'entremise de Sindbad.

Hindbad s'habilla le lendemain plus proprement que le jour précédent, et retourna chez le voyageur libéral, qui le reçut d'un air riant et lui fit mille caresses. Dès que les conviés furent tous arrivés, on servit et l'on tint table fort longtemps. Le repas fini, Sindbad prit la parole, et, s'adressant à la compagnie : « Messeigneurs, dit-il, je vous prie de me donner audience et de vouloir bien écouter les aventures de mon second voyage ; elles sont plus dignes de votre attention que celles du premier. » Tout le monde garda le silence, et Sindbad parla en ces termes :

SECOND VOYAGE DE SINDBAD

LE MARIN

« J'avais résolu, après mon premier voyage, de passer tranquillement le reste de mes jours à Bagdad, comme j'eus l'honneur de vous le dire hier. Mais je ne fus pas longtemps sans m'ennuyer d'une vie oisive ; l'envie de voyager et de négocier par mer me reprit : j'achetai des marchandises propres à faire le trafic que je méditais, et je partis une seconde fois avec d'autres marchands dont la probité m'était connue. Nous nous embarquâmes sur un bon navire, et, après nous être recommandés à Dieu, nous commençâmes notre navigation.

« Nous allions d'île en île, et nous y faisions des trocs fort avantageux. Un jour, nous descendîmes en l'une, qui était couverte de plusieurs sortes d'arbres fruitiers, mais si déserte que nous n'y découvrîmes aucune habitation, et même pas une âme. Nous allâmes prendre l'air dans les prairies et le long des ruisseaux qui les arrosaient.

« Pendant que les uns se divertissaient à cueillir des fleurs et les autres des fruits, je pris mes provisions et du vin que j'avais apporté et m'assis près d'une eau coulant entre de grands arbres qui formaient un bel ombrage. Je fis un assez bon repas de ce que j'avais ; après quoi le sommeil vint s'emparer de mes sens. Je ne vous dirai pas si je dormis longtemps ; mais, quand je me réveillai, je ne vis plus le navire à l'ancre... »

Là, Schéherazade fut obligée d'interrompre son récit, parce qu'elle vit que le jour paraissait ; mais la nuit suivante elle continua de cette manière le second voyage de Sindbad :

LXXIIIe NUIT

« Je fus bien étonné, dit Sindbad, de ne plus voir le vaisseau à l'ancre ; je me levai, je regardai de toutes parts, et je ne vis pas un des marchands qui étaient descendus dans l'île avec moi. J'aperçus seulement le navire à la voile, mais si éloigné que je le perdis de vue peu de temps après.

« Je vous laisse à imaginer les réflexions que je fis dans un état si triste. Je pensai mourir de douleur. Je poussai des cris épouvantables ; je me frappai la tête, et me jetai par terre, où je demeurai longtemps abîmé dans une confusion mortelle de pensées toutes plus affligeantes les unes que les autres. Je me reprochai cent fois de ne m'être pas contenté de mon premier voyage, qui devait m'avoir fait perdre pour jamais l'envie d'en faire d'autres. Mais tous mes regrets étaient inutiles et mon repentir hors de saison.

« A la fin, je me résignai à la volonté de Dieu, et, sans savoir ce que je deviendrais, je montai au haut d'un grand arbre, d'où je regardai de tous côtés pour voir si je ne découvrirais rien qui pût me donner quelque espérance. En jetant les yeux sur la mer, je ne vis que de l'eau et le ciel ; mais, ayant aperçu du côté de la terre quelque chose de blanc, je descendis de l'arbre, et, avec ce qui me restait de vivres, je marchai vers cette blancheur, qui était si éloignée que je ne pouvais pas bien distinguer ce que c'était.

« Lorsque j'en fus à une distance raisonnable, je remarquai que c'était une boule blanche d'une hauteur et d'une grosseur prodigieuses. Dès que j'en fus près, je la touchai et la trouvai fort douce. Je tournai à l'entour pour voir s'il n'y avait point d'ouverture ; je n'en pus découvrir aucune, et il me parut qu'il était impossible de monter dessus, tant elle était unie. Elle pouvait avoir cinquante pas en rondeur.

« Le soleil alors était prêt à se coucher. L'air s'obscurcit tout à coup comme s'il eût été couvert d'un nuage épais. Mais, si je fus étonné de cette obscurité, je le fus bien davantage quand je m'aperçus que ce qui la causait était un oiseau d'une grandeur et d'une grosseur extraordinaires, qui s'avançait de mon côté en volant. Je me souvins d'un oiseau appelé roc dont j'avais souvent ouï parler aux matelots, et je conçus que la grosse boule que j'avais tant admirée devait être un œuf de cet oiseau. En effet, il s'abattit et se posa dessus, comme pour le couver. En le voyant venir, je m'étais serré fort près de l'œuf, de sorte que j'eus devant moi un des pieds de l'oiseau, et ce pied était aussi gros qu'un gros tronc d'arbre. Je m'y attachai fortement avec la toile dont mon turban était environné, dans l'espérance que le roc, lorsqu'il reprendrait son vol le lendemain, m'emporterait hors de cette île déserte. Effectivement, après avoir passé la nuit en cet état, d'abord qu'il fut jour, l'oiseau s'envola et m'enleva si haut que je ne voyais plus la terre ; puis il descendit tout à coup avec tant de rapidité que je ne me sentais pas. Lorsque le roc fut posé et que je me vis à terre, je déliai promptement le nœud qui me tenait attaché à son pied. J'avais à peine achevé de me détacher qu'il donna du bec sur un serpent d'une longueur inouïe. Il le prit et s'envola aussitôt.

« Le lieu où il me laissa était une vallée très profonde,

environnée de toutes parts de montagnes si hautes qu'elles se perdaient dans la nue, et tellement escarpées qu'il n'y avait aucun chemin par où l'on y pût monter. Ce fut un nouvel embarras pour moi, et, comparant cet endroit à l'île déserte que je venais de quitter, je trouvai que je n'avais rien gagné au change.

« En marchant par cette vallée, je remarquai qu'elle était parsemée de diamants, dont il y en avait d'une grosseur surprenante ; je pris beaucoup de plaisir à les regarder ; mais j'aperçus bientôt de loin des objets qui diminuèrent fort ce plaisir, et que je ne pus voir sans effroi. C'étaient un grand nombre de serpents si gros et si longs qu'il n'y en avait pas un qui n'eût englouti un éléphant. Ils se retiraient pendant le jour dans leurs antres, où ils se cachaient à cause du roc leur ennemi, et ils n'en sortaient que la nuit.

« Je passai la journée à me promener dans la vallée, et à me reposer de temps en temps dans les endroits les plus commodes. Cependant le soleil se coucha ; et, à l'entrée de la nuit, je me retirai dans une grotte où je jugeai que je serais en sûreté. J'en bouchai l'entrée, qui était basse et étroite, avec une pierre assez grosse pour me garantir des serpents, mais qui n'était pas assez juste pour empêcher qu'il n'y entrât un peu de lumière. Je soupai d'une partie de mes provisions, au bruit des serpents qui commencèrent à paraître. Leurs affreux sifflements me causèrent une frayeur extrême et ne me permirent pas, comme vous pouvez penser, de passer la nuit fort tranquillement. Le jour étant venu, les serpents se retirèrent. Alors je sortis de ma grotte en tremblant, et je puis dire que je marchai longtemps sur des diamants sans en avoir la moindre envie. A la fin, je m'assis, et, malgré l'inquiétude dont j'étais agité, comme je n'avais pas fermé l'œil de toute la nuit, je m'endormis après avoir fait encore un repas de mes provisions. Mais j'étais à peine assoupi que quelque chose qui tomba près de moi avec grand bruit me réveilla. C'était une grosse pièce de viande fraîche, et, dans le moment, j'en vis rouler plusieurs autres du haut des rochers en différents endroits.

« J'avais toujours tenu pour un conte fait à plaisir ce que j'avais ouï dire plusieurs fois à des matelots et à d'autres personnes touchant la vallée des diamants, et l'adresse dont se servaient quelques marchands pour en tirer ces pierres précieuses. Je connus bien qu'ils m'avaient dit la vérité. En effet, ces marchands se rendent auprès de cette vallée dans le temps que les aigles ont des petits. Ils découpent de la viande et la jettent par grosses pièces dans la vallée; les diamants sur la pointe desquels elles tombent s'y attachent. Les aigles, qui sont en ce pays-là plus forts qu'ailleurs, vont fondre sur ces pièces de viande, et les emportent dans leurs nids au haut des rochers pour servir de pâture à leur aiglons. Alors les marchands, courant aux nids, obligent, par leurs cris, les aigles à s'éloigner, et prennent les diamants qu'ils trouvent attachés aux pièces de viande. Ils se servent de cette ruse parce qu'il n'y a pas d'autre moyen de tirer les diamants de cette vallée, qui est un précipice dans lequel on ne saurait descendre.

« J'avais cru jusque-là qu'il ne me serait pas possible de sortir de cet abîme, que je regardais comme mon tombeau; mais je changeai de sentiment; et ce que je venais de voir me donna lieu d'imaginer le moyen de conserver ma vie... »

Le jour qui parut en cet endroit imposa silence à Scheherazade; mais elle poursuivit cette histoire le lendemain.

LXXIVe NUIT

Sire, dit-elle en s'adressant toujours au sultan des Indes, Sindbad continua de raconter les aventures de son second voyage à la compagnie qui l'écoutait :

« Je commençai, dit-il, par amasser les plus gros diamants qui se présentèrent à mes yeux, et j'en remplis la bourse de cuir qui m'avait servi à mettre mes provisions de bouche. Je pris ensuite la pièce de viande qui me parut la plus longue, et l'attachai fortement autour de moi avec la toile de mon turban, et en cet état je me couchai le ventre contre terre, la bourse de cuir attachée à ma ceinture de manière qu'elle ne pouvait tomber.

« Je ne fus pas plus tôt en cette situation que les aigles vinrent; chacune se saisit d'une pièce de viande qu'elle emporta; et une des plus puissantes, m'ayant enlevé de même avec le morceau de viande dont j'étais enveloppé, me porta au haut de la montagne jusque dans son nid. Les

marchands ne manquèrent point alors de crier pour épouvanter les aigles; et, lorsqu'ils les eurent obligées à quitter
leur proie, un d'entre eux s'approcha de moi; mais il fut
saisi de crainte quand il m'aperçut. Il se rassura pourtant,
et, au lieu de s'informer par quelle aventure je me trouvais
là, il commença de me quereller en me demandant pourquoi je lui ravissais son bien. «Vous me parlerez, lui
dis-je, avec plus d'humanité lorsque vous m'aurez mieux
connu. Consolez-vous, ajoutai-je; j'ai des diamants pour
vous et pour moi plus que n'en peuvent avoir tous les
autres marchands ensemble. S'ils en ont, ce n'est que par
hasard; mais j'ai choisi moi-même, au fond de la vallée,
ceux que j'apporte dans cette bourse que vous voyez.» En
disant cela, je la lui montrai. Je n'avais pas achevé de parler que les autres marchands qui m'aperçurent s'attroupèrent autour de moi, fort étonnés de me voir, et j'augmentai leur surprise par le récit de mon histoire. Ils
n'admirèrent pas tant le stratagème que j'avais imaginé
pour me sauver que ma hardiesse à le tenter.

«Ils m'emmenèrent au logement où ils demeuraient
tous ensemble; et là, ayant ouvert ma bourse en leur présence, la grosseur de mes diamants les surprit, et ils
m'avouèrent que dans toutes les cours où ils avaient été ils
n'en avaient pas vu un qui en approchât. Je priai le marchand à qui appartenait le nid où j'avais été transporté,
car chaque marchand avait le sien, je le priai, dis-je, d'en
choisir pour sa part autant qu'il en voudrait. Il se contenta
d'en prendre un seul, encore le prit-il des moins gros; et,
comme je le pressais d'en recevoir d'autres sans craindre
de me faire tort : «Non, me dit-il; je suis fort satisfait de
celui-ci, qui est assez précieux pour m'épargner la peine
de faire désormais d'autres voyages pour l'établissement
de ma petite fortune.»

«Je passai la nuit avec ces marchands, à qui je racontai
une seconde fois mon histoire pour la satisfaction de ceux
qui ne l'avaient pas entendue. Je ne pouvais modérer ma
joie quand je faisais réflexion que j'étais hors des périls
dont je vous ai parlé. Il me semblait que l'état où je me
trouvais était un songe, et je ne pouvais croire que je
n'eusse plus rien à craindre.

«Il y avait déjà plusieurs jours que les marchands
jetaient des pièces de viande dans la vallée, et, comme

chacun paraissait content des diamants qui lui étaient échus, nous partîmes le lendemain tous ensemble, et nous marchâmes par de hautes montagnes où il y avait des serpents d'une longueur prodigieuse, que nous eûmes le bonheur d'éviter. Nous gagnâmes le premier port, d'où nous passâmes à l'île de Roha, où croît l'arbre dont on tire le camphre et qui est si gros et si touffu que cent hommes y peuvent être à l'ombre aisément. Le suc dont se forme le camphre coule par une ouverture que l'on fait au haut de l'arbre, et se reçoit dans un vase où il prend consistance et devient ce qu'on appelle camphre. Le suc ainsi tiré, l'arbre se sèche et meurt.

« Il y a dans la même île des rhinocéros, qui sont des animaux plus petits que l'éléphant et plus grands que le buffle ; ils ont une corne sur le nez, longue environ d'une coudée ; cette corne est solide et coupée par le milieu d'une extrémité à l'autre. On voit dessus des traits blancs qui représentent la figure d'un homme. Le rhinocéros se bat avec l'éléphant, le perce de sa corne par-dessous le ventre, l'enlève et le porte sur sa tête ; mais, comme le sang et la graisse de l'éléphant lui coulent sur les yeux et l'aveuglent, il tombe par terre, et, ce qui va vous étonner, le roc vient, qui les enlève tous deux entre ses griffes et les emporte pour nourrir ses petits.

« Je passe sous silence plusieurs autres particularités de cette île, de peur de vous ennuyer. J'y échangeai quelques-uns de mes diamants contre de bonnes marchandises. De là, nous allâmes à d'autres îles ; et enfin, après avoir touché à plusieurs villes marchandes de terre ferme, nous abordâmes à Balsora, d'où je me rendis à Bagdad. J'y fis d'abord de grandes aumônes aux pauvres, et je jouis honorablement du reste des richesses immenses que j'avais apportées et gagnées avec tant de fatigues. »

Ce fut ainsi que Sindbad raconta son second voyage. Il fit donner encore cent sequins à Hindbad, qu'il invita à venir le lendemain entendre le récit du troisième. Les conviés retournèrent chez eux, et revinrent le jour suivant à la même heure, de même que le porteur, qui avait déjà presque oublié sa misère passée. On se mit à table, et, après le repas, Sindbad, ayant demandé audience, fit de cette sorte le détail de son troisième voyage :

TROISIÈME VOYAGE DE SINDBAD

LE MARIN

« J'eus bientôt perdu, dit-il, dans les douceurs de la vie que je menais, le souvenir des dangers que j'avais courus dans mes deux voyages; mais, comme j'étais à la fleur de mon âge, je m'ennuyai de vivre dans le repos; et, m'étourdissant sur les nouveaux périls que je voulais affronter, je partis de Bagdad avec de riches marchandises du pays, que je fis transporter à Balsora. Là, je m'embarquai encore avec d'autres marchands. Nous fîmes une longue navigation, et nous abordâmes à plusieurs ports, où nous fîmes un commerce considérable.

Un jour que nous étions en pleine mer, nous fûmes battus d'une tempête horrible qui nous fit perdre notre route. Elle continua plusieurs jours, et nous poussa devant le port d'une île où le capitaine aurait fort souhaité de se dispenser d'entrer; mais nous fûmes bien obligés d'y aller mouiller. Lorsqu'on eut plié les voiles, le capitaine nous dit : « Cette île et quelques autres voisines sont habitées par des sauvages tout velus qui vont venir nous assaillir. Quoique ce soient des nains, notre malheur veut que nous ne fassions pas la moindre résistance, parce qu'ils sont en plus grand nombre que les sauterelles, et que, s'il nous arrivait d'en tuer quelqu'un, ils se jetteraient tous sur nous et nous assommeraient. »

Le jour, qui vint éclairer l'appartement de Schahriar, empêcha Scheherazade d'en dire davantage. La nuit suivante, elle reprit la parole en ces termes :

LXXVᵉ NUIT

« Le discours du capitaine, dit Sindbad, mit tout l'équipage dans une grande consternation, et nous connûmes bientôt que ce qu'il venait de nous dire n'était que trop véritable. Nous vîmes paraître une multitude innombrable de sauvages hideux, couverts par tout le corps d'un poil roux, et hauts seulement de deux pieds. Ils se jetèrent à la nage et environnèrent en peu de temps notre vaisseau. Ils nous parlaient en approchant; mais nous n'entendions pas leur langage. Ils se prirent aux bords et aux cordages du navire, et grimpèrent de tous côtés jusqu'au tillac avec une si grande agilité et avec tant de vitesse qu'il ne paraissait pas qu'ils posassent leurs pieds.

« Nous leur vîmes faire cette manœuvre avec la frayeur que vous pouvez vous imaginer, sans oser nous mettre en défense, ni leur dire un seul mot pour tâcher de les détourner de leur dessein, que nous soupçonnions être funeste. Effectivement, ils déplièrent les voiles, coupèrent le câble et l'ancre sans se donner la peine de la tirer; et, après avoir fait approcher de terre le vaisseau, ils nous firent tous débarquer. Ils emmenèrent ensuite le navire en une autre île d'où ils étaient venus. Tous les voyageurs évitaient avec soin celle où nous étions alors, et il était très dangereux de s'y arrêter pour la raison que vous allez entendre; mais il nous fallut prendre notre mal en patience.

« Nous nous éloignâmes du rivage, et, en nous avançant dans l'île, nous trouvâmes quelques fruits et des herbes, dont nous mangeâmes pour prolonger le dernier moment de notre vie le plus qu'il nous était possible : car nous nous attendions tous à une mort certaine. En marchant, nous aperçûmes assez loin de nous un grand édifice, vers où nous tournâmes nos pas. C'était un palais bien bâti et fort élevé, qui avait une porte d'ébène à deux battants, que nous ouvrîmes en la poussant. Nous entrâmes dans la cour, et nous vîmes en face un vaste appartement avec un vestibule, où il y avait, d'un côté, un monceau d'ossements humains et, de l'autre, une infinité de broches à rôtir. Nous tremblâmes à ce spectacle, et, comme nous étions fatigués d'avoir marché, les jambes nous manquèrent : nous tombâmes par terre, saisis d'une frayeur mortelle, et nous y demeurâmes très longtemps immobiles.

« Le soleil se couchait; et, tandis que nous étions dans l'état pitoyable que je viens de vous dire, la porte de l'appartement s'ouvrit avec beaucoup de bruit, et aussitôt nous en vîmes sortir une horrible figure d'homme noir de la hauteur d'un grand palmier. Il avait au milieu du front un seul œil rouge et ardent comme un charbon allumé; les dents de devant, qu'il avait fort longues et fort aiguës, lui sortaient de la bouche, qui n'était pas moins fendue que celle d'un cheval; et la lèvre inférieure lui descendait sur la poitrine. Ses oreilles ressemblaient à celles d'un éléphant et lui couvraient les épaules. Il avait les ongles crochus et longs comme les griffes des plus grands oiseaux. A la vue d'un géant[1] si effroyable, nous perdîmes tous connaissance, et demeurâmes comme morts.

« A la fin, nous revînmes à nous, et nous le vîmes assis sous le vestibule, qui nous examinait de tout son œil. Quand il nous eut bien considérés, il s'avança vers nous, et, s'étant approché, il étendit la main sur moi, me prit par la nuque du col, et me tourna de tous côtés, comme un boucher qui manie une tête de mouton. Après m'avoir bien regardé, voyant que j'étais si maigre que je n'avais que la peau et les os, il me lâcha. Il prit les autres tour à tour, les examina de la même manière, et, comme le capitaine était le plus gras de tout l'équipage, il le tint d'une main ainsi que j'aurais tenu un moineau, et lui passa une broche au travers du corps ; ayant ensuite allumé un grand feu, il le fit rôtir, et le mangea à son souper, dans l'appartement où il s'était retiré. Ce repas achevé, il revint sous le vestibule, où il se coucha et s'endormit en ronflant d'une manière plus bruyante que le tonnerre. Son sommeil dura jusqu'au lendemain matin. Pour nous, il ne nous fut pas possible de goûter la douceur du repos, et nous passâmes la nuit dans la plus cruelle inquiétude dont on puisse être agité. Le jour étant venu, le géant se réveilla, se leva, sortit, et nous laissa dans le palais.

« Lorsque nous le crûmes éloigné, nous rompîmes le triste silence que nous avions gardé toute la nuit, et, nous affligeant tous comme à l'envi l'un de l'autre, nous fîmes retentir le palais de plaintes et de gémissements. Quoique nous fussions en assez grand nombre et que nous n'eussions qu'un seul ennemi, nous n'eûmes pas d'abord la pensée de nous délivrer de lui par sa mort. Cette entreprise, bien que fort difficile à exécuter, était pourtant celle que nous devions naturellement former.

« Nous délibérâmes sur plusieurs autres partis, mais nous ne nous déterminâmes à aucun, et, nous soumettant à ce qu'il plairait à Dieu d'ordonner de notre sort, nous passâmes la journée à parcourir l'île en nous nourrissant de fruits et de plantes comme le jour précèdent. Sur le soir, nous cherchâmes quelque endroit à nous mettre à

---

1. Ce conte du géant est très probablement imité de l'épisode de Polyphème, dans l'*Odyssée*.

couvert; mais nous n'en trouvâmes point, et nous fûmes obligés malgré nous de retourner au palais.

« Le géant ne manqua pas d'y revenir et de souper encore d'un de nos compagnons, après quoi il s'endormit et ronfla jusqu'au jour, qu'il sortit, et nous laissa comme il avait déjà fait. Notre condition nous parut si affreuse que plusieurs de nos camarades furent sur le point d'aller se précipiter dans la mer, plutôt que d'attendre une mort si étrange; et ceux-là excitaient les autres à suivre leur conseil. Mais un de la compagnie, prenant alors la parole : « Il nous est défendu, dit-il, de nous donner nous-mêmes la mort; et, quand cela serait permis, n'est-il pas plus raisonnable que nous songions au moyen de nous défaire du barbare qui nous destine un trépas si funeste? »

« Comme il m'était venu dans l'esprit un projet sur cela, je le communiquai à mes camarades, qui l'approuvèrent. « Mes frères, leur dis-je alors, vous savez qu'il y a beaucoup de bois le long de la mer; si vous m'en croyez, construisons plusieurs radeaux qui puissent nous porter, et, dès qu'ils seront achevés, nous les laisserons sur la côte jusqu'à ce que nous jugions à propos de nous en servir. Cependant, nous exécuterons le dessein que je vous ai proposé pour nous délivrer du géant : s'il réussit, nous pourrons attendre ici avec patience qu'il passe quelque vaisseau qui nous retire de cette île fatale; si au contraire nous manquons notre coup, nous gagnerons promptement nos radeaux, et nous nous mettrons en mer. J'avoue qu'en nous exposant à la fureur des flots sur de si fragiles bâtiments, nous courons risque de perdre la vie; mais, quand nous devrions périr, n'est-il pas plus doux de nous laisser ensevelir dans la mer que dans les entrailles de ce monstre, qui a déjà dévoré deux de nos compagnons? » Mon avis fut goûté de tout le monde, et nous construisîmes des radeaux capables de porter trois personnes.

Nous retournâmes au palais vers la fin du jour, et le géant y arriva peu de temps après nous. Il fallut encore nous résoudre à voir rôtir un de nos camarades. Mais enfin voici de quelle manière nous nous vengeâmes de la cruauté du géant. Après qu'il eut achevé son détestable souper, il se coucha sur le dos et s'endormit[1]. D'abord que

---

1. Il est à croire que l'auteur arabe a tiré ce conte de l'Odyssée d'Homère.

nous l'entendîmes ronfler selon sa coutume, neuf des plus hardis d'entre nous et moi, nous prîmes chacun une broche, nous en mîmes la pointe dans le feu pour la faire rougir, et ensuite nous la lui enfonçâmes dans l'œil en même temps, et nous le lui crevâmes.

« La douleur que sentit le géant lui fit pousser un cri effroyable. Il se leva brusquement, et étendit les mains de tous côtés pour se saisir de quelqu'un de nous, afin de le sacrifier à sa rage ; mais nous eûmes le temps de nous éloigner de lui, et de nous jeter contre terre dans des endroits où il ne pouvait nous rencontrer sous ses pieds. Après nous avoir cherchés vainement, il trouva la porte à tâtons et sortit avec des hurlements épouvantables... »

Scheherazade n'en dit pas davantage cette nuit ; mais la nuit suivante elle reprit ainsi cette histoire :

LXXVIᵉ NUIT

« Nous sortîmes du palais après le géant, poursuivit Sindbad, et nous nous rendîmes au bord de la mer dans l'endroit où étaient nos radeaux. Nous les mîmes d'abord à l'eau, et nous attendîmes qu'il fît jour pour nous jeter dessus, supposé que nous vissions le géant venir à nous avec quelque guide de son espèce ; mais nous nous flattions que, s'il ne paraissait pas lorsque le soleil serait levé, et que nous n'entendissions plus ses hurlements, que nous ne cessions pas d'ouïr, ce serait une marque qu'il aurait perdu la vie, et, en ce cas, nous nous proposions de rester dans l'île et de ne pas nous risquer sur nos radeaux. Mais à peine fut-il jour que nous aperçûmes notre cruel ennemi, accompagné de deux géants à peu près de sa grandeur qui le conduisaient, et d'un assez grand nombre d'autres encore qui marchaient devant lui à pas précipités.

« A cet objet, nous ne balançâmes point à nous jeter sur nos radeaux, et nous commençâmes à nous éloigner du rivage à force de rames. Les géants, qui s'en aperçurent, se munirent de grosses pierres, accoururent sur la rive, entrèrent même dans l'eau jusqu'à la moitié du corps, et nous les jetèrent si adroitement qu'à la réserve du radeau sur lequel j'étais tous les autres en furent brisés, et les hommes qui étaient dessus se noyèrent. Pour moi et mes deux compagnons, comme nous ramions de toutes nos forces, nous nous trouvâmes les plus avancés dans la mer et hors de la portée des pierres.

« Quand nous fûmes en pleine mer, nous devînmes le jouet du vent et des flots qui nous jetaient tantôt d'un côté, et tantôt d'un autre, et nous passâmes ce jour-là et la nuit suivante dans une cruelle incertitude de notre destinée; mais le lendemain nous eûmes le bonheur d'être poussés contre une île où nous nous sauvâmes avec bien de la joie. Nous y trouvâmes d'excellents fruits, qui nous furent d'un grand secours pour réparer les forces que nous avions perdues.

« Sur le soir, nous nous endormîmes sur le bord de la mer; mais nous fûmes réveillés par le bruit qu'un serpent long comme un palmier faisait de ses écailles en rampant sur la terre. Il se trouva si près de nous qu'il engloutit un de mes deux camarades, malgré les cris et les efforts qu'il put faire pour se débarrasser du serpent, qui, le secouant à plusieurs reprises, l'écrasa contre terre et acheva de l'avaler. Nous prîmes aussitôt la fuite, l'autre camarade et moi; et, quoique nous fussions assez éloignés, nous entendîmes, quelque temps après, un bruit qui nous fit juger que le serpent rendait les os du malheureux qu'il avait surpris. En effet, nous les vîmes le lendemain avec horreur. « O Dieu! m'écriai-je alors, à quoi nous sommes-nous exposés! Nous nous réjouissions hier d'avoir dérobé nos vies à la cruauté d'un géant et à la fureur des eaux, et nous voilà tombés dans un péril qui n'est pas moins terrible. »

« Nous remarquâmes, en nous promenant, un gros arbre fort haut, sur lequel nous projetâmes de passer la nuit suivante pour nous mettre en sûreté. Nous mangeâmes encore des fruits comme le jour précédent; et, à la fin du jour, nous montâmes sur l'arbre. Nous entendîmes bientôt le serpent, qui vint en sifflant jusqu'au pied de l'arbre où nous étions. Il s'éleva contre le tronc, et, rencontrant mon camarade qui était plus bas que moi, il l'engloutit tout d'un coup, et se retira.

« Je demeurai sur l'arbre jusqu'au jour, et alors j'en descendis plus mort que vif. Effectivement, je ne pouvais attendre un autre sort que celui de mes deux compagnons, et, cette pensée me faisant frémir d'horreur, je fis quelques pas pour m'aller jeter dans la mer ; mais, comme il est doux de vivre le plus longtemps qu'on peut, je résistai à ce mouvement de désespoir, et me soumis à la volonté de Dieu qui dispose à son gré de nos vies.

« Je ne laissai pas toutefois d'amasser une grande quantité de menu bois, de ronces et d'épines sèches. J'en fis plusieurs fagots que je liai ensemble, après en avoir fait un grand cercle autour de l'arbre, et j'en liai quelques-uns en travers par-dessus pour me couvrir la tête. Cela étant fait, je m'enfermai dans ce cercle à l'entrée de la nuit, avec la triste consolation de n'avoir rien négligé pour me garantir du cruel sort qui me menaçait. Le serpent ne manqua pas de revenir et de tourner autour de l'arbre, cherchant à me dévorer ; mais il n'y put réussir à cause du rempart que je m'étais fabriqué, et il fit en vain, jusqu'au jour, le manège d'un chat qui assiège une souris dans un asile qu'il ne peut forcer. Enfin, le jour étant venu, il se retira ; mais je n'osai sortir de mon fort que le soleil ne parût.

« Je me trouvai si fatigué du travail qu'il m'avait donné, j'avais tant souffert de son haleine empestée, que, la mort me paraissant préférable à cette horreur, je m'éloignai de l'arbre ; et, sans me souvenir de la résignation où j'étais le jour précédent, je courus vers la mer dans le dessein de m'y précipiter la tête la première... »

A ces mots, Scheherazade, voyant qu'il était jour, cessa de parler. Le lendemain, elle continua cette histoire, et dit au sultan :

LXXVIIᵉ NUIT

Sire, Sindbad, poursuivant son troisième voyage :

« Dieu, dit-il, fut touché de mon désespoir : dans le temps que j'allais me jeter dans la mer, j'aperçus un navire assez éloigné du rivage. Je criai de toute ma force pour me faire entendre, et je dépliai la toile de mon turban pour qu'on me remarquât. Cela ne fut pas inutile : tout l'équipage m'aperçut, et le capitaine m'envoya la chaloupe. Quand je fus à bord, les marchands et les matelots me demandèrent avec beaucoup d'empressement par quelle aventure je m'étais trouvé dans cette île déserte ; et, après que je leur eus raconté tout ce qui m'était arrivé, les plus anciens me dirent qu'ils avaient plusieurs fois entendu parler des géants qui demeuraient dans cette île; qu'on leur avait assuré que c'étaient des anthropophages, et qu'ils mangeaient les hommes crus aussi bien que rôtis. A l'égard des serpents, ils ajoutèrent qu'il y en avait en abondance dans cette île; qu'ils se cachaient le jour, et se montraient la nuit. Après qu'ils m'eurent témoigné qu'ils avaient bien de la joie de me voir échappé de tant de périls, comme ils ne doutaient pas que je n'eusse besoin de manger, ils s'empressèrent de me régaler de ce qu'ils avaient de meilleur; et le capitaine, remarquant que mon habit était tout en lambeaux, eut la générosité de m'en faire donner un des siens.

« Nous courûmes la mer quelque temps; nous touchâmes à plusieurs îles, et nous abordâmes enfin à celle de Salahat, d'où l'on tire le sandal, qui est un bois de grand usage dans la médecine. Nous entrâmes dans le port, et nous y mouillâmes. Les marchands commencèrent à faire débarquer leurs marchandises pour les vendre ou les échanger. Pendant ce temps-là, le capitaine m'appela et me dit : « Frère, j'ai en dépôt des marchandises qui appartenaient à un marchand qui a navigué quelque temps sur mon navire. Comme ce marchand est mort, je les fais valoir, pour en rendre compte à ses héritiers lorsque j'en rencontrerai quelqu'un. » Les ballots dont il entendait parler étaient déjà sur le tillac. Il me les montra en me disant : « Voilà les marchandises en question; j'espère que vous voudrez bien vous charger d'en faire commerce, sous la condition du droit dû à la peine que vous prendrez. » J'y consentis, en le remerciant de ce qu'il me donnait occasion de ne pas demeurer oisif.

« L'écrivain du navire enregistrait tous les ballots avec les noms des marchands à qui ils appartenaient. Comme il demandait au capitaine sous quel nom il voulait qu'il enregistrât ceux dont il venait de me charger : « Écrivez, lui répondit le capitaine, sous le nom de Sindbad le marin. » Je ne pus m'entendre nommer sans émotion; et, envisageant le capitaine, je le reconnus pour celui qui, dans mon second voyage, m'avait abandonné dans l'île où je m'étais endormi au bord d'un ruisseau, et qui avait remis à la voile sans m'attendre ou me faire chercher. Je ne me l'étais pas remis d'abord à cause du changement qui s'était fait en sa personne depuis le temps que je ne l'avais vu.

« Pour lui, qui me croyait mort, il ne faut pas s'étonner s'il ne me reconnut pas. « Capitaine, lui dis-je, est-ce que le marchand à qui étaient ces ballots s'appelait Sindbad ? — Oui, me répondit-il, il se nommait de la sorte ; il était de Bagdad, et il s'était embarqué sur mon vaisseau à Balsora. Un jour que nous descendîmes dans une île pour faire de l'eau et prendre quelques rafraîchissements, je ne sais par quelle méprise je remis à la voile sans prendre garde qu'il ne s'était pas rembarqué avec les autres. Nous ne nous en aperçûmes, les marchands et moi, que quatre heures après. Nous avions le vent en poupe, et si frais qu'il ne nous fut pas possible de revirer de bord pour aller le reprendre. — Vous le croyez donc mort ? repris-je. — Assurément, repartit-il. — Hé bien ! capitaine, lui répliquai-je, ouvrez les yeux, et connaissez ce Sindbad que vous laissâtes dans cette île déserte ! Je m'endormis au bord d'un ruisseau, et, quand je me réveillai, je ne vis plus personne de l'équipage. » A ces mots, le capitaine s'attacha à me regarder... »

Scheherazade, en cet endroit, s'apercevant qu'il était jour, fut obligée de garder le silence. Le lendemain, elle reprit ainsi le fil de sa narration :

LXXVIIIe NUIT

« Le capitaine, dit Sindbad, après m'avoir fort attentivement considéré, me reconnut enfin. « Dieu soit loué ! s'écria-t-il en m'embrassant ; je suis ravi que la fortune ait réparé ma faute. Voilà vos marchandises que j'ai toujours pris soin de conserver et de faire valoir dans tous les ports où j'ai abordé. Je vous les rends avec le profit que j'en ai tiré. » Je les pris, en témoignant au capitaine toute la reconnaissance que je lui devais.

« De l'île de Salahat, nous allâmes à une autre, où je me fournis de clous de girofle, de cannelle et d'autres épiceries. Quand nous nous en fûmes éloignés, nous vîmes une tortue qui avait vingt coudées en longueur et en largeur ; nous remarquâmes aussi un poisson qui tenait de la vache ; il avait du lait, et sa peau est d'une si grande dureté qu'on en fait ordinairement des boucliers. J'en vis un autre qui avait la figure et la couleur d'un chameau. Enfin, après une longue navigation, j'arrivai à Balsora, et de là je revins en cette ville de Badgad avec tant de richesses que j'en ignorais la quantité. J'en donnai encore aux pauvres une partie considérable, et j'ajoutai d'autres grandes terres à celles que j'avais déjà acquises. »

Sindbad acheva ainsi l'histoire de son troisième voyage. Il fit donner ensuite cent autres sequins à Hindbad, en l'invitant au repas du lendemain et au récit du quatrième voyage. Hindbad et la compagnie se retirèrent; et, le jour suivant étant revenu, Sindbad prit la parole sur la fin du dîner, et continua ses aventures.

QUATRIÈME VOYAGE DE SINDBAD

LE MARIN

« Les plaisirs, dit-il, et les divertissements que je pris après mon troisième voyage n'eurent pas des charmes assez puissants pour me déterminer à ne pas voyager davantage. Je me laissai encore entraîner à la passion de trafiquer et de voir des choses nouvelles. Je mis donc ordre à mes affaires, et, ayant fait un fonds de marchandises de débit dans les lieux où j'avais dessein d'aller, je partis. Je pris la route de la Perse, dont je traversai plusieurs provinces, et j'arrivai à un port de mer où je m'embarquai. Nous mîmes à la voile, et nous avions déjà touché à plusieurs ports de terre ferme et à quelques îles orientales lorsque, faisant un jour un grand trajet, nous fûmes surpris d'un coup de vent qui obligea le capitaine à faire amener les voiles et à donner tous les ordres nécessaires pour prévenir le danger dont nous étions menacés. Mais toutes nos précautions furent inutiles; la manœuvre ne réussit pas bien; les voiles furent déchirées en mille pièces, et le vaisseau, ne pouvant plus être gouverné, donna sur une sèche, et se brisa de manière qu'un grand nombre de marchands et de matelots se noyèrent, et que la charge périt... »

Scheherazade en était là quand elle vit paraître le jour.
Elle s'arrêta, et Schahriar se leva. La nuit suivante, elle
reprit ainsi le quatrième voyage :

LXXIXe NUIT

« J'eus le bonheur, continua Sindbad, de même que plusieurs autres marchands et matelots, de me prendre à une
planche. Nous fûmes tous emportés par un courant vers
une île qui était devant nous. Nous y trouvâmes des fruits
et de l'eau de source qui servirent à rétablir nos forces.
Nous nous y reposâmes même la nuit dans l'endroit où la
mer nous avait jetés, sans avoir pris aucun parti sur ce que
nous devions faire. L'abattement où nous étions de notre
disgrâce nous en avait empêchés.

« Le jour suivant, d'abord que le soleil fut levé, nous
nous éloignâmes du rivage ; et, nous avançant dans l'île,
nous y aperçûmes des habitations, où nous nous rendîmes. A notre arrivée, des noirs vinrent à nous en très
grand nombre ; ils nous environnèrent, se saisirent de nos
personnes, en firent une espèce de partage, et nous
conduisirent ensuite dans leurs maisons.

« Nous fûmes menés, cinq de mes camarades et moi,
dans un même lieu. D'abord on nous fit asseoir, et l'on
nous servit d'une certaine herbe, en nous invitant par
signes à en manger. Mes camarades, sans faire réflexion
que ceux qui la servaient n'en mangeaient pas, ne consul-
tèrent que leur faim qui les pressait, et se jetèrent dessus
ces mets avec avidité. Pour moi, par un pressentiment de
quelque supercherie, je ne voulus pas seulement en goûter, et je m'en trouvai bien : car, peu de temps après, je
m'aperçus que l'esprit avait tourné à mes compagnons, et
qu'en me parlant ils ne savaient ce qu'ils disaient.

— « On nous servit ensuite du riz préparé avec de
l'huile de coco, et mes camarades, qui n'avaient plus de
raison, en mangèrent extraordinairement. J'en mangeai
aussi, mais fort peu. Les noirs nous avaient d'abord présenté de cette herbe pour nous troubler l'esprit, et nous
ôter par là le chagrin que la triste connaissance de notre
sort nous devait causer ; et ils nous donnaient du riz pour
nous engraisser. Comme ils étaient anthropophages, leur
intention était de nous manger quand nous serions deve-

nus gras. C'est ce qui arriva à mes camarades, qui ignoraient leur destinée parce qu'ils avaient perdu leur bon
sens. Puisque j'avais conservé le mien, vous jugez bien,
Seigneurs, qu'au lieu d'engraisser comme les autres je
devins encore plus maigre que je n'étais. La crainte de la
mort, dont j'étais incessamment frappé, tournait en poison tous les aliments que je prenais. Je tombai dans une
langueur qui me fut fort salutaire : car les noirs, ayant
assommé et mangé mes compagnons, en demeurèrent là ;
et, me voyant sec, décharné, malade, ils remirent ma mort
à un autre temps.

« Cependant j'avais beaucoup de liberté, et l'on ne prenait presque pas garde à mes actions. Cela me donna lieu
de m'éloigner un jour des habitations des noirs et de me
sauver. Un vieillard qui m'aperçut, et qui se douta de mon
dessein, me cria de toute sa force de revenir ; mais, au lieu
de lui obéir, je redoublai mes pas, et je fus bientôt hors de
sa vue. Il n'y avait alors que ce vieillard dans les habitations ; tous les autres noirs s'étaient absentés et ne
devaient revenir que sur la fin du jour, ce qu'ils avaient
coutume de faire assez souvent. C'est pourquoi, étant
assuré qu'ils ne seraient plus à temps de courir après moi
lorsqu'ils apprendraient ma fuite, je marchai jusqu'à la
nuit, que je m'arrêtai pour prendre un peu de repos et
manger de quelques vivres dont j'avais fait provision. Mais
je repris bientôt mon chemin, et continuai de marcher
pendant sept jours, en évitant les endroits qui me paraissaient habités. Je vivais de cocos, qui me fournissaient en
même temps de quoi boire et de quoi manger.

« Le huitième jour, j'arrivai près de la mer, et j'aperçus
tout à coup des gens blancs comme moi, occupés à cueillir
du poivre, dont il y avait là une grande abondance. Leur
occupation me fut de bon augure, et je ne fis nulle difficulté de m'approcher d'eux... »

Scheherazade n'en dit pas davantage cette nuit, et, la
suivante, elle poursuivit dans ces termes :

LXXXᵉ NUIT

« Les gens qui cueillaient du poivre, continua Sindbad,
vinrent au-devant de moi. Dès qu'ils me virent, ils me
demandèrent en arabe qui j'étais et d'où je venais. Ravi de

les entendre parler comme moi, je satisfis volontiers leur curiosité en leur racontant de quelle manière j'avais fait naufrage et étais venu dans cette île, où j'étais tombé entre les mains des noirs. « Mais ces noirs, me dirent-ils, mangent les hommes! Par quel miracle êtes-vous échappé à leur cruauté? » Je leur fis le même récit que vous venez d'entendre, et ils en furent merveilleusement étonnés.

« Je demeurai avec eux jusqu'à ce qu'ils eussent amassé la quantité de poivre qu'ils voulurent; après quoi ils me firent embarquer sur le bâtiment qui les avait amenés, et nous nous rendîmes dans une autre île d'où ils étaient venus. Ils me présentèrent à leur roi, qui était un bon prince. Il eut la patience d'écouter le récit de mon aventure, qui le surprit. Il me fit donner ensuite des habits et commanda qu'on eût soin de moi.

« L'île où je me trouvais était fort peuplée et abondante en toutes sortes de choses, et l'on faisait un grand commerce dans la ville où le roi demeurait. Cet agréable asile commença à me consoler de mon malheur; et les bontés que ce généreux prince avait pour moi achevèrent de me rendre content. En effet, il n'y avait personne qui fût mieux que moi dans son esprit, et par conséquent il n'y avait personne dans sa cour ni dans la ville qui ne cherchât l'occasion de me faire plaisir. Ainsi je fus bientôt regardé comme un homme né dans cette île, plutôt que comme un étranger.

« Je remarquai une chose qui me parut bien extraordinaire : tout le monde, le roi même, montait à cheval sans bride et sans étriers. Cela me fit prendre la liberté de lui demander un jour pourquoi Sa Majesté ne se servait pas de ces commodités. Il me répondit que je lui parlais de choses dont on ignorait l'usage en ses États.

« J'allai aussitôt chez un ouvrier, et je lui fis dresser le bois d'une selle sur le modèle que je lui donnai. Le bois de la selle achevé, je le garnis moi-même de bourre et de cuir, et l'ornai d'une broderie d'or. Je m'adressai ensuite à un serrurier, qui me fit un mors de la forme que je lui montrai, et je lui fis faire aussi des étriers.

« Quand ces choses furent dans un état parfait, j'allai les présenter au roi, et les essayai sur un de ses chevaux. Ce prince monta dessus, et fut si satisfait de cette invention qu'il m'en témoigna sa joie par de grandes largesses. Je ne pus me défendre de faire plusieurs selles pour ses ministres et pour les principaux officiers de sa maison, qui me firent tous des présents qui m'enrichirent en peu de temps. J'en fis aussi pour les personnes les plus qualifiées de la ville; ce qui me mit dans une grande réputation, et me fit considérer de tout le monde.

« Comme je faisais ma cour au roi très exactement, il me dit un jour : « Sindbad, je t'aime, et je sais que tous mes sujets qui te connaissent te chérissent à mon exemple. J'ai une prière à te faire, et il faut que tu m'accordes ce que je vais te demander. — Sire, lui répondis-je, il n'y a rien que je ne sois prêt de faire pour marquer mon obéissance à Votre Majesté; elle a sur moi un pouvoir absolu. — Je veux te marier, répliqua le roi, afin que le mariage t'arrête en mes États et que tu ne songes plus à ta patrie. » Comme je n'osais résister à la volonté du prince, il me donna pour femme une dame de sa cour, noble, belle, sage et riche. Après les cérémonies des noces, je m'établis chez la dame, avec laquelle je vécus quelque temps dans une union parfaite. Néanmoins je n'étais pas trop content de mon état. Mon dessein était de m'échapper à la première occasion et de retourner à Bagdad, dont mon établissement, tout avantageux qu'il était, ne pouvait me faire perdre le souvenir.

« J'étais dans ces sentiments, lorsque la femme d'un de mes voisins, avec lequel j'avais contracté une amitié fort étroite, tomba malade et mourut. J'allai chez lui pour le consoler; et, le trouvant plongé dans la plus vive affliction : « Dieu vous conserve, lui dis-je en l'abordant, et vous donne une longue vie! — Hélas! me répondit-il, comment voulez-vous que j'obtienne la grâce que vous me souhaitez? Je n'ai plus qu'une heure à vivre. — Oh! repris-je, ne vous mettez pas dans l'esprit une pensée si funeste; j'espère que cela n'arrivera pas, et que j'aurai le plaisir de vous posséder encore longtemps. — Je souhaite, répliqua-t-il, que votre vie soit de longue durée; pour ce qui est de moi, mes affaires sont faites, et je vous apprends que l'on m'enterre aujourd'hui avec ma femme. Telle est la coutume que nos ancêtres ont établie dans cette île, et qu'ils ont inviolablement gardée : le mari vivant est enterré avec la femme morte, et la femme vivante avec le mari mort. Rien ne peut me sauver; tout le monde subit cette loi. »

« Dans le temps qu'il m'entretenait de cette étrange barbarie, dont la nouvelle m'effraya cruellement, les parents, les amis et les voisins arrivèrent en corps pour assister aux funérailles. On revêtit le cadavre de la femme de ses habits les plus riches, comme au jour de ses noces, et on la para de tous ses joyaux.

« On l'enleva ensuite dans une bière découverte, et le convoi se mit en marche. Le mari était à la tête du deuil et suivait le corps de sa femme. On prit le chemin d'une haute montagne; et, lorsqu'on y fut arrivé, on leva une grosse pierre qui couvrait l'ouverture d'un puits profond, et l'on y descendit le cadavre, sans lui rien ôter de ses habillements et de ses joyaux. Après cela, le mari embrassa ses parents et ses amis, et se laissa mettre dans une bière sans résistance, avec un pot d'eau et sept petits pains auprès de lui; puis on le descendit de la même manière qu'on avait descendu sa femme. La montagne s'étendait en longueur et servait de bornes à la mer, et le puits était très profond. La cérémonie achevée, on remit la pierre sur l'ouverture.

« Il n'est pas besoin, Messeigneurs, de vous dire que je fus un fort triste témoin de ces funérailles. Toutes les autres personnes qui y assistèrent n'en parurent presque pas touchées, par l'habitude de voir souvent la même chose. Je ne pus m'empêcher de dire au roi ce que je pensais là-dessus. « Sire, lui dis-je, je ne saurais assez m'étonner de l'étrange coutume qu'on a dans vos États d'enterrer les vivants avec les morts. J'ai bien voyagé, j'ai fréquenté des gens d'une infinité de nations, et je n'ai jamais entendu parler d'une loi si cruelle. — Que veux-tu, Sindbad? me répondit le roi; c'est une loi commune, et j'y suis soumis moi-même : je serai enterré vivant avec la reine mon épouse, si elle meurt la première. — Mais, Sire, lui dis-je, oserais-je demander à Votre Majesté si les étrangers sont obligés d'observer cette coutume? — Sans doute, repartit le roi en souriant du motif de ma question, ils n'en sont pas exceptés lorsqu'ils sont mariés dans cette île. »

« Je m'en retournai tristement au logis avec cette réponse. La crainte que ma femme ne mourût la première et qu'on ne m'enterrât tout vivant avec elle me faisait faire des réflexions très mortifiantes. Cependant, quel remède apporter à ce mal? Il fallut prendre patience, et m'en remettre à la volonté de Dieu. Néanmoins, je tremblais à la moindre indisposition que je voyais à ma femme ; mais, hélas ! j'eus bientôt la frayeur tout entière. Elle tomba véritablement malade, et mourut en peu de jours... »

Scheherazade, à ces mots, mit fin à son discours pour cette nuit. Le lendemain, elle en reprit la suite de cette manière :

LXXXIᵉ NUIT

« Jugez de ma douleur, poursuivit Sindbad : être enterré tout vif ne me paraissait pas une fin moins déplorable que celle d'être dévoré par des anthropophages ; il fallait pourtant en passer par là. Le roi, accompagné de toute sa cour, voulut honorer de sa présence le convoi ; et les personnes les plus considérables de la ville me firent aussi l'honneur d'assister à mon enterrement.

« Lorsque tout fut prêt pour la cérémonie, on posa le corps de ma femme dans une bière avec tous ses joyaux et ses plus magnifiques habits. On commença la marche. Comme second acteur de cette pitoyable tragédie, je suivais immédiatement la bière de ma femme, les yeux baignés de larmes et déplorant mon malheureux destin. Avant que d'arriver à la montagne, je voulus faire une tentative sur l'esprit des spectateurs. Je m'adressai au roi premièrement, ensuite à tous ceux qui se trouvèrent autour de moi ; et, m'inclinant devant eux jusqu'à terre pour baiser le bord de leur habit, je les suppliais d'avoir compassion de moi. « Considérez, disais-je, que je suis un étranger qui ne doit pas être soumis à une loi si rigoureuse, et que j'ai une autre femme [1] et des enfants dans mon pays. » J'eus beau prononcer ces paroles d'un air touchant, personne n'en fut attendri ; au contraire, on se hâte de descendre le corps de ma femme dans le puits, et l'on m'y descendit un moment après dans une autre bière découverte, avec un vase rempli d'eau et sept pains. Enfin, cette cérémonie si funeste pour moi étant achevée, on remit la pierre sur l'ouverture du puits, nonobstant l'excès de ma douleur et mes cris pitoyables.

---

1. Sindbad était Mahométan et les Mahométans ont plusieurs femmes.

« A mesure que j'approchais du fond, je découvrais, à la faveur du peu de lumière qui venait d'en haut, la disposition de ce lieu souterrain. C'était une grotte fort vaste, et qui pouvait bien avoir cinquante coudées de profondeur. Je sentis bientôt une puanteur insupportable, qui sortait d'une infinité de cadavres que je voyais à droite et à gauche ; je crus même entendre quelques-uns des derniers qu'on y avait descendus vifs pousser les derniers soupirs. Néanmoins, lorsque je fus en bas, je sortis promptement de la bière et m'éloignai des cadavres en me bouchant le nez. Je me jetai par terre, où je demeurai longtemps plongé dans les pleurs. Alors, faisant réflexion sur mon triste sort : « Il est vrai, disais-je, que Dieu dispose de nous selon les décrets de sa providence ; mais, pauvre Sindbad, n'est-ce pas par ta faute que tu te vois réduit à mourir d'une mort si étrange ? Plût à Dieu que tu eusses péri dans quelqu'un des naufrages dont tu es échappé ! tu n'aurais point à mourir d'un trépas si lent et si terrible en toutes ses circonstances. Mais tu te l'es attiré par ta maudite avarice. Ah ! malheureux ! ne devais-tu pas plutôt demeurer chez toi, et jouir tranquillement du fruit de tes travaux ! »

« Telles étaient les inutiles plaintes dont je faisais retentir la grotte en me frappant la tête et l'estomac de rage et de désespoir, et m'abandonnant tout entier aux pensées les plus désolantes. Néanmoins (vous le dirai-je ?) au lieu d'appeler la mort à mon secours, quelque misérable que je fusse, l'amour de la vie se fit encore sentir en moi, et me porta à prolonger mes jours. J'allai à tâtons, et en me bouchant le nez, prendre le pain et l'eau qui étaient dans ma bière, et j'en mangeai.

Quoique l'obscurité qui régnait dans la grotte fût si épaisse que l'on ne distinguait pas le jour d'avec la nuit, je ne laissai pas toutefois de retrouver ma bière ; et il me sembla que la grotte était plus spacieuse et plus remplie de cadavres qu'elle ne m'avait paru d'abord. Je vécus quelques jours de mon pain et de mon eau ; mais enfin, n'en ayant plus, je me préparai à mourir... »

Scheherazade cessa de parler à ces derniers mots. La nuit suivante, elle reprit la parole en ces termes :

« Je n'attendais plus que la mort, continua Sindbad, lorsque j'entendis lever la pierre. On descendit un cadavre et une personne vivante. Le mort était un homme. Il est naturel de prendre des résolutions extrêmes dans les dernières extrémités. Dans le temps qu'on descendait la femme, je m'approchai de l'endroit où sa bière devait être posée ; et, quand je m'aperçus que l'on recouvrait l'ouverture du puits, je donnai sur la tête de la malheureuse deux ou trois grands coups d'un gros os dont je m'étais saisi. Elle en fut étourdie, ou plutôt je l'assommai, et, comme je ne faisais cette action humaine que pour profiter du pain et de l'eau qui étaient dans la bière, j'eus des provisions pour quelques jours. Au bout de ce temps-là, on descendit encore une femme morte et un homme vivant : je tuai l'homme de la même manière, et comme, par bonheur pour moi, il y eut alors une espèce de mortalité dans la ville, je ne manquai pas de vivres en mettant toujours en œuvre la même industrie.

« Un jour que je venais d'expédier encore une femme, j'entendis souffler et marcher. J'avançai du côté d'où partait le bruit ; j'ouïs souffler plus fort à mon approche, et il me parut entrevoir quelque chose qui prenait la fuite. Je suivis cette espèce d'ombre, qui s'arrêtait par reprises, et soufflait toujours en fuyant à mesure que j'en approchais. Je la poursuivis si longtemps, et j'allai si loin, que j'aperçus enfin une lumière qui ressemblait à une étoile. Je continuai de marcher vers cette lumière, la perdant quelquefois selon les obstacles qui me la cachaient, mais je la retrouvais toujours ; et, à la fin, je découvris qu'elle venait par une ouverture du rocher, assez large pour y passer.

« A cette découverte, je m'arrêtai quelque temps pour me remettre de l'émotion violente avec laquelle je venais de la faire ; puis, m'étant avancé jusqu'à l'ouverture, j'y passai, et me trouvai sur le bord de la mer. Imaginez-vous l'excès de ma joie. Il fut tel que j'eus de la peine à me persuader que ce n'était pas une imagination. Lorsque je fus convaincu que c'était une chose réelle, et que mes sens furent rétablis en leur assiette ordinaire, je compris que la chose que j'avais ouïe souffler et que j'avais suivie était un animal sorti de la mer, qui avait coutume d'entrer dans la grotte pour s'y repaître de corps morts.

J'examinai la montagne, et remarquai qu'elle était située entre la ville et la mer, sans communication par aucun chemin, parce qu'elle était tellement escarpée que la nature ne l'avait pas rendue praticable. Je me prosternai sur le rivage pour remercier Dieu de la grâce qu'il venait de me faire. Je rentrai ensuite dans la grotte pour aller prendre du pain, que je revins manger à la clarté du jour de meilleur appétit que je n'avais fait depuis que l'on m'avait enterré dans ce lieu ténébreux.

« J'y retournai encore et allai ramasser à tâtons dans les bières tous les diamants, les rubis, les perles, les bracelets d'or, et enfin toutes les riches étoffes que je trouvai sous ma main ; je portai tout cela sur le bord de la mer. J'en fis plusieurs ballots que je liai proprement avec des cordes qui avaient servi à descendre les bières, et dont il y avait une grande quantité. Je les laissai sur le rivage en attendant une bonne occasion, sans craindre que la pluie les gâtât, car alors ce n'en était pas la saison.

« Au bout de deux ou trois jours, j'aperçus un navire qui ne faisait que de sortir du port, et qui vint passer assez près de l'endroit où j'étais. Je fis signe de la toile de mon turban, et je criai de toute ma force pour me faire entendre. On m'entendit, et l'on détacha la chaloupe pour me venir prendre. A la demande que les matelots me firent, par quelle disgrâce je me trouvais en ce lieu, je répondis que je m'étais sauvé d'un naufrage depuis deux jours, avec les marchandises qu'ils voyaient. Heureusement pour moi, ces gens, sans examiner le lieu où j'étais et si ce que je leur disais était vraisemblable, se contentèrent de ma réponse et m'emmenèrent avec mes ballots.

« Quand nous fûmes arrivés à bord, le capitaine, satisfait en lui-même du plaisir qu'il me faisait et occupé du commandement du navire, eut aussi la bonté de se payer du prétendu naufrage que je lui dis avoir fait. Je lui présentai quelques-unes de mes pierreries, mais il ne voulut pas les accepter.

« Nous passâmes devant plusieurs îles, et, entre autres, devant l'île des Cloches, éloignée de dix journées de celle de Serendib [1], par un vent ordinaire et réglé, et de six journées de l'île de Kela, où nous abordâmes. Il y a des mines de plomb, des cannes d'Inde et du camphre très excellent.

1. *Serendib*, nom arabe de l'île de Ceylan.

« Le roi de l'île de Kela est très riche, très puissant, et son autorité s'étend sur toute l'île des Cloches, qui a deux journées d'étendue, et dont les habitants sont encore si barbares qu'ils mangent la chair humaine. Après que nous eûmes fait un grand commerce dans cette île, nous remîmes à la voile et abordâmes à plusieurs autres ports. Enfin j'arrivai heureusement à Bagdad avec des richesses infinies, dont il est inutile de vous faire le détail. Pour rendre grâces à Dieu des faveurs qu'il m'avait faites, je fis de grandes aumônes, tant pour l'entretien de plusieurs mosquées que pour la subsistance des pauvres, et me donnai tout entier à mes parents et à mes amis, en me divertissant et en faisant bonne chère avec eux. »

Sindbad finit en cet endroit le récit de son quatrième voyage, qui causa encore plus d'admiration à ses auditeurs que les trois précédents. Il fit un nouveau présent de cent sequins à Hindbad, qu'il pria, comme les autres, de revenir le jour suivant, à la même heure, pour dîner chez lui et entendre le détail de son cinquième voyage. Hindbad et les autres conviés prirent congé de lui et se retirèrent. Le lendemain, lorsqu'ils furent tous rassemblés, ils se mirent à table, et, à la fin du repas, qui ne dura pas moins que les autres, Sindbad commença de cette sorte le récit de son cinquième voyage :

CINQUIÈME VOYAGE DE SINDBAD

LE MARIN

« Les plaisirs, dit-il, eurent encore assez de charmes pour effacer de ma mémoire toutes les peines et les maux que j'avais soufferts, sans pouvoir m'ôter l'envie de faire de nouveaux voyages. C'est pourquoi j'achetai des marchandises, je les fis emballer et charger sur des voitures, et je partis avec elles pour me rendre au premier port de mer. Là, pour ne pas dépendre d'un capitaine et pour avoir un navire à mon commandement, je me donnai le loisir d'en faire construire et équiper un à mes frais. Dès qu'il fut achevé, je le fis charger; je m'embarquai dessus, et, comme je n'avais pas de quoi faire une charge entière, je reçus plusieurs marchands de différentes nations avec leurs marchandises.

« Nous fîmes voile au premier bon vent, et prîmes le large. Après une longue navigation, le premier endroit où nous abordâmes fut une île déserte, où nous trouvâmes l'œuf d'un roc d'une grosseur pareille à celui dont vous m'avez entendu parler; il renfermait un petit roc près d'éclore, dont le bec commençait à paraître... »

A ces mots, Scheherazade se tut, parce que le jour se faisait déjà voir dans l'appartement du sultan des Indes. La nuit suivante, elle reprit son discours.

LXXXIIIe NUIT

Sindbad le marin, dit-elle, continuant de raconter son cinquième voyage :

« Les marchands, poursuivit-il, qui s'étaient embarqués sur mon navire, et qui avaient pris terre avec moi, cassèrent l'œuf à grands coups de hache, et firent une ouverture par où ils tirèrent le petit roc par morceaux, et le firent rôtir. Je les avais avertis sérieusement de ne pas toucher à l'œuf, mais ils ne voulurent pas m'écouter.

« Ils eurent à peine achevé le régal qu'ils venaient de se donner qu'il parut en l'air, assez loin de nous, deux gros nuages. Le capitaine, que j'avais pris à gages pour conduire mon vaisseau, sachant par expérience ce que cela signifiait, s'écria que c'étaient le père et la mère du petit roc; et il nous pressa tous de nous rembarquer au plus vite, pour éviter le malheur qu'il prévoyait. Nous suivîmes son conseil avec empressement, et nous remîmes à la voile en diligence.

« Cependant les deux rocs approchèrent en poussant des cris effroyables, qu'ils redoublèrent quand ils eurent vu l'état où l'on avait mis l'œuf, et que leur petit n'y était plus. Dans le dessein de se venger, ils reprirent leur vol du côté d'où ils étaient venus, et disparurent quelque temps, pendant que nous fîmes force de voiles pour nous éloigner et prévenir ce qui ne laissa pas de nous arriver.

« Ils revinrent, et nous remarquâmes qu'ils tenaient entre leurs griffes chacun un morceau de rocher d'une grosseur énorme. Lorsqu'ils furent précisément au-dessus de mon vaisseau, ils s'arrêtèrent, et, se soutenant en l'air, l'un lâcha la pièce de rocher qu'il tenait; mais, par l'adresse du timonier qui détourna le navire d'un coup de timon, elle ne tomba pas dessus; elle tomba à côté, dans la mer, qui s'entrouvrit d'une manière que nous en vîmes presque le fond. L'autre oiseau, pour notre malheur, laissa tomber sa roche si juste au milieu du vaisseau qu'elle le rompit et le brisa en mille pièces. Les matelots et les passagers furent tous écrasés du coup, ou submergés. Je fus submergé moi-même; mais, en revenant au-dessus de l'eau, j'eus le bonheur de me prendre à une pièce du débris. Ainsi, en m'aidant tantôt d'une main, tantôt de l'autre, sans me dessaisir de ce que je tenais, avec le vent et le courant qui m'étaient favorables, j'arrivai enfin à une île dont le rivage était fort escarpé. Je surmontai néanmoins cette difficulté, et me sauvai.

« Je m'assis sur l'herbe pour me remettre un peu de ma fatigue, après quoi je me levai et m'avançai dans l'île pour reconnaître le terrain. Il me sembla que j'étais dans un jardin délicieux : je voyais partout des arbres, les uns chargés de fruits verts et les autres de mûrs, et des ruisseaux d'une eau douce et claire qui faisaient d'agréables détours. Je mangeai de ces fruits, que je trouvai excellents, et je bus de cette eau qui m'invitait à boire.

« La nuit venue, je me couchai sur l'herbe, dans un endroit assez commode; mais je ne dormis pas une heure entière, et mon sommeil fut souvent interrompu par la frayeur de me voir seul dans un lieu si désert. Ainsi j'employai la meilleure partie de la nuit à me chagriner et à me reprocher l'imprudence que j'avais eue de n'être pas demeuré chez moi plutôt que d'avoir entrepris ce dernier voyage. Ces réflexions me menèrent si loin que je commençai à former un dessein contre ma propre vie; mais le jour, par sa lumière, dissipa mon désespoir. Je me levai, et marchai entre les arbres, non sans quelque appréhension.

« Lorsque je fus un peu avant dans l'île, j'aperçus un vieillard qui me parut fort cassé. Il était assis sur le bord d'un ruisseau; je m'imaginai d'abord que c'était quelqu'un qui avait fait naufrage comme moi. Je m'approchai de lui, je le saluai, et il me fit seulement une inclination de tête.

Je lui demandai ce qu'il faisait là; mais, au lieu de me répondre, il me fit signe de le charger sur mes épaules et de le passer au-delà du ruisseau, en me faisant comprendre que c'était pour aller cueillir des fruits.

« Je crus qu'il avait besoin que je lui rendisse ce service; c'est pourquoi, l'ayant chargé sur mon dos, je passai le ruisseau. « Descendez », lui dis-je alors, en me baissant pour faciliter sa descente. Mais, au lieu de se laisser aller à terre (j'en ris encore toutes les fois que j'y pense), ce vieillard qui m'avait paru décrépit passa légèrement autour de mon cou ses deux jambes, dont je vis que la peau ressemblait à celle d'une vache, et se mit à califourchon sur mes épaules, en me serrant si fortement la gorge qu'il semblait vouloir m'étrangler. La frayeur me saisit en ce moment, et je tombai évanoui... »

Scheherazade fut obligée de s'arrêter à ces paroles, à cause du jour qui paraissait. Elle poursuivit ainsi cette histoire sur la fin de la nuit suivante :

LXXXIVe NUIT

« Nonobstant mon évanouissement, dit Sindbad, l'incommode vieillard demeura toujours attaché à mon col; il écarta seulement un peu les jambes pour me donner lieu de revenir à moi. Lorsque j'eus repris mes esprits, il m'appuya fortement contre l'estomac d'un de ses pieds, et, de l'autre me frappant rudement le côté, il m'obligea de me relever malgré moi. Étant debout, il me fit marcher sous des arbres; il me forçait de m'arrêter pour cueillir et manger les fruits que nous rencontrions. Il ne quittait point prise pendant le jour; et, quand je voulais me reposer la nuit, il s'étendait par terre avec moi, toujours attaché à mon cou. Tous les matins, il ne manquait pas de me pousser pour m'éveiller; ensuite il me faisait lever et marcher en me pressant de ses pieds. Représentez-vous, Messeigneurs, la peine que j'avais de me voir chargé de ce fardeau sans pouvoir m'en défaire.

« Un jour que je trouvai en mon chemin plusieurs calebasses sèches qui étaient tombées d'un arbre qui en portait, j'en pris une assez grosse, et, après l'avoir bien nettoyée, j'exprimai dedans le jus de plusieurs grappes de raisin, fruit que l'île produisait en abondance, et que nous rencontrions à chaque pas. Lorsque j'en eus rempli la calebasse, je la posai dans un endroit où j'eus l'adresse de me faire conduire par le vieillard plusieurs jours après. La, je pris la calebasse, et, la portant à ma bouche, je bus d'un excellent vin qui me fit oublier pour quelque temps le chagrin mortel dont j'étais accablé. Cela me donna de la vigueur. J'en fus même si réjoui que je me mis à chanter et à sauter en marchant.

« Le vieillard, qui s'aperçut de l'effet que cette boisson avait produit en moi et que je le portais plus légèrement que de coutume, me fit signe de lui en donner à boire : je lui présentai la calebasse, il la prit, et, comme la liqueur lui parut agréable, il l'avala jusqu'à la dernière goutte. Il y en avait assez pour l'enivrer : aussi s'enivra-t-il, et bientôt, la fumée du vin lui montant à la tête, il commença de chanter à sa manière et de se trémousser sur mes épaules. Les secousses qu'il se donnait lui firent rendre ce qu'il avait dans l'estomac, et ses jambes se relâchèrent peu à peu ; de sorte que, voyant qu'il ne me serrait plus, je le jetai par terre, où il demeura sans mouvement. Alors je pris une très grosse pierre et lui en écrasai la tête.

Je sentis une grande joie de m'être délivré pour jamais de ce maudit vieillard, et je marchai vers le bord de la mer, où je rencontrai des gens d'un navire qui venait de mouiller là pour faire de l'eau et prendre en passant quelques rafraîchissements. Ils furent extrêmement étonnés de me voir et d'entendre le détail de mon aventure. « Vous étiez tombé, me dirent-ils, entre les mains du vieillard de la mer, et vous êtes le premier qu'il n'ait pas étranglé ; il n'a jamais abandonné ceux dont il s'était rendu maître qu'après les avoir étouffés ; et il a rendu cette île fameuse par le nombre de personnes qu'il a tuées : les matelots et les marchands qui y descendaient n'osaient s'y avancer qu'en bonne compagnie. »

« Après m'avoir informé de ces choses, ils m'emmenèrent avec eux dans leur navire, dont le capitaine se fit un plaisir de me recevoir lorsqu'il apprit tout ce qui m'était arrivé. Il remit à la voile ; et, après quelques jours de navigation, nous abordâmes au port d'une grande ville dont les maisons étaient bâties de bonnes pierres.

« Un des marchands du vaisseau, qui m'avait pris en amitié, m'obligea de l'accompagner, et me conduisit dans un logement destiné pour servir de retraite aux marchands étrangers. Il me donna un grand sac; ensuite, m'ayant recommandé à quelques gens de la ville qui avaient un sac comme moi, et les ayant priés de me mener avec eux amasser du coco : « Allez, me dit-il, suivez-les, faites comme vous les verrez faire, et ne vous écartez pas d'eux, car vous mettriez votre vie en danger. » Il me donna des vivres pour la journée, et je partis avec ces gens.

« Nous arrivâmes à une grande forêt d'arbres extrêmement hauts et fort droits, et dont le tronc était si lisse qu'il n'était pas possible de s'y prendre pour monter jusqu'aux branches où était le fruit. Tous les arbres étaient des arbres de cocos, dont nous voulions abattre le fruit et en remplir nos sacs. En entrant dans la forêt, nous vîmes un grand nombre de gros et de petits singes, qui prirent la fuite devant nous dès qu'ils nous aperçurent, et qui montèrent jusqu'au haut des arbres avec une agilité surprenante... »

Scheherazade voulait poursuivre; mais le jour qui paraissait l'en empêcha. La nuit suivante, elle reprit son discours de cette sorte :

LXXXVe NUIT

« Les marchands avec qui j'étais, continua Sindbad, ramassèrent des pierres et les jetèrent de toute leur force au haut des arbres contre les singes. Je suivis leur exemple, et je vis que les singes, instruits de notre dessein, cueillaient les cocos avec ardeur, et nous les jetaient avec des gestes qui marquaient leur colère et leur animosité. Nous ramassions les cocos, et nous jetions de temps en temps des pierres pour irriter les singes. Par cette ruse, nous remplissions nos sacs de ce fruit, qu'il nous eût été impossible d'avoir autrement.

« Lorsque nous en eûmes plein nos sacs, nous nous en retournâmes à la ville, où le marchand qui m'avait envoyé à la forêt me donna la valeur du sac de cocos que j'avais apporté.

« Continuez, me dit-il, et allez tous les jours faire la même chose jusqu'à ce que vous ayez gagné de quoi vous reconduire chez vous. » Je le remerciai du bon conseil qu'il me donnait; et insensiblement je fis un si grand amas de cocos que j'en avais pour une somme considérable.

Le vaisseau sur lequel j'étais venu avait fait voile avec des marchands qui l'avaient chargé de cocos qu'ils avaient achetés. J'attendis l'arrivée d'un autre qui aborda bientôt au port de la ville pour faire un pareil chargement. Je fis embarquer dessus tout le coco qui m'appartenait; et, lorsqu'il fut prêt à partir, j'allai prendre congé du marchand à qui j'avais tant d'obligation. Il ne put s'embarquer avec moi parce qu'il n'avait pas encore achevé ses affaires.

« Nous mîmes à la voile, et prîmes la route de l'île où le poivre croît en plus grande abondance. De là nous gagnâmes l'île de Comari[1], qui porte la meilleure espèce de bois d'aloès, et dont les habitants se sont fait une loi inviolable de ne pas boire de vin, ni de souffrir aucun lieu de débauche. J'échangeai mon coco en ces deux îles contre du poivre et du bois d'aloès, et me rendis, avec d'autres marchands, à la pêche des perles, où je pris des plongeurs à gages pour mon compte. Ils m'en pêchèrent un grand nombre de très grosses et de très parfaites. Je me remis en mer avec joie sur un vaisseau qui arriva heureusement à Balsora; de là, je revins à Bagdad, où je fis de très grosses sommes d'argent du poivre, du bois d'aloès et des perles que j'avais apportés. Je distribuai en aumônes la dixième partie de mon gain, de même qu'au retour de mes autres voyages, et je cherchai à me délasser de mes fatigues dans toutes sortes de divertissements. »

Ayant achevé ces paroles, Sindbad fit donner cent sequins à Hindbad, qui se retira avec tous les autres convives. Le lendemain, la même compagnie se trouva chez le riche Sindbad, qui, après l'avoir régalée comme les jours précédents, demanda audience, et fit le récit de son sixième voyage de la manière que je vais vous le raconter.

SIXIÈME VOYAGE DE SINDBAD

LE MARIN

« Messeigneurs, leur dit-il, vous êtes sans doute en peine de savoir comment, après avoir fait cinq naufrages et avoir essuyé tant de périls, je pus me résoudre encore à

---

1. *L'île de Comari* est la presqu'île en deçà du Gange qui se termine par le cap Comorin.

tenter la fortune et à chercher de nouvelles disgrâces. J'en suis étonné moi-même quand j'y fais réflexion ; et il fallait assurément que j'y fusse entraîné par mon étoile. Quoi qu'il en soit, au bout d'une année de repos, je me préparai à faire un sixième voyage, malgré les prières de mes parents et de mes amis, qui firent tout ce qui leur fut possible pour me retenir.

Au lieu de prendre ma route par le golfe Persique, je passai encore une fois par plusieurs provinces de la Perse et des Indes, et j'arrivai à un port de mer où je m'embarquai sur un bon navire dont le capitaine était résolu à faire une longue navigation. Elle fut très longue, à la vérité, mais en même temps si malheureuse que le capitaine et le pilote perdirent leur route, de manière qu'ils ignoraient où nous étions. Ils la reconnurent enfin ; mais nous n'eûmes pas sujet de nous en réjouir, tout ce que nous étions de passagers ; et nous fûmes un jour dans un étonnement extrême de voir le capitaine quitter son poste en poussant des cris. Il jeta son turban par terre, s'arracha la barbe, et se frappa la tête comme un homme à qui le désespoir a troublé l'esprit. Nous lui demandâmes pourquoi il s'affligeait ainsi : « Je vous annonce, nous répondit-il, que nous sommes dans l'endroit de toute la mer le plus dangereux. Un courant très rapide emporte le navire, et nous allons tous périr dans moins d'un quart d'heure. Priez Dieu qu'il nous délivre de ce danger. Nous ne saurions en échapper s'il n'a pitié de nous. » A ces mots, il ordonna de faire ranger les voiles ; mais les cordages se rompirent dans la manœuvre, et le navire, sans qu'il fût possible d'y remédier, fut emporté par le courant au pied d'une montagne inaccessible, où il échoua et se brisa, de manière pourtant qu'en sauvant nos personnes, nous eûmes encore le temps de débarquer nos vivres et nos plus précieuses marchandises.

« Cela étant fait, le capitaine nous dit : « Dieu vient de faire ce qui lui a plu. Nous pouvons nous creuser ici chacun notre fosse, et nous dire le dernier adieu, car nous sommes dans un lieu si funeste que personne de ceux qui y ont été jetés avant nous ne s'en est retourné chez soi. » Ce discours nous jeta tous dans une affliction mortelle, et nous nous embrassâmes les uns les autres les larmes aux yeux, en déplorant notre malheureux sort.

« La montagne au pied de laquelle nous étions faisait la côte d'une île fort longue et très vaste. Cette côte était toute couverte de débris de vaisseaux qui y avaient fait naufrage, et par une infinité d'ossements qu'on y rencontrait d'espace en espace, et qui nous faisaient horreur, nous jugeâmes qu'il s'y était perdu bien du monde. C'est aussi une chose presque incroyable, que la quantité de marchandises et de richesses qui se présentaient à nos yeux de toutes parts. Tous ces objets ne servirent qu'à augmenter la désolation où nous étions. Au lieu que partout ailleurs les rivières sortent de leur lit pour se jeter dans la mer, tout au contraire une grosse rivière d'eau douce s'éloigne de la mer, et pénètre dans la côte au travers d'une grotte obscure dont l'ouverture est extrêmement haute et large. Ce qu'il y a de plus remarquable dans ce lieu, c'est que les pierres de la montagne sont de cristal, de rubis ou d'autres pierres précieuses. On y voit aussi la source d'une espèce de poix ou de bitume qui coule dans la mer, que les poissons avalent, et rendent ensuite changé en ambre gris, que les vagues rejettent sur la grève, qui en est couverte. Il y croît aussi des arbres, dont la plupart sont de bois d'aloès, qui ne cèdent point en bonté à ceux de Comari.

« Pour achever la description de cet endroit, qu'on peut appeler un gouffre, puisque jamais rien n'en revient, il n'est pas possible que les navires puissent s'en écarter lorsqu'une fois ils s'en sont approchés à une certaine distance. S'ils y sont poussés par un vent de mer, le vent et le courant les perdent; et, s'ils s'y trouvent lorsque le vent de terre souffle, ce qui pourrait favoriser leur éloignement, la hauteur de la montagne l'arrête, et cause un calme qui laisse agir le courant qui les emporte contre la côte, où ils se brisent comme le nôtre y fut brisé. Pour surcroît de disgrâce, il n'est pas possible de gagner le sommet de la montagne et se sauver par aucun endroit.

« Nous demeurâmes sur le rivage comme des gens qui ont perdu l'esprit, et nous attendions la mort de jour en jour. D'abord nous avions partagé nos vivres également; ainsi chacun vécut plus ou moins longtemps que les autres, selon son tempérament et suivant l'usage qu'il fit de ses provisions... »

Scheherazade cessa de parler, voyant que le jour

commençait à paraître. Le lendemain elle continua de cette sorte le récit du sixième voyage de Sindbad :

LXXXVIe NUIT

« Ceux qui moururent les premiers, poursuivit Sindbad, furent enterrés par les autres ; pour moi, je rendis les derniers devoirs à tous mes compagnons ; et il ne faut pas s'en étonner : car, outre que j'avais mieux ménagé qu'eux les provisions qui m'étaient tombées en partage, j'en avais encore en particulier d'autres dont je m'étais bien gardé de faire part à mes camarades. Néanmoins, lorsque j'enterrai le dernier, il me restait si peu de vivres que je jugeai que je ne pourrais pas aller loin ; de sorte que je creusai moi-même mon tombeau, résolu de me jeter dedans, puisque personne ne vivait pour m'enterrer. Je vous avouerai qu'en m'occupant de ce travail, je ne pus m'empêcher de me représenter que j'étais la cause de ma perte, et de me repentir de m'être engagé dans ce dernier voyage. Je n'en demeurai pas même aux réflexions ; je m'ensanglantai les mains à belles dents, et peu s'en fallut que je ne hâtasse ma mort.

« Mais Dieu eut encore pitié de moi, et m'inspira la pensée d'aller jusqu'à la rivière qui se perdait sous la voûte de la grotte. Là, après avoir examiné la rivière avec beaucoup d'attention, je dis en moi-même : « Cette rivière qui se cache ainsi sous la terre en doit sortir par quelque endroit ; en construisant un radeau et m'abandonnant dessus au courant de l'eau, j'arriverai à une terre habitée, ou je périrai : si je péris, je n'aurai fait que changer de genre de mort ; si je sors au contraire de ce lieu fatal, non seulement j'éviterai la triste destinée de mes camarades, je trouverai peut-être une nouvelle occasion de m'enrichir. Que sait-on si la fortune ne m'attend pas au sortir de cet affreux écueil pour me dédommager de mon naufrage avec usure ?

« Je n'hésitai pas de travailler au radeau après ce raisonnement ; je le fis de bonnes pièces de bois et de gros câbles, car j'en avais à choisir ; je les liai ensemble si fortement que j'en fis un petit bâtiment assez solide. Quand il fut achevé, je le chargeai de quelques ballots de rubis, d'émeraudes, d'ambre gris, de cristal de roche et d'étoffes précieuses. Ayant mis toutes ces choses en équilibre et les ayant bien attachées, je m'embarquai sur le radeau avec deux petites rames que je n'avais pas oublié de faire ; et, me laissant aller au cours de la rivière, je m'abandonnai à la volonté de Dieu.

« Sitôt que je fus sous la voûte, je ne vis plus de lumière, et le fil de l'eau m'entraîna sans que je pusse remarquer où il m'emportait. Je voguai quelques jours dans cette obscurité, sans jamais apercevoir le moindre rayon de lumière. Je trouvai une fois la voûte si basse qu'elle pensa me blesser à la tête, ce qui me rendit fort attentif à éviter un pareil danger. Pendant ce temps-là, je ne mangeais des vivres qui me restaient qu'autant qu'il en fallait naturellement pour soutenir ma vie. Mais, avec quelque frugalité que je pusse vivre, j'achevai de consumer mes provisions. Alors, sans que je pusse m'en défendre, un doux sommeil vint saisir mes sens. Je ne puis vous dire si je dormis longtemps ; mais, en me réveillant, je me vis avec surprise dans une vaste campagne, au bord d'une rivière où mon radeau était attaché et au milieu d'un grand nombre de noirs. Je me levai dès que je les aperçus et je les saluai. Ils me parlèrent, mais je n'entendais pas leur langage.

« En ce moment, je me sentis si transporté de joie que je ne savais si je devais me croire éveillé. Étant persuadé que je ne dormais pas, je m'écriai, et récitai ces vers arabes :

Invoque la Toute-Puissance, elle viendra à ton secours : il n'est pas besoin que tu t'embarrasses d'autre chose. Ferme l'œil, et, pendant que tu dormiras, Dieu changera ta fortune de mal en bien.

« Un des noirs, qui entendait l'arabe, m'ayant ouï parler ainsi, s'avança et prit la parole : « Mon frère, me dit-il, ne soyez pas surpris de nous voir. Nous habitons la campagne que vous voyez, et nous sommes venus arroser aujourd'hui nos champs de l'eau de ce fleuve qui sort de la montagne voisine, en la détournant par de petits canaux. Nous avons remarqué que l'eau emportait quelque chose ; nous sommes vite accourus pour voir ce que c'était, et nous avons trouvé que c'était ce radeau ; aussitôt l'un de nous s'est jeté à la nage et l'a amené. Nous l'avons arrêté et attaché comme vous le voyez, et nous attendions que vous vous éveillassiez. Nous vous supplions de nous raconter votre histoire, qui doit être fort extraordinaire. Dites-nous comment vous vous êtes hasardé sur cette eau, et d'où vous venez. » Je leur répondis qu'ils me donnassent premièrement à manger, et qu'après cela je satisferais leur curiosité.

« Ils me présentèrent plusieurs sortes de mets, et, quand j'eus contenté ma faim, je leur fis un rapport fidèle de tout ce qui m'était arrivé ; ce qu'ils parurent écouter avec admiration. Sitôt que j'eus fini mon discours : « Voilà, me dirent-ils par la bouche de l'interprète qui leur avait expliqué ce que je venais de dire, voilà une histoire des plus surprenantes. Il faut que vous veniez en informer le roi vous-même : la chose est trop extraordinaire pour lui être rapportée par un autre que par celui à qui elle est arrivée. » Je leur repartis que j'étais prêt à faire ce qu'ils voudraient.

« Les noirs envoyèrent aussitôt chercher un cheval que l'on amena peu de temps après. Ils me firent monter dessus ; et, pendant qu'une partie marcha devant moi pour me montrer le chemin, les autres, qui étaient les plus robustes, chargèrent sur leurs épaules le radeau tel qu'il était avec les ballots, et commencèrent à me suivre... »

Scheherazade, à ces paroles, fut obligée d'en demeurer là, parce que le jour parut. Sur la fin de la nuit suivante, elle reprit le fil de sa narration, et parla dans ces termes :

LXXXVIIᵉ NUIT

« Nous marchâmes tous ensemble, poursuivit Sindbad, jusques à la ville de Serendib : car c'était dans cette île que je me trouvais. Les noirs me présentèrent à leur roi. Je m'approchai de son trône où il était assis, et le saluai comme on a coutume de saluer les rois des Indes, c'est-à-dire que je me prosternai à ses pieds et baisai la terre. Ce prince me fit relever, et, me recevant d'un air très obligeant, il me fit avancer et prendre place auprès de lui. Il me demanda premièrement comment je m'appelais : lui ayant répondu que je me nommais Sindbad, surnommé le Marin à cause de plusieurs voyages que j'avais faits par mer, j'ajoutai que j'étais citoyen de la ville de Bagdad. « Mais, reprit-il, comment vous trouvez-vous dans mes États, et par où y êtes-vous venu ? »

« Je ne cachai rien au roi, je lui fis le même récit que

vous venez d'entendre ; et il en fut si surpris et si charmé
qu'il commanda qu'on écrivît mon aventure en lettres d'or
pour être conservée dans les archives de son royaume. On
apporta ensuite le radeau, et l'on ouvrit les ballots en sa
présence. Il admira la quantité de bois d'aloès et d'ambre
gris, mais surtout les rubis et les émeraudes, car il n'en
avait point dans son trésor qui en approchassent.

« Remarquant qu'il considérait mes pierreries avec plaisir, et qu'il en examinait les plus singulières les unes après
les autres, je me prosternai et pris la liberté de lui dire :
« Sire, ma personne n'est pas seulement au service de
Votre Majesté, la charge du radeau est aussi à elle, et je la
supplie d'en disposer comme d'un bien qui lui appartient. » Il me dit en souriant : « Sindbad, je me garderai
bien d'en avoir la moindre envie, ni de vous ôter rien de ce
que Dieu vous a donné. Loin de diminuer vos richesses, je
prétends les augmenter, et je ne veux point que vous sor-
tiez de mes États sans emporter avec vous des marques de
ma libéralité. » Je ne répondis à ces paroles qu'en faisant
des vœux pour la prospérité du prince et qu'en louant sa
bonté et sa générosité. Il chargea un de ses officiers
d'avoir soin de moi, et me fit donner des gens pour me servir à ses dépens. Cet officier exécuta fidèlement les ordres
de son maître, et fit transporter dans le logement où il me
conduisit tous les ballots dont le radeau avait été chargé.

J'allais tous les jours, à certaines heures, faire ma cour
au roi, et j'employais le reste du temps à voir la ville et ce
qu'il y avait de plus digne de ma curiosité.

« L'île de Serendib est située justement sous la ligne
équinoxiale ; ainsi les jours et les nuits y sont toujours de
douze heures, et elle a quatre-vingts parasanges[1] de longueur et autant de largeur. La ville capitale est située à
l'extrémité d'une belle vallée, formée par une montagne
qui est au milieu de l'île, et qui est bien la plus haute qu'il
y ait au monde. En effet, on la découvre en mer de trois
journées de navigation. On y trouve le rubis, plusieurs
sortes de minéraux ; et tous les rochers sont, pour la plupart, d'émeri, qui est une pierre métallique dont on se sert
pour tailler les pierreries. On y voit toutes sortes d'arbres

---

1. Le *parasange* est une ancienne mesure itinéraire des Perses qui
équivaut à 5 250 mètres.

et de plantes rares, surtout le cèdre et le coco. On pêche aussi les perles le long de ses rivages et aux embouchures de ses rivières, et quelques-unes de ses vallées fournissent le diamant. Je fis aussi par dévotion un voyage à la montagne, à l'endroit où Adam fut relégué après avoir été banni du paradis terrestre, et j'eus la curiosité de monter jusqu'au sommet.

« Lorsque je fus de retour dans la ville, je suppliai le roi de me permettre de retourner en mon pays; ce qu'il m'accorda d'une manière très obligeante et très honorable. Il m'obligea de recevoir un riche présent, qu'il fit tirer de son trésor, et, lorsque j'allai prendre congé de lui, il me chargea d'un autre présent bien plus considérable, et en même temps d'une lettre pour le Commandeur des croyants, notre souverain seigneur, en me disant : « Je vous prie de présenter de ma part ce régal et cette lettre au calife Haroun-al-Raschid, et de l'assurer de mon amitié. » Je pris le présent et la lettre avec respect, en promettant à Sa Majesté d'exécuter ponctuellement les ordres dont elle me faisait l'honneur de me charger. Avant que je m'embarquasse, ce prince envoya quérir le capitaine et les marchands qui devaient s'embarquer avec moi, et leur ordonna d'avoir pour moi tous les égards imaginables.

« La lettre du roi de Serendib était écrite sur la peau d'un certain animal fort précieux à cause de sa rareté, et dont la couleur tire sur le jaune. Les caractères de cette lettre étaient d'azur, et voici ce qu'elle contenait en langue indienne :

Le roi des Indes, devant qui marchent mille éléphants, qui demeure dans un palais dont le toit brille de l'éclat de cent mille rubis, et qui possède en son trésor vingt mille couronnes enrichies de diamants, au calife Haroun-al-Raschid.

Quoique le présent que nous vous envoyons soit peu considérable, ne laissez pas néanmoins de le recevoir en frère et en ami, en considération de l'amitié que nous conservons pour vous dans notre cœur, et dont nous sommes bien aise de vous donner un témoignage. Nous vous demandons la même part dans la vôtre, attendu que nous croyons le mériter, étant d'un rang égal à celui que vous tenez. Nous vous en conjurons en qualité de frère. Adieu.

« Le présent consistait premièrement en un vase d'un

seul rubis, creusé et travaillé en coupe, d'un demi-pied de hauteur et d'un doigt d'épaisseur, rempli de perles très rondes, et toutes du poids d'une demi-drachme; secondement, en une peau de serpent qui avait des écailles grandes comme une pièce ordinaire de monnaie d'or, et dont la propriété était de préserver de maladie ceux qui couchaient dessus; troisièmement, en cinquante mille drachmes de bois d'aloès le plus exquis, avec trente grains de camphre de la grosseur d'une pistache; et, enfin, le tout était accompagné d'une esclave d'une beauté ravissante, et dont les habillements étaient couverts de pierreries.

« Le navire mit à la voile; et, après une longue et très heureuse navigation, nous abordâmes à Balsora, d'où je me rendis à Bagdad. La première chose que je fis après mon arrivée fut de m'acquitter de la commission dont j'étais chargé... »

Scheherazade n'en dit pas davantage, à cause du jour qui se faisait voir. Le lendemain, elle reprit ainsi son discours :

LXXXVIIIe NUIT

« Je pris la lettre du roi de Serendib, continua Sindbad, et j'allai me présenter à la porte du Commandeur des croyants, suivi de la belle esclave et des personnes de ma famille qui portaient les présents dont j'étais chargé. Je dis le sujet qui m'amenait, et aussitôt l'on me conduisit devant le trône du calife. Je lui fis la révérence en me prosternant, et, après lui avoir fait une harangue très concise, je lui présentai la lettre et le présent. Lorsqu'il eut lu ce que lui mandait le roi de Serendib, il me demanda s'il était vrai que ce prince fût aussi puissant et aussi riche qu'il le marquait par sa lettre. Je me prosternai une seconde fois, et, après m'être relevé : « Commandeur des croyants, lui répondis-je, je puis assurer Votre Majesté qu'il n'exagère pas ses richesses et sa grandeur; j'en suis témoin. Rien n'est plus capable de causer de l'admiration que la magnificence de son palais. Lorsque ce prince veut paraître en public, on lui dresse un trône sur un éléphant où il s'assied, et il marche au milieu de deux files composées de ses ministres, de ses favoris et d'autres gens de sa cour. Devant lui, sur le même éléphant, un officier tient une lance d'or à la main, et derrière le trône un autre est debout, qui porte une colonne d'or au haut de laquelle est une émeraude longue d'environ un demi-pied et grosse d'un pouce. » Il est précédé d'une garde de mille hommes habillés de drap d'or et de soie et montés sur des éléphants richement caparaçonnés. Pendant que le roi est en marche, l'officier qui est devant lui sur le même éléphant crie de temps en temps à haute voix :

Voici le grand monarque, le puissant et redoutable sultan des Indes, dont le palais est couvert de cent mille rubis, et qui possède vingt mille couronnes de diamants! Voici le monarque couronné, plus grand que ne furent jamais le grand Solima[1] *et le grand Mihrage*[2] *!*

« Après qu'il a prononcé ces paroles, l'officier qui est derrière le trône crie à son tour :

Ce monarque si grand et si puissant doit mourir, doit mourir, doit mourir.

« L'officier de devant reprend et crie ensuite :

Louange à celui qui vit et ne meurt pas.

« D'ailleurs, le roi de Serendib est si juste qu'il n'y a pas de juges dans sa capitale, non plus que dans le reste de ses États : ses peuples n'en ont pas besoin. Ils savent et ils observent d'eux-mêmes exactement la justice, et ne s'écartent jamais de leur devoir. Ainsi les tribunaux et les magistrats sont inutiles chez eux. » Le calife fut fort satisfait de mon discours. « La sagesse de ce roi, dit-il, paraît en sa lettre, et, après ce que vous venez de me dire, il faut avouer que sa sagesse est digne de ses peuples, et ses peuples dignes d'elle. » A ces mots, il me congédia et me renvoya avec un riche présent... »

Sindbad acheva de parler en cet endroit, et ses auditeurs se retirèrent; mais Hindbad reçut auparavant cent

---

1. *Solima*, c'est-à-dire Salomon.
2. *Mihrage* est un ancien roi très renommé chez les Arabes pour sa puissance et sa sagesse.

sequins. Ils revinrent encore le jour suivant chez Sindbad, qui leur raconta son septième et dernier voyage dans ces termes :

SEPTIÈME ET DERNIER VOYAGE

DE SINDBAD LE MARIN

« Au retour de mon sixième voyage, j'abandonnai absolument la pensée d'en faire jamais d'autres. Outre que j'étais dans un âge qui ne demandait plus que du repos, je m'étais bien promis de ne plus m'exposer aux périls que j'avais tant de fois courus. Ainsi je ne songeais qu'à passer doucement le reste de ma vie. Un jour que je régalais nombre d'amis, un de mes gens me vint avertir qu'un officier du calife me demandait. Je sortis de table et allai au-devant de lui. « Le calife, me dit-il, m'a chargé de venir vous dire qu'il veut vous parler. » Je suivis au palais l'officier, qui me présenta à ce prince, que je saluai en me prosternant à ses pieds. « Sindbad, me dit-il, j'ai besoin de vous : il faut que vous me rendiez un service ; que vous alliez porter ma réponse et mes présents au roi de Serendib ; il est juste que je lui rende la civilité qu'il m'a faite. »

« Le commandement du calife fut un coup de foudre pour moi. « Commandeur des croyants, lui dis-je, je suis prêt à exécuter tout ce que m'ordonnera Votre Majesté ; mais je la supplie très humblement de songer que je suis rebuté des fatigues incroyables que j'ai souffertes. J'ai même fait vœu de ne sortir jamais de Bagdad. » De là je pris occasion de lui faire un long détail de toutes mes aventures, qu'il eut la patience d'écouter jusques à la fin. Dès que j'eus cessé de parler :

« J'avoue, dit-il, que voilà des événements bien extraordinaires ; mais pourtant il ne faut pas qu'ils vous empêchent de faire pour l'amour de moi le voyage que je vous propose. Il ne s'agit que d'aller à l'île de Serendib, vous acquitter de la commission que je vous donne. Après cela, il vous sera libre de vous en revenir. Mais il faut y aller : car vous voyez bien qu'il ne serait pas de la bienséance et de ma dignité d'être redevable au roi de cette île. » Comme je vis que le calife exigeait cela de moi absolument, je lui témoignai que j'étais prêt à lui obéir. Il en eut beaucoup de joie, et me fit donner mille sequins pour les frais de mon voyage.

« Je me préparai en peu de jours à mon départ ; et, sitôt qu'on m'eut livré les présents du calife avec une lettre de sa propre main, je partis et pris la route de Balsora, où je m'embarquai. Ma navigation fut très heureuse ; j'arrivai à l'île de Serendib. Là, j'exposai aux ministres la commission dont j'étais chargé, et les priai de me faire donner audience incessamment. Ils n'y manquèrent pas. On me conduisit au palais avec honneur. J'y saluai le roi en me prosternant selon la coutume.

« Ce prince me reconnut d'abord, et me témoigna une joie toute particulière de me revoir. « Ah ! Sindbad ! me dit-il, soyez le bienvenu ! Je vous jure que j'ai songé à vous très souvent depuis votre départ. Je bénis ce jour, puisque nous nous voyons encore une fois. » Je lui fis mon compliment, et, après l'avoir remercié de la bonté qu'il avait pour moi, je lui présentai la lettre et le présent du calife, qu'il reçut avec toutes les marques d'une grande satisfaction.

« Le calife lui envoyait un lit complet de drap d'or, estimé mille sequins, cinquante robes d'une très riche étoffe, cent autres de toile blanche, la plus fine du Caire, de Suez, de Cufa[1] et d'Alexandrie ; un autre lit cramoisi, et un autre encore d'une autre façon ; un vase d'agate plus large que profond, épais d'un doigt et ouvert d'un demi-pied, dont le fond représentait en bas-relief un homme un genou en terre qui tenait un arc avec une flèche, prêt à tirer contre un lion ; il lui envoyait enfin une riche table que l'on croyait, par tradition, venir du grand Salomon. La lettre du calife était conçue en ces termes :

Salut, au nom du souverain guide du droit chemin, au puissant et heureux sultan, de la part d'Abdallah Haroun-al-Raschid, que Dieu a placé dans le lieu d'honneur après ses ancêtres d'heureuse mémoire.

1. *Cufa*, ville de l'Irak-Arabi, sur le bras occidental de l'Euphrate, à cinquante lieues de Bagdad.

Nous avons reçu votre lettre avec joie, et nous vous envoyons celle-ci, émanée du conseil de notre Porte, le jardin des esprits supérieurs. Nous espérons qu'en jetant les yeux dessus, vous connaîtrez notre bonne intention, et que vous l'aurez pour agréable. Adieu.

« Le roi de Serendib eut un grand plaisir de voir que le calife répondait à l'amitié qu'il lui avait témoignée. Peu de temps après cette audience, je sollicitai celle de mon congé, que je n'eus pas peu de peine à obtenir. Je l'obtins enfin, et le roi, en me congédiant, me fit un présent très considérable. Je me rembarquai aussitôt, dans le dessein de m'en retourner à Bagdad ; mais je n'eus pas le bonheur d'y arriver comme je l'espérais, et Dieu en disposa autrement.

« Trois ou quatre jours après notre départ, nous fûmes attaqués par des corsaires, qui eurent d'autant moins de peine à s'emparer de notre vaisseau qu'on n'y était nullement en état de se défendre. Quelques personnes de l'équipage voulurent faire résistance, mais il leur en coûta la vie ; pour moi et tous ceux qui eurent la prudence de ne pas s'opposer au dessein des corsaires, nous fûmes faits esclaves... »

Le jour qui paraissait imposa silence à Scheherazade. Le lendemain elle reprit la suite de cette histoire.

LXXXIXe NUIT

Sire, dit-elle au Sultan des Indes, Sindbad, continuant de raconter les aventures de son dernier voyage :

« Après que les corsaires, poursuivit-il, nous eurent tous dépouillés et qu'ils nous eurent donné de méchants habits au lieu des nôtres, ils nous emmenèrent dans une grande île fort éloignée, où ils nous vendirent.

« Je tombai entre les mains d'un riche marchand, qui ne m'eut pas plutôt acheté qu'il me mena chez lui, où il me fit bien manger et habiller proprement en esclave. Quelques jours après, comme il ne s'était pas encore bien informé qui j'étais, il me demanda si je ne savais pas quelque métier. Je lui répondis, sans me faire mieux connaître, que je n'étais pas un artisan, mais un marchand de profession, et que les corsaires qui m'avaient vendu m'avaient enlevé tout ce que j'avais. « Mais dites-moi, reprit-il, si vous ne pourriez pas tirer de l'arc. » Je lui repartis que c'était un des exercices de ma jeunesse, et que je ne l'avais pas oublié depuis. Alors il me donna un arc et des flèches ; et, m'ayant fait monter derrière lui sur un éléphant, il me mena dans une forêt éloignée de la ville de quelques heures de chemin, et dont l'étendue était très vaste. Nous y entrâmes fort avant, et, lorsqu'il jugea à propos de s'arrêter, il me fit descendre. Ensuite, me montrant un grand arbre : « Montez sur cet arbre, me dit-il, et tirez sur les éléphants que vous verrez passer : car il y en a une quantité prodigieuse dans cette forêt. S'il en tombe quelqu'un, venez m'en donner avis. » Après m'avoir dit cela, il me laissa des vivres, reprit le chemin de la ville, et je demeurai sur l'arbre à l'affût pendant toute la nuit.

« Je n'en aperçus aucun pendant tout ce temps-là ; mais le lendemain, d'abord que le soleil fut levé, j'en vis paraître un grand nombre. Je tirai dessus plusieurs flèches, et enfin il en tomba un par terre. Les autres se retirèrent aussitôt, et me laissèrent la liberté d'aller avertir mon patron de la chasse que je venais de faire. En faveur de cette nouvelle, il me régala d'un bon repas, loua mon adresse et me caressa fort. Puis nous allâmes ensemble à la forêt où nous creusâmes une fosse dans laquelle nous enterrâmes l'éléphant que j'avais tué. Mon patron se proposait de revenir lorsque l'animal serait pourri et d'enlever les dents pour en faire commerce.

« Je continuai cette chasse pendant deux mois, et il ne se passait pas de jour que je ne tuasse un éléphant. Je ne me mettais pas toujours à l'affût sur un même arbre, je me plaçais tantôt sur l'un et tantôt sur l'autre. Un matin que j'attendais l'arrivée des éléphants, je m'aperçus avec un extrême étonnement qu'au lieu de passer devant moi en traversant la forêt comme à l'ordinaire, ils s'arrêtèrent, et vinrent à moi avec un horrible bruit et en si grand nombre que la terre en était couverte et tremblait sous leurs pas. Ils s'approchèrent de l'arbre où j'étais monté et l'environnèrent tous, la trompe étendue et les yeux attachés sur moi. A ce spectacle étonnant, je restai immobile, et saisi d'une telle frayeur que mon arc et mes flèches me tombèrent des mains.

« Je n'étais pas agité d'une crainte vaine. Après que les

éléphants m'eurent regardé quelque temps, un des plus gros embrassa l'arbre par le bas avec sa trompe, et fit un si puissant effort qu'il le déracina et le renversa par terre. Je tombai avec l'arbre; mais l'animal me prit avec sa trompe, et me chargea sur son dos, où je m'assis plus mort que vif avec le carquois attaché à mes épaules. Il se mit ensuite à la tête de tous les autres qui le suivaient en troupe, et me porta jusqu'à un endroit, où m'ayant posé à terre, il se retira avec tous ceux qui l'accompagnaient. Concevez, s'il est possible, l'état où j'étais: je croyais plutôt dormir que veiller. Enfin, après avoir été quelque temps étendu sur la place, ne voyant plus d'éléphants, je me levai, et je remarquai que j'étais sur une colline assez longue et assez large, toute couverte d'ossements, et de dents d'éléphants. Je vous avoue que cet objet me fit faire une infinité de réflexions. J'admirai l'instinct de ces animaux. Je ne doutai point que ce ne fût là leur cimetière, et qu'ils ne m'y eussent apporté exprès pour me l'enseigner, afin que je cessasse de les persécuter, puisque je le faisais dans la vue seule d'avoir leurs dents. Je ne m'arrêtai pas sur la colline, je tournai mes pas vers la ville; et, après avoir marché un jour et une nuit, j'arrivai chez mon patron. Je ne rencontrai aucun éléphant sur ma route; ce qui me fit connaître qu'ils s'étaient éloignés plus avant dans la forêt, pour laisser la liberté d'aller sans obstacle à la colline.

« Dès que mon patron m'aperçut: « Ah! pauvre Sindbad! me dit-il, j'étais dans une grande peine de savoir ce que tu pouvais être devenu. J'ai été à la forêt, j'y ai trouvé un arbre nouvellement déraciné, un arc et des flèches par terre, et, après t'avoir inutilement cherché je désespérais de te revoir jamais. Raconte-moi, je te prie, ce qui t'est arrivé. Par quel bonheur es-tu encore en vie? » Je satisfis sa curiosité; et, le lendemain étant allés tous deux à la colline, il reconnut avec une extrême joie la vérité de ce que je lui avais dit. Nous chargeâmes l'éléphant sur lequel nous étions venus de tout ce qu'il pouvait porter de dents, et, lorsque nous fûmes de retour: « Mon frère, me dit-il (car je ne veux plus vous traiter en esclave, après le plaisir que vous venez de me faire par une découverte qui va m'enrichir), Dieu vous comble de toutes sortes de biens et de prospérités! Je déclare devant lui que je vous donne la liberté. Je vous avais dissimulé ce que vous allez entendre : les éléphants de notre forêt nous font périr chaque année une infinité d'esclaves que nous envoyons chercher de l'ivoire. Quelques conseils que nous leur donnions, ils perdent tôt ou tard la vie par les ruses de ces animaux. Dieu vous a délivré de leur furie, et n'a fait cette grâce qu'à vous seul. C'est une marque qu'il vous chérit, et qu'il a besoin de vous dans le monde pour le bien que vous y devez faire. Vous me procurez un avantage incroyable : nous n'avons pu avoir d'ivoire jusqu'à présent qu'en exposant la vie de nos esclaves; et voilà toute notre ville enrichie par votre moyen. Ne croyez pas que je prétende vous avoir assez récompensé par la liberté que vous venez de recevoir; je veux ajouter à ce don des biens considérables. Je pourrais engager toute la ville à faire votre fortune, mais c'est une gloire que je veux avoir moi seul. »

« A ce discours obligeant je répondis : « Patron, Dieu vous conserve! La liberté que vous m'accordez suffit pour vous acquitter envers moi; et, pour toute récompense du service que j'ai eu le bonheur de vous rendre à vous et à votre ville, je ne vous demande que la permission de retourner en mon pays. — Hé bien! répliqua-t-il, le moçon[1] nous amènera bientôt des navires qui viendront charger de l'ivoire. Je vous renverrai alors, et vous donnerai de quoi vous conduire chez vous. » Je le remerciai de nouveau de la liberté qu'il venait de me donner et des bonnes intentions qu'il avait pour moi. Je demeurai chez lui en attendant le moçon; et, pendant ce temps-là, nous fîmes tant de voyages à la colline que nous remplîmes ses magasins d'ivoire. Tous les marchands de la ville qui en négociaient firent la même chose : car cela ne leur fut pas longtemps caché. »

A ces paroles, Scheherazade, apercevant la pointe du jour, cessa de poursuivre son discours. Elle le reprit la nuit suivante, et dit au sultan des Indes :

---

1. Le *moçon*, ou *mousson*, est un vent périodique de la mer des Indes qui souffle six mois de l'ouest à l'est et six mois en sens contraire. On donne aussi le nom de *la mousson* à la saison pendant laquelle règne ce vent.

Sire, Sindbad, continuant le récit de son septième voyage :

« Les navires, dit-il, arrivèrent enfin ; et mon patron, ayant choisi lui-même celui sur lequel je devais m'embarquer, le chargea d'ivoire à demi pour mon compte. Il n'oublia pas d'y faire mettre aussi des provisions en abondance pour mon passage ; et, de plus, il m'obligea d'accepter des régals de grand pris, des curiosités du pays. Après que je l'eus remercié autant qu'il me fut possible de tous les bienfaits que j'avais reçus de lui, je m'embarquai. Nous mîmes à la voile ; et, comme l'aventure qui m'avait procuré la liberté était fort extraordinaire, j'en avais toujours l'esprit occupé.

« Nous nous arrêtâmes dans quelques îles pour y prendre des rafraîchissements. Notre vaisseau étant parti d'un port de terre ferme des Indes, nous y allâmes aborder ; et là, pour éviter les dangers de la mer jusqu'à Balsora, je fis débarquer l'ivoire qui m'appartenait, résolu de continuer mon voyage par terre. Je tirai de mon ivoire une grosse somme d'argent ; j'en achetai plusieurs choses rares pour en faire des présents, et, quand mon équipage fut prêt, je me joignis à une grosse caravane de marchands. Je demeurai longtemps en chemin, et je souffris beaucoup ; mais je souffrais avec patience, en faisant réflexion que je n'avais plus à craindre ni les tempêtes, ni les corsaires, ni les serpents, ni tous les autres périls que j'avais courus.

« Toutes ces fatigues finirent enfin : j'arrivai heureusement à Bagdad. J'allai d'abord me présenter au calife, et lui rendre compte de mon ambassade. Ce prince me dit que la longueur de mon voyage lui avait causé de l'inquiétude ; mais qu'il avait pourtant toujours espéré que Dieu ne m'abandonnerait point. Quand je lui appris l'aventure des éléphants, il en parut fort surpris ; et il aurait refusé d'y ajouter foi si ma sincérité ne lui eût pas été connue. Il trouva cette histoire et les autres que je lui racontai si curieuses qu'il chargea un de ses secrétaires de les écrire en caractères d'or, pour être conservées dans son trésor. Je me retirai très content de l'honneur et des présents qu'il me fit ; puis je me donnai tout entier à ma famille, à mes parents et à mes amis. »

Ce fut ainsi que Sindbad acheva le récit de son septième et dernier voyage ; et, s'adressant ensuite à Hindbad : « Hé bien ! mon ami, ajouta-t-il, avez-vous jamais ouï dire que quelqu'un ait souffert autant que moi, ou qu'aucun mortel se soit trouvé dans des embarras si pressants ? N'est-il pas juste qu'après tant de travaux je jouisse d'une vie agréable et tranquille ? » Comme il achevait ces mots, Hindbad s'approcha de lui, et dit en lui baisant la main : « Il faut avouer, Seigneur, que vous avez essuyé d'effroyables périls ; mes peines ne sont pas comparables aux vôtres. Si elles m'affligent dans le temps que je les souffre, je m'en console par le petit profit que j'en tire. Vous méritez non seulement une vie tranquille, vous êtes digne encore de tous les biens que vous possédez, puisque vous en faites un si bon usage et que vous êtes si généreux. Continuez donc de vivre dans la joie jusqu'à l'heure de votre mort. »

Sindbad lui fit donner encore cent sequins, le reçut au nombre de ses amis, lui dit de quitter sa profession de porteur, et de continuer de venir manger chez lui ; qu'il aurait lieu de se souvenir toute sa vie de Sindbad le Marin.

Scheherazade, voyant qu'il n'était pas encore jour, continua de parler, et commença une autre histoire.

LES TROIS POMMES

Sire, dit-elle, j'ai déjà eu l'honneur d'entretenir Votre Majesté d'une sortie que le calife Haroun-al-Raschid fit une nuit de son palais ; il faut que je vous en raconte encore une autre.

Un jour ce prince avertit le grand-vizir Giafar de se trouver au palais la nuit prochaine. « Vizir, lui dit-il, je veux faire le tour de la ville et m'informer de ce qu'on y dit, et, particulièrement, si on est content de mes officiers de justice. S'il y en a dont on ait raison de se plaindre nous les déposerons pour en mettre d'autres à leur place, qui s'acquitteront mieux de leur devoir. Si au contraire il y en a dont on se loue, nous aurons pour eux les égards qu'ils méritent. » Le grand-vizir s'étant rendu au palais à l'heure marquée, le calife, lui et Mesrour, chef des eunuques, se déguisèrent pour n'être pas connus, et sortirent tous trois ensemble.

Ils passèrent par plusieurs places et par plusieurs marchés ; et, en entrant dans une petite rue, ils virent au clair de la lune un bonhomme à barbe blanche, qui avait la taille haute et qui portait des filets sur sa tête. Il avait au bras un panier pliant de feuilles de palmier, et un bâton à la main. « A voir ce vieillard, dit le calife, il n'est pas riche : abordons-le, et lui demandons l'état de sa fortune. » « Bonhomme, lui dit le vizir, qui es-tu ? — Seigneur, lui répondit le vieillard, je suis pêcheur, mais le plus pauvre et le plus misérable de ma profession. Je suis sorti de chez moi tantôt sur le midi pour aller pêcher, et depuis ce temps-là jusqu'à présent je n'ai pas pris le moindre poisson. Cependant j'ai une femme et de petits enfants, et je n'ai pas de quoi les nourrir. »

Le calife, touché de compassion, dit au pêcheur : « Aurais-tu le courage de retourner sur tes pas, et de jeter tes filets encore une fois seulement ? Nous te donnerons cent sequins de ce que tu amèneras. » Le pêcheur, à cette proposition, oubliant toute la peine de la journée, prit le calife au mot, et retourna vers le Tigre avec lui, Giafar et Mesrour, en disant en lui-même : « Ces seigneurs paraissent trop honnêtes et trop raisonnables pour ne pas me récompenser de ma peine ; et, quand ils ne me donneraient que la centième partie de ce qu'ils me promettent, ce serait encore beaucoup pour moi. »

Ils arrivèrent au bord du Tigre ; le pêcheur y jeta ses filets ; puis, les ayant tirés, il amena un coffre bien fermé et fort pesant qui s'y trouva. Le calife lui fit compter aussitôt cent sequins par le grand-vizir, et le renvoya. Mesrour chargea le coffre sur ses épaules par l'ordre de son maître, qui, dans l'empressement de savoir ce qu'il y avait dedans, retourna au palais en diligence. Là, le coffre ayant été ouvert, on y trouva un grand panier pliant de feuilles de palmier, fermé et cousu par l'ouverture avec un fil de laine rouge. Pour satisfaire l'impatience du calife, on ne se donna pas la peine de le découdre ; on coupa promptement le fil avec un couteau, et l'on tira du panier un paquet enveloppé dans un méchant tapis et lié avec de la corde. La corde déliée et le paquet défait, on vit avec horreur le corps d'une jeune dame, plus blanc que de la neige et coupé par morceaux...

Scheherazade, en cet endroit, remarquant qu'il était

jour, cessa de parler. Le lendemain elle reprit la parole de cette manière :

Sire, Votre Majesté s'imaginera mieux elle-même que je ne le puis faire comprendre par mes paroles quel fut l'étonnement du calife à cet affreux spectacle. Mais de la surprise il passa en un instant à la colère ; et, lançant au vizir un regard furieux : « Ah ! malheureux ! lui dit-il, est-ce donc ainsi que tu veilles sur les actions de mes peuples ? On commet impunément sous ton ministère des assassinats dans ma capitale, et l'on jette mes sujets dans le Tigre, afin qu'ils crient vengeance contre moi au jour du jugement. Si tu ne venges promptement le meurtre de cette femme par la mort de son meurtrier, je jure par le saint nom de Dieu que je te ferai pendre, toi et quarante de ta parenté. — Commandeur des croyants, lui dit le grand-vizir, je supplie Votre Majesté de m'accorder du temps pour faire des perquisitions. — Je ne te donne que trois jours pour cela, repartit le calife, c'est à toi d'y songer. »

Le vizir Giafar se retira chez lui dans une grande confusion de sentiments. « Hélas ! disait-il, comment, dans une ville aussi vaste et aussi peuplée que Bagdad, pourrai-je déterrer un meurtrier, qui sans doute a commis ce crime sans témoin, et qui est peut-être déjà sorti de cette ville ? Un autre que moi tirerait de prison un misérable et le ferait mourir pour contenter le calife ; mais je ne veux pas charger ma conscience de ce forfait, et j'aime mieux mourir que de me sauver à ce prix-là. »

Il ordonna aux officiers de police et de justice qui lui obéissaient de faire une exacte recherche du criminel. Ils mirent leurs gens en campagne et s'y mirent eux-mêmes, ne se croyant guère moins intéressés que le vizir en cette affaire. Mais tous leurs soins furent inutiles : quelque diligence qu'ils y apportèrent, ils ne purent découvrir l'auteur de l'assassinat ; et le vizir jugea bien que sans un coup du Ciel c'était fait de sa vie.

Effectivement, le troisième jour étant venu, un huissier arriva chez ce malheureux ministre et le somma de le suivre. Le vizir obéit ; et, le calife lui ayant demandé où était le meurtrier : « Commandeur des croyants, lui répondit-il les larmes aux yeux, je n'ai trouvé personne qui ait pu m'en donner la moindre nouvelle. » Le calife lui fit des reproches remplis d'emportement et de fureur, et commanda qu'on le pendît devant la porte du palais, lui et quarante des Barmecides[1].

Pendant que l'on travaillait à dresser les potences et qu'on se saisissait des quarante Barmecides dans leurs maisons, un crieur public alla, par ordre du calife, faire ce cri dans tous les quartiers de la ville :

Qui veut avoir la satisfaction de voir pendre le grand-vizir Giafar et quarante des Barmecides ses parents, qu'il vienne à la place qui est devant le palais.

Lorsque tout fut prêt, le juge criminel et un grand nombre d'huissiers du palais amenèrent le grand-vizir avec les quarante Barmecides, les firent disposer chacun au pied de la potence qui lui était destinée, et on leur passa autour du cou la corde avec laquelle ils devaient être levés en l'air. Le peuple, dont toute la place était remplie, ne put voir ce triste spectacle sans douleur et sans verser des larmes : car le grand-vizir Giafar et les Barmecides étaient chéris et honorés pour leur probité, leur libéralité et leur désintéressement, non seulement à Bagdad, mais même par tout l'empire du calife.

Rien n'empêchait qu'on n'exécutât l'ordre irrévocable de ce prince trop sévère ; et on allait ôter la vie aux plus honnêtes gens de la ville, lorsqu'un jeune homme très bien fait et fort proprement vêtu fendit la presse, pénétra jusqu'au grand-vizir, et, après lui avoir baisé la main : « Souverain vizir, lui dit-il, chef des émirs de cette cour, refuge des pauvres, vous n'êtes pas coupable du crime pour lequel vous êtes ici. Retirez-vous, et me laissez expier la mort de la dame qui a été jetée dans le Tigre. C'est moi qui suis son meurtrier, et je mérite d'en être puni. »

Quoique ce discours causât beaucoup de joie au vizir, il ne laissa pas d'avoir pitié du jeune homme, dont la physionomie, au lieu de paraître funeste, avait quelque chose

1. Les *Barmecides* sont l'une des familles les plus considérables de l'Orient. Le premier des Barmecides qui soit connu dans l'histoire est Khaled, fils de Barmek, et qui fut nommé grand-vizir par le calife abasside Aboul-Abbas. Les gestes des Barmecides ont été souvent célébrés par les écrivains et les poètes orientaux.

d'engageant; et il allait lui répondre, lorsqu'un grand homme d'un âge déjà fort avancé, ayant aussi fendu la presse, arriva et dit au vizir : « Seigneur, ne croyez rien de ce que vous dit ce jeune homme; nul autre que moi n'a tué la dame qu'on a trouvée dans le coffre : c'est sur moi seul que doit tomber le châtiment. Au nom de Dieu, je vous conjure de ne pas punir l'innocent pour le coupable. — Seigneur, reprit le jeune homme en s'adressant au vizir, je vous jure que c'est moi qui ai commis cette méchante action, et que personne au monde n'en est complice. — Mon fils, interrompit le vieillard, c'est le désespoir qui vous a conduit ici, et vous voulez prévenir votre destinée; pour moi, il y a longtemps que je suis au monde, je dois en être détaché. Laissez-moi donc sacrifier ma vie pour la vôtre. Seigneur, ajouta-t-il en s'adressant au grand-vizir, je vous le répète encore, c'est moi qui suis l'assassin : faites-moi mourir, et ne différez pas. »

La contestation du vieillard et du jeune homme obligea le vizir Giafar à les mener tous deux devant le calife, avec la permission du lieutenant criminel, qui se faisait un plaisir de le favoriser. Lorsqu'il fut en présence de ce prince, il baisa la terre par sept fois, et parla de cette manière : « Commandeur des croyants, j'amène à Votre Majesté ce vieillard et ce jeune homme qui se disent tous deux, séparément, meurtriers de la dame. » Alors le calife demanda aux accusés qui des deux avait massacré la dame si cruellement, et l'avait jetée dans le Tigre. Le jeune homme assura que c'était lui; mais le vieillard, de son côté, soutenant le contraire : « Allez, dit le calife au grand-vizir, faites-les pendre tous deux. — Mais, Sire, dit le vizir, s'il n'y en a qu'un de criminel, il y aurait de l'injustice à faire mourir l'autre. »

A ces paroles, le jeune homme reprit : « Je jure, par le grand Dieu qui a élevé les cieux à la hauteur où ils sont, que c'est moi qui ai tué la dame, qui l'ai coupée par quartiers et jetée dans le Tigre il y a quatre jours. Je ne veux point avoir de part avec les justes au jour du jugement si ce que je dis n'est pas véritable; ainsi, je suis celui qui doit être puni. » Le calife fut surpris de ce serment et y ajouta foi, d'autant plus que le vieillard n'y répliqua rien. C'est pourquoi, se tournant vers le jeune homme : « Malheureux, lui dit-il, pour quel sujet as-tu commis un crime si détestable, et quelle raison peux-tu avoir d'être venu t'offrir toi-même à la mort ? — Commandeur des croyants, répondit-il, si l'on mettait par écrit tout ce qui s'est passé entre cette dame et moi, ce serait une histoire qui pourrait être très utile aux hommes. — Raconte-nous-la donc, répliqua le calife, je te l'ordonne. » Le jeune homme obéit, et commença son récit de cette sorte.

Scheherazade voulait continuer; mais elle fut obligée de remettre cette histoire à la nuit suivante.

XCIIᵉ NUIT

Schahriar prévint la sultane, et lui demanda ce que le jeune homme avait raconté au calife Haroun-al-Raschid. « Sire, répondit Scheherazade, il prit la parole et parla dans ces termes :

HISTOIRE DE LA DAME MASSACRÉE

ET DU JEUNE HOMME SON MARI

« Commandeur des croyants, Votre Majesté saura que la dame massacrée était ma femme, fille de ce vieillard que vous voyez, qui est mon oncle paternel. Elle n'avait que douze ans quand il me la donna en mariage, et il y en a onze d'écoulés depuis ce temps-là. J'ai eu d'elle trois enfants mâles, qui sont vivants, et je dois lui rendre cette justice qu'elle ne m'a jamais donné le moindre sujet de déplaisir. Elle était sage, de bonnes mœurs, et mettait toute son attention à me plaire. De mon côté, je l'aimais parfaitement, et je prévenais tous ses désirs, bien loin de m'y opposer.

« Il y a environ deux mois qu'elle tomba malade. J'en eus tout le soin imaginable, et je n'épargnai rien pour lui procurer une prompte guérison. Au bout d'un mois, elle commença de se mieux porter, et voulut aller au bain. Avant que de sortir du logis, elle me dit : « Mon cousin, car elle m'appelait ainsi par familiarité, j'ai envie de manger des pommes; vous me feriez un extrême plaisir si vous pouviez m'en trouver ; il y a longtemps que cette envie me tient, et je vous avoue qu'elle s'est augmentée à un point que, si elle n'est bientôt satisfaite, je crains qu'il ne m'arrive quelque disgrâce. — Très volontiers, lui répondis-je ; je vais faire tout mon possible pour vous contenter. »

« J'allai aussitôt chercher des pommes dans tous les marchés et dans toutes les boutiques ; mais je n'en pus trouver une, quoique j'offrisse d'en donner un sequin. Je revins au logis, fort fâché de la peine que j'avais prise inutilement. Pour ma femme, quand elle fut revenue du bain et qu'elle ne vit point de pommes, elle en eut un chagrin qui ne lui permit pas de dormir la nuit. Je me levai de grand matin, et allai dans tous les jardins ; mais je ne réussis pas mieux que le jour précédent. Je rencontrai seulement un vieux jardinier qui me dit que, quelque peine que je me donnasse, je n'en trouverais point ailleurs qu'au jardin de Votre Majesté à Balsora.

« Comme j'aimais passionnément ma femme et que je ne voulais pas avoir à me reprocher d'avoir négligé de la satisfaire, je pris un habit de voyageur, et, après l'avoir instruite de mon dessein, je partis pour Balsora. Je fis une si grande diligence que je fus de retour au bout de quinze jours. Je rapportai trois pommes qui m'avaient coûté un sequin la pièce. Il n'y en avait pas davantage dans le jardin, et le jardinier n'avait pas voulu me les donner à meilleur marché. En arrivant, je les présentai à ma femme ; mais il se trouva que l'envie lui en était passée. Ainsi elle se contenta de les recevoir et les posa à côté d'elle. Cependant elle était toujours malade, et je ne savais quel remède apporter à son mal.

« Peu de jours après mon voyage, étant assis dans ma boutique au lieu public où l'on vend toutes sortes d'étoffes fines, je vis entrer un grand esclave noir, de fort méchante mine, qui tenait à la main une pomme que je reconnus pour une de celles que j'avais apportée de Balsora. Je n'en pouvais douter, puisque je savais qu'il n'y en avait pas une dans Bagdad ni dans tous les jardins aux environs. J'appelai l'esclave : « Bon esclave, lui dis-je, apprends-moi, je te prie, où tu as pris cette pomme. — C'est, me répondit-il en souriant, un présent que m'a fait mon amoureuse. J'ai été la voir aujourd'hui, et je l'ai trouvée un peu malade. J'ai vu trois pommes auprès d'elle, et je lui ai demandé d'où elle les avait eues ; elle m'a répondu que son bonhomme de mari avait fait un voyage de quinze jours exprès pour les lui aller chercher, et qu'il les lui avait apportées. Nous avons fait collation ensemble, et, en la quittant, j'en ai pris et emporté une que voici. »

« Ce discours me mit hors de moi-même. Je me levai de ma place, et, après avoir fermé ma boutique, je courus chez moi avec empressement et montai à la chambre de ma femme. Je regardai d'abord où étaient les pommes, et, n'en voyant que deux, je demandai où était la troisième. Alors ma femme, ayant tourné la tête du côté des pommes et n'en ayant aperçu que deux, me répondit froidement : « Mon cousin, je ne sais ce qu'elle est devenue. » A cette réponse, je ne fis pas difficulté de croire que ce que m'avait dit l'esclave ne fût véritable. En même temps je me laissai emporter à une fureur jalouse, et, tirant un couteau qui était attaché à ma ceinture, je le plongeai dans la gorge de cette misérable. Ensuite je lui coupai la tête et mis son corps par quartiers ; j'en fis un paquet que je cachai dans un panier pliant ; et, après avoir cousu l'ouverture du panier avec un fil de laine rouge, je l'enfermai dans un coffre que je chargeai sur mes épaules dès qu'il fut nuit, et que j'allai jeter dans le Tigre.

« Les deux plus petits de mes enfants étaient déjà couchés et endormis, et le troisième était hors de la maison ; je le trouvai à mon retour assis près de la porte, et pleurant à chaudes larmes. Je lui demandai le sujet de ses pleurs. Mon père, me dit-il, j'ai pris ce matin à ma mère, sans qu'elle en ait rien vu, une des trois pommes que vous lui avez apportées. Je l'ai gardée longtemps ; mais, comme je jouais tantôt dans la rue avec mes petits frères, un grand esclave qui passait me l'a arrachée de la main, et l'a emportée ; j'ai couru après lui en la lui redemandant ; mais j'ai eu beau lui dire qu'elle appartenait à ma mère qui était malade, que vous aviez fait un voyage de quinze jours pour l'aller chercher, tout cela a été inutile. Il n'a pas voulu me la rendre ; et, comme je le suivais en criant après lui, il s'est retourné, m'a battu, et puis s'est mis à courir de toute sa force par plusieurs rues détournées, de manière que je l'ai perdu de vue. Depuis ce temps-là, j'ai été me promener hors de la ville en attendant que vous revinssiez ; et je vous attendais, mon père, pour vous prier de n'en rien dire à ma mère de peur que cela ne la rende plus mal. » En achevant ces mots, il redoubla ses larmes.

« Le discours de mon fils me jeta dans une affliction inconcevable. Je reconnus alors l'énormité de mon crime, et je me repentis, mais trop tard, d'avoir ajouté foi aux impostures du malheureux esclave, qui, sur ce qu'il avait appris de mon fils, avait composé la funeste fable que j'avais prise pour une vérité. Mon oncle, qui est ici présent, arriva sur ces entrefaites : il venait pour voir sa fille ; mais, au lieu de la trouver vivante, il apprit par moi-même qu'elle n'était plus : car je ne lui déguisai rien, et, sans attendre qu'il me condamnât, je me déclarai moi-même le plus criminel de tous les hommes. Néanmoins, au lieu de m'accabler de justes reproches, il joignit ses pleurs aux miens, et nous pleurâmes ensemble trois jours sans relâche, lui, la perte d'une fille qu'il avait toujours tendrement aimée, et moi, celle d'une femme qui m'était chère, et dont je m'étais privé d'une manière si cruelle, et pour avoir trop légèrement cru le rapport d'un esclave menteur. Voilà, Commandeur des croyants, l'aveu sincère que Votre Majesté a exigé de moi. Vous savez à présent toutes les circonstances de mon crime, et je vous supplie très humblement d'en ordonner la punition : quelque rigoureuse qu'elle puisse être, je n'en murmurerai point, et je la trouverai trop légère. »

Le calife fut dans un grand étonnement...

Scheherazade, en prononçant ces derniers mots, s'aperçut qu'il était jour : elle cessa de parler. Mais, la nuit suivante, elle reprit ainsi son discours :

XCIII^e NUIT

Sire, dit-elle, le calife fut extrêmement étonné de ce que le jeune homme venait de lui raconter. Mais ce prince équitable, trouvant qu'il était plus à plaindre qu'il n'était criminel, entra dans ses intérêts. « L'action de ce jeune homme, dit-il, est pardonnable devant Dieu et excusable auprès des hommes. Le méchant esclave est la cause unique de ce meurtre : c'est lui seul qu'il faut punir. C'est pourquoi, continua-t-il en s'adressant au grand-vizir, je te donne trois jours pour le trouver. Si tu ne me l'amènes dans ce terme, je te ferai mourir à sa place. »

Le malheureux Giafar, qui s'était cru hors de danger, fut accablé de ce nouvel ordre du calife; mais, comme il n'osait rien répliquer à ce prince dont il connaissait l'humeur, il s'éloigna de sa présence et se retira chez lui les larmes aux yeux, persuadé qu'il n'avait plus que trois jours à vivre. Il était tellement convaincu qu'il ne trouverait point l'esclave qu'il n'en fit pas la moindre recherche. « Il n'est pas possible, disait-il, que dans une ville telle que Bagdad, où il y a une infinité d'esclaves noirs, je démêle celui dont il s'agit. A moins que Dieu ne me le fasse connaître, comme il m'a déjà fait découvrir l'assassin, rien ne peut me sauver. »

Il passa les deux premiers jours à s'affliger avec sa famille, qui gémissait autour de lui, en se plaignant de la rigueur du calife. Le troisième étant venu, il se disposa à mourir avec fermeté, comme un ministre intègre, qui n'avait rien à se reprocher. Il fit venir des cadis et des témoins qui signèrent le testament qu'il fit en leur présence. Après cela, il embrassa sa femme et ses enfants, et leur dit le dernier adieu. Toute sa famille fondait en larmes. Jamais spectacle ne fut plus touchant. Enfin un huissier du palais arriva, qui lui dit que le calife s'impatientait de n'avoir ni de ses nouvelles ni de celles de l'esclave noir qu'il lui avait commandé de chercher. « J'ai ordre, ajouta-t-il, de vous mener devant son trône. » L'affligé vizir se mit en état de suivre l'huissier. Mais, comme il allait sortir, on lui amena la plus petite de ses filles, qui pouvait avoir cinq ou six ans. Les femmes qui avaient soin d'elle la venaient présenter à son père, afin qu'il la vît pour la dernière fois.

Comme il avait pour elle une tendresse particulière, il pria l'huissier de lui permettre de s'arrêter un moment. Alors il s'approcha de sa fille, la prit entre ses bras et la baisa plusieurs fois. En la baisant, il s'aperçut qu'elle avait dans le sein quelque chose de gros et qui avait de l'odeur. « Ma chère petite, lui dit-il, qu'avez-vous dans le sein? — Mon cher père, lui répondit elle, c'est une pomme sur laquelle est écrit le nom du calife notre seigneur et maître. Rihan[1] notre esclave me l'a vendue deux sequins. »

---

1. *Rihan*, basilic, plante odoriférante. Les Arabes donnent quelquefois ce nom à leurs domestiques.

Aux mots de pomme et d'esclave, le grand-vizir Giafar fit un cri de surprise mêlé de joie, et, mettant aussitôt la main dans le sein de sa fille, il en tira la pomme. Il fit appeler l'esclave, qui n'était pas loin, et, lorsqu'il fut devant lui : « Maraud, lui dit-il, où as-tu pris cette pomme ? — Seigneur, répondit l'esclave, je vous jure que je ne l'ai dérobée ni chez vous, ni dans le jardin du Commandeur des croyants. L'autre jour, comme je passais dans une rue auprès de trois ou quatre petits enfants qui jouaient, et dont l'un la tenait à la main, je la lui arrachai et l'emportai. L'enfant courut après moi en me disant que la pomme n'était pas à lui, mais à sa mère qui était malade ; que son père, pour contenter l'envie qu'elle en avait, avait fait un long voyage d'où il en avait apporté trois ; que celle-là en était une qu'il avait prise sans que sa mère en sût rien. Il eut beau me prier de la lui rendre, je n'en voulus rien faire ; je l'apportai au logis, et la vendis deux sequins à la petite dame votre fille. Voilà tout ce que j'ai à vous dire. »

Giafar ne put assez admirer comment la friponnerie d'un esclave avait été cause de la mort d'une femme innocente, et presque de la sienne. Il mena l'esclave avec lui ; et, quand il fut devant le calife, il fit à ce prince un détail exact de tout ce que lui avait dit l'esclave, et du hasard par lequel il avait découvert son crime.

Jamais surprise n'égala celle du calife. Il ne put se contenir ni s'empêcher de faire de grands éclats de rire. A la fin, il reprit un air sérieux, et dit au vizir que, puisque son esclave avait causé un si étrange désordre, il méritait une punition exemplaire. « Je ne puis en disconvenir, Sire, répondit le vizir ; mais son crime n'est pas irrémissible. Je sais une histoire plus surprenante d'un vizir du Caire, nommé Noureddin Ali, et de Bedreddin[1] Hassan de Balsora. Comme Votre Majesté prend plaisir à en entendre de semblables, je suis prêt à vous la raconter à condition que, si vous la trouvez plus étonnante que celle qui me donne occasion de vous la dire, vous ferez grâce à mon esclave. — Je le veux bien, repartit le calife ; mais vous vous engagez dans une grande entreprise, et je ne crois pas que vous

---

1. *Noureddin* signifie Lumière de la religion, et *Bedreddin*, Pleine Lune de la religion.

puissiez sauver votre esclave : car l'histoire des pommes
est fort singulière. »

Giafar, prenant alors la parole, commença son récit
dans ces termes :

HISTOIRE DE NOUREDDIN ALI

ET DE BEDREDDIN HASSAN

« Commandeur des croyants, il y avait autrefois en
Égypte un sultan grand observateur de la justice, bienfaisant, miséricordieux, libéral, et sa valeur le rendait redoutable à ses voisins. Il aimait les pauvres ; et protégeait les
savants, qu'il élevait aux premières charges. Le vizir de ce
sultan était un homme prudent, sage, pénétrant et
consommé dans les belles-lettres et dans toutes les
sciences. Ce ministre avait deux fils très bien faits, et qui
marchaient l'un et l'autre sur ses traces : l'aîné se nommait
Schemseddin [1] Mohammed, et le cadet Noureddin Ali. Ce
dernier principalement avait tout le mérite qu'on peut
avoir. Le vizir leur père étant mort, le sultan les envoya
quérir, et, les ayant fait revêtir tous deux d'une robe de
vizir ordinaire : « J'ai bien du regret, leur dit-il, de la perte
que vous venez de faire. Je n'en suis pas moins touché que
vous-mêmes. Je veux vous le témoigner, et, comme je sais
que vous demeurez ensemble et que vous êtes parfaitement unis, je vous gratifie l'un et l'autre de la même
dignité. Allez, et imitez votre père. »

« Les deux nouveaux vizirs remercièrent le sultan de sa
bonté, et se retirèrent chez eux, où ils prirent soin des
funérailles de leur père. Au bout d'un mois, ils firent leur
première sortie ; ils allèrent pour la première fois au
conseil du sultan, et depuis ils continuèrent d'y assister
régulièrement les jours qu'il s'assemblait. Toutes les fois
que le sultan allait à la chasse, un des deux frères
l'accompagnait, et ils avaient alternativement cet hon-

---

1. *Schemseddin* signifie Soleil de la religion. — *Mohammed* est le
même nom que Mahomet.

neur. Un jour qu'ils s'entretenaient après le souper de choses indifférentes, c'était la veille d'une chasse où l'aîné devait suivre le sultan, ce jeune homme dit à son cadet : « Mon frère, puisque nous ne sommes point encore mariés, ni vous ni moi, et que nous vivons dans une si bonne union, il me vient une pensée : épousons tous deux en un même jour deux sœurs que nous choisirons dans quelque famille qui nous conviendra. Que dites-vous de cette idée ? — Je dis, mon frère, répondit Noureddin Ali, qu'elle est bien digne de l'amitié qui nous unit. On ne peut pas mieux penser, et, pour moi, je suis prêt à faire tout ce qu'il vous plaira. — Oh ! ce n'est pas tout encore, reprit Schemseddin Mohammed, mon imagination va plus loin. Supposé que nos femmes conçoivent la première nuit de nos noces et qu'ensuite elles accouchent en un même jour, la vôtre d'un fils, et la mienne d'une fille, nous les marierons ensemble quand ils seront en âge. — Ah ! pour cela, s'écria Noureddin Ali, il faut avouer que ce projet est admirable. Ce mariage couronnera notre union, et j'y donne volontiers mon consentement. Mais, mon frère, ajouta-t-il, s'il arrivait que nous fissions ce mariage, prétendriez-vous que mon fils donnât une dot à votre fille ? — Cela ne souffre pas de difficulté, repartit l'aîné, et je suis persuadé qu'outre les conventions ordinaires du contrat de mariage, vous ne manqueriez pas d'accorder en son nom au moins trois mille sequins, trois bonnes terres et trois esclaves. — C'est de quoi je ne demeure pas d'accord, dit le cadet. Ne sommes-nous pas frères et collègues, revêtus tous deux du même titre d'honneur ? D'ailleurs, ne savons-nous pas bien, vous et moi, ce qui est juste ? Le mâle étant plus noble que la femelle, ne serait-ce pas à vous à donner une grosse dot à votre fille ? A ce que je vois, vous êtes homme à faire vos affaires aux dépens d'autrui. »

« Quoique Noureddin Ali dît ces paroles en riant, son frère, qui n'avait pas l'esprit bien fait, en fut offensé. « Malheur à votre fils, dit-il avec emportement, puisque vous l'osez préférer à ma fille ! Je m'étonne que vous ayez été assez hardi pour le croire seulement digne d'elle. Il faut que vous ayez perdu le jugement pour vouloir aller de pair avec moi en disant que nous sommes collègues. Apprenez, téméraire, qu'après votre imprudence je ne voudrais pas marier ma fille avec votre fils, quand vous lui donneriez plus de richesses que vous n'en avez. » Cette plaisante querelle de deux frères sur le mariage de leurs enfants qui n'étaient pas encore nés ne laissa pas d'aller fort loin. Schemseddin Mohammed s'emporta jusqu'aux menaces. « Si je ne devais pas, dit-il, accompagner demain le sultan, je vous traiterais comme vous le méritez ; mais à mon retour je vous ferai connaître s'il appartient à un cadet de parler à son aîné aussi insolemment que vous venez de faire. » A ces mots, il se retira dans son appartement, et son frère alla se coucher dans le sien.

« Schemseddin Mohammed se leva le lendemain de grand matin, et se rendit au palais, d'où il sortit avec le sultan, qui prit son chemin au-dessus du Caire, du côté des pyramides. Pour Noureddin Ali, il avait passé la nuit dans de grandes inquiétudes ; et, après avoir bien considéré qu'il n'était pas possible qu'il demeurât plus longtemps avec un frère qui le traitait avec tant de hauteur, il forma une résolution. Il fit préparer une bonne mule, se munit d'argent, de pierreries et de quelques vivres, et, ayant dit à ses gens qu'il allait faire un voyage de deux ou trois jours et qu'il voulait être seul, il partit.

« Quand il fut hors du Caire, il marcha par le désert vers l'Arabie. Mais, sa mule venant à succomber sur la route, il fut obligé de continuer son chemin à pied. Par bonheur, un courrier qui allait à Balsora, l'ayant rencontré, le prit en croupe derrière lui. Lorsque le courrier fut arrivé à Balsora, Noureddin Ali mit pied à terre et le remercia du plaisir qu'il lui avait fait. Comme il allait par les rues cherchant où il pourrait se loger, il vit venir un seigneur, accompagné d'une nombreuse suite, et à qui tous les habitants faisaient de grands honneurs en s'arrêtant par respect jusqu'à ce qu'il fût passé. Noureddin Ali s'arrêta comme les autres. C'était le grand-vizir du sultan de Balsora qui se montrait dans la ville pour y maintenir par sa présence le bon ordre et la paix.

« Ce ministre, ayant jeté les yeux par hasard sur le jeune homme, lui trouva la physionomie engageante ; il le regarda avec complaisance, et, comme il passait près de lui et qu'il le voyait en habit de voyageur, il s'arrêta pour lui demander qui il était et d'où il venait. « Seigneur, lui répondit Noureddin Ali, je suis d'Égypte, né au Caire, et

j'ai quitté ma patrie par un si juste dépit contre un de mes
parents que j'ai résolu de voyager par tout le monde et de
mourir plutôt que d'y retourner. » Le grand-vizir, qui était
un vénérable vieillard, ayant entendu ces paroles, lui dit :
« Mon fils, gardez-vous bien d'exécuter votre dessein. Il
n'y a dans le monde que de la misère, et vous ignorez les
peines qu'il vous faudra souffrir. Venez, suivez-moi plutôt,
je vous ferai peut-être oublier le sujet qui vous a contraint
d'abandonner votre pays. »

« Noureddin Ali suivit le grand-vizir de Balsora, qui,
ayant bientôt connu ses belles qualités, le prit en affection,
de manière qu'un jour, l'entretenant en particulier, il lui
dit : « Mon fils, je suis, comme vous voyez, dans un âge si
avancé qu'il n'y a pas d'apparence que je vive encore longtemps. Le Ciel m'a donné une fille unique, qui n'est pas
moins belle que vous êtes bien fait, et qui est présentement en âge d'être mariée. Plusieurs des plus puissants
seigneurs de cette cour me l'ont déjà demandée pour leurs
fils ; mais je n'ai pu me résoudre à la leur accorder. Pour
vous, je vous aime, et vous trouve si digne de mon alliance
que, vous préférant à tous ceux qui l'ont recherchée, je
suis prêt à vous accepter pour gendre. Si vous recevez
avec plaisir l'offre que je vous fais, je déclarerai au sultan
mon maître que je vous aurai adopté par ce mariage, et je
le supplierai de m'accorder la survivance de ma dignité de
grand-vizir dans le royaume de Balsora. En même temps,
comme je n'ai plus besoin que de repos dans l'extrême
vieillesse où je suis, je ne vous abandonnerai pas seulement la disposition de tous mes biens, mais même l'admi-
nistration des affaires de l'État. »

« Le grand-vizir de Balsora n'eut pas achevé ce discours
rempli de bonté et de générosité, que Noureddin Ali se jeta
à ses pieds ; et, dans des termes qui marquaient la joie et la
reconnaissance dont son cœur était pénétré, il témoigna
qu'il était disposé à faire tout ce qu'il lui plairait. Alors le
grand-vizir appela les principaux officiers de sa maison,
leur ordonna de faire orner la grande salle de son hôtel et
préparer un grand repas. Ensuite il envoya prier tous les
seigneurs de la cour et de la ville de vouloir bien prendre
la peine de se rendre chez lui. Lorsqu'ils y furent tous
assemblés, comme Noureddin Ali l'avait informé de sa
qualité, il dit à ces seigneurs, car il jugea à propos de par-

ler ainsi pour satisfaire ceux dont il avait refusé l'alliance :
« Je suis bien aise, Seigneurs, de vous apprendre une
chose que j'ai tenue secrète jusqu'à ce jour. J'ai un frère
qui est grand-vizir du sultan d'Égypte, comme j'ai l'honneur de l'être du sultan de ce royaume. Ce frère n'a qu'un
fils qu'il n'a pas voulu marier à la cour d'Égypte, et il me
l'a envoyé pour épouser ma fille, afin de réunir par là nos
deux branches. Ce fils, que j'ai reconnu pour mon neveu à
son arrivée et que je fais mon gendre, est ce jeune seigneur
que vous voyez ici et que je vous présente. Je me flatte que
vous voudrez bien lui faire l'honneur d'assister à ses
noces, que j'ai résolu de célébrer aujourd'hui. » Nul de ces
seigneurs ne pouvant trouver mauvais qu'il eût préféré
son neveu à tous les grands partis qui lui avaient été pro-
posés, ils répondirent tous qu'il avait raison de faire ce
mariage ; qu'ils seraient volontiers témoins de la cérémonie, et qu'ils souhaitaient que Dieu lui donnât encore de
longues années pour voir les fruits de cette heureuse
union. »

En cet endroit, Scheherazade, voyant paraître le jour,
interrompit sa narration, qu'elle reprit ainsi la nuit suivante :

XCIVᵉ NUIT

Sire, dit-elle, le grand-vizir Giafar, continuant l'histoire
qu'il racontait au calife :

« Les seigneurs, poursuivit-il, qui s'étaient assemblés
chez le grand-vizir de Balsora, n'eurent pas plus tôt témoigné à ce ministre la joie qu'ils avaient du mariage de sa
fille avec Noureddin Ali qu'on se mit à table. On y
demeura très longtemps. Sur la fin du repas, on servit des
confitures, dont chacun, selon la coutume, ayant pris ce
qu'il put emporter, les cadis entrèrent avec le contrat de
mariage à la main. Les principaux seigneurs le signèrent ;
après quoi toute la compagnie se retira.

« Lorsqu'il n'y eut plus personne que les gens de la maison, le grand-vizir chargea ceux qui avaient soin du bain
qu'il avait commandé de tenir prêt d'y conduire Noureddin Ali, qui y trouva du linge qui n'avait point encore servi,
d'une finesse et d'une propreté qui faisaient plaisir à voir,
aussi bien que toutes les autres choses nécessaires. Quand

on eut décrassé, lavé et frotté l'époux, il voulut reprendre l'habit qu'il venait de quitter; mais on lui en présenta un autre de la dernière magnificence. Dans cet état et parfumé d'odeurs des plus exquises, il alla retrouver le grand-vizir son beau-père, qui fut charmé de sa bonne mine, et qui, l'ayant fait asseoir auprès de lui : « Mon fils, lui dit-il, vous m'avez déclaré qui vous êtes, et le rang que vous teniez à la cour d'Égypte; vous m'avez dit même que vous avez eu un démêlé avec votre frère, et que c'est pour cela que vous vous êtes éloigné de votre pays, je vous prie de me faire la confidence entière et de m'apprendre le sujet de votre querelle. Vous devez présentement avoir une parfaite confiance en moi et ne me rien cacher. »

« Noureddin Ali lui raconta toutes les circonstances de son différend avec son frère. Le grand-vizir ne put entendre ce récit sans en éclater de rire. « Voilà, dit-il, la chose du monde la plus singulière! Est-il possible, mon fils, que votre querelle soit allée jusqu'au point que vous dites pour un mariage imaginaire? Je suis fâché que vous vous soyez brouillé pour une bagatelle avec votre frère aîné. Je vois pourtant que c'est lui qui a eu tort de s'offenser de ce que vous ne lui avez dit que par plaisanterie, et je dois rendre grâces au Ciel d'un différend qui me procure un gendre tel que vous. Mais, ajouta le vieillard, la nuit est déjà avancée, et il est temps de vous retirer. Allez, ma fille, votre épouse, vous attend. Demain je vous présenterai au sultan. J'espère qu'il vous recevra d'une manière dont nous aurons lieu d'être tous deux satisfaits. » Noureddin Ali quitta son beau-père pour se rendre à l'appartement de sa femme.

« Ce qu'il y a de remarquable, continua le grand-vizir Giafar, c'est que le même jour que ces noces se faisaient à Balsora, Schemseddin Mohammed se mariait aussi au Caire; et voici le détail de son mariage.

« Après que Noureddin Ali se fut éloigné du Caire dans l'intention de n'y plus retourner, Schemseddin Mohammed, son aîné, qui était allé à la chasse avec le sultan d'Égypte, étant de retour au bout d'un mois (car le sultan s'était laissé emporter à l'ardeur de la chasse et avait été absent durant tout ce temps-là), il courut à l'appartement de Noureddin Ali; mais il fut fort étonné d'apprendre que, sous prétexte d'aller faire un voyage de deux ou trois journées, il était parti sur une mule le jour même de la chasse du sultan, et que depuis ce temps-là il n'avait point paru. Il en fut d'autant plus fâché qu'il ne douta pas que les duretés qu'il lui avait dites ne fussent la cause de son éloignement. Il dépêcha un courrier qui passa par Damas et alla jusqu'à Alep ; mais Noureddin était alors à Balsora. Quand le courrier eut rapporté à son retour qu'il n'en avait appris aucune nouvelle, Schemseddin Mohammed se proposa de l'envoyer chercher ailleurs, et, en attendant, il prit la résolution de se marier. Il épousa la fille d'un des premiers et des plus puissants seigneurs du Caire, le même jour que son frère se maria avec la fille du grand-vizir de Balsora.

« Ce n'est pas tout, poursuivit Giafar, Commandeur des croyants, voici ce qui arriva encore. Au bout de neuf mois, la femme de Schemseddin Mohammed accoucha d'une fille au Caire, et le même jour celle de Noureddin Ali mit au monde à Balsora un garçon, qui fut nommé Bedreddin[1] Hassan. Le grand-vizir de Balsora donna des marques de sa joie par de grandes largesses et par les réjouissances publiques qu'il fit faire pour la naissance de son petit-fils. Ensuite, pour marquer à son gendre combien il était content de lui, il alla au palais supplier très humblement le sultan d'accorder à Noureddin Ali la survivance de sa charge, afin, dit-il, qu'avant sa mort il eût la consolation de voir son gendre grand-vizir à sa place.

« Le sultan, qui avait vu Noureddin Ali avec bien du plaisir lorsqu'il lui avait été présenté après son mariage, et qui depuis ce temps-là en avait toujours ouï parler fort avantageusement, accorda la grâce qu'on demandait pour lui, avec tout l'agrément qu'on pouvait souhaiter. Il le fit revêtir en sa présence de la robe de grand-vizir.

« La joie du beau-père fut comblée le lendemain lorsqu'il vit son gendre présider au conseil en sa place et faire toutes les fonctions de grand-vizir. Noureddin Ali s'en acquitta si bien qu'il semblait avoir toute sa vie exercé cette charge. Il continua dans la suite d'assister au conseil toutes les fois que les infirmités de la vieillesse ne permirent pas à son beau-père de s'y trouver. Ce bon vieillard mourut quatre ans après ce mariage, avec la satisfaction de voir un rejeton de sa famille qui promettait de la soutenir longtemps avec éclat.

1. Bedreddin, ce mot signifie la pleine lune de la religion.

« Noureddin Ali lui rendit les derniers devoirs avec toute l'amitié et la reconnaissance possibles ; et, sitôt que Bedreddin Hassan, son fils, eut atteint l'âge de sept ans, il le mit entre les mains d'un excellent maître, qui commença de l'élever d'une manière digne de sa naissance. Il est vrai qu'il trouva dans cet enfant un esprit vif, pénétrant, et capable de profiter de tous les bons enseignements qu'il lui donnait... »

Scheherazade allait continuer ; mais, s'apercevant qu'il était jour, elle mit fin à son discours. Elle le reprit la nuit suivante, et dit au sultan des Indes :

XCVe NUIT

Sire, le grand-vizir Giafar, poursuivant l'histoire qu'il racontait au calife :

« Deux ans après, dit-il, que Bedreddin Hassan eut été mis entre les mains de ce maître, qui lui enseigna parfaitement bien à lire, il apprit l'Alcoran par cœur. Noureddin Ali, son père, lui donna ensuite d'autres maîtres qui cultivèrent son esprit de telle sorte qu'à l'âge de douze ans il n'avait plus besoin de leur secours. Alors, comme tous les traits de son visage étaient formés, il faisait l'admiration de tous ceux qui le regardaient.

« Jusque-là, Noureddin Ali n'avait songé qu'à le faire étudier, et ne l'avait point encore montré dans le monde. Il le mena au palais pour lui procurer l'honneur de faire la révérence au sultan, qui le reçut très favorablement. Les premiers qui le virent dans les rues furent si charmés de sa beauté qu'ils en firent des exclamations de surprise et qu'ils lui donnèrent mille bénédictions.

« Comme son père se proposait de le rendre capable de remplir un jour sa place, il n'épargna rien pour cela, et il le fit entrer dans les affaires les plus difficiles afin de l'y accoutumer de bonne heure. Enfin il ne négligeait aucune chose pour l'avancement d'un fils qui lui était si cher ; et il commençait à jouir déjà du fruit de ses peines, lorsqu'il fut attaqué tout à coup d'une maladie dont la violence fut telle qu'il sentit fort bien qu'il n'était pas éloigné du dernier de ses jours. Aussi ne se flatta-t-il pas, et il se disposa d'abord à mourir en vrai musulman. Dans ce moment précieux, il n'oublia pas son cher fils Bedreddin ; il le fit appeler et lui dit : « Mon fils, vous voyez que le monde est périssable ; il n'y a que celui où je vais bientôt passer qui soit véritablement durable. Il faut que vous commenciez dès à présent à vous mettre dans les mêmes dispositions que moi : préparez-vous à faire ce passage sans regret, et sans que votre conscience puisse rien vous reprocher sur les devoirs d'un musulman, ni sur ceux d'un parfaitement honnête homme. Pour votre religion, vous en êtes suffisamment instruit, et par ce que vous en ont appris vos maîtres, et par vos lectures. A l'égard de l'honnête homme, je vais vous donner quelques instructions que vous tâcherez de mettre à profit. Comme il est nécessaire de se connaître soi-même, et que vous ne pouvez bien avoir cette connaissance que vous ne sachiez qui je suis, je vais vous l'apprendre.

« J'ai pris naissance en Égypte, poursuivit-il ; mon père, votre aïeul, était premier ministre du sultan du royaume. J'ai moi-même eu l'honneur d'être un des vizirs de ce même sultan avec mon frère, votre oncle, qui, je crois, vit encore, et qui se nomme Schemseddin Mohammed. Je fus obligé de me séparer de lui, et je vins en ce pays, où je suis parvenu au rang que j'ai tenu jusqu'à présent. Mais vous apprendrez toutes ces choses plus amplement dans un cahier que j'ai à vous donner. »

« En même temps, Noureddin Ali tira ce cahier qu'il avait écrit de sa propre main, et qu'il portait toujours sur soi, et, le donnant à Bedreddin Hassan : « Prenez, lui dit-il, vous le lirez à votre loisir ; vous y trouverez, entre autres choses, le jour de mon mariage et celui de votre naissance. Ce sont des circonstances dont vous aurez peut-être besoin dans la suite, et qui doivent vous obliger à le garder avec soin. » Bedreddin Hassan, sensiblement affligé de voir son père dans l'état où il était, touché de ses discours, reçut le cahier les larmes aux yeux, en lui promettant de ne s'en dessaisir jamais.

« En ce moment, il prit à Noureddin Ali une faiblesse qui fit croire qu'il allait expirer. Mais il revint à lui, et, reprenant la parole : « Mon fils, dit-il, la première maxime que j'ai à vous enseigner, c'est *de ne vous pas donner au commerce de toutes sortes de personnes. Le moyen de vivre en sûreté, c'est de se donner entièrement à soi-même ; ne et de ne se pas communiquer facilement.*

« La seconde, *de ne faire violence à qui que ce soit : car en ce cas tout le monde se révolterait contre vous ; et vous devez regarder le monde comme un créancier à qui vous devez de la modération, de la compassion et de la tolérance.*

« La troisième, *de ne dire mot quand on vous chargera d'injures. On est hors de danger* (dit le proverbe) *lorsque l'on garde le silence. C'est particulièrement en cette occasion que vous devez le pratiquer. Vous savez aussi à ce sujet qu'un de nos poètes dit que le silence est l'ornement et la sauvegarde de la vie ; qu'il ne faut pas, en parlant, ressembler à la pluie d'orage qui gâte tout. On ne s'est jamais repenti de s'être tu, au lieu que l'on a souvent été fâché d'avoir parlé.*

« La quatrième, *de ne pas boire de vin : car c'est la source de tous les vices.*

« La cinquième, *de bien ménager vos biens : si vous ne les dissipez pas, ils vous serviront à vous préserver de la nécessité. Il ne faut pas pourtant en avoir trop, ni être avare : pour peu que vous en ayez et que vous le dépensiez à propos, vous aurez beaucoup d'amis ; mais, si au contraire vous avez de grandes richesses et que vous en fassiez un mauvais usage, tout le monde s'éloignera de vous et vous abandonnera.* »

« Enfin, Noureddin Ali continua jusqu'au dernier moment de sa vie à donner de bons conseils à son fils ; et, quand il fut mort, on lui fit des obsèques magnifiques... »

Scheherazade, à ces paroles, apercevant le jour, cessa de parler, et remit au lendemain la suite de cette histoire.

XCVIᵉ NUIT

La sultane des Indes ayant été réveillée par sa sœur Dinarzade à l'heure ordinaire, elle reprit la parole, et, l'adressant à Schahriar :

Sire, dit-elle, le calife ne s'ennuyait pas d'écouter le grand-vizir Giafar, qui poursuivit ainsi son histoire :

« On enterra donc, dit-il, Noureddin Ali avec tous les honneurs dus à sa dignité. Bedreddin Hassan de Balsora, c'est ainsi qu'on le surnomma à cause qu'il était né dans cette ville, eut une douleur inconcevable de la mort de son père. Au lieu de passer un mois, selon la coutume, il en passa deux dans les pleurs et dans la retraite, sans voir personne, et sans sortir même pour rendre ses devoirs au sultan de Balsora, lequel, irrité de cette négligence et la regardant comme une marque de mépris pour sa cour et pour sa personne, se laissa transporter de colère. Dans sa fureur, il fit appeler le nouveau grand-vizir, car il en avait fait un dès qu'il avait appris la mort de Noureddin Ali ; il lui ordonna de se transporter à la maison du défunt et de la confisquer avec toutes ses autres maisons, terre et effets, sans rien laisser à Bedreddin Hassan, dont il commanda même qu'on se saisît.

« Le nouveau grand-vizir, accompagné d'un grand nombre d'huissiers du palais, de gens de justice et d'autres officiers, ne différa pas de se mettre en chemin pour aller exécuter sa commission. Un des esclaves de Bedreddin Hassan, qui était par hasard parmi la foule, n'eut pas plus tôt appris le dessein du vizir qu'il prit les devants et courut en avertir son maître. Il le trouva assis sous le vestibule de sa maison, aussi affligé que si son père n'eût fait que de mourir. Il se jeta à ses pieds tout hors d'haleine et, après lui avoir baisé le bas de la robe : « Sauvez-vous, Seigneur, lui dit-il, sauvez-vous promptement. — Qu'y a-t-il ? lui demanda Bedreddin en levant la tête ; quelle nouvelle m'apportes-tu ? — Seigneur, répondit-il, il n'y a pas de temps à perdre. Le sultan est dans une horrible colère contre vous, et l'on vient de sa part confisquer tout ce que vous avez, et même se saisir de votre personne. »

« Le discours de cet esclave fidèle et affectionné mit l'esprit de Bedreddin Hassan dans une grande perplexité. « Mais ne puis-je, dit-il, avoir le temps de rentrer et de prendre au moins quelque argent et des pierreries ? — Non, Seigneur, répliqua l'esclave, le grand-vizir sera dans un moment ici. Partez tout à l'heure, sauvez-vous. » Bedreddin Hassan se leva vite du sofa où il était, mit les pieds dans ses babouches, et, après s'être couvert la tête d'un bout de sa robe pour se cacher le visage, s'enfuit sans savoir de quel côté il devait tourner ses pas pour s'échapper du danger qui le menaçait. La première pensée qui lui vint fut de gagner en diligence la plus prochaine porte de la ville. Il courut sans s'arrêter jusqu'au cimetière public ; et, comme la nuit s'approchait, il résolut de l'aller passer au tombeau de son père. C'était un édifice d'assez grande apparence, en forme de dôme, que Noureddin Ali avait fait bâtir de son vivant; mais il rencontra en chemin un juif fort riche qui était banquier et marchand de profession. Il revenait d'un lieu où quelque affaire l'avait appelé, et il s'en retournait dans la ville. Ce juif, ayant reconnu Bedreddin, s'arrêta et le salua fort respectueusement... »

En cet endroit, le jour venant à paraître imposa silence à Scheherazade, qui reprit son discours la nuit suivante.

XCVIIe NUIT

Sire, dit-elle, le calife écoutait avec beaucoup d'attention le grand-vizir Giafar, qui continua de cette manière : « Le juif, poursuivit-il, qui se nommait Isaac, après avoir salué Bedreddin Hassan et lui avoir baisé la main, lui dit : « Seigneur, oserais-je prendre la liberté de vous demander où vous allez à l'heure qu'il est, seul en apparence, un peu agité ? Y a-t-il quelque chose qui vous fasse de la peine ? — Oui, répondit Bedreddin : je me suis endormi tantôt, et dans mon sommeil mon père s'est apparu à moi. Il avait le regard terrible, comme s'il eut été dans une grande colère contre moi. Je me suis réveillé en sursaut et plein d'effroi, et je suis parti aussitôt pour venir faire ma prière sur son tombeau. — Seigneur, reprit le juif, qui ne pouvait pas savoir pourquoi Bedreddin Hassan était sorti de la ville, comme le feu grand-vizir, votre père et mon seigneur, d'heureuse mémoire, avait chargé en marchandises plusieurs vaisseaux qui sont encore en mer et qui vous appartiennent, je vous supplie de m'accorder la préférence sur tout autre marchand. Je suis en état d'acheter argent comptant la charge de tous vos vaisseaux, et, pour commencer, si vous voulez bien m'abandonner celle du premier qui arrivera à bon port, je vais vous compter mille sequins. Je les ai ici dans une bourse, et je suis prêt à vous les livrer d'avance. » En disant cela, il tira une grande bourse qu'il avait sous son bras par-dessous sa robe, et la lui montra cachetée de son cachet.

« Bedreddin Hassan, dans l'état où il était, chassé de chez lui et dépouillé de tout ce qu'il avait au monde, regarda la proposition du juif comme une faveur du Ciel. Il ne manqua pas de l'accepter avec beaucoup de joie.

« Seigneur, lui dit alors le juif, vous me donnez donc pour mille sequins le chargement du premier de vos vaisseaux qui arrivera dans ce port? — Oui, je vous le vends mille sequins, répondit Bedreddin Hassan, et c'est une chose faite. » Le juif aussitôt lui mit entre les mains la bourse de mille sequins en s'offrant de les compter; mais Bedreddin lui en épargna la peine en lui disant qu'il s'en fiait bien à lui. « Puisque cela est ainsi, reprit le juif, ayez la bonté, Seigneur, de me donner un mot d'écrit du marché que nous venons de faire. » En disant cela, il tira son écritoire qu'il avait à la ceinture, et, après en avoir pris une petite canne bien taillée pour écrire, il la lui présenta avec un morceau de papier qu'il trouva dans son porte-lettres, et, pendant qu'il tenait le cornet, Bedreddin Hassan écrivit ces mots :

Cet écrit est pour rendre témoignage que Bedreddin Hassan de Balsora a vendu au juif Isaac, pour la somme de mille sequins qu'il a reçus, le chargement du premier de ses navires qui abordera dans ce port.

Bedreddin Hassan, de Balsora.

« Après avoir fait cet écrit, il le donna au juif, qui le mit dans son porte-lettres, et qui prit ensuite congé de lui. Pendant qu'Isaac poursuivait son chemin vers la ville, Bedreddin Hassan continua le sien vers le tombeau de son père Noureddin Ali. En y arrivant, il se prosterna la face contre terre, et, les yeux baignés de larmes, il se mit à déplorer sa misère. « Hélas! disait-il, infortuné Bedreddin, que vas-tu devenir? Où iras-tu chercher un asile contre l'injuste prince qui te persécute? N'était-ce pas assez d'être affligé de la mort d'un père si chéri? Fallait-il que la fortune ajoutât un nouveau malheur à mes justes regrets? » Il demeura longtemps dans cet état; mais enfin il se releva, et, ayant appuyé sa tête sur le sépulcre de son père, ses douleurs se renouvelèrent avec plus de violence qu'auparavant, et il ne cessa de soupirer et de se plaindre jusqu'à ce que, succombant au sommeil, il leva la tête de dessus le sépulcre, et s'étendit tout de son long sur le pavé, où il s'endormit.

« Il goûtait à peine la douceur du repos, lorsqu'un génie qui avait établi sa retraite dans ce cimetière pendant le jour, se disposant à courir le monde cette nuit selon sa

coutume, aperçut ce jeune homme dans le tombeau de
Noureddin Ali. Il y entra, et, comme Bedreddin était couché sur le dos, il fut frappé, ébloui de l'éclat de sa
beauté... »

Le jour qui paraissait ne permit pas à Scheherazade de
poursuivre cette histoire cette nuit; mais le lendemain à
l'heure ordinaire elle la continua de cette sorte :

XCVIIIᵉ NUIT

« Quand le génie, reprit le grand-vizir Giafar, eut attentivement considéré Bedreddin Hassan, il dit en lui-même :
« A juger de cette créature par sa bonne mine, ce ne peut
être qu'un ange du paradis terrestre que Dieu envoie pour
mettre le monde en combustion par sa beauté. » Enfin,
après l'avoir bien regardé, il s'éleva fort haut dans l'air, où
il rencontra par hasard une fée. Ils se saluèrent l'un et
l'autre; ensuite il lui dit : « Je vous prie de descendre avec
moi jusqu'au cimetière où je demeure, et je vous ferai voir
un prodige de beauté qui n'est pas moins digne de votre
admiration que de la mienne. » La fée y consentit : ils descendirent tous deux en un instant, et, lorsqu'ils furent
dans le tombeau : « Hé bien! dit le génie à la fée en lui
montrant Bedreddin Hassan, avez-vous jamais vu un
jeune homme mieux fait et plus beau que celui-ci? »

« La fée examina Bedreddin avec attention; puis, se
tournant vers le génie : « Je vous avoue, lui répondit-elle,
qu'il est très bien fait; mais je viens de voir au Caire tout à
l'heure un objet encore plus merveilleux, dont je vais vous
entretenir si vous voulez m'écouter. — Vous me ferez un
très grand plaisir, répliqua le génie. — Il faut donc que
vous sachiez, reprit la fée (car je vais prendre la chose de
loin), que le sultan d'Égypte a un vizir qui se nomme
Schemseddin Mohammed et qui a une fille âgée d'environ
vingt ans. C'est la plus belle et la plus parfaite personne
dont on ait jamais ouï parler. Le sultan, informé par la
voix publique de la beauté de cette jeune demoiselle, fit
appeler le vizir, son père, un de ces derniers jours, et lui
dit : « J'ai appris que vous avez une fille à marier; j'ai envie
de l'épouser : ne voulez-vous pas bien me l'accorder? » Le
vizir, qui ne s'attendait pas à cette proposition, en fut un
peu troublé; mais il n'en fut pas ébloui, et, au lieu de

l'accepter avec joie, ce que d'autres à sa place n'auraient pas manqué de faire, il répondit au sultan : « Sire, je ne suis pas digne de l'honneur que Votre Majesté me veut faire, et je la supplie très humblement de ne pas trouver mauvais que je m'oppose à son dessein. Vous savez que j'avais un frère nommé Noureddin Ali, qui avait comme moi l'honneur d'être un de vos vizirs. Nous eûmes ensemble une querelle qui fut cause qu'il disparut tout à coup, et je n'ai point eu de ses nouvelles depuis ce temps-là, si ce n'est que j'ai appris, il y a quatre jours, qu'il est mort à Balsora dans la dignité de grand-vizir du sultan de ce royaume. Il a laissé un fils ; et, comme nous nous engageâmes autrefois tous deux à marier nos enfants ensemble, supposé que nous en eussions, je suis persuadé qu'il est mort dans l'intention de faire ce mariage. C'est pourquoi, de mon côté, je voudrais accomplir ma promesse, et je conjure Votre Majesté de me le permettre. Il y a dans cette cour beaucoup d'autres seigneurs qui ont des filles comme moi, et que vous pouvez honorer de votre alliance. »

« Le sultan d'Égypte fut irrité au dernier point contre Schemseddin Mohammed... »

Scheherazade se tut en cet endroit, parce qu'elle vit paraître le jour. La nuit suivante elle reprit le fil de sa narration, et dit au sultan des Indes, en faisant toujours parler le vizir Giafar au calife Haroun-al-Raschid :

XCIXᵉ NUIT

« Le sultan d'Égypte, choqué du refus et de la hardiesse de Schemseddin Mohammed, lui dit avec un transport de colère qu'il ne put retenir : « Est-ce donc ainsi que vous répondez à la bonté que j'ai de vouloir bien m'abaisser jusqu'à faire alliance avec vous ? Je saurai me venger de la préférence que vous osez donner sur moi à un autre ; et je jure que votre fille n'aura pas d'autre mari que le plus vil et le plus mal fait de tous mes esclaves. » En achevant ces mots, il renvoya brusquement le vizir, qui se retira chez lui plein de confusion et cruellement mortifié. Aujourd'hui le sultan a fait venir un de ses palefreniers qui est bossu par-devant et par-derrière, et laid à faire peur ; et, après avoir ordonné à Schemseddin Mohammed de consentir au mariage de sa fille avec cet affreux esclave, il a fait dresser et signer le contrat par des témoins en sa présence. Les préparatifs de ces bizarres noces sont achevés; et, à l'heure que je vous parle, tous les esclaves des seigneurs de la cour d'Égypte sont à la porte d'un bain, chacun avec un flambeau à la main. Ils attendent que le palefrenier bossu qui y est, et qui s'y lave, en sorte, pour le mener chez son épouse, qui, de son côté, est déjà coiffée et habillée. Dans le moment que je suis partie du Caire, les dames assemblées se disposaient à la conduire, avec tous ses ornements nuptiaux, dans la salle où elle doit recevoir le bossu et où elle l'attend présentement. Je l'ai vue, et je vous assure qu'on ne peut la regarder sans admiration. »

« Quand la fée eut cessé de parler, le génie lui dit : « Quoi que vous puissiez dire, je ne puis me persuader que la beauté de cette fille surpasse celle de ce jeune homme. — Je ne veux pas disputer contre vous, répliqua la fée, je confesse qu'il mériterait d'épouser la charmante personne qu'on destine au bossu; et il me semble que nous ferions une action digne de nous si, nous opposant à l'injustice du sultan d'Égypte, nous pouvions substituer ce jeune homme à la place de l'esclave. — Vous avez raison, repartit le génie; vous ne sauriez croire combien je vous sais bon gré de la pensée qui vous est venue. Trompons, j'y consens, la vengeance du sultan d'Égypte; consolons un père affligé, et rendons sa fille aussi heureuse qu'elle se croit misérable. Je n'oublierai rien pour faire réussir ce projet, et je suis persuadé que vous ne vous y épargnerez pas; je me charge de le porter au Caire sans qu'il se réveille, et je vous laisse le soin de le porter ailleurs quand nous aurons exécuté notre entreprise. »

« Après que la fée et le génie eurent concerté ensemble tout ce qu'ils voulaient faire, le génie enleva doucement Bedreddin, et, le transportant par l'air d'une vitesse inconcevable, il alla le poser à la porte d'un logement public et voisin du bain d'où le bossu était près de sortir, avec la suite des esclaves qui l'attendaient.

« Bedreddin Hassan, s'étant réveillé en ce moment, fut fort surpris de se voir au milieu d'une ville qui lui était inconnue. Il voulut crier pour demander où il était; mais le génie lui donna un petit coup sur l'épaule, et l'avertit de ne dire mot. Ensuite, lui mettant un flambeau à la main :

« Allez, lui dit-il ; mêlez-vous parmi ces gens que vous voyez à la porte de ce bain, et marchez avec eux jusqu'à ce que vous entriez dans une salle où l'on va célébrer des noces. Le nouveau marié est un bossu que vous reconnaîtrez aisément. Mettez-vous à sa droite en entrant, et, dès à présent, ouvrez la bourse de sequins que vous avez dans votre sein, pour les distribuer aux joueurs d'instruments, aux danseurs et aux danseuses dans la marche. Lorsque vous serez dans la salle, ne manquez pas d'en donner aussi aux femmes esclaves que vous verrez autour de la mariée, quand elles s'approcheront de vous. Mais, toutes les fois que vous mettrez la main dans la bourse, retirez-la pleine de sequins, et gardez-vous de les épargner. Faites exactement tout ce que je vous dis avec une grande présence d'esprit ; ne vous étonnez de rien ; ne craignez personne, et vous reposez du reste sur une puissance supérieure qui en dispose à son gré. »

« Le jeune Bedreddin, bien instruit de tout ce qu'il avait à faire, s'avança vers la porte du bain. La première chose qu'il fit fut d'allumer son flambeau à celui d'un esclave ; puis, se mêlant parmi les autres, comme s'il eût appartenu à quelque seigneur du Caire, il se mit en marche avec eux, et accompagna le bossu, qui sortit du bain et monta sur un cheval de l'écurie du sultan... »

Le jour qui parut imposa silence à Scheherazade, qui remit la suite de cette histoire au lendemain.

C^e NUIT

Sire, dit-elle, le vizir Giafar, continuant de parler au calife :

« Bedreddin Hassan, poursuivit-il, se trouvant près des joueurs d'instruments, des danseurs et des danseuses, qui marchaient immédiatement devant le bossu, tirait de temps en temps de sa bourse des poignées de sequins qu'il leur distribuait. Comme il faisait ses largesses avec une grâce sans pareille et un air très obligeant, tous ceux qui les recevaient jetaient les yeux sur lui ; et, dès qu'ils l'avaient envisagé, ils le trouvaient si bien fait et si beau qu'ils ne pouvaient plus en détourner leurs regards.

« On arriva enfin à la porte du vizir Schemseddin Mohammed, oncle de Bedreddin Hassan, qui était bien

éloigné de s'imaginer que son neveu fût si près de lui. Des
huissiers, pour empêcher la confusion, arrêtèrent tous les
esclaves qui portaient des flambeaux, et ne voulurent pas
les laisser entrer. Ils repoussèrent même Bedreddin Hassan ; mais les joueurs d'instruments, pour qui la porte était
ouverte, s'arrêtèrent en protestant qu'ils n'entreraient pas
si on ne le laissait entrer avec eux. « Il n'est pas du nombre
des esclaves, disaient-ils ; il n'y a qu'à le regarder pour en
être persuadé. C'est sans doute un jeune étranger qui veut
voir par curiosité les cérémonies que l'on observe aux
noces en cette ville. » En disant cela, ils le mirent au
milieu d'eux, et le firent entrer malgré les huissiers. Ils lui
ôtèrent son flambeau qu'ils donnèrent au premier qui se
présenta ; et, après l'avoir introduit dans la salle, ils le placèrent à la droite du bossu, qui s'assit sur un trône magnifiquement orné près de la fille du vizir.

« On la voyait parée de tous ses atours ; mais il paraissait sur son visage une langueur, ou plutôt une tristesse
mortelle, dont il n'était pas difficile de deviner la cause en
voyant à côté d'elle un mari si difforme et si peu digne de
son amour. Le trône de ces époux si mal assortis était au
milieu d'un sofa. Les femmes des émirs, des vizirs, des
officiers de la chambre du sultan, et plusieurs autres
dames de la cour et de la ville, étaient assises de chaque
côté un peu plus bas, chacune selon son rang, et toutes
habillées d'une manière si avantageuse et si riche que
c'était un spectacle très agréable à voir. Elles tenaient de
grandes bougies allumées.

« Lorsqu'elles virent entrer Bedreddin Hassan, elles
jetèrent les yeux sur lui ; et, admirant sa taille, son air et la
beauté de son visage, elles ne pouvaient se lasser de le
regarder. Quand il fut assis, il n'y en eut pas une qui ne
quittât sa place pour s'approcher de lui et le considérer de
plus près ; et il n'y en eut guère qui, en se retirant pour
aller reprendre leurs places, ne se sentissent agitées d'un
tendre mouvement.

« La différence qu'il y avait entre Bedreddin Hassan et le
palefrenier bossu, dont la figure faisait horreur, excita des
murmures dans l'assemblée. « C'est à ce beau jeune
homme, s'écrièrent les dames, qu'il faut donner notre
épousée, et non pas à ce vilain bossu. » Elles n'en demeurèrent pas là ; elles osèrent faire des imprécations contre le

sultan, qui, abusant de son pouvoir absolu, unissait la laideur avec la beauté. Elles chargèrent aussi d'injures le bossu, et lui firent perdre contenance, au grand plaisir des spectateurs dont les huées interrompirent pour quelque temps la symphonie qui se faisait entendre dans la salle. A la fin, les joueurs d'instruments recommencèrent leurs concerts, et les femmes qui avaient habillé la mariée s'approchèrent d'elle... »

En prononçant ces dernières paroles, Scheherazade remarqua qu'il était jour. Elle garda aussitôt le silence ; et la nuit suivante elle reprit ainsi son discours :

La cent et unième et la cent deuxième Nuit sont employées dans l'original à la description de sept robes et de sept parures différentes, dont la fille du vizir Schemseddin Mohammed changea au son des instruments. Comme cette description ne m'a point paru agréable, et que d'ailleurs elle est accompagnée de vers qui ont, à la vérité, leur beauté en arabe, mais que les Français ne pourraient goûter, je n'ai pas jugé à propos de traduire ces deux Nuits[1].

CIII^e NUIT

Sire, dit Scheherazade au sultan des Indes, Votre Majesté n'a pas oublié que c'est le grand-vizir Giafar qui parle au calife Haroun-al-Raschid.

« A chaque fois, poursuivit-il, que la nouvelle mariée changeait d'habits, elle se levait de sa place, et, suivie de ses femmes, passait devant le bossu sans daigner le regarder, et allait se présenter devant Bedreddin Hassan, pour se montrer à lui dans ses nouveaux atours. Alors, Bedreddin Hassan, suivant l'instruction qu'il avait reçue du génie, ne manquait pas de mettre la main dans sa bourse, et d'en tirer des poignées de sequins qu'il distribuait aux femmes qui accompagnaient la mariée. Il n'oubliait pas les joueurs et les danseurs, il leur en jetait aussi. C'était un plaisir de voir comme ils se poussaient les uns les autres pour en ramasser ; ils lui en témoignèrent de la reconnaissance, et lui marquaient par signes qu'ils voulaient que la jeune

---

1. Cette note est de Galland.

épouse fût pour lui, et non pas pour le bossu. Les femmes qui étaient autour d'elle lui disaient la même chose, et ne se souciaient guère d'être entendues du bossu, à qui elles faisaient mille niches ; ce qui divertissait fort tous les spectateurs.

« Lorsque la cérémonie de changer d'habits tant de fois fut achevée, les joueurs d'instruments cessèrent de jouer, et se retirèrent en faisant signe à Bedreddin Hassan de demeurer. Les dames firent la même chose en se retirant après eux avec tous ceux qui n'étaient pas de la maison. La mariée entra dans un cabinet, où ses femmes la suivirent pour la déshabiller, et il ne resta plus dans la salle que le palefrenier bossu, Bedreddin Hassan, et quelques domestiques. Le bossu, qui en voulait furieusement à Bedreddin qui lui faisait ombrage, le regarda de travers, et lui dit : « Et toi, qu'attends-tu ? Pourquoi ne te retires-tu pas comme les autres ? Marche. » Comme Bedreddin n'avait aucun prétexte pour demeurer là, il sortit assez embarrassé de sa personne ; mais il n'était pas hors du vestibule que le génie et la fée se présentèrent à lui et l'arrêtèrent : « Où allez-vous ? lui dit le génie. Demeurez : le bossu n'est plus dans la salle, il en est sorti pour quelque besoin ; vous n'avez qu'à y rentrer et à vous introduire dans la chambre de la mariée. Lorsque vous serez seul avec elle, dites-lui hardiment que vous êtes son mari ; que l'intention du sultan a été de se divertir du bossu, et que, pour apaiser ce mari prétendu, vous lui avez fait apprêter un bon plat de crème dans son écurie. Dites-lui là-dessus tout ce qui vous viendra dans l'esprit pour la persuader. Étant fait comme vous êtes, cela ne sera pas difficile, et elle sera ravie d'avoir été trompée si agréablement. Cependant nous allons donner ordre que le bossu ne rentre et ne vous empêche de passer la nuit avec votre épouse : car c'est la vôtre, et non pas la sienne. »

« Pendant que le génie encourageait ainsi Bedreddin et l'instruisait de ce qu'il devait faire, le bossu était véritablement sorti de la salle. Le génie s'introduisit où il était, prit la figure d'un gros chat noir, et se mit à miauler d'une manière épouvantable. Le bossu cria après le chat, et frappa des mains pour le faire fuir ; mais le chat, au lieu de se retirer, se raidit sur ses pattes, fit briller des yeux enflammés, et regarda fièrement le bossu en miaulant plus fort qu'auparavant, et en grandissant de manière qu'il parut bientôt gros comme un ânon. Le bossu, à cet objet, voulut crier au secours; mais la frayeur l'avait tellement saisi qu'il demeura la bouche ouverte sans pouvoir proférer une parole. Pour ne lui pas donner de relâche, le génie se changea à l'instant en un puissant buffle, et, sous cette forme, lui cria d'une voix qui redoubla sa peur : *Vilain bossu!* A ces mots, l'effrayé palefrenier se laissa tomber sur le pavé, et, se couvrant la tête de sa robe pour ne pas voir cette bête effroyable, il lui répondit en tremblant : « Prince souverain des buffles, que demandez-vous de moi? — Malheur à toi! lui repartit le génie : tu as la témérité d'oser te marier avec ma maîtresse! — Eh! Seigneur! dit le bossu, je vous supplie de me pardonner : si je suis criminel, ce n'est que par ignorance; je ne savais pas que cette dame eût un buffle pour amant. Commandez-moi ce qui vous plaira, je vous jure que je suis prêt à vous obéir. — Par la mort, répliqua le génie, si tu sors d'ici, ou que tu ne gardes pas le silence jusqu'à ce que le soleil se lève; si tu dis le moindre mot, je t'écraserai la tête. Alors, je te permets de sortir de cette maison; mais je t'ordonne de te retirer bien vite sans regarder derrière toi; et, si tu as l'audace d'y revenir, il t'en coûtera la vie. » En achevant ces paroles, le génie se transforma en homme, prit le bossu par les pieds, et, après l'avoir levé la tête en bas contre le mur : « Si tu branles, ajouta-t-il, avant que le soleil soit levé, comme je te l'ai déjà dit, je te prendrai par les pieds et je te casserai la tête en mille pièces contre cette muraille. »

« Pour revenir à Bedreddin Hassan, encouragé par le génie et par la présence de la fée, il était rentré dans la salle, et s'était coulé dans la chambre nuptiale, où il s'assit en attendant le succès de son aventure. Au bout de quelque temps la mariée arriva, conduite par une bonne vieille, qui s'arrêta à la porte, exhortant le mari à bien faire son devoir, sans regarder si c'était le bossu ou un autre; après quoi elle la ferma et se retira.

« La jeune épouse fut extrêmement surprise de voir, au lieu du bossu, Bedreddin Hassan, qui se présenta à elle de la meilleure grâce du monde. « Hé quoi! mon cher ami, lui dit-elle, vous êtes ici à l'heure qu'il est? il faut donc que vous soyez camarade de mon mari. — Non, Madame, répondit Bedreddin, je suis d'une autre condition que ce vilain bossu. — Mais, reprit-elle, vous ne prenez pas garde que vous parlez mal de mon époux. — Lui, votre époux, Madame! repartit-il. Pouvez-vous conserver si longtemps cette pensée? Sortez de votre erreur: tant de beautés ne seront pas sacrifiées au plus méprisable de tous les hommes. C'est moi, Madame, qui suis l'heureux mortel à qui elles sont réservées. Le sultan a voulu se divertir en faisant cette supercherie au vizir votre père, et il m'a choisi pour votre véritable époux. Vous avez pu remarquer combien les dames, les joueurs d'instruments, les danseurs, vos femmes et tous les gens de votre maison, se sont réjouis de cette comédie. Nous avons renvoyé le malheureux bossu, qui mange à l'heure qu'il est un plat de crème dans son écurie, et vous ouvez compter que jamais il ne paraîtra devant vos beaux yeux. »

« A ce discours, la fille du vizir, qui était entrée plus morte que vive dans la chambre nuptiale, changea de visage, prit un air gai, qui la rendit si belle que Bedreddin en fut charmé. « Je ne m'attendais pas, lui dit-elle, à une surprise si agréable, et je m'étais déjà condamnée à être malheureuse tout le reste de ma vie. Mais mon bonheur est d'autant plus grand que je vais posséder en vous un homme digne de ma tendresse. » En disant cela, elle acheva de se déshabiller et se mit au lit. De son côté, Bedreddin Hassan, ravi de se voir possesseur de tant de charmes, se déshabilla promptement. Il mit son habit sur un siège et sur la bourse que le juif lui avait donnée, laquelle était encore pleine, malgré tout ce qu'il en avait tiré. Il ôta aussi son turban pour en prendre un de nuit qu'on avait préparé pour le bossu, et il alla se coucher en chemise et en caleçon[1]. Le caleçon était de satin bleu, et attaché avec un cordon tissu d'or. »

L'aurore, qui se faisait voir, obligea Scheherazade à s'arrêter. La nuit suivante, ayant été réveillée à l'heure ordinaire, elle reprit le fil de cette histoire, et la continua dans ces termes.

FIN DU TOME PREMIER

1. Tous les Orientaux se couchent en caleçon. Il n'est pas inutile de le remarquer ici pour l'intelligence de ce qui va suivre.

TABLE

DU TOME PREMIER

312 LES MILLE ET UNE NUITS

TABLE 313

TABLE 315

DISTRIBUTION

ALLEMAGNE
BUCHVERTRIEB O. LIESENBERG
Grossherzog-Friedrich Strasse 56
D-77694 Kehl/Rhein

ASIE CENTRALE
KAZAKHKITAP
Pr. Gagarina, 83
480009 Almaty
Kazakhstan

BULGARIE et BALKANS
COLIBRI
40 Solunska Street
1000 Sofia
Bulgarie

OPEN WORLD
125 Bd Tzaringradsko Chaussée
Bloc 5
1113 Sofia
Bulgarie

CANADA
EDILIVRE INC.
DIFFUSION SOUSSAN
5740 Ferrier
Mont-Royal, QC H4P 1M7

ESPAGNE
PROLIBRO, S.A.
CI Sierra de Gata, 7
Pol. Ind. San Fernando II
28831 San Fernando de Henares

RIBERA LIBRERIA
PG. Martiartu
48480 Arrigorriaga
Vizcaya

ETATS-UNIS
DISTRIBOOKS Inc.
8220 N. Christiana Ave.
Skokie, Illinois 60076-1195
tel. (847) 676 15 96
fax (847) 676 11 95

GRANDE-BRETAGNE
SANDPIPER BOOKS LTD
22 a Langroyd Road
London SW17 7PL

ITALIE
MAGIS BOOKS
Via Raffaello 31/C 6
42100 Reggio Emilia

LIBAN
SORED
Rue Mar Maroun
BP 166210
Beyrouth

LITUANIE et ETATS BALTES
KNYGU CENTRAS
Antakalnio str. 40
2055 Vilnius
LITUANIE

MAROC
LIBRAIRIE DES ECOLES
12 av. Hassan II
Casablanca

POLOGNE
NOWELA
Ul. Towarowa 39/43
61896 Poznan

TOP MARK CENTRE
Ul. Urbanistow 1/51
02397 Warszawa

PORTUGAL
CENTRALIVROS
Av. Marechal Gomes
Da Costa, 27-1
1900 Lisboa

ROUMANIE
NEXT
Piata Romana 1
Sector 1
Bucarest

RUSSIE
LCM
P.O. Box 63
117607 Moscou
fax : (095) 127 33 77

PRINTEX
Moscou
tel/fax : (095) 252 02 82

TCHEQUE (REPUBLIQUE)
MEGA BOOKS
Rostovska 4
10100 Prague 10

TUNISIE
LE DISTRIBUTEUR
39, rue Naplouse
1002 Tunis

ZAIRE
LIBRAIRIE DES CLASSIQUES
Complexe scolaire Mgr Kode
BP 6050 Kin VI
Kinshasa/Matonge

FRANCE
Exclusivité réservée
à la chaîne MAXI-LIVRES
Liste des magasins : MINITEL
« 3615 Maxi-Livres »

IMPRIMÉ EN FRANCE PAR BRODARD ET TAUPIN
Usine de La Flèche (Sarthe), le 15-10-1996
B/BK 044-96 – Dépôt légal, octobre 1996